MICHAEL MARSHALL

De stromannen

POEMA POCKET

Voor meer informatie: kijk op **www.boekenwereld.com**
en op **www.poemapocket.com**

Vierde druk

Oorspronkelijke titel: *The Straw Men*
Vertaling: Marjolein van Velzen
Omslagontwerp: Pete Teboskins
Omslagfotografie: Photonica

ISBN 90 245 5163 3

De STRO MANNEN

Van Michael Marshall zijn verschenen:

Enkele reis*
Vervangers
Onder ons
De Stromannen*
Het oudste offer

*In POEMA-POCKET verschenen

Voor
Jane Johnson

DE STROMANNEN

We zijn te laat voor goden
En te vroeg voor Zijn
Het gedicht van Zijn,
Pas begonnen, is de Mens.

Martin Heidegger
Taal, waarheid, gedachte

Palmerston, Pennsylvania

Palmerston is geen grote plaats, en ook niet bruisend. Niet echt. Palmerston is er gewoon, net als een vlek op de stoep. Als alle grote en kleine steden en dorpen heeft het een verleden en had het ooit een toekomst, maar in dit geval bleek die toekomst weinig anders te behelzen dan dat het er stoffiger en bedaagder werd en dat het nog verder weg werd geschoven van de doorgaande lijn der geschiedenis: een vastzittende, oude kraan aan het einde van een steeds roestiger waterleiding, die ooit zo verschrikkelijk zal gaan lekken dat het water de kraan niet eens meer haalt.

Palmerston ligt aan de rivier de Allegheny, in de schaduw van stoere heuvels. Er groeien meer bomen dan je op de vingers van een want kunt tellen, tenzij je heel veel tijd hebt en dementer bent dan de meeste anderen. Vroeger liep de spoorlijn er vlak langs, net aan de overkant van de rivier, maar in het midden van de jaren zeventig is het station dichtgegaan en hebben ze het grootste deel van de lijn weggehaald. Er is nog maar weinig van over, behalve de herinnering en een ietwat treurig museumpje waar zelfs geen schoolreisjes meer naartoe gaan. Af en toe slenteren er een paar toeristen naar binnen, die dan met peinzende onverschilligheid naar de grimmige foto's van allang overleden spoorwegbeambten kijken voordat ze weer in de auto stappen om een heel eind verder te rijden. Hoewel de spoorbaan al dertig jaar weg is, wordt het gemis nog steeds gevoeld door de oude garde van Palmerston (en het is hier allemaal oude garde, en daar zijn ze nog vagelijk trots op ook). Ze missen hem als een geamputeerd been, dat van tijd tot tijd nog jeukt. Sommigen hebben indertijd petities en bijeenkomsten gehouden, met bumperstickers en geldinzamelingen; voor anderen kwam de verandering geleidelijk aan, half verdoofd geaccepteerd als behorende bij het chaotische historische groeiproces. Was het een iets groter, een iets ruiger stadje geweest, dan was dat overgroeide spoor een uitstekende plek geweest om drugs te kopen of beroofd te worden.

In Palmerston werd het voornamelijk gebruikt door ouders met de beste bedoelingen, die er in het weekend met hun kinderen gingen wandelen om ze de namen van vogels en bomen te leren; en een paar jaar later zouden diezelfde kinderen er met al even goede bedoelingen heen trekken om elkaar zwanger te maken, als een perpetuum mobile van ouderliefde.

Het plaatsje is opgebouwd rond een T-splitsing. De vorm van de letter is intussen onduidelijk geworden door de toevoeging van zijstraten die zich niet helemaal bewust lijken te zijn van hun doel. De neergaande lijn is bespikkeld met benzinestations, een autowasstraat, een videoverhuurbedrijf, twee motelletjes en een kleine supermarkt met een rek goedkope cd's: *Greatest Hits* van de Marshall Tucker Band. Op de kruising met de dwarsbalk staat een oud, houten kerkje. De verf bladdert van de muren, maar tegen de achtergrond van een kil blauwe lucht is het nog best schilderachtig. De rechterhelft leidt de heuvels in, richting de staat New York en de grote meren.

Als je links afslaat, wat je zou doen als je via Route 6 naar het Allegheny-stuwmeer wilde – en dat is dan ook zo'n beetje de enige reden waarom je hier überhaupt bent – dan kom je op Main Street. Hier tref je een aantal banken en winkels aan. De ruiten van de eerste spiegelen anoniem, die van de laatste moeten nodig gelapt worden en bieden zicht op antiquiteiten met beperkte waarde. De troosteloze inrichting van de etalages doet vermoeden dat die voorwerpen nog jaren de tijd zullen krijgen om ter plekke in waarde te vermeerderen. Er zijn twee kleine bioscoopjes, waarvan er een tien jaar geleden filmhuisfilms wilde vertonen die bezocht werden door zo bedroevend weinig mensen dat het gepikeerd zijn deuren heeft gesloten en nooit weer heeft geopend; het andere neemt nog steeds het voortouw wat betreft het verbreiden van de meer populaire cultuur en slijt onhaalbare dromen aan popcornjunkies. Aan de zuidkant van de straat, helemaal alleen in een grote tuin, staat een schitterend negentiende-eeuws huis. Het staat al jaren leeg en hoewel de meeste ramen nog heel zijn, is het verfwerk er heel wat slechter aan toe dan dat van de kerk en beginnen enkele gepotdekselde planken los te laten.

Als je honger hebt, bestaat de kans dat je iets verderop in de McDonald's terechtkomt, net voorbij het spoorwegmuseum. De meeste mensen belanden daar. Palmerston is op zich zo gek nog niet. Het is er vredig, en de mensen zijn vriendelijk. Het is een aangenaam deel van de wereld: weinig misdaad en niet ver van het Susquehannock-bos. Je kunt er geboren worden, kinderen grootbrengen en doodgaan zonder het gevoel te krijgen dat het lot je een loer draait.

Alleen is er tussen wieg en graf niet veel te doen.

Op woensdag 30 oktober 1991 was het rond de lunch druk bij McDonald's. De meeste tafeltjes waren al bezet en er stonden vier slordige rijen voor de afhaalbalie. Twee meisjes van zes en vier jaar, die door hun moeder op iets heerlijks getrakteerd gingen worden, lieten luidkeels weten dat ze Chicken McNuggets wilden. Alle andere aanwezigen staarden zwijgend naar de menuborden met de aandacht die dergelijke overzichten verdienen.

Er waren drie mensen buiten aanwezig: een fantastische dag voor de toeristenindustrie van Palmerston. Een was een man van middelbare leeftijd in een pak, die in zijn eentje aan een hoektafeltje zat. Hij heette Pete Harris, en hij was na een lange verkoopreis die grotendeels teleurstellend was verlopen, op weg terug naar Chicago. Van waar hij zat was de Italiaans aandoende toren van het grote huis net zichtbaar. Al kauwend zat hij na te denken over dat huis. Hij vond het eigenaardig dat niemand de moeite had genomen om het pand te kopen en op te knappen.

De andere twee waren een Engels echtpaar, toeristen, die toevallig aan het tafeltje naast hem zaten. Mark en Suzy Campbell hadden het ontbijt die ochtend overgeslagen om alvast een paar honderd kilometer te kunnen afleggen, en nu waren ze wel toe aan iets te eten. Ze hadden gehoopt op zo'n schilderachtige *diner*, maar na een trage slentertocht door de hoofdstraat hadden ze zich neergelegd bij de hamburgertent. Met verdedigend opgetrokken schouders zaten ze te kauwen, en hoewel ze aanvankelijk even schrokken vonden ze het bij nader inzien wel grappig dat ze naast een praatgrage inboorling bleken te zitten. Deze heette Trent, was lang, ergens in de veertig en had een grote massa koperkleurig haar. Toen hij hoorde dat ze enkele dagen geleden waren begonnen aan een rit van de ene naar de andere kust, knikte hij met iets van behoedzame goedkeuring; alsof het een oude traditie betrof die hij wel kon begrijpen maar beslist niet zelf wilde navolgen, zoiets als het verzamelen van sigarenbandjes, of bergbeklimmen, of een baan. Hij kende Engeland als begrip, en hij had vernomen dat daar heel wat geschiedenis zat en dat de rockmuziek er floreerde, twee zaken waar hij sterk vóór was.

Uiteindelijk bloedde het gesprek dood bij gebrek aan gemeenschappelijke ervaringen. Suzy was lichtelijk teleurgesteld, want ze had het wel leuk gevonden. Mark was er met zijn gedachten niet echt bij, want hij wilde nog wat inkopen doen. In het hotel waar ze de vorige keer overnacht hadden, had de barkeeper een tijdlang over de radiogolven gesurft op zoek naar iets dat hij op volle sterkte kon spelen. Toevallig was hij daarbij een klassieke-muziekzender tegengekomen, en heel even had er een fragment van de *Goldberg Variaties* door de bar gezweefd. Mark had zich de radiozender voorgesteld als één eenzame gozer, helemaal in zijn eentje ergens in de bergen, de deur gebarricadeerd tegen de tot de tanden met country-and-westernplaten gewapende hordes. Het stuk van Bach was de uren daarna door Marks hoofd blijven klinken, ondanks de stroperige ballades waarin de broze structuur van het huwelijk werd vergeleken met de viervoetige trouw van een hond, en hij wilde een cd kopen om in de auto af te spelen. Palmerston beschikte niet over een winkel voor klassieke muziek.

Al gauw kwam er een vlucht onbeholpen en onaantrekkelijke tienerjongens bij Trent zitten, en toen Suzy naar hun gesprekken luisterde, bleek dat hij die jongeren wilde overtuigen dat het een goed idee was als zij hem hielpen met het verplaatsen van een enorme berg zand bij zijn trailer, die aan de oude spoorlijn stond. Waarom dat zand daar lag, werd niet duidelijk, en ook niet waarom het uitgerekend nu ergens anders heen moest. De knapen waren, niet geheel tegennatuurlijk, geïnteresseerd in een zekere vorm van beloning voor dit werk, en die werd aangeboden in de vorm van een krat bier. Aangezien ze geen van allen binnen drie jaar de alcoholgerechtigde leeftijd zouden bereiken, werd dit voorstel gretig aangenomen. Terwijl ze wachtten tot Trent zich door zijn stapel hamburgers heen gewerkt had, fladderden ze rond als een stel onfrisse zeemeeuwen en voerden ze van die typische jongensgesprekken, die meestal bestaan uit milde provocaties en uit de lucht gegrepen suggesties. Hierbij werd duidelijk dat ondanks de T-shirts met opdruk over surfen die de meesten van hen droegen, geen van hen ooit gesurft had, de meesten nooit de grens van Pennsylvania overschreden hadden en slechts een van hen ooit de zee had gezien.

Toen de Campbells dit hoorden, beseften ze hoe buitengewoon het was dat ze – wat een bevlieging van een dronken avond was geweest in een kroeg zowat tienduizend kilometer verderop – het gigantische continent van iemand anders in zijn volle breedte aan het oversteken waren. Ze kregen een kleur van trots en raakten tegelijkertijd zeer onder de indruk van de grootschaligheid van hun eigen avontuur, en nipten meditatief van hun koffie. Daardoor duurde hun oponthoud een minuut of vijf, zes langer dan ze er normaal gesproken voor uitgetrokken zouden hebben. Zonder deze vertraging zouden ze tegen tien voor een de deur uit geweest zijn. Zelfs met vertraging hadden ze uiterlijk om vier voor een op de weg kunnen zitten. Tegen die tijd had Suzy zin gekregen in een sigaret, iets wat de borden aan de wand verboden middels korte, gemakkelijk leesbare zinnen en internationaal herkenbare iconografie. Pete Harris had eigenlijk geen haast en zou er sowieso gezeten hebben, nog steeds starend naar dat huis helemaal alleen in die tuin, zich dromerig afvragend hoeveel dat zou kosten in de wetenschap dat zijn vrouw zo'n bedrag, áls hij het al bij elkaar kon krijgen, onmiddellijk voor iets anders zou bestemmen.

Om zeven minuten voor een schreeuwde er een vrouw midden in het restaurant.

Het was een korte, nadrukkelijke kreet, die alleen bedoeld was om aandacht te trekken. Onbewust gingen de mensen opzij, zodat er een open plek in het middenpad ontstond. Nu bleek dat twee mannen, een bijna twintig, de ander midden twintig, beiden met lange jassen aan, de reden waren waarom de vrouw zich zorgen maakte. De oudere man had kort, blond haar, dat van de jongere was donkerder en heel wat langer. Ook werd al gauw duidelijk dat het tweetal halfautomatische geweren bij zich had.

Het licht in het vertrek leek plotseling buitengewoon helder, de geluiden abnormaal helder en droog, alsof er een soort verdoving uitgewerkt was. Als je op een doordeweekse dag rond lunchtijd in een McDonald's zit met een kop koffie voor je neus die net de drinkbare temperatuur begint te bereiken en je beseft dat uit een helderblauwe hemel plotseling de nacht komt invallen, gaat de tijd over in een traag moment van luciditeit. Net als de urenlange seconde voor een autobotsing, is dit hiaat er niet om je te helpen. Het is geen vluchtroute, geen geschenk van God, en het is niet genoeg om wat dan ook te ondernemen. Wel is het een kans om de dood te begroeten en je af te vragen waar die al die tijd gebleven was.

Een van Trents stel lummels had nog net de tijd om 'Billy?' te zeggen op een toon van stompzinnige verbijstering, en toen begonnen de twee mannen te schieten.

Ze stonden in het middenpad en schoten snel en beheerst om zich heen, waarbij de kolven van hun geweren stevig tegen hun schouders lagen. Toen het eerste slachtoffer met een uitdrukking van sprakeloze verbazing op haar gezicht achteroversloeg, werkten de schutters verder: geconcentreerd deden ze hun best, alsof ze aan een of andere hogere autoriteit wilden laten zien dat ze deze taak waardig waren en naar beste kunnen uitvoerden.

Misschien nog een seconde en nog twee dodelijke slachtoffers later begonnen alle aanwezigen plotseling te bekomen van hun verbijstering. Terwijl iedereen met een dreun weer in de tijd werd geplaatst, nam ook het gillen een aanvang. Men probeerde te vluchten, of zich te verbergen, of andere mensen als schild voor zich te trekken. Sommigen doken naar de deuren, maar de geweren draaiden als één man mee en schakelden de deserteurs op efficiënte wijze uit. De vuurlijn streek langs de toeristen en Mark Campbell werd vol in het achterhoofd geschoten, ongeveer op hetzelfde moment dat het gezicht van zijn vrouw zich uitsmeerde over een spinnenweb van barsten in de vitrineruit die het traject van beide kogels had beëindigd. Trent ging razendsnel daarna dood, halverwege overeind gekomen in een tot mislukking gedoemde missie om zich op de schutters te werpen. Weinigen hadden voldoende moed om zo'n positieve actie ook maar te overwegen, en degenen die wel op de gedachte kwamen, stierven korte tijd later. De twee geweren draaiden gelijktijdig rond alsof ze met hetzelfde touwtje bediend werden, en de actiehelden ontdekten dat meeroken op zichzelf ongezond mag zijn, maar dat je in een kogelrijke omgeving heel wat sneller aan je einde komt.

De meeste mensen wilden gewoon vluchten. Weg, meer niet. De adjunct-directeur van Bedloe-verzekeringen waagde een poging, evenals zijn irritant inefficiënte assistente. Twaalf schoolkinderen probeerden het. Ze probeerden het allemaal tegelijk, en daardoor liepen ze elkaar voor de voeten. Velen merkten dat hun benen verstrikt raakten tussen de lichamen der gewonden, en stierven een akelige dood doordat knie- en heupgewrichten uit de kom schoten tijdens de val. Diegenen die een open pad voor zich zagen liggen, werden neergeschoten tijdens de vlucht. Dreunend vielen ze tegen tafels en wanden en tegen de serveerbalie, waarachter de enige nog levende medewerker in een strakke bal opgerold verbleef, zich terdege bewust van het feit dat ze in een plas van haar eigen urine lag. Van waar ze lag, kon ze de krampachtig trekkende voeten zien van Duane Hillman, de laatste jongeman met wie ze langs de spoorlijn had gelopen. Hij was lief geweest en had aangeboden een condoom te gebruiken. Aangezien ze wist dat hij niet alleen neergeschoten was, maar dat hij op het moment van zijn val een blad vol kokende olie in zijn handen had gehad, voelde ze geen neiging om te gaan kijken. Ze hoopte dat ze door nergens naar te kijken en zich heel klein te maken kon zorgen dat alles weer goed kwam. Later boorde een verdwaalde kogel zich dwars door de balie haar ruggengraat in.

Er waren ook mensen die niet eens probeerden te vluchten, maar met wijd opengesperde ogen op hun plek bleven, hun ziel al vertrokken nog voordat de kogels door hun longen, geslachtsdelen en buiken vlogen. Minstens een van hen, bij wie kortgeleden dezelfde kanker was geconstateerd waaraan haar vader langzaam en pijnlijk was overleden, beschouwde deze gang van zaken niet direct in een negatief licht: de jonge arts in het ziekenhuis vertrouwde ze niet al te zeer omdat hij in de verte leek op de slechterik in haar favoriete soap; hoewel hij haar had kunnen redden, mits ze in leven was gebleven en zijn advies had opgevolgd.

De andere standbeeldmensen hadden geen vergelijkbare reden voor die berusting in hun lot. Zij zagen simpelweg geen kans om in beweging te komen zolang ze die eigen keuze nog hadden.

In een zaal vol slachtoffers zien de moordenaars eruit als goden. De mannen bleven schieten, veranderden af en toe van richting, hielden hun wapens parallel en lieten het samen vuur regenen in een onverwachte hoek. Een aantal malen moesten ze hun wapens opnieuw laden, maar nooit tegelijk. Ze waren bijzonder efficiënt. Geen van beiden zeiden ze ook maar een woord tijdens het hele incident.

Van de negenenvijftig mensen die op dat lunchuur in de McDonald's aanwezig waren geweest, hoorden er slechts eenendertig de doffe knal van het laatste schot. Twaalf daarvan waren er voor het invallen van de avond dood, waarmee het dodental op veertig kwam. Onder de overlevenden was het meisje achter de balie, dat nooit meer zou lopen en aan de drank zou raken voordat ze God vond en hem weer kwijtraakte ook. Een van de kleine meisjes overleefde het. Zij werd naar een tante in Iowa gestuurd en leidde ook daarna een leven van relatieve tevredenheid. Een van Trents vrienden haalde het en kon men vier jaar later aantreffen als kustwacht bij Laguna Beach.

Ook Pete Harris was een van de overlevenden. Eigenlijk had hij als een van de eersten moeten sterven, al tijdens de eerste penseelstreek van geweervuur over de hele linkerzijde van het restaurant; maar Suzy Campbells lichaam was boven op hem gevallen op het moment dat hij probeerde onder zijn tafeltje te duiken. Door haar gewicht viel hij schuin van zijn stoel af en smakte hij met zijn hoofd tegen de grond. Even later voegde Suzy's echtgenoot zich bij hen – maar die was toen al dood. Geen van beide Campbells leek nog op de foto in zijn of haar paspoort (die ze voorzichtigheidshalve in hun jaszakken hadden gestoken, voor het geval dat iemand tijdens het eten in hun auto zou inbreken), maar de kleding van het jonge stel – een deel zorgvuldig in de koffer gelegd in Engeland, een ander deel zuinig aangeschaft bij de uitverkoop van Gap in Boston – was zo goed als smetteloos. Als ze zich heel even afgeklopt hadden, konden ze zó de deur uit, in hun huurauto stappen en de weg opdraaien. Misschien is dat in een betere wereld ook gebeurd, en heeft Mark door een gelukkig toeval de *Goldberg Variaties* gevonden in een dorpje op de route, en hebben ze de rest van de dag over een lange, rechte weg gereden met aan weerszijden bomen met loof dat wel van binnenuit verlicht leek te zijn, over de heuvels en dalen van een snelweg die hen dwars door de middag heen de avond in voerde, zonder dat ze ooit opmerkten dat zij tweeën de enige reizigers waren.

Maar in deze wereld deden ze niet meer dan het leven van een medemens redden, doordat Pete Harris als verstijfd onder hen lag, tot immobiliteit geslagen door het plotselinge contact tussen zijn hoofd en de tegelvloer. Overal rondom hem lagen ledematen, en het enige dat hij zag was chaos en dood. Het enige dat hij voelde was het zuigen van zijn wonden en een kille pijn in zijn hoofd die zich ontwikkelde tot zo'n zware hersenschudding dat er dagen waren waarop hij dacht dat die nooit meer overging. Een jonge verpleegkundige, die hem met een bijgelovig ontzag bekeek omdat hij in leven was gebleven terwijl bijna alle anderen waren overleden, bracht de nacht in het ziekenhuis in Pipersville door en hield hem wakker, hoewel hij veel liever geslapen had.

Maar dat was later, net als de hartaanval in 1995, die slaagde waar de kogels gefaald hadden. Hij heeft geen poging ondernomen om uit te zoeken of het mooie, oude huis te koop was. Hij werkte totdat hij erbij neerviel.

Boven het afgemeten geknap van het geweervuur en het kuchen en gillen der stervenden uit drong van ver het geluid binnen van dichterbij komende sirenes. De schutters bleven nog een seconde of twintig schieten en veegden een kleine opening leeg bij de balie, waar de moeder met haar dochtertjes tijdelijk respijt had gevonden. Toen hielden ze op.

Ze keken om zich heen, waarbij hun gezichten geen enkele reactie vertoonden op wat ze gedaan hadden. De jongste van de twee, Billy, deed een stap achteruit en sloot zijn ogen. De ander schoot hem van korte afstand in het gezicht. Terwijl Billy nog loom lag te stuiptrekken op de grond, hurkte de man om zijn handen te wassen in het bloed. Hij stond op om rustig iets op de glazen deur te schrijven, met grote, druipende letters. Daarna overzag hij de zaal nogmaals, kalm en op zijn gemak. Hij keek niet eens naar de patrouillewagens die Main Street op kwamen stuiven, veel te laat om enige invloed uit te oefenen op een evenement dat Palmerston uiteindelijk weer op de kaart zou zetten.

En toen, toen hij dan eindelijk klaar was, sprong de man door de verbrijzelde ruit achter de lijken van de Campbells en verdween. Naar wordt aangenomen is hij ontkomen via de oude spoorlijn. Hij is nooit gearresteerd. Niemand heeft ooit een duidelijke beschrijving van zijn gezicht kunnen geven, en na verloop van tijd leek het wel of hij rechtstreeks vanuit de gebeurtenis de schaduw in geglipt was. Uiteindelijk vond niemand dat Billy de hoofdschuldige was: hij was maar een joch dat gewoon gedaan had wat hem gezegd werd door een man die hij als een nieuwe vriend had beschouwd.

Toen Pete Harris het geluid van de politieauto's hoorde, probeerde hij rechtop te gaan zitten, probeerde hij de kracht te verzamelen om de lijken van de Campbells van zich af te duwen. Hij faalde, maar slaagde er wel in om zijn hoofd ver genoeg op te tillen om te zien wat er in bloed op de deur geschreven was.

De letters waren uitgelopen en zijn gezichtsvermogen was wazig door een wit licht in zijn hoofd, maar de tekst was nog duidelijk genoeg. Er stond: 'De stromannen.'

Elf jaren verstreken.

DEEL EEN

Ván de heuvel, niet op de heuvel...

Frank Lloyd Wright
over de architectuur van Taliesin

Hoofdstuk 1

Het was een stijlvolle begrafenis, in zoverre dat er veel mensen waren en dat iedereen de passende kleren aanhad en dat niemand op enig moment opstond en zei: 'Beseffen jullie wel dat dit betekent dat ze dood zijn?' De plechtigheid werd gehouden in een kerk aan de rand van de stad. Ik had geen idee wat voor geloof het kon zijn, en nog minder waarom dit vermeld zou zijn in de instructies die ze hadden achtergelaten bij Harold Davids. Voor zover ik had geweten, hadden mijn ouders geen religieuze opvattingen gekoesterd, behalve een vriendelijk soort atheïsme en het onuitgesproken geloof dat God, als hij bestond, waarschijnlijk in een dure auto reed, hoogstwaarschijnlijk van Amerikaanse makelij.

De organisatie van het gebeuren was op doeltreffende manier uitgevoerd door Davids' kantoor, zodat er voor mij weinig te doen viel behalve wachten. Ik bracht het grootste deel van de twee dagen door in de lounge van het Best Western-hotel. Ik wist dat ik eigenlijk naar het huis zou moeten, maar de gedachte was me te veel. Ik las bijna een compleet (slecht) boek en bladerde door een groot aantal hotelachtige tijdschriften, zonder dat ik daar iets wijzer van werd behalve het feit dat je voor een horloge ontzettend veel geld kunt neertellen. Vroeg in de ochtend verliet ik het hotel. Ik was van plan langs de hoofdstraat te lopen, maar kwam niet verder dan het parkeerterrein. Ik wist wat er te koop was in de winkelstraat van Dyersburg, Montana, en ik had geen enkele behoefte aan een skiuitrusting of 'kunst'. Ik at 's avonds in het hotel en liet voor de lunch broodjes bezorgen door roomservice. Alle maaltijden gingen vergezeld van friet die de indruk wekte dat er een aanzienlijk aantal industriële processen had plaatsgevonden tussen de akker en mijn bord. Het was onmogelijk om geen friet te bestellen. Ik heb het er tweemaal over gehad met de serveerster, maar toen ik de stijgende paniek in haar ogen zag heb ik toegegeven.

Nadat de predikant aan iedereen had uitgelegd waarom de dood niet de complete afknapper is die je eigenlijk zou verwachten, liepen we in een rij de kerk uit. Ik vond het jammer om er weg te gaan. Het voelde er veilig. Buiten was het erg koud, en de lucht was strak en stil. Achter het kerkhof rezen de voetheuvels van het Gallatin-gebergte op, de pieken in de verte mat van kleur, alsof ze op glas waren geschilderd. Er waren twee graven naast elkaar gedolven. Er waren circa vijftien mensen aanwezig om de teraardebestelling zelf mee te maken. Davids was er, en iemand die me zijn assistente toescheen. Mary stond dicht bij me, haar witte haar tot een strenge knot gebonden, haar rimpelige gezicht glad gebeukt door de koude. En een stel anderen die ik vagelijk meende te herkennen.

De priester sprak nog meer woorden, de geruststellende leugens waarin dit soort gebeurtenissen wordt ingebed. Misschien maakte het wat uit voor enkele rouwenden. Ik kon ze amper horen, die woorden, want ik moest me concentreren om te voorkomen dat mijn hoofd uit elkaar zou spatten. Toen liet een aantal mannen – wier werk het was, die dit soort dingen wekelijks deden – op efficiënte wijze de lijkkisten de grond in zakken. De touwen gleden zachtjes door hun handen en de kisten kwamen tot afgemeten rust op twee meter onder de vlakte waarop de levenden nog stonden. Er werden nog enkele balsemende zinnen geofferd, maar ditmaal rap afgeraffeld – alsof de kerk zelf besefte dat de tijd om te scoren bijna afgelopen was. Je kunt geen mensen in houten kratten onder de grond stoppen zonder dat het publiek door krijgt dat er iets heel erg mis is.

Een laatste, rustige mededeling en dat was het dan. Donald en Beth Hopkins zou nooit meer iets overkomen. Althans, niets waarbij je wilde stilstaan.

Enkele rouwenden bleven nog even doelloos rondhangen. Toen was ik alleen. Ik stond daar als twee mensen. Een met een keel die was vergrendeld met een gloeiende steen, en die zich niet kon voorstellen dat hij ooit nog in beweging zou komen; en een ander die zich bewust was van zijn iconische houding naast het dubbele graf, en van het feit dat niet eens zo heel ver weg mensen voorbijreden in auto's, naar de Dixie Chicks luisterden en zich lichtelijk bezorgd maakten over hun financiële situatie. Beide helften van mij vonden de ander belachelijk.

Ik wist dat ik daar niet eeuwig kon blijven staan. Dat werd ook niet van me verwacht. Het zou nergens op slaan, niets zou erdoor veranderen en goed beschouwd was het verschrikkelijk koud. Toen ik eindelijk opkeek, zag ik dat Mary er ook nog was. Ze stond maar een paar meter van me af. Haar ogen waren droog, bars in de wetenschap dat haar binnenkort hetzelfde lot zou treffen en dat dat geen reden tot lachen of huilen was. Ik klemde mijn lippen opeen. Mary stak haar hand uit en legde die op mijn arm. Geen van beiden zeiden we iets.

Toen ze me drie dagen tevoren gebeld had, had ik op het terras van een aardig hotelletje aan De la Vina in Santa Barbara gezeten. Ik was tijdelijk werkeloos, of alweer werkeloos, en ik soupeerde mijn schamele spaarcenten op aan een niet-verdiende vakantie. Ik zat met een prima fles plaatselijke Merlot voor me en liet die op doelmatige wijze verdwijnen. Het was niet de eerste van die avond, dus toen mijn mobiele telefoon begon te rinkelen kwam ik in de verleiding om de voicemail te laten opnemen. Maar toen ik naar de telefoon keek, zag ik wie er belde.

Ik drukte op de AAN-knop. 'Hallo,' zei ik.

'Ward,' antwoordde ze. En verder niets.

Na een tijdje hoorde ik iets in de lijn. Een zacht, kleverig geluid. 'Mary?' vroeg ik haastig. 'Gaat het wel?'

'O, Ward,' zei ze, met een stem die gebarsten en oeroud klonk. Toen ging ik rechtop zitten, in de ijdele hoop dat vermeende bereidheid en last-minute zelfdiscipline op de een of andere manier de kracht zouden verminderen waarmee deze valbijl zou neerkomen.

'Wat is er?'

'Ward, je kunt maar beter hierheen komen.'

Na enig heen en weer gepraat kreeg ik haar zover dat ze het toch zei. Een aanrijding midden in Dyersburg. Beiden dood bij aankomst in het ziekenhuis.

Ik neem aan dat ik meteen al had geweten dat het zoiets moest zijn. Als het niet met hen beiden te maken had gehad, had Mary niet gebeld. Maar nog steeds, terwijl ik samen met haar op het kerkhof stond neer te kijken op hun kisten, had ik geen werkelijk begrip van de portee van de zinnen die werden uitgesproken met betrekking tot het feit dat zij dood waren. Ook kon ik mijn moeder niet meer terugbellen. Vorige week had zij een bericht ingesproken op mijn antwoordapparaat. Het was er gewoon niet van gekomen. Ik had niet verwacht dat ze zonder voorafgaande kennisgeving van het aardoppervlak gewist zouden worden, om eronder te worden gestopt, zo diep dat ze me niet meer konden horen.

Plotseling besefte ik dat ik niet meer in de buurt van hun lijken wilde staan. Ik deed een stap achteruit. Mary groef in haar jaszak en haalde iets wat vastzat aan een klein kartonnen etiket te voorschijn. Een sleutelbos.

'Ik heb vanochtend het vuilnis buitengezet,' zei ze, 'en ik heb een paar dingen uit de koelkast gehaald. Melk en zo. Anders gaat het zo stinken. Voor de rest heb ik alles zo gelaten.'

Ik knikte en staarde naar de sleutels. Ik had geen eigen sleutels. Nooit nodig gehad. Die enkele keer dat ik op bezoek ging, waren ze thuis geweest. Ik besefte dat dit de eerste keer was dat ik Mary ergens anders zag dan in de keuken of de woonkamer van mijn ouders. Zo ging dat met mijn ouders. Jíj ging bij hén langs, niet andersom. Ze vormden een middelpunt, zeg maar. Maar nu dus niet meer.

'Ze hadden het vaak over je.'

Ik knikte, hoewel ik niet wist of ik haar geloofde. Het grootste deel van het afgelopen decennium hadden mijn ouders niet eens geweten waar ik uithing, en alles wat zij te zeggen hadden betrof een jongere man, een enig kind dat ooit en in een andere staat bij hen en in hun huis was opgegroeid. Niet dat we niet van elkaar hielden. Dat was wel zo, op onze eigen manier. Ik had ze gewoon niet veel gespreksstof gegeven, had geen van die vakjes aangekruist waardoor ouders gaan opscheppen tegenover hun vrienden en buren. Geen vrouw, geen kinderen, geen noemenswaardige baan. Ik besefte dat Mary nog steeds met uitgestoken hand stond, en ik nam de sleutels van haar aan.

'Hoe lang wou je blijven?' vroeg ze.

'Dat hangt ervan af hoe lang ik bezig ben. Een week, misschien. Of minder.'

'Je weet waar ik woon,' zei ze. 'Je mag echt nog wel langskomen, hoor.'

'Doe ik,' zei ik snel en met een weinig spontane glimlach. Ik wou dat ik een broer of een zus had die dit gesprek voor me kon voeren. Iemand met verantwoordelijkheidsgevoel en sociale vaardigheden.

Ze beantwoordde mijn glimlach, maar afstandelijk, alsof ze nu al wist dat het zo niet werkt.

'Tot ziens, Ward,' zei ze, en daarna begon ze heuvel opwaarts te lopen. Ze was zeventig, iets ouder dan mijn ouders, en ze liep wat ongelukkig. Haar hele leven had ze in Dyersburg doorgebracht. Ze was verpleegster geweest. En meer wist ik niet.

Ik zag dat Davids aan de andere kant van het kerkhof bij zijn auto stond te praten met zijn assistente, maar dat hij eigenlijk op mij wachtte. Hij zag eruit als iemand die in staat en bereid is om snel en doeltreffend op te treden, om losse eindjes af te werken.

Ik keek nog eens om naar de graven en liep toen met zware tred het pad af, op weg naar de administratieve taken die waren ontstaan bij het verlies van mijn gehele familie.

Davids had de meeste papieren meegebracht in de auto, en nam me mee uit eten om het papierwerk door te nemen. Ik weet niet of dat nou uiteindelijk minder onaangenaam was dan het in zijn kantoor geweest zou zijn, maar ik waardeerde het hoffelijke gebaar van iemand die mij amper kende. We aten in het historische centrum van Dyersburg, ergens waar het Auntie's Pantry heette. Het interieurontwerp was een slaafse poging om een houten berghut met meerdere niveaus te suggereren, het meubilair met de hand uit blokken boomstam gehouwen door een stel elven. Het menu bood een verkillend aanbod aan biologisch-dynamische soepen en zelfgebakken brood, vergezeld van salades die voornamelijk bestonden uit taugé. Ik weet dat ik niet helemaal spoor, maar ik beschouw taugé niet als voedsel. Het ziet er niet eens eetbaar uit. Het ziet eruit als een bleke mutant van maden. Ik ken maar één ding dat nog erger is, en dat is couscous. Dat was ook in ruime mate vertegenwoordigd. Ik ken geen enkele tante op deze aardkloot die dat soort troep vreet, maar zowel de bediening als de gasten leken er dolgelukkig mee. Op het maniakale af.

Na een korte en ietwat gedwongen wachtperiode scoorden we een tafeltje bij het raam. Dit tot ongenoegen van een monter jong gezin achter ons, dat het oog had laten vallen op datzelfde tafeltje en niet begreep dat wie als eerste kwam, bepaalde voordelen genoot. De vrouw maakte haar negatieve gevoelens kenbaar aan de serveerster en merkte op luide toon op dat dit tafeltje plaats bood aan vier personen, terwijl wij slechts met ons tweeën waren. Normaal gesproken maakt dit soort zaken het beste in me wakker, met name als al mijn tegenstanders identieke blauwe fleece-truien dragen, maar op dat moment ontbrak me de inspiratie. De echtgenoot was geen waardige opponent, maar de twee kinderen zagen er blond en plechtstatig uit als een stel engelen des oordeels. Het leek me niet verstandig om hen tegen me in het harnas te jagen. De serveerster, van het soort gebruinde, mooie maar ietwat forse jonge vrouwen die vanwege de wintersport samendrommen op plekken als Dyersburg, verkoos niet bij de zaak betrokken te raken en bleef opgewekt naar een plek op de vloer staren, zowat halverwege tussen de twee strijdende partijen in.

Davids wierp een korte blik op de matriarch. Hij is van de leeftijd van mijn ouders, lang en mager met een ferme gok, en hij ziet eruit als iemand op wie God een beroep doet wanneer hij de hel op aarde wil laten losbreken. Hij opende zijn aktetas en haalde er een stapel documenten uit, zonder enige moeite te doen om te verbergen met wat voor gebeurtenis deze papieren te maken hadden. Hij legde ze met zakelijke gebaren voor zich neer, pakte het menu en begon dat te bestuderen. Tegen de tijd dat ik klaar was met observeren hoe hij dit alles deed, had het gezin zorgvuldig de collectieve blikken afgewend. Ik pakte mijn eigen menu en probeerde me voor te stellen waarom de inhoud daarvan voor mij van belang was.

Davids was de advocaat van mijn ouders geweest, al vanaf het moment dat ze hem hadden ontmoet na hun verhuizing vanuit noordelijk Californië. Ik had hem een paar maal gesproken, met kerst- of Thanksgiving-borrels bij hen thuis, maar in mijn optiek was hij intussen niets meer dan een van die paar mensen met wie mijn oppervlakkige band abrupt ten einde zou komen. Dit besef leidde tot een curieuze mengeling van afstandelijkheid en het verlangen om het contact in stand te houden; niet dat ik dat gevoel kon vertalen in een ook maar enigszins interessant gesprek.

Dankbaar nam Davids het voortouw zodra de kommen met pompoen- en korstmossoep voor ons stonden. Hij recapituleerde de omstandigheden waaronder mijn ouders waren overleden, die bij ontstentenis van getuigen neerkwamen op één enkel feit. Na een bezoek aan vrienden met wie ze gebridged hadden, was de auto van mijn ouders afgelopen vrijdagavond om circa vijf over elf des namiddags betrokken geweest bij een frontale botsing op het kruispunt van Benton Street en Boyle Street. Het andere voertuig was een langs de weg geparkeerde wagen. De lijkschouwing had alcoholpromillages aangetoond die duidden op misschien een halve fles wijn bij mijn vader en een aanzienlijke hoeveelheid veenbessensap bij mijn moeder. Het was glad op de weg geweest, het kruispunt was niet goed verlicht en vorig jaar had op diezelfde plek een soortgelijk ongeval plaatsgevonden. Dat was dat. Een toevallige samenloop van omstandigheden, tenzij ik me wilde begeven in een vruchteloze aanklacht, wat ik niet wilde. Verder viel er niets te zeggen.

Toen kwam Davids ter zake, wat betekende dat ik een groot aantal papieren moest ondertekenen, zodoende houderschap aanvaardende over het huis met inboedel, enkele percelen onbebouwd land en de aandelenportefeuille van mijn vader. Een stortvloed van fiscale zaken met betrekking tot deze overdracht werd me afdoende uitgelegd en vervolgens afgehandeld middels nog meer handtekeningen. Het hele belastinggedoe ging het ene oor in en het andere uit, en op geen van de papieren wierp ik meer dan een vluchtige blik. Mijn vader had Davids kennelijk vertrouwd, en Hopkins senior was er de man niet naar geweest om zijn respect links en rechts te grabbel te gooien. Wat goed genoeg was geweest voor pap, was goed genoeg voor mij.

Tegen het einde van het hele gebeuren zat ik met minder dan halve aandacht te luisteren. Eerlijk gezegd bleek de soep zowaar lekker te zijn, nadat ik de receptuur had aangevuld met een rijkelijke hoeveelheid peper en zout. Ik keek naar de volle lepels op weg naar mijn mond, proefde weloverwogen en probeerde een zo groot mogelijk deel van mijn brein in beslag te laten nemen door de smaak van de soep. Ik kwam pas weer boven toen Davids begon over UnRealty.

Hij legde uit dat de zaak van mijn vader, waarbinnen hij met veel succes duur onroerend goed had verkocht, gesloten zou worden. Zodra dit proces afgerond was, zou de waarde van de resterende activa worden overgeboekt naar een door mij aan te wijzen bankrekening.

'Wilde hij niet meer verder met UnRealty?' vroeg ik. Ik lichtte mijn hoofd op om de jurist te kunnen aankijken. 'Sinds wanneer speelt dat?'

'Nee.' Davids schudde zijn hoofd en veegde zijn kom schoon met een stukje brood. 'Hij heeft instructies gegeven dat dat moest gebeuren na zijn overlijden.'

'Ongeacht wat ik daarover te zeggen zou hebben?'

Hij keek uit het raam en wreef zich met een weloverwogen gebaar in de handen. Enkele kruimels vielen van zijn vingers. 'Hij was daar heel duidelijk over.'

Plotseling was mijn soep koud geworden en smaakte hij naar gepureerde waterplanten. Ik schoof de kom weg. Nu begreep ik waarom Davids erop had gestaan dat we de papieren vandaag doornamen, en niet in de periode vóór de begrafenis. Ik pakte mijn exemplaren van de documenten op en duwde ze in de envelop die Davids me had gegeven.

'Verder nog iets?' Mijn stem klonk kalm en kortaf.

'Volgens mij niet. Het spijt me dat ik je dit moest aandoen, Ward, maar je kunt het maar beter achter de rug hebben.'

Hij haalde een portefeuille uit zijn jasje en staarde achterdochtig naar de rekening, alsof hij niet alleen de optelsom wantrouwde maar ook weinig ophad met het handschrift van de serveerster. Zijn duim aarzelde even bij een creditcard voordat hij enkele gewone bankbiljetten te voorschijn haalde. Ik nam aan dat hij ervoor koos om de kosten van de lunch niet op te voeren als onkosten.

'U bent bijzonder vriendelijk geweest,' zei ik. Davids wimpelde dit af met een handgebaar en gaf een fooi van exact tien procent.

We stonden op en verlieten het restaurant, ons een weg banend tussen de tafeltjes vol druk converserende toeristen door. Ik had mijn blik willen afwenden als we langs het tafeltje met het kernleger in blauw fleece kwamen, maar plotseling zaten ze vlak voor me. Vader en moeder kibbelden vreedzaam over waar je in Yellowstone moest logeren; het jongetje gebruikte intussen zijn lepel en soep voor een benadering van het effect van een asteroïdelanding in de Stille Oceaan. Zijn zusje zat met een plastic drinkbeker in beide handen geklemd tevreden de leegte in te staren. Toen ik voorbijliep, keek ze naar me op en glimlachte alsof ze een grote hond zag. Waarschijnlijk zag het er lief uit, maar even voelde ik de neiging om die grijns van haar smoel te rammen.

Buiten bleven we even staan kijken naar de dure vrouwen die in uitgehongerde roedels College Street op-en-afschuimden, hun creditcards in de aanslag.

Uiteindelijk stak Davids zijn handen diep in zijn jaszakken. 'Jij gaat binnenkort weg, neem ik aan? Als ik nog iets voor je kan doen, bel me dan even. Ik kan de doden niet tot leven wekken, uiteraard, maar bij andere zaken kan ik je misschien helpen.'

We schudden elkaars handen en met tamelijk rasse schreden en zijn gezicht in een zorgvuldig neutrale plooi liep hij weg. En pas toen besefte ik, onvergeeflijk laat, dat Davids niet alleen mijn vaders advocaat was geweest, maar ook een vriend van hem was geworden. En dat dit misschien niet alleen voor mij een zware ochtend was geweest.

Met gebalde vuisten liep ik terug naar het hotel en tegen negen uur was ik ladderzat. Nog voordat de hoteldeuren achter me dichtgevallen waren, had ik het eerste kopstootje al te pakken. Zodra ik de eerste slok nam, wist ik dat dit een vergissing was. Ik had het op weg naar huis geweten, het hele eind; ik had het op het kerkhof geweten en ik had het geweten vanaf het moment dat ik die ochtend wakker was geworden. Niet dat ik weer terugviel in een moeizaam overwonnen gewoonte, zodat ik mijn innerlijke krachten negeerde en grote kans liep de volgende ochtend wakker te worden in Genève, met twee wettige echtgenotes en het woord 'spatel' op mijn voorhoofd getatoeëerd. Maar dronken worden was een soort *one night stand* uit wraak omdat je partner vreemd was gegaan; een daad die niets dan verdriet met zich kon meebrengen en een morele rechtvaardiging tenietdeed waar je bij hoge uitzondering nu eens recht op had. Alleen, er was geen andere zinnige reactie op de hele situatie denkbaar.

Eerst hing ik aan de bar, maar na een tijdje verkaste ik naar een van de tafeltjes aan het lange raam. Dankzij een omvangrijke en preventieve fooi hoefde ik niet te wachten, hoefde ik niet eens op te staan om mijn glas weer gevuld te krijgen. Een bier, dan een whisky. Nog een bier, en dan weer een whisky. Een prima, doeltreffende manier om dronken te raken, en de barman met het uitgestreken gezicht liet ze op verzoek in rap tempo op elkaar volgen.

Ik haalde de documenten uit Davids' bruine envelop en spreidde ze voor me uit, mijn gedachten geconcentreerd op één bepaald punt.

Vanaf mijn allervroegste jeugd had ik één ding geweten over mijn vader. Mijn vader was zakenman. Dat deed hij, dat was hij. Hij was *Homo sapiens businessmaniens.* 's Ochtends stond hij op en nam de benen naar kantoor, en 's avonds kwam hij weer naar huis nadat hij een dag lang flink met de vuist op tafel geslagen had. Mijn ouders hadden het nooit over de begintijd van hun huwelijk, en zelden over iets belangrijks, maar ik wist van UnRealty. Hij had een aantal jaren bij een plaatselijke firma gewerkt, en op een avond had hij mijn moeder meegenomen naar een duur restaurant om haar te vertellen dat hij voor zichzelf begon. Het schijnt dat hij dat letterlijk zo zei, alsof hij in een advertentie voor persoonlijke leningen acteerde. Hij had een paar mensen gesproken, een paar contacten gelegd, hij had al die heldendaden van een geslaagd ondernemer verricht waardoor mensen later aan de bar van een chique club kunnen staan en met droge ogen beweren: 'I did it my way.' Makkelijk kan het niet geweest zijn, maar mijn vader had een zekere wilskracht. Automonteurs en loodgieters, parkeerwachters en hotelpersoneel: één blik op hem was genoeg om hen ervan te overtuigen dat ze met hem niet dollen moesten. Als hij een restaurant binnenliep, gonsde onder het personeel rond dat ze als de duvel rechtop moesten gaan staan en niet meer in de soep moesten spugen. Zijn bedrijf en de historie daarvan waren het echtste dat ik ooit van hem begrepen had.

En toch had hij in zijn testament bepaald dat UnRealty moest worden opgeheven. Hij had de beslissing niet aan zijn zoon overgelaten, maar zonder een spier te vertrekken het werk van twintig jaar opgedoekt.

Zodra Davids me dit verteld had, wist ik dat het maar één ding kon betekenen. Mijn ouders hadden niet gewild dat ik het bedrijf voortzette. In een groot aantal opzichten was dit onverklaarbaar. Ik heb vele, vele zaken verkocht, ik heb vele en uiteenlopende goederen van de hand gedaan, maar nooit een duur huis. Ik wist er echter wel het nodige van. Nou en of. Ik kende het tijdschrift *Unique Homes*, ik kende het DuPont-register van dure huizen en ik kende *Christie's Great Estates.* Ik was op de hoogte van onderhoudssubsidies en opgekochte boerderijen, ik kende de waarde van ambachtelijk handwerk uit de vorige eeuw, de standpunten over nieuwe snelwegen en de privacy van een huis aan het doodlopende einde van een landweggetje, waar de sereniteit overvloedig aanwezig is. Hoe kon het ook anders. Het was mijn bloed in geslopen. Ik heb zelfs twee jaar bouwkunde gestudeerd voordat ik na een ongelukkig voorval de universiteit uit struikelde en een ander soort loopbaan koos. En toch had hij me niet achter zijn bureau gewild, of had hij me niet voldoende vertrouwd om zijn zaak voort te zetten. Hoe meer ik daarover nadacht, des te kwetsender ik dat vond.

Ik dronk door, om te kijken of het er beter op werd. Dat was niet het geval. Voor de zekerheid bleef ik toch maar drinken. Aan het begin van de avond bleef het nog rustig in de bar. Maar rond een uur of tien vond er een plotselinge invasie plaats van mannen en vrouwen in pakken, afkomstig van een of ander kloothommelig multimedia-festijn. Ze tolden midden in de bar in het rond, koortsachtig aan het netwerken, opgewonden als kinderen bij het vooruitzicht dat ze helemaal uit hun dak zouden gaan en op een doordeweekse avond zomaar een paar *lite-beers* zouden pakken. Ik had het stadium bereikt waarin mijn brein zwaar en koud aanvoelde. Het rumoer was al luid en werd nog lui-der, alsof ik omringd was door mensen die grind aan het scheppen waren.

Ik hield stand aan mijn tafeltje en wierp dodelijke blikken op de indringers. Een paar overmoedige lieden hadden hun jasjes uitgetrokken en zaten nu in blote hemdsmouwen. Er was zelfs iemand die z'n das had losgetrokken. Lakeien kropen knipmessend richting bazen. Ik kon het wel aan. Ik zou deze storm doorstaan. Die mensen wisten dan misschien hoe ze spreadsheets en amortisatie van activa moesten verwerken, maar op het gebied van bar-uithoudingsvermogen waren ze nog nat achter de oren. Ik had er alle vertrouwen in. Ik was cool. Ik was ook, achteraf bezien, nog veel dronkener dan ik zelf doorhad.

Er kwamen drie mannen de deur door. Binnen bleven ze om zich heen staan kijken.

En voordat ik het wist, werd er gegild en doken al die kantoorfreaks naar de grond. Eerst werd ik ook bang, maar even later besefte ik dat ík degene was voor wie ze op de vlucht sloegen.

Ik stond op onvaste benen midden in het vertrek, mijn kleren nat van een omgevallen glas bier. Ik had een wapen in mijn handen en richtte dat recht op de mannen in de deuropening, terwijl ik een lange, onsamenhangende reeks tegenstrijdige instructies blafte. Zo te zien scheten ze zeven kleuren bagger. Waarschijnlijk omdat je, als iemand een pistool op je richt, graag wilt doen wat die persoon vraagt. Maar dat valt niet mee als je niet eens begrijpt wat hij zegt.

Na een tijd hield ik op met schreeuwen. Even stonden er zes mannen in de deuropening, daarna losten ze weer op tot drie. De hele bar was stil gevallen, maar mijn hart voelde aan alsof er een *meltdown* stond te gebeuren. Iedereen wachtte tot het allemaal beter of erger zou worden.

'Sorry,' mompelde ik. 'Misverstandje.'

Ik stopte het pistool in mijn jaszak, veegde de papieren op de tafel bijeen en zwalkte naar buiten. Pas halverwege de lobby viel ik om, waarbij ik een tafel, een grote vaas en een bloemarrangement ter waarde van honderden dollars meetrok.

Om drie uur 's ochtends, versteend van het ijswater, lag ik op mijn rug op het bed in mijn kamer.

Ik was toegesproken door de hoteldirectie en de plaatselijke politie, die beiden erg begripvol waren geweest maar er wel op stonden dat ik het pistool voor de rest van mijn verblijf afgaf. Ik weet het maar aan de begrafenis. Ik heb een vergunning voor het dragen van een verborgen wapen, wat hen zeer verbaasde. Maar, en op zichzelf vond ik dat redelijk, ze vonden dat die vergunning niet inhoudt dat ik er in bars mee mocht staan rondzwaaien. De documenten uit Davids' kantoor, de papieren die aankondigden dat ik nu aan het hoofd stond van 1,8 miljoen dollar in contanten, lagen zorgvuldig over de radiator uitgespreid te drogen. Ik was niet meer boos. Op niemand. Het feit dat het testament van mijn vader nu naar verschaald bier rook, leek zijn argument alleen maar te versterken.

Na een tijdje rolde ik me op mijn zij en draaide een telefoonnummer. De telefoon ging zes maal over en toen kwam er een antwoordapparaat. Een stem die ik beter kende dan mijn eigen stem zei dat de heer en mevrouw Hopkins momenteel niet aan de lijn konden komen, maar dat ik een bericht kon inspreken. Dan zouden ze me terugbellen.

Hoofdstuk 2

Om tien uur de volgende ochtend stond ik, bleek en boetvaardig, aan het einde van mijn ouders' oprit. Ik had een schoon overhemd aan. Ik had iets gegeten. Ik had aan iedereen die ik maar in het hotel kon vinden mijn verontschuldigingen aangeboden, tot aan de gozer die het zwembad schoonmaakte. Het viel me mee dat ik de nacht niet in een cel had doorgebracht. Ik voelde me 'shit'.

Het huis was een van de laatste aan een smalle, heuvelachtige weg aan de bergzijde van de grootste villawijk van Dyersburg. Ik was lichtelijk verbaasd geweest toen ze daarheen verhuisden. Het was een redelijk groot perceel, ruim twaalfhonderd vierkante meter, met een stel oude bomen die schaduw gaven aan de zijkant van het huis. Het werd omringd door tuinen van vergelijkbare grootte, waarop mooie, negentiende-eeuwse huizen stonden die zo te zien niet door onderhoudsmaniakken bewoond werden. Langs beide zijden van het perceel liep een keurige heg. Mary bewoonde het huis naast hen, en zij was beslist niet rijk. Aan de andere kant was kortgeleden een hoogleraar met zijn pas afgestudeerde eega komen wonen. Volgens mij hadden ze het huis zelfs via mijn vader gekocht. Ook alweer keurige types, maar niet direct mensen die baadden in champagne. Het huis zelf had een verdieping, een alleraardigste veranda, een werkplaats in de kelder en een garage aan de achterkant. Het was zonder enige twijfel een fraai en goed gebouwd huis in een nette buurt. Als iemand je daar wilde installeren, had je geen reden tot klagen. Maar niet het soort buurt waar *Homes of the Rich and Famous* binnenkort een speciale uitgave aan zou wijden.

Ik zwaaide over de schutting voor het geval Mary net uit het raam keek, en liep langzaam het pad op. Ik voelde me een indringer. Het echte huis van mijn ouders, het huis waarin ik was opgegroeid, lag een heel eind in het verleden en zo'n vijftienhonderd kilometer naar het westen. Sinds hun verhuizing was ik niet meer terug geweest in Hunter's Rock, maar ik herinnerde me dat huis als mijn broekzak. De indeling van die kamers had waarschijnlijk voorgoed mijn opvattingen over woonruimte bepaald. Het huis dat nu voor me lag, was een soort tweede vrouw; zo iemand die te laat in je leven komt om met de kinderen meer op te bouwen dan iets van afstandelijke vriendelijkheid.

Naast de deur stond een vertinde vuilnisbak, met een deksel dat iets opwipte door de volle vuilniszak erin. Er lagen geen kranten op de stoep. Ik nam aan dat Davids daarvoor had gezorgd. De juiste beslissing, uiteraard, maar daardoor zag het huis eruit alsof het al onder een stoflaken lag. Ik haalde de onbekende sleutels uit mijn zak en opende de deur.

Binnen was het zo stil dat het huis ervan leek te gonzen. Ik raapte de post op, voornamelijk reclamefolders, en legde hem op het dressoir. Daarna liep ik een tijdje door de verschillende kamers rond om naar dingen te kijken. De vertrekken voelden aan als op een veilingkijkdag, alle voorwerpen afkomstig uit verschillende huizen en veel te laag geprijsd. Zelfs dingen die bij elkaar hoorden – de boeken in de werkkamer van mijn vader, mijn moeders verzameling Engels keramiek uit de jaren dertig, keurig uitgestald op de antieke buffetkast in de zitkamer – leken hun rijen hermetisch gesloten te hebben, zodat mijn hand en de tand des tijds er niet bij konden. Ik had geen idee wat ik met al die spullen aan moest. In dozen stoppen en ergens tot in alle eeuwigheid opslaan? Verkopen, het geld houden of aan een goed doel geven? Binnen dit stilleven gaan wonen, in de wetenschap dat ik in de ogen van de spullen nooit meer dan tweedehands respect voor ze zou hebben?

Het enige dat min of meer logisch leek, was alles te laten zoals het was, het huis uit te lopen en nooit meer terug te komen. Dit was mijn leven niet. Dit was niemands leven meer. Afgezien van de trouwfoto in de hal stonden er niet eens foto's. Daar hadden we bij ons thuis nooit aan gedaan.

Uiteindelijk kwam ik terecht in de zitkamer. Die keek via de tuin uit op de weg en had grote, brede vensters die het kille licht buiten omzetten in warmte. Er stonden een bank en een fauteuil in een identieke, vriendelijke printstof. Een kleine, compacte breedbeeld-tv in een kast met rookglas. En de stoel van mijn vader, een gehavend oud strijdros van donker hout met groene bekledingstof, het enige meubelstuk in het hele vertrek dat ze uit hun vorige huis hadden meegenomen. Op de salontafel lag een nieuwe biografie van Frank Lloyd Wright. De plek waar mijn vader was gebleven, was aangegeven met een kassabon van de plaatselijke supermarkt. Acht dagen geleden had een van hen daar vleeswaren, een cake (extravagant), vijf grote flessen bronwater, magere melk en een flesje vitaminepillen gekocht. Het meeste daarvan moest deel uitgemaakt hebben van de koelkastinhoud die Mary had weggegooid. Misschien was het mineraalwater er nog, samen met de vitaminen. Misschien zou ik daar straks wat van nemen.

Intussen zat ik in de stoel van mijn vader. Ik liet mijn handen langs de uitgesleten nerven van de houten armleuningen glijden, legde ze daarna in mijn schoot en keek de tuin in.

En een hele tijd lang, met vreselijke uithalen, huilde ik.

Veel later herinnerde ik me een avond, heel lang geleden. Ik moet zeventien geweest zijn. We woonden nog in Californië. Het was vrijdagavond; ik had met een stel vrienden afgesproken in een bar aan een achterafweggetje net buiten onze woonplaats. Lazy Ed's was zo'n schoenendoos-met-parkeerterrein-kroeg die eruitziet als een mormoonse anti-alcoholadvertentie; drinken werd in zo'n tent niet alleen een goddeloos tijdverdrijf, maar kreeg ook iets kleurloos, iets triests en hopeloos. Ed besefte dat hij het zich niet kon permitteren om al te kieskeurig te zijn, en aangezien wij nooit voor problemen zorgden en munten bleven gooien in de biljarttafel en de jukebox: Blondie, Bowie en uiteraard ons aller Bruce Springsteen – het was in de gloriedagen van Molly Ringwald en de Mondriaan-kleuren – had hij geen bezwaar tegen onze jeugdige klandizie.

Mijn moeder was er niet, die was naar een vriendin om te doen wat vrouwen doen als er geen mannen met verveelde gezichten in de weg zitten die met onvoldoende ernst luisteren naar verhalen over mensen die ze nooit gezien hebben en die sowieso behoorlijk oninteressant klinken, althans zo te horen aan hun problemen. Om zes uur zaten pap en ik aan de keukentafel. We aten lasagne die ze voor ons in de koelkast had gezet, en we meden de sla. Mijn gedachten waren elders. Geen idee waar. Ik kan niet meer terugkeren in het hoofd van mijn zeventienjarige ik, evenmin als ik me kan verplaatsen in de belevingswereld van een inboorling uit Borneo.

Het duurde even eer ik besefte dat pap zijn bord al leeg had en me aan zat te kijken. Ik keek terug. 'Wat is er?' vroeg ik, best wel vriendelijk.

Hij schoof zijn bord van zich af.

'Ga je vanavond nog uit?'

Ik knikte langzaam, vol jeugdige verbijstering, en begon het eten weer in mijn mond te schuiven.

Ik had natuurlijk meteen moeten begrijpen waar hij heen wilde. Maar ik had het niet door, net zoals ik niet snapte waarom er nog een klein bergje sla lag op zijn verder schoon gegeten bord. Ik moest die groene troep niet, dus schepte ik er ook niets van op. Hij moest het ook niet, maar toch had hij wat genomen – al was mam er niet. Ik begrijp nu dat de berg in de slabak kleiner moest worden; anders zou ze na terugkomst gaan zeuren dat wij niet gezond aten. Het zou oneerlijk geleken hebben om een deel van de sla rechtstreeks in de pedaalemmer te gooien, maar als het een tijdje op zijn bord had gelegen, als het in wezen via zijn maaltijd verdween, dan was het in orde. Maar in dat verre verleden leek het een onvoorstelbaar stom gedoe.

Ik at mijn bord leeg en zag dat pap daar nog steeds zat. Dat was niets voor hem. Meestal werd hij een en al zakelijkheid zodra een eetmoment voorbij was. Borden in de vaatwasser. Vuilnis naar buiten. Koffie aanzetten. Door naar het volgende. Hop, hop tot je erbij neervalt.

'En wat ga jij doen? Beetje voor de buis hangen?' vroeg ik, om toch iets te zeggen. Ik voelde me heel volwassen.

Hij stond op en bracht zijn bord naar het aanrecht. Even bleef het stil, en toen zei hij: 'Ik vroeg me af.'

Dat klonk niet bijster interessant. 'Wat vroeg je je af?'

'Of je misschien zin hebt om een paar potjes biljart te spelen met een oude kerel.'

Ik staarde naar zijn rug. De toon van zijn verzoek vormde een schril contrast met zijn gebruikelijke zelfvertrouwen, vooral die zielige poging tot zelfspot. Ik kon me haast niet voorstellen dat hij dacht dat ik daarin zou trappen. Hij was niet oud. Hij jogde. Hij speelde jongere mannen helemaal weg bij golf en tennis. Bovendien was hij de allerlaatste in de hele wereld die ik me kon voorstellen bij een potje biljart. Het paste gewoon niet bij hem. Als je een Venn-diagram tekende met kringen voor 'mensen die misschien biljarten' en 'mensen waarvan je het niet zou denken maar die misschien toch biljarten', dan zou hij op een heel ander vel papier staan. Die avond had hij, zoals zo vaak, een keurige zandkleurige katoenen broek aan met een schoon, wit linnen overhemd. Geen van beide afkomstig uit bijvoorbeeld de Gap, waar de grote massa inkoopt. Hij was lang en bruin met donker haar met zilveren strepen en hij had het soort jukbeenderen waardoor mensen op je willen stemmen. Hij zag eruit alsof hij over de reling van een behoorlijk jacht bij Palm Beach of Jupiter Island moest leunen om over kunst te praten. En dan hoogstwaarschijnlijk over een kunstwerk dat hij jou wilde verkopen. Ik was daarentegen bleek en mager en gekleed in de gebruikelijke outfit van zwarte Levi's en een zwart T-shirt. Beide zagen eruit alsof ze waren gebruikt voor de fijnafstelling van de binnenkant van een automotor. En waarschijnlijk roken ze ook zo. Pap moet geroken hebben zoals hij altijd rook, wat ik toen niet besefte maar wat ik nu even helder kan oproepen alsof hij vlak achter me stond: een droge, schone en correcte geur, zoiets als keurig opgestapeld brandhout.

'Wou jij biljarten?' vroeg ik, om te controleren of ik niet mijn verstand had verloren.

Hij haalde zijn schouders op. 'Je moeder is er niet. Er is niets op tv.'

'Heb je dan niet ergens een bandje?' Dit was onvoorstelbaar. Pap had met zijn videorecorder het soort relatie dat sommige vaders hebben met een geliefde, oude hond. Op de planken in zijn werkkamer stonden rijen keurig geëtiketteerde banden. Nu zou ik uiteraard exact hetzelfde doen, als ik ergens woonde. Als ik de tijd had, zou ik er streepjescodes op zetten. Maar in die tijd was dat het trekje dat me het meest deed denken aan een fascistische politiestaat.

Hij gaf geen antwoord. Ik veegde de restjes van mijn eigen bord. Zonder erbij na te denken ging ik zorgvuldig te werk, want ik was op een leeftijd dat ik het moeilijk vond om mijn moeder te laten merken dat ik van haar hield, en door ervoor te zorgen dat haar kostbare vaatwasser niet verstopt raakte met stukjes troep kon ik iets doen zonder dat wie dan ook dat in de gaten had – ikzelf ook niet. Ik wilde niet dat pap naar de bar kwam. Zo simpel was het. Ik had een bepaalde routine voor die avonden. Ik vond het prettig om erheen te rijden. Dat was tijd voor en met mezelf. En mijn vrienden zouden het raar vinden. Het wás ook raar, god nog aan toe. Mijn vriend Dave zou waarschijnlijk bij aankomst al zo stoned als een garnaal zijn, en kon dan helemaal uit z'n dak gaan als hij mij daar zag staan met een vertegenwoordiger van alles wat autoritair, reactionair en rimpelig was.

Ik keek naar hem en vroeg me af hoe ik dit duidelijk moest maken. De borden zaten in de afwasmachine. De resterende sla stond weer in de koelkast. Hij had het aanrecht afgeveegd. Als in de loop van de avond een ploeg rechercheurs een inval zou doen op zoek naar bewijzen dat wij ook maar een kruimel hadden gegeten, dan zouden ze achter het net vissen. Ik baalde er verschrikkelijk van. Maar toen hij de droogdoek opvouwde en over het handvat van de oven hing, kreeg ik een eerste voorgevoel van de emotie die ik bijna twintig jaar later pas echt zou meemaken, op de dag dat ik met een nat gezicht in zijn stoel in een leeg huis in Dyersburg zat. Een besef dat zijn aanwezigheid niet onvermijdelijk of een vast gegeven was; dat er op een dag te veel sla in de kom zou zitten en dat droogdoeken onopgevouwen zouden blijven.

'Vooruit dan maar,' zei ik.

Met het zweet op m'n kop begon ik te bedenken hoe de andere jongens zouden reageren, en ik zorgde ervoor dat we ruim een halfuur te vroeg van huis gingen. Ik dacht dat we dan zo'n beetje een uur zouden hebben voordat we te maken kregen met de anderen, want die anderen kwamen altijd te laat.

We reden naar Ed's, pap naast me. Hij zei niet veel. Toen ik bij de bar parkeerde, tuurde hij door de voorruit. 'Dus dit is jouw stamkroeg?'

Op licht verdedigende toon zei ik dat dat inderdaad zo was. Hij gromde even. Onderweg van het parkeerterrein naar de bar kwam de gedachte bij me op dat Ed misschien weer zou gaan twijfelen aan mijn leeftijd als ik nu met mijn vader kwam aanzetten, maar het was al te laat om rechtsomkeert te maken. Niet dat we echt op elkaar leken. Misschien zou hij denken dat pap gewoon een of andere oudere vent was die ik kende. Een senator of zo.

Binnen was er bijna niemand. Een stel oude sukkels die ik niet kende, zat over een hoektafeltje gebogen. De bar kwam pas laat in de avond al stotterend tot leven, en dan nog was het een wankel soort vitaliteit, van het soort dat je met twee opeenvolgende foute keuzes in de jukebox morsdood kunt gooien. Terwijl we aan de bar stonden te wachten tot Ed op een later tijdstip vanuit zijn keukentje zou verschijnen, leunde pap tegen de reling en keek om zich heen. Niet dat er veel te zien was. Gedeukte barkrukken, stof van eeuwen, een biljarttafel, een schemerig interieur en tl-verlichting. Ik hoopte dat hij er niets aan vond. Na een tijdje dook Ed op. Hij grijnsde toen hij me zag. Meestal dronk ik mijn eerste glas bier aan de bar, zodat ik met hem kon kletsen, en waarschijnlijk dacht hij dat dat die avond ook het geval zou zijn.

Maar toen kreeg hij pap in het oog. Hij bleef staan. Niet alsof hij tegen een muur gelopen was of zo, maar hij aarzelde en zijn grijns vervaagde om plaats te maken voor een uitdrukking die ik niet kon duiden. Pap was heel anders dan de types die je meestal in die bar zag, en ik neem aan dat Ed zich afvroeg door wat voor bizarre kaartleesfout hij hier beland was. Pap draaide zich naar hem om en knikte. Ed knikte terug.

Ik wilde het achter de rug hebben. 'Mijn vader,' zei ik.

Ed knikte nogmaals en dat was dan het einde van een belangrijk stuk mannelijke sociale interactie.

Ik bestelde twee bier. Toen ik zat te wachten, keek ik naar mijn vader die naar de biljarttafel liep. Als kind was ik eraan gewend geraakt dat mensen in winkels naar hem toe kwamen voor een gesprek, omdat ze aannamen dat hij de filiaalhouder was en dus de enige die een oplossing kon bieden voor de kleinigheden die ze opbliezen tot een psychodrama. Door een soort talent leek hij zich evenzeer thuis te voelen in een smoezelige bar, en ik voelde een greintje respect voor hem. Een heel specifiek en beperkt soort respect, het soort respect dat je voelt voor iemand die blijk geeft van een kwaliteit die je waarschijnlijk zelf ooit zou willen bezitten. Maar het wás er wel.

Ik ging bij hem aan de biljarttafel staan, en daarna ging het rap bergafwaarts met onze *male bonding*. Ik won alle drie de potjes. Langdurige, trage potjes. Niet dat hij nou echt zo slecht was, maar iedere stoot was vijf procent ernaast, en ik kon mijn gang gaan. We zeiden niet veel. We bukten ons, speelden een stoot en verdroegen de missers. Nadat het tweede potje slepend ten einde gekomen was, ging hij nog een biertje halen terwijl ik de ballen bij elkaar harkte. Ik had eigenlijk gehoopt dat hij het er bij een zou houden, dus mijn glas was nog bijna vol. Toen speelden we het laatste potje, dat iets beter ging maar in wezen nog steeds een martelgang was. Toen het voorbij was, zette hij zijn keu weer in het rek.

'Uitgespeeld?' vroeg ik, naar ik hoopte op nonchalante toon. Ik was zo opgelucht dat ik het risico nam om nog een munt omhoog te houden.

Hij schudde zijn hoofd. 'Ik ben geen waardige tegenstander voor jou.'

'Nou, zou je dan niet iets zeggen in de trant van "Hé knul, jij bent behoorlijk goed" of zo?'

'Nee,' zei hij op milde toon. 'Want dat ben je niet.'

Ik staarde hem aan, geschrokken als een kleuter. 'Nou, eh...' wist ik uiteindelijk uit te brengen. 'Bedankt voor de opsteker.'

'Het is maar een spelletje.' Hij haalde zijn schouders op. 'Wat mij dwarszit, is niet dat je niet goed bent. Wat mij dwarszit, is dat dat jou niet dwarszit.'

'Wát?' vroeg ik ongelovig. 'Heb je dat in een of ander motivatiehandboek voor managers gelezen? Haal je zoon op het juiste moment onderuit en uiteindelijk wordt hij algemeen directeur?'

Op milde toon: 'Ward, doe niet zo onvolwassen.'

'Jíj doet onvolwassen,' snauwde ik. 'Je nam aan dat ik niet goed zou zijn en dat je hierheen zou kunnen komen om me te verslaan terwijl je er zelf helemáál niets van bakt.'

Hij bleef me even met zijn handen in zijn broekzakken staan aankijken. Een vreemde blik: koel en vorsend, maar niet geheel zonder liefde. Toen glimlachte hij.

'Zoiets, ja,' zei hij. En toen ging hij weg. Hij zal wel naar huis gelopen zijn.

Ik ging terug naar de biljarttafel, greep mijn bier en dronk in één teug mijn glas leeg. Daarna probeerde ik een van zijn laatste ballen in de hoekzak te rammen en miste hopeloos. Op dat moment kreeg ik pas echt een vreselijke bloedhekel aan hem.

Ik stormde naar de bar en zag dat Eddy al een bier voor me had klaarstaan. Ik greep naar mijn geld, maar hij schudde zijn hoofd. Dat had hij nog nooit gedaan. Ik ging op een kruk zitten en bleef een paar minuten zwijgen.

Langzaam aan begonnen we over andere dingen te praten: Eds kijk op de plaatselijke politiek en het feminisme – hij stelde zich ietwat kritisch op ten opzichte van beide – en een hut die hij in het bos wilde bouwen. Ik zag niet in hoe Ed ooit echt grote invloed zou kunnen uitoefenen op de eerste twee onderwerpen, of hoe hij ooit zo'n hut voor elkaar zou krijgen, maar ik luisterde. Tegen de tijd dat Dave binnenslenterde kon ik dan min of meer doen alsof het een normale vrijdagavond was.

Het werd een prima avond. We praatten, we dronken, we vertelden leugens. We biljartten – maar niet erg goed. Na afloop liep ik terug naar de auto. Ik bleef staan toen ik een briefje onder een van de ruitenwissers zag zitten. Mijn vaders handschrift, maar veel kleiner dan anders.

'Als je dit niet in één keer kunt lezen,' stond er, 'laat je dan thuisbrengen. Dan breng ik je hier morgen heen om de auto op te halen.'

Ik verfrommelde het briefje en smeet het weg, maar ik reed heel voorzichtig naar huis. Toen ik terugkwam, lag mam al in bed. In de werkkamer van mijn vader scheen licht, maar de deur zat dicht, dus ik ging naar boven.

Tegen het einde van de ochtend stond ik een keer op om een kop oploskoffie te maken. Afgezien daarvan bleef ik tot midden in de middag zitten. Toen schoof de zon door de lucht en begon recht door de ruit in mijn ogen te schijnen. Dat verbrak de betovering waaronder ik had vertoefd en ik stond op in de wetenschap dat ik nooit meer in die stoel zou zitten. Al was het maar omdat hij niet lekker zat. Het kussen was totaal kaal gesleten en bobbelig, en na een paar uur zo te zitten had ik een houten reet gekregen. Ik liep terug naar de keuken, spoelde mijn kopje om, droogde het af en zette het weer in de kast. Ik vouwde de droogdoek op en hing hem over het handvat van de oven.

Besluiteloos bleef ik in de hal staan nadenken wat ik nu zou doen. Een deel van me geloofde dat mijn ouders het gewaardeerd zouden hebben als ik meteen uit het hotel vertrokken was om die nacht thuis door te brengen. Maar de rest van mij wilde dat niet. Echt niet, helemaal niet. Ik wilde vrolijke lichten en een hamburger, een bier, iemand die over iets anders kon praten dan over de dood.

Plotseling voelde ik me geprikkeld en verdrietig. Ik liep terug naar de zitkamer om mijn telefoon van de salontafel te pakken. Mijn onderrug deed pijn, waarschijnlijk van die ellendige stoel.

De stoel. Misschien kwam het doordat het licht nu anders was; de zon was sinds die ochtend de hele tuin door geschoven en wierp nu nieuwe schaduwen. Waarschijnlijker leek het dat mijn hoofd na een paar uur janken wat helderder was geworden. Hoe dan ook, nu ik er zo naar keek zag de zitting er wat eigenaardig uit. Terwijl ik de Nokia langzaam in mijn zak liet glijden, keek ik met opgetrokken wenkbrauwen naar de stoel. Het kussen, dat er een integraal onderdeel van vormde, vertoonde in het midden een zichtbare bobbel. Ik stak maar eens een hand uit en betastte het kussen. Het voelde wat hard aan.

Misschien had hij hem opnieuw laten bekleden, of er een nieuwe vulling in gedaan. Stenen, misschien. Ik rechtte mijn rug, bereid om het hele gedoe te vergeten en het huis te verlaten. Mijn kater begon een volwassen omvang aan te nemen. Maar toen zag ik iets anders.

Er is een correcte manier om voorwerpen over een ruimte te verdelen. Vooral als het grote voorwerpen zijn. Sommige mensen zien dat niet. Die smijten het meubilair lukraak neer, of allemaal tegen de muren, of onder rechte hoeken of zó dat iedereen de tv kan zien. Mijn vader zorgde er altijd voor dat de spullen op een bepaalde manier werden gerangschikt, en werd dan heel pissig als iemand iets verplaatste. En de stoel van mijn vader stond niet op de juiste plek. Niet ver ernaast, en ik denk niet dat het iemand anders opgevallen zou zijn. Hij stond te haaks op het andere meubilair, en hij leek iets te veel op zichzelf te staan. Het zag er gewoonweg niet goed uit.

Ik hurkte ernaast en bestudeerde de lijn waar het kussen vastzat aan de zitting zelf. De naad was afgewerkt met een galonnetje. Dat zag er sleets en rafelig uit. Ik greep een uiteinde en trok. Het liet gemakkelijk los en er werd een opening zichtbaar die eruitzag alsof hij een keer genaaid was.

Ik stak mijn hand naar binnen. Mijn vingers navigeerden door een soort droog, week spul heen, waarschijnlijk in stukken gehakt schuimrubber. In het midden vonden ze een hard voorwerp. Ik haalde het te voorschijn.

Het was een boek. Een paperback, een nieuw ogend exemplaar van een bestseller, het soort boek dat mijn moeder als impulsaankoop bij de kassa kon aanschaffen en in een middagje doorbladeren. Het zag er ongelezen uit. De rug was niet geknakt en mijn moeder was echt niet zo zuinig op haar boeken. Ik snapte er niets van. Zo'n boek belandde toch niet per ongeluk in een stoel?

Ik bladerde de pocket door. Middenin zat een stukje papier. Ik trok het tussen de bladzijden vandaan. Het was een briefje, één regel maar, in het handschrift van mijn vader.

'Ward,' stond er. 'We zijn niet dood.'

Hoofdstuk 3

Een riviertje in het zuiden van de staat Vermont, het water helder en koud, haastig stromend over een bedding van bleke rotsen tussen de steile oevers van een vallei hoog in de Groene Bergen. De hemel lijkt een meter boven de bomen te beginnen, een grijs bevroren uitgerolde suikerspin in het laatste avondlicht. De blaadjes op de grond, de gebroken gloeilampen met hun glas-in-loodkleuren, zijn overdekt met een vlekkerige laag sneeuw. Aan weerszijden van de rivier, onderling verbonden via een stel oude, vijftig meter uit elkaar gelegen stenen bruggen, ligt het dorpje Pimonta. Misschien telt het alles bij elkaar twintig huizen, hoewel ruim de helft daarvan uitsluitend in de zomer wordt gebruikt of zelfs het hele jaar door leegstaat. Naast een van die huizen hurkt de omvangrijke vorm van een heel oude Buick, de geroeste carrosserie nu de kleur van een donderkop. Ook op andere opritten staat hier en daar een auto, stoere wagens die de indruk wekken dat de eigenaars tevens de bezitters zijn van een stel kinderen en minstens één hond. Het is er bijzonder stil, afgezien van het geruis van het water, dat al zo lang stroomt dat het rumoer ervan eerder een kleur dan een geluid is geworden. Traag krinkelt er wat rook uit een enkele schoorsteen, waaronder die van de Pimonta Inn, een wat duurdere bed & breakfast die met zijn rug naar het water staat en deze laatste week voordat de blaadjes gaan vallen, bijna vol zit.

Op een van de bruggen staat een man. Hij leunt tegen de borstwering en kijkt neer op het tuimelende water. Hij heet John Zandt. Hij is bijna een meter tachtig lang en hij draagt een dikke jas tegen de kou. De jas accentueert zijn postuur, dat compact en breedgeschouderd is. Hij ziet eruit als iemand die een stel koffers een heel eind kan sjouwen of iemand een enorme lel kan verkopen. En dat is ook zo. Hij heeft kort, donker haar en ruige, maar goed geproportioneerde gelaatstrekken. Op zijn kin en wangen groeien stoppels van twee dagen. De afgelopen week heeft hij in de Pimonta Inn gelogeerd, in een suite die bestaat uit een slaapkamer, een badkamer en een zitkamertje met een open haard: een dure en comfortabele inrichting in een nonchalante countrystijl. Overdag wandelde hij in de bergen en dalen in de buurt, waarbij hij de gemarkeerde paden meed, met hun groepjes in felle kleuren gehulde wandelaars vol verhalen over beren. Soms vond hij de resten van oude huizen, waarvan intussen weinig meer over is dan bergjes donker hout, zomaar tussen het struikgewas. Er zijn geen echo's te horen, hoe lang je ook blijft staan luisteren, en plekken die ooit aan een pad lagen zijn weer van de kaart geveegd. De wegen hebben andere routes gevonden en hebben van sommige plekken bestemmingen gemaakt en andere achtergelaten als wildernis, misschien wel voor eeuwig.

Zandt blijft op zulke plekken graag een tijdje zitten denken aan hoe het had kunnen zijn. Dan gaat hij weer op pad en wandelt tot hij moe is en terug moet naar het hotel. In de avonden zit hij in de gezellige woonkamer. Op beleefde toon ontwijkt hij gesprekken met medegasten en met de eigenaren van het etablissement. In de boeken in de bescheiden bibliotheek wordt gesproken van verstilling en berusting. Ongeveer veertig mensen hebben de afgelopen paar weken tegen hem geknikt zonder ooit zijn naam te achterhalen of hem in enig detail te kunnen beschrijven.

Na het avondeten, dat meestal uitstekend was, zij het wat traag geserveerd, ging hij terug naar zijn suite, maakte een vuurtje en bleef op tot hij er niet meer tegen kon. De laatste tijd droomt hij veel. Soms gaan die dromen over Los Angeles, over een leven dat voorgoed voorbij is en waaraan dus geen ontsnapping mogelijk is. In het verleden heeft hij zowel alcohol als heroïne geprobeerd, maar zelfs bij grote hoeveelheden daarvan had hij weinig baat. Tegenwoordig wordt hij gewoon wakker en blijft dan op zijn rug liggen wachten tot het ochtend wordt. Hij denkt dan aan leegte. Hij heeft nooit geprobeerd om zelfmoord te plegen. Dat ligt niet in zijn aard. Was dat wel het geval, dan was hij allang dood.

Nu hij in het vervagende licht over de reling van de brug leunt, vraagt hij zich af wat hij hierna zal gaan doen. Hij heeft geld, een deel daarvan is afkomstig van een zomer vol zwaar handwerk. Hij denkt dat het misschien tijd wordt om zijn leven weer op de rails te krijgen en in een stad te gaan wonen. Misschien ergens in het zuiden, hoewel hij heeft gemerkt dat hij van de kou en van de donkere bossen houdt. Zijn motivatie wordt wat gehinderd door het feit dat hij geen bijzondere behoefte heeft aan nog meer geld, en zelfs geen verlangen om iets te doen met het geld dat hij al heeft. En dat gebouwen, hoewel hij daar zijn leven lang tussenin gewoond heeft, hem plotseling niets meer doen. Verlaten wegen en onbegrensde ruimtes lijken meer in hem wakker te maken dan wat aan de andere kant ligt.

Hij kijkt op wanneer hij een auto hoort aankomen vanaf de weg naar het noorden. Na een tijd priemen de koplampen, eerder ontstoken dan hier gebruikelijk is, over de heuvel heen. Even later volgt de auto hen het dorp in, langs de enige winkel en de videotheek. Het is een Lexus, erg zwart en nieuw. Voor het hotel komt hij soepel tot stilstand.

De auto maakt een tikkend geluid als de motor afkoelt. Even stapt er niemand uit. Zandt blijft kijken totdat hij zeker weet dat de gestalten in de auto naar hem kijken. Zijn eigen auto, iets buitenlands en betaalbaars dat hij op een troosteloos terrein in Nebraska heeft gekocht, staat voor het bijgebouw waarin zijn kamer en nog een aantal kamers zich bevinden. De sleutels van zijn auto zitten in zijn zak, maar hij kan niet bij de auto komen zonder dichter naar de Lexus toe te moeten. Hij kan natuurlijk omkeren, de brug oversteken en tussen de huizen aan de overkant door de heuvels inlopen, maar daar voelt hij niet voor. Hij had, weet hij, contant moeten betalen voor zijn hotelkamer. Dat doet hij anders ook altijd. Maar bij aankomst had hij niets op zak en het was al laat. Als hij naar een geldautomaat in de dichtstbijzijnde plaats was gegaan, had hij ook een luid en duidelijk signaal gegeven. De tijd om deze confrontatie te mijden, wat die ook behelzen moge, ligt twee weken in het verleden. Hij kijkt weer naar het water onder zijn voeten en wacht af wat er komen gaat.

Bij de auto gaat het rechtervoorportier open en er stapt een vrouw uit. Ze heeft donker, halflang haar, draagt een donkergroen pakje en is van gemiddelde lengte. Ze heeft een opvallend gezicht – wat wil zeggen dat je haar ofwel lelijk ofwel beeldschoon vindt. De meeste mensen houden het op het eerste en dat vindt zij prima. Agent Fielding is al geïrriteerd geraakt door haar stilzwijgen onderweg. Hij heeft pas drie uur geleden met haar kennisgemaakt en als hij niet de opdracht had gekregen om haar naar Pimonta te brengen, had hij al uren geleden thuis kunnen zijn. Fielding heeft nog steeds geen idee waarom hij helemaal hierheen moest, en dat is maar goed ook want dit soort kennis kun je amper classificeren als officiële zaken. Hij doet gewoon wat hem opgedragen wordt; een sterk ondergewaardeerd talent.

De vrouw slaat het portier dicht met een zachte *klonk* die de man op de brug kan horen, naar zij weet. Hij verroert geen vin, kijkt zelfs niet op, totdat zij naar hem toe gelopen is: langs het hotel, langs het dichtgespijkerde atelier van een overleden pottenbakker en de brug op.

Ze blijft een paar meter van hem vandaan staan. Ze voelt zich redelijk absurd en heeft het koud.

'Hallo, Nina,' zegt hij, nog steeds zonder haar aan te kijken.

'Cool,' zegt ze. 'Ik ben onder de indruk.'

Hij draait zich om. 'Leuk pakje. Heel erg Dana Scully.'

'Tegenwoordig willen we er allemaal zo uitzien. Zelfs de mannen, zij het niet allemaal.'

'Wie zit er in de auto?'

'Plaatselijke agent. Uit Burlington. Aardige kerel, heeft me een lift gegeven.'

'Hoe heb je me gevonden?'

'Creditcard.'

'Aha,' zegt hij. 'Een hele reis.'

'Jij bent dan ook de moeite waard.'

Hij werpt een sceptische blik op een vrouw die hij ooit opvallend vond en die hij nu opnieuw als lelijk beschouwt.

'Wat wil je? Het is koud. Ik begin honger te krijgen. Het zou me verbazen als jij en ik elkaar iets te zeggen hebben.'

Heel even ziet ze er weer mooi uit, en gekrenkt. Dan, alsof niets van dit alles haar raakt of ooit geraakt heeft: 'Het is weer zover,' zegt ze. 'Ik dacht dat je dat misschien zou willen weten.'

Ze draait zich op haar hak om en loopt terug naar de auto. De motor draait al voordat ze het portier opent en binnen twee minuten is de vallei weer leeg en stil. Er staat alleen nog een man op een brug: zijn mond iets open, zijn gezicht bleek weggetrokken.

Dertig kilometer naar het zuiden haalde hij haar in. Met grote snelheid had hij over smalle bergweggetjes gereden en de auto de bochten om gesmeten. Het zuiden van Vermont is niet ontworpen voor snelheid en tweemaal is de auto geslipt over stukken ijs. Zandt had hier niets van gemerkt, evenmin als van de paar plaatselijke bestuurders die hem net in hun achteruitkijkspiegel hadden opgemerkt toen hij al boven op hun achterbumper zat, accelereerde en hun auto's slingerend in zijn kielzog achterliet. Bij Wilmington splitste de weg zich. Op geen van beide zijwegen was de Lexus te zien. Hij redeneerde dat ze waarschijnlijk op weg zou gaan naar de dichtstbijzijnde plek waar ze via het luchtruim terug kon naar de bewoonde wereld, en sloeg linksaf, Route 9 op naar Keene, vlak over de staatsgrens met New Hampshire.

Op de bredere weg schoot hij beter op en al gauw kreeg hij de duidelijk herkenbare achterlichten van de Lexus in het oog, een eind verderop. Ze flikkerden aan en uit tussen de bomen in een bocht van de weg of verdwenen na een heuveltop. Uiteindelijk zat hij er vlak achter op een recht stuk net ten zuiden van Hardsboro, waar de weg langs een koud, vlak meer liep dat eruitzag als een spiegel die het beeld van een hemel vol schaduwen weerkaatst.

Hij knipperde met zijn verstralers. Geen reactie. Hij ging dichter op de Lexus zitten en knipperde nogmaals. Ditmaal gaf de Lexus iets meer gas. Zandt gaf op zijn beurt gas en drukte het pedaal nog verder in. Nina draaide zich om en herkende hem door de achterruit, zag hij. Ze zei iets tegen de bestuurder, die daarop geen vaart minderde.

Zandt gaf plankgas, begon in te halen, kwam brullend ter hoogte van de Lexus zitten, reed hem klem en trapte hard op de rem. Nog voordat de motor zweeg, was hij al uitgestapt, evenals Fielding, wiens hand al uit zijn jaszak verscheen.

'Stop dat ding weg,' stelde Zandt voor.

'Val dood.' De agent hield het pistool in beide handen. Intussen was Nina aan de andere kant uitgestapt. Zorgvuldig liep ze om een modderplas heen. 'Ik zeg het nog één keer,' zei Fielding. 'Maak dat je wegkomt.'

'Laat maar,' zei Nina. 'Shit. Dat waren dure schoenen.'

'Niks laat maar. Hij wilde ons van de weg drukken.'

'Waarschijnlijk wilde hij gewoon even praten. Het kan hier best eenzaam worden.'

'Dan kan hij tegen mijn lul praten,' zei Fielding. 'Jij daar – leg je handen op de auto.'

Zandt bleef staan totdat Nina om de Lexus heen de weg op gelopen was.

'Weet je zeker dat hij het is?' vroeg hij.

'Dacht je dat ik anders helemaal hierheen gekomen was?'

'Ik heb nooit ook maar één daad van jou kunnen doorgronden. Nooit. Antwoord, graag.'

'Ga jij nou godverdomme eindelijk eens een keer die poten van je op de motorkap leggen?' brulde Fielding. Er klonk een zacht, mechanisch klikje van een veiligheidspal die weggeschoven werd.

Zandt en Nina draaiden zich naar hem om. De agent was ziedend. Nina keek naar de weg, waar een grote, witte Ford die overduidelijk zichtbaar afkomstig was van een verhuurbedrijf hun kant uit kwam, zo langzaam dat de bewoners in het laatste beetje daglicht een prima uitzicht hadden op het meer.

'Kalm aan,' suste Nina hem. 'We zijn onder ons, en er wordt hier niet geschoten. Hoe wou je dat anders verklaren tegen je chef?'

Fielding keek over zijn schouder. Zag de auto tot stilstand komen op een panoramisch uitkijkpunt, een meter of honderd van hen vandaan. Hij liet het pistool zakken. 'Ga je me nog vertellen wat hier in godsnaam gaande is?'

Nina schudde even haar hoofd en wendde zich tot Zandt. 'Ik weet het zeker, John.'

'Waarom zit jij dan hier, en niet daar?'

Ze haalde haar schouders op, een gewoontegebaar. 'Eerlijk gezegd weet ik dat niet. Ja, ik zou daar moeten zitten en nee, ik zou beslist niet met jou moeten praten. Wou je ervandoor, of zullen we ergens heen gaan om te praten?'

Zandt wendde zijn blik af en keek naar het gladde oppervlak van het meer. Sommige delen ervan waren zwart, andere grijs bevroren. Aan de overkant was een open plek met een vakantiewoning; er lagen grote stapels brandhout opgestapeld tegen de zijgevel. Het zag er niet uit als iets dat prefab of uit een catalogus was aangeschaft: eerder als iets waarvoor iemand, of twee iemanden, avonden lang op een hectische plek hadden zitten schetsen en tekenen op kladblokken die ze van kantoor hadden meegenomen, wanhopig op zoek naar een ander verhaal om in te figureren. Niet voor het eerst wenste Zandt dat hij iemand anders was. De gozer in dat huis, misschien. Of een van die toeristen een eindje verderop, die nu, op een kluitje bijeen aan de oever, naar de bomen aan de overkant stonden te spieden. In hun fel gekleurde anoraks zagen ze eruit als een kudde verkeerslichten.

Na een tijdje knikte hij. Nina liep naar Fielding toe en praatte even op hem in. Nog geen minuut later zat het pistool van de agent weer waar het hoorde. Tegen de tijd dat Zandt zich afwendde van het meer, zat Fielding met een beheerst gezicht in de auto.

Nina wachtte bij Zandts auto, een groot dossier onder haar arm. 'Ik heb gezegd dat ik verder met jou meerijd,' zei ze.

Terwijl Nina in zijn auto stapte, liep Zandt naar de Lexus toe. Fielding keek met een ondoorgrondelijke blik naar hem op door het portierraampje en startte de motor. Toen drukte hij op een knop zodat het raampje omlaag rolde.

'Ik zal het voor deze keer maar door de vingers zien,' zei hij.

Zandt glimlachte. Het was een smal lachje, en het leek niet echt op iets wat veroorzaakt wordt door plezier. 'Er komt geen volgende keer,' zei hij.

Fielding hield zijn hoofd schuin. 'En wat mag dat dan wel betekenen?'

'Als jij het ooit nog eens waagt om een pistool op mij te richten, dan dobberen er binnen de kortste keren een heleboel mootjes FBI-man in zo'n leuk meertje rond. En dan kan het me geen reet schelen of dat slecht is voor het milieu.'

Zandt draaide zich om en liet de agent met open mond achter.

Fielding zette de auto in zijn achteruit en reed met grote vaart achterwaarts, waarbij hij een regen van zand en steentjes deed opspatten. Hij gaf plankgas en racete voorbij. Hij minderde heel even vaart om met opgeheven rechtermiddelvinger naar Zandt toe te leunen.

Toen Zandt instapte, zag hij dat Nina met over elkaar geslagen armen en één opgetrokken wenkbrauw naar hem zat te kijken.

'Je sociale vaardigheden worden er niet minder op,' zei ze. 'Misschien zou je er les in moeten geven. Een boek schrijven. Ik meen het. Het is een gave. Verzet je er niet tegen, déél dat talent. Maak gebruik van je potentieel.'

'Nina, hou je bek.'

Zwijgend reed hij terug naar Pimonta. Nina zat met het dossier op schoot. Tegen de tijd dat ze het dorp binnenreden, was het donker geworden en stonden er wat meer auto's van inwoners. Achter de meeste ramen scheen licht. Hij parkeerde voor het hotel en zette de motor uit. Hij maakte geen aanstalten om zijn portier te openen, dus Nina bleef zitten waar ze zat.

'Wou je nog eten?' vroeg ze na een tijd.

Het begon koud te worden in de auto. Twee stellen waren al langs de auto geslenterd op weg naar het hoofdgebouw, hun gezichten opbollend bij het plezierige vooruitzicht dat ze aan tafel gingen.

Hij maakte een beweging alsof hij terugkeerde van een heel eind weg. 'Zeg jij het maar.'

Ze probeerde het met een vrolijk: 'Ik ben overal voor in.'

'Hier telt dat niet. Avondeten is van halfzeven tot negen. We eten nu, of we eten morgenochtend. Ontbijt is klein en vindt plaats tussen zeven en acht.'

'Wat... kun je tussendoor nergens een hamburger krijgen? Kunnen ze hier geen broodjes maken?'

Zandt draaide zijn hoofd naar haar om en ditmaal leek zijn glimlach wel echt. 'Jij komt hier niet uit de buurt, neem ik aan?'

'Goddank niet, nee. En jij ook niet. Waar wij vandaan komen, kun je eten wanneer je wilt. Je geeft wat geld en dan krijg je eten. Modern en praktisch. Of zit jij al zo lang in deze negorij dat je dat niet meer weet?'

Hij gaf geen antwoord. Abrupt liet ze het dossier op de vloer van de auto vallen en opende haar portier. 'Blijf zitten,' zei ze.

Zandt bleef zitten. Hij keek door de voorruit en zag hoe zij doelbewust op het hoofdgebouw afliep. De honger die hij na een dag lang wandelen had gevoeld, was allang over. Hij voelde zich verkild, vanbinnen en vanbuiten. Hij was niet gewend aan omgang met iemand die hem kende, en voelde zich er ongemakkelijk bij, zijn gedachten en gevoelens liepen uit de pas. Hij was al heel lang onderweg, al heel lang was hij niet meer dan een achtergrondpatroon: de man met het lege glas aan de bar, de man die een paar dagen in de werkplaats werkte, iemand op een winderig benzinestation die over zijn autodak heen de leegte in staarde terwijl hij stond te tanken, dan weer de weg opreed en verdwenen was. Tijdenlang had hij bijna niets gedacht, daarbij geholpen door een volledige afwezigheid van herinneringen aan zijn verleden. Door Nina's komst was dat veranderd. Hij wenste dat hij een dag eerder vertrokken was, dat hij weg was geweest toen zij arriveerde. Maar Zandt kende haar volharding beter dan de meeste mensen, en hij wist dat zij doorgegaan zou zijn nu ze het zich in haar hoofd had gehaald dat ze hem wilde vinden.

Hij keek naar het dossier op de vloer van de auto. Een dik dossier. Hij voelde geen enkel verlangen om het op te rapen, laat staan om te zien wat erin stond. Het meeste wist hij toch al. Wist hij maar al te goed. De gevoelens die hij erbij kreeg, waren een verschaalde mengeling van verdoving en afgrijzen, scheermesjes verpakt in een laag watten.

Hij hoorde een deur dichtslaan. Toen hij opkeek, zag hij Nina vanuit het hoofdgebouw van het hotel teruglopen. Ze had iets in haar hand. Hij stapte uit. Het was nu veel kouder, de hemel loodgrijs. Sneeuw.

'Jezus!' zei ze, de adem in een wolk rond haar gezicht. 'Je had gelijk. Het voedselaanbod is hier zuiver behoefte-gestuurd. Maar kijk eens wat ik heb bemachtigd?' Ze stak een fles Ierse whisky omhoog. 'Ik heb gezegd dat het bewijsmateriaal was.'

'Ik drink niet veel meer,' zei hij.

'Ik wel,' zei ze. 'Dus dan kun jij kijken hoe ik drink.' Ze opende het portier en pakte het dossier. Zandt betrapte haar erop dat ze controleerde of het nog op dezelfde plek lag, alsof ze wilde weten of hij er in haar afwezigheid naar gekeken had.

'Nina, wat doe je hier?'

'Jou redden,' zei ze. 'Je welkom heten bij je terugkeer in de wereld.'

'En als ik nou eens helemaal niet terug wíl?'

'Je bent al terug. Alleen weet je het nog niet.'

'Wat is dat nou weer?'

'John, het is hier kouder dan de onderbroek van een non. Laten we naar binnen gaan. Ik weet zeker dat je die nieuwe duizendmeterblik van je binnenshuis even goed kunt oefenen als hier.'

Hij was zo verbaasd dat hij even, grommend, lachte. 'Ook niet echt beleefd, vind je wel?'

Ze haalde haar schouders op. 'Je kent de regels. Eenmaal slapen met een vrouw en ze heeft het recht om de rest van je leven superieur tegen je te doen.'

'Ook als zij ermee begonnen is? En er een eind aan gemaakt heeft?'

'Bij geen van beide gelegenheden heb jij al te zeer verzet geboden, voor zover ik me herinner. In welk van die rustieke schuren logeer jij?'

Hij knikte naar het gebouw in kwestie en ze marcheerde ervandoor. Een moment lang speelde hij met de gedachte om in de auto te stappen en weg te rijden. Daarna verwierp hij dat idee en liep hij achter haar aan.

Hoofdstuk 4

Hij maakte een vuurtje terwijl zij met haar voeten op de salontafel in een van de tot op de draad versleten fauteuils zat. Hij voelde hoe ze de omgeving in het lamplicht in zich opnam: de smaakvol gesleten vloerkleden, het shabby-chique meubilair, de schilderijen die alleen een hôtelier mooi kon vinden. De vloerplanken waren roomwit geschilderd en in een vaas een paar centimeter van Nina's voeten stond een struis veldboeket.

'Hoe laat komt de huishoudster?'

'Zodra jij weg bent,' zei hij, op weg naar de badkamer om glazen te pakken. 'Zij en ik, dat is zinderende passie.'

Nina glimlachte en keek naar het aanmaakhout in de haard. Het vuur knapte en knapperde, blij dat het tot leven gewekt was, klaar om te gaan verzengen. Het leek wel eeuwen geleden dat ze echt vuur gezien had. Het deed haar denken aan vakanties in haar jeugd, en ze moest ervan huiveren.

Toen Zandt terugkwam, schroefde ze de dop van de fles en schonk twee borrels in. Hij bleef nog even staan, alsof hij niet echt zin had om bij haar in de buurt te zijn, maar uiteindelijk ging hij in de tweede stoel zitten. Langzaam begon het warm te worden in de zitkamer.

Ze hield het waterglas met beide handen aan haar lippen en keek hem over de rand heen aan. 'Zo, John... hoe is het nu met je?'

Hij bleef recht voor zich uit staren, zonder haar aan te kijken.

'Zeg jij het maar,' zei hij.

Drie dagen eerder had op een bankje aan 3rd Street Promenade in Santa Monica, Californië, een meisje gezeten, Sarah Becker. Ze luisterde naar een minidisc op een minidisc-walkman die ze voor haar veertiende verjaardag had gekregen. Ze had met de computer thuis een keurig etiketje geprint, en haar naam en adres waren op de achterkant van de walkman geplakt, vastgezet met onzichtbare tape om te voorkomen dat de inkt zou doorlopen. Het idee dat ze de maagdelijkheid van matte chroom moest opofferen leek haar minder erg dan de mogelijkheid dat ze het ding zou kwijtraken. Toen de walkman werd gevonden, bleek dat ze had zitten luisteren naar het album *Generation Terrorists* van de Engelse band Manic Street Preachers. Het was geen bijzonder populaire band bij haar op school, en dat was een van de redenen waarom ze ernaar luisterde. Alle anderen dweepten onophoudelijk met overdreven popprinsessen en kleurloze jongensbands, of wiebelden met hun hoofden terwijl een of andere hiphopsukkel de jeugdtaal van vorig jaar blafte op de wijze van iemand anders' muziek, en dat dan vanuit de veilige haven van een omheinde achtertuin in Malibu. Sarah gaf de voorkeur aan muziek die klonk alsof iemand er ooit, ergens, iets mee bedoeld had. Ze nam aan dat het door haar leeftijd kwam. Op je veertiende was je geen kind meer. Tegenwoordig niet. Allang niet meer. Niet in Los Angeles. Niet hier in 2002. Het duurde even voordat haar ouders zover waren, maar zelfs die wisten nu dat het zo was. Op hun eigen manier begonnen ze eraan te wennen, net als Neanderthalers die vol argwaan loerden naar de eerste Cro-Magnons die fluitend van over de heuvels kwamen aanzetten.

Waar zij zat, bij de fontein tegenover Barnes & Noble, was de promenade op dit uur van de avond redelijk verlaten. Een paar mensen liepen de boekwinkel in en uit, anderen waren te zien achter de enorme glazen ruit die doorliep tot de volgende verdieping. Ze bladerden ingespannen in tijdschriften en boeken, gingen uit hun dak vanwege computerspecificaties of zochten naar magische formules in handleidingen voor scenario-schrijvers. Het jaar tevoren was ze met haar familie voor twee weken naar Londen geweest, op vakantie. Daar had ze met verbijstering naar de boekwinkels gekeken. Die waren pas echt raar. Je had er, zeg maar, niets dan boeken. Geen café, geen tijdschriften, niet eens openbare toiletten. Rijen en rijen boeken, en dat was het dan. De mensen pakten een boek, betaalden het en gingen weer weg. Haar mam had dat zo te zien wel cool gevonden, maar Sarah vond het een van de weinige dingen in Engeland die echt nergens op sloegen. Uiteindelijk hadden ze een enorme, gloednieuwe Borders gevonden en daar was ze naar binnen gestormd. Bij een van de luisterpalen had ze The Manics ontdekt. Britse bands waren cool. De Manics waren al helemaal cool. Londen was in het algemeen wel cool. Dat was dat.

Met goedkeurend hoofdknikken luisterde ze hoe de zanger luidkeels verklaarde dat hij een 'ellendige hond' was. Ze keek de promenade af. Aan het andere uiteinde van het lange voetgangersgebied waren voornamelijk restaurants. Haar vader had haar twintig minuten geleden afgezet en zou haar stipt om negen uur weer komen ophalen: een maandelijks terugkerende gebeurtenis. Eigenlijk had ze met haar vriendin Sian afgesproken bij de Broadway Deli. Sian en zij gingen regelmatig samen eten. De *supperclub* was een idee geweest van Sians moeder, die zich aan haar dochters puberteit aanpaste door alle deuren die ze maar vinden kon open te gooien, uit angst dat ze de verkeerde deur dicht zou laten en daardoor hun bijzondere band zou verpesten. Sarahs moeder had niet al te veel bezwaar gemaakt: gedeeltelijk omdat iedereen het meestal eens was met Monica Williams, maar ook omdat Zoë Becker voldoende voeling had met het kind in zich om te beseffen hoe graag ze dat zelf op die leeftijd had willen doen. Sarahs vader had echter heel af en toe het vetorecht, en een angstig moment lang had ze gedacht dat hij dat recht nu ging uitoefenen. Een paar maanden tevoren had er een uitbarsting van criminele afrekeningen plaatsgevonden binnen de crackindustrie. Maar uiteindelijk, nadat er een hele trits voorzorgsmaatregelen was voorgesteld en afgesproken – bijvoorbeeld dat hij haar zou afzetten en ophalen op nauw omschreven tijdstippen en lokaties, dat zij moest laten zien dat ze een volledig opgeladen batterij in haar mobiele telefoon had en na een opsomming van de belangrijkste voor de hand liggende methodes om chaotische interferentie van de zijde der schikgodinnen te vermijden – had hij toestemming gegeven. En nu was het avondje uit dus vaste prik in de sociale agenda.

Het probleem was dat Sian die avond toen ze kwamen aanrijden niet op de hoek had gestaan. Michael Becker tuurde om zich heen.

'Nou, waar blijft de legendarische juffrouw Williams?' prevelde hij, terwijl hij met zijn vingers op het stuur trommelde. Er zat iets niet lekker met de serie die hij voor Warner aan het ontwikkelen was, en hij was verschrikkelijk gestrest: zware kalmte, met uithalen van nervositeit. Sarah wist niet precies wat het probleem was, maar ze kende het credo van haar vader: er was altijd een oneindig aantal manieren waarop zaken in The Business konden mislopen, en slechts één manier waarop het goed kon gaan. Ze had voorstellen en concepten gezien voor de pilotaflevering van de serie, en hij had haar zelfs aan de tand gevoeld over een paar dingen. Om haar reactie als deel van de potentiële doelgroep te testen. Tot haar eigen verbazing had Sarah gevonden dat de hele serie behoorlijk cool klonk. Eigenlijk zelfs wel beter dan *Buffy* of *Angel.* Persoonlijk vond ze *Buffy* behoorlijk achterlijk, en die ouwe Engelse vent klonk niet half zo echt als Hugh Grant als hij zelf wel leek te denken. En hij leek ook van geen kanten op Hugh Grant. De heldin van *Dark Shift* was volwassener, minder aanstellerig en zeurde niet zo. Bovendien was ze, hoewel Sarah dat niet besefte, losweg gemodelleerd op Michael Beckers dochter.

'Dáár,' had Sarah gewezen.

Haar vader fronste zijn wenkbrauwen. 'Ik zie haar niet.'

'Kijk dan, onder die lantaarn – vlak voor Hennessy en Ingels.'

Op dat moment had een of andere oetlul achter hen keihard getoeterd en had haar vader zich omgedraaid om onheilspellend door de achterruit te kijken. Binnenshuis was hij bijna nooit boos, maar daarbuiten kon hij enorm tekeergaan. Sarah wist, omdat ze dat kortgeleden op school ontdekt had, dat dat iets te maken had met pikordes, met de hiërarchie van de asfaltjungle – maar inwendig was ze bang dat haar pap een dezer dagen zijn wil zou willen opleggen aan de verkeerde naakte aap. Hij leek niet te beseffen dat ook vaders de schikgodinnen tegen zich in het harnas kunnen jagen, of dat leeftijd weinig verschil uitmaakt voor de mate waarin zij wraak nemen.

Ze opende het portier en sprong naar buiten. 'Ik moet hollen,' zei ze. 'Het is in orde.' Met opeengeklemde lippen keek Michael Becker haar na, terwijl de ongeduldige vent in de LeBaron moeizaam om hem heen manoeuvreerde.

Toen draaide hij zich om, en zijn gelaatsuitdrukking veranderde. Even zag hij er niet uit alsof hij verhaallijnen en demografische gegevens in gedachten had, alsof hij de wereld bekeek door een raster van kijkcijfers en buitenlandse rechten. Even leek hij alleen maar moe, leek hij op haar vader, zag hij eruit of hij wel een kop koffie kon gebruiken.

'Tot straks,' zei Sarah met een knipoog. 'Veel plezier en misschien een hartaanval.'

Hij keek op zijn horloge. 'Geen tijd voor. Misschien een paar prostaatproblemen. Negen uur?'

'Stipt. Ik ben altijd te vroeg. Je komt zelf te laat.'

'Mooi niet. Nokkon, kleine meid.'

'Nokkon, pap.' Ze sloeg het portier dicht en keek hoe hij weer in het verkeer invoegde. Hij wuifde naar haar, een kleine groet, en toen was hij weg: opgeslokt in een innerlijke wereld, overgeleverd aan de genade van mensen die woorden per strekkende meter opkochten en pas wisten wat ze nou echt wilden als het te laat was. Terwijl ze hem nakeek wist Sarah één ding heel zeker: The Business zou haar nooit als maîtresse mogen begroeten.

Uiteraard had Sian niet onder die lantaarn gestaan. Sarah had gedaan alsof, om haar vader op weg te helpen, zodat hij naar huis en weer aan het werk kon. Nog tien minuten lang bleef ze daar niet-staan, en toen ging Sarahs telefoon.

Het was Sian. Ze stond momenteel bij de auto van haar moeder op Sunset Boulevard, zo ontzettend geïrriteerd dat ze er bijna van spuugde. Op de achtergrond hoorde Sarah Sians moeder op koninklijke toon stoom afblazen tegen een ongelukkige monteur die waarschijnlijk moeder en dochter in nood had gezien en visioenen van zijn eigen *real life* pornofilm had gekregen. Sarah hoopte dat hij intussen besefte dat het er punt één beslist níét van zou komen, maar dat hij er punt twee geweest was als hij die auto niet heel rap aan de praat kreeg.

Hoe dan ook, Sian ging het niet halen. Dus wist Sarah niet goed wat ze moest doen. Haar vader zou nog niet thuis zijn, en vanaf het moment dat hij de oprit opreed zouden zijn gedachten alweer een snijpunt vormen van prioriteiten en plotwendingen, zat hij misschien al aan de telefoon met zijn partner, Charles Wang, om manieren te verzinnen om het project weer binnen de kijkcijfers te trekken. De volgende ochtend was er een of andere belangrijke ontbijtvergadering in de studio, een breken-of-barsten-palaver met cafeïnevrije koffie en cholesterolarme omeletten. Ze wist dat dit het soort vergadering was waaraan haar vader de allergrootste pesthekel had, omdat hij nooit ontbeet en dan dus moest doen alsof hij dat wel deed, spelend met zijn toast om te voorkomen dat hij ging zitten klieren met zijn bestek. Ze wilde niet dat hij nog gestrester zou worden, en haar kleine zusje Melanie zou in haar eentje al meer dan genoeg achtergrondruis veroorzaken.

Op dat moment besefte ze... dat ze natuurlijk helemaal niet hoefde te bellen! Ze had iets minder dan twee uur de tijd en dan was hij er weer. De promenade bood kamerbrede winkelkansen, en de meeste winkels waren nog open. Ze kon gewoon een Frappucino kopen en wat rondlopen. Naar Anthropology, op zoek naar cadeau-ideeën. Naar de luisterpalen bij B&N om te kijken of ze daar eindelijk iets nieuws hadden. Ze kon zelfs naar de Deli gaan en in haar eentje een Cobb-salade nemen. Als ze er maar voor zorgde dat ze op het juiste moment op de juiste plek stond, kon ze op dat moment alsnog – afhankelijk van haar stemming – bekennen dat Sian niet was komen opdraven óf doen alsof alles normaal geweest was.

Ze belde Sian om te regelen dat dit plan niet zou worden ondermijnd door een telefoontje van mevrouw Williams naar haar moeder. Ze kreeg geen verbinding, wat waarschijnlijk betekende dat de auto het intussen weer deed en buiten bereik van de telefoon in een cañon zat. Sarah was ervan overtuigd dat ze het allang zou weten als haar moeder op de hoogte was. Dan zouden er helikopters door de lucht cirkelen en werd Bruce Willis aan een touw boven haar hoofd neergelaten.

Ze sprak een bericht in voor Sian en ging naar de Starbucks. De gedachte was bij haar opgekomen dat ze, als ze naar de Deli ging, kon bestellen wat ze maar wilde, in plaats van de Cobb-salade die ze altijd en eeuwig namen omdat ze twintig jaar voordat dat nodig werd, al aan het lijnen waren. Ze kon een hamburger nemen, dat was nog eens iets anders! Een enorme, een gigantische hamburger. Half doorbakken en met kaas. En friet.

Ze dacht dat dit misschien het gevoel was dat je kreeg als je volwassen was. En dat het weleens tamelijk interessant kon uitpakken.

Haar Frap was bijna op en The Manics waren voorlopig uitgeblaft, toen ze een lange man de boekwinkel uit zag komen. Hij slenterde een paar meter, bleef staan en keek omhoog naar de lucht. Het was nog niet echt donker, maar de schemering was al voorbij. Hij stak een hand in zijn jaszak, haalde een pakje sigaretten te voorschijn en deed zijn best om er een uit het pakje te toveren zonder een zo te zien zware tas met boeken neer te zetten. Dit duurde even. De man was zich volledig onbewust van Sarahs geamuseerde blikken. Ze dacht dat zijzelf in die situatie de tas neergezet zou hebben, maar kennelijk was die gedachte niet bij hem opgekomen.

Uiteindelijk liep hij met een geërgerd gezicht naar de fontein en zette de tas op de rand. Zodra hij de sigaret aangestoken had, ging hij met zijn handen op zijn heupen een tijdje voor zich uit staan kijken voordat hij haar een blik toewierp.

'Hallo,' zei hij. Zijn stem klonk zacht en opgewekt.

Nu hij dichterbij stond, zag ze dat hij een jaar of veertig moest zijn, misschien iets jonger. Ze wist niet precies waaraan ze dat zag, want hij stond pal voor een lantaarn en zijn gezicht was moeilijk te zien. Hij had gewoon zoiets alsof hij al wat ouder was.

'Zeg dat nog eens.'

Hij zei: 'Eh, hallo?'

Ze knikte wijs. 'Jij komt uit Engeland.'

'O, god. Kun je dat zo snel horen?'

'Tja, kijk, je spreekt met een Engels accent.'

'O. Natuurlijk.' Hij nam een trek van zijn sigaret en keek naar de bank. 'Mag ik even komen zitten?'

Sarah trok haar schouders op. Schouders optrekken was cool. Je zei geen ja, maar je zei ook geen nee. Zie zelf maar. De bank was groot zat. En zelf ging ze toch binnen een paar seconden saladewaarts. Of hamburgerwaarts. Daar was ze nog niet helemaal uit.

De man ging zitten. Hij had een ribbroek aan, niet bijzonder nieuw, maar een wel licht jasje dat er duur uitzag. Hij had grote, goed verzorgde handen. Zijn blonde haar was iets lichter geverfd, maar dat was professioneel gedaan. Zijn gezicht was niet slecht. Een soort hippe natuurkundeleraar, of misschien maatschappijleer. Van het soort dat waarschijnlijk niets zou beginnen met een leerling, maar niet omdat hij de kans niet had.

'Ben jij acteur, of zo?'

'Nee, hoor. Niets bijzonders. Gewoon, toerist.'

'Hoe lang blijf je nog?'

'Een paar weken.' Hij stak zijn hand in zijn zak en haalde er iets kleins uit, iets van glanzend chroom. Hij klapte het dekseltje weg, en het bleek een klein, draagbaar asbakje te zijn.

Sarah nam dit met grote belangstelling waar. 'Engelse mensen roken nogal veel, hè?'

'Nogal, ja,' zei de man, die geen Engelsman was. Hij maakte zijn sigaret uit en stopte de asbak weer in zijn zak. 'Wij kennen geen vrees.'

Ze bleven een tijdje zitten kletsen. Sarah haalde herinneringen op aan Londen. De man kon overtuigend op haar verhalen reageren, want hij was net twee dagen geleden uit Engeland teruggekomen. Hij vertelde niet dat de Barnes & Noble-zak die hij bij zich had, vol zat met boeken die al jaren zijn eigendom waren, en ook niet dat hij net een heel uur lang met zijn rug naar de andere klanten toe in de afdeling Politiek en Economie had zitten wachten tot Sarah arriveerde. Hij noemde die delen van Los Angeles op die hij al bezocht had, een selectie uit de gebruikelijke toeristenfuiken.

Sarah, die haar verantwoordelijkheden niet licht opnam, stelde La Brea voor, Rodeo Drive en de Watts-toren, die hem naar zij meende een goede indruk zouden geven van zowel de geschiedenis als de toekomst van Los Angeles. Bovendien, dacht ze bij zichzelf, zou hij op Rodeo Drive zijn ribbroek kunnen vervangen door iets wat net iets meer *bon marché* was, zoals Sian – die vorig jaar met vakantie naar Antibes was geweest – altijd zei.

De man bleef een tijdje zwijgen. Sarah vond het tijd worden om via de diverse etalages op weg te gaan naar haar avondeten. Ze maakte zich net op om afscheid van hem te nemen, toen hij zich omdraaide en haar aankeek.

'Een mooi meisje ben jij,' zei hij.

Dat kon waar of niet waar zijn – Sarah was het op dat moment niet helemaal met zichzelf eens over dit punt – maar het was zonder enige twijfel iets dat binnen conversaties te plaatsen was in de categorie van 'kijk uit, een griezel'.

'Bedankt,' zei ze, met ogen die glansden van de afwijzing. Even leek de avond wat koeler te worden, daarna viel alles op zijn plek toen ze het roer weer overnam. 'Maar goed, leuk om even gepraat te hebben.'

'Sorry,' zei hij snel. 'Dat was een krankzinnige opmerking. Ik weet het. Het kwam gewoon doordat je me aan mijn eigen dochter doet denken. Die is zo'n beetje van jouw leeftijd.'

'Aha,' zei Sarah. 'Cool.'

'Ze woont in Blighty,' vervolgde de man, alsof hij haar niet gehoord had. 'Bij haar moeder. Ik zal blij zijn als ik haar weer zie, weet je. En haar moeder. *Good old England. Fish 'n chips, Lady Di*, God hebbe haar ziel.'

Zijn blik schoot weg en hij keek snel om zich heen. Sarah nam aan dat hij zich schaamde. In werkelijkheid rekende hij pijlsnel uit dat over zowat twintig seconden alle paden zouden samenkomen waar hij dat wilde. Alle zichtlijnen liepen dan elders. Dat soort dingen kon hij heel goed beoordelen; hij kon goed voorspellen wanneer hij in beeld was en hij zag de kleine stapjes die hem uit dat beeld zouden brengen. Dat was een van zijn bijzondere talenten. Hij schoof wat dichter naar het meisje toe. Zij stond op.

'Maar goed,' zei Sarah. 'Ik moet ervandoor.'

De man lachte, want op dat moment vielen alle lijnen op hun plek.

Hij greep Sarahs hand en sleurde haar met verbazingwekkende kracht naar zich toe. Ze piepte even en viel terug op de bank, te geschokt om zich te verzetten.

'Laat los,' zei ze, en ze probeerde kalm te blijven. De grond leek onder haar voeten weg te vallen, een duizelingwekkend en vloeibaar gevoel. Alsof ze betrapt was op afkijken of winkeldiefstal.

'Mooi meisje.' Hij greep haar hand steviger beet. 'Een blijvertje.'

'Laat me los, alsjeblieft.'

'Houd je bek,' prevelde hij, terwijl hij alle schijn van een Engels accent liet varen. 'Akelige kleine slettenbak.' Zijn vuist balde zich samen in een compacte, haakse slag die vol in haar gezicht belandde.

Sarahs hoofd klapte achterover, haar ogen wijd open en verbijsterd. Nee, hè, dacht ze, haar innerlijke stem zacht maar verontrust. Nee, hè.

'Kijk maar eens goed, Sarah,' zei de man, zijn stem zacht en dringend. 'Kijk maar eens naar al die bofkonten. Al die mensen die jou niet zijn.'

Hij knikte naar de promenade. Een klein eindje verderop liep een massa mensen. Winkels in en uit, verkennende blikken op de menu's van de restaurants. Rondom Sarah en de man was niemand te zien.

'Ooit was hier niets dan bos, weet je dat wel? Een rotsige kustlijn, stenen, schelpen. Een paar sporen in het zand. Als je heel stil bent, kun je nog horen hoe het was, voordat al die shit hierheen kwam.'

Sarah probeerde de tranen uit haar ogen te knipperen en te zien waar hij heen wilde. Misschien kon ze iets doen, misschien had deze overhoring een onverwachte slotvraag, een manier om toch nog een voldoende te halen. 'Maar dat zíén de mensen niet,' vervolgde hij. 'Ze kijken niet eens. Blind. Willens en wetens blind. Vastgelopen in de machine.'

Hij greep haar haar en draaide haar gezicht zo dat ze de Barnes & Noble inkeek. Ook daar bevonden zich massa's mensen: staand, lezend, kletsend. Waarom zou je naar buiten kijken als je 's avonds in een boekwinkel zat? En al deed je dat, zou je dan verwachten iets anders te zien dan een stel donkere figuren op een bankje? Waarom zou daar iets vreemds aan zijn?

'Ik zou je eigenlijk meteen moeten doen, hier ter plekke,' zei de man op een toon van kalme verontwaardiging. 'Gewoon, om te laten zien dat het kan. Dat het niemand een ruk kan schelen. Als je continu omringd bent door mensen die je niet eens kent, hoe kun je dan zien dat er iets mis is? Wie maakt zich druk om één enkel virusje op tien vierkante kilometer verziekt land? Alleen ik.'

Sarah besefte dat er geen ontsnappingsclausule voorzien was, nu niet en nooit niet, en haalde adem om het op een gillen te zetten. De man voelde haar borst uitzetten en sloeg snel zijn hand voor haar mond. Twee vingers grepen haar bovenlip van bovenaf en rukten er hard aan. De gil kwam haar keel niet uit. Sarah probeerde tegen te stribbelen, maar de hand hield haar op haar plek, samen met het gewicht van zijn arm die op haar hoofd drukte.

'Niemand kijkt,' verzekerde de man haar met diezelfde akelige kalmte. 'Dat heb ik zo geregeld. Ik kan lopen waar niemand het ziet.'

Uit de mond van het meisje kwamen onduidelijke klanken toen ze probeerde iets te zeggen. Hij leek haar te verstaan.

'Nee, dat is niet waar,' zei hij. 'Ze zijn niet onderweg. Ze zitten thuis. Mama is Jackson Pollock in de keuken. Papa zit in de tuin met het kleine zusje. Allebei bloot. Een interessante aanblik. Je zou het zelfs obsceen kunnen noemen.'

In werkelijkheid zaten Sarahs moeder en Melanie naar een herhaling van *The Simpsons* te kijken. Zoals Zoë Becker zich altijd zou blijven herinneren was het de aflevering waarin George Bush naar Springfield verhuist. Michael Becker zat in zijn werkkamer als een razende te typen, want naar hij koortsachtig hoopte had hij een manier gevonden om er toch nog uit te komen. Als hij de eerste tien minuten kon aanharken, en als hij een manier kon vinden om het idee te verkopen dat sommige personages ouder móésten zijn dan tieners, dan kwam alles voor elkaar. Zo niet, dan bekeken ze het maar, dan maakte hij er allemaal tieners van en zette hij gewoon al die beelden van de middelbare school terug, zoals Wang wilde. Een paar kilometer verderop had Sian Williams zojuist Sarahs bericht gehoord, en ze voelde zich lichtelijk jaloers op haar vriendin. In Haar Eentje Uit. Een heel avontuur.

'Als je zo blijft spartelen,' zei de man, 'dan trek ik je tanden eruit. Echt waar. Geloof me. Niet gemakkelijk, maar de moeite waard. Een heel apart geluid.'

Meteen hield Sarah zich roerloos, en even bewogen ze geen van beiden. De man leek het prettig te vinden om zo te zitten, de mond van het meisje opgetrokken tot een punt van snerpende pijn, alsof ze samen een intiem moment beleefden midden op een drukke straat.

Toen zuchtte hij, als iemand die met tegenzin een interessant tijdschrift weglegt. Hij stond op en trok Sarah met zich mee. Haar minidisc-walkman viel kletterend op de grond. De man keek ernaar en liet hem liggen.

'Tot ziens en welterusten, brave mensen,' zei hij in de algehele richting van de straat. 'Jullie komen allemaal in de hel en ik zou jullie er graag heen brengen.' Zijn rechterarm draaide rond Sarahs hoofd totdat zijn hand stevig over haar mond geklemd was. Met zijn andere hand raapte hij zijn tas met boeken op. 'Maar ik heb een afspraak en we moeten ervandoor.'

Toen sleepte hij Sarah met snelle, lange passen de straat over, een steeg in waar zijn auto geparkeerd stond. Ze kon niet anders dan met hem mee. Hij was groot en heel erg sterk.

Hij rukte het achterportier open, greep haar weer vast en staarde van dichtbij in haar gezicht. De griezelige nabijheid van zijn gezicht verjoeg alle bruikbare gedachten uit haar hoofd.

'Kom, liefste,' zei hij. 'Ons rijtuig staat voor.' Toen gaf hij haar een kopstoot vlak boven haar ogen.

Terwijl Sarahs knieën knikten, was haar laatste gedachte een zeer nuchtere. Op haar nachtkastje lag een notitieboekje waarin ze een groot aantal gedachten had neergeschreven. Sommige van de laatste aantekeningen gingen over seks: ademloze overpeinzingen over een deel van het leven dat ze nog niet aan den lijve ervaren had maar waarvan ze wist dat het haar kant uit kwam. Voornamelijk zaken die Sian haar verteld had, maar ze had ook haar eigen verbeeldingskracht gebruikt plus wat ze hier en daar had opgepikt van tv en films en uit een bloot, maar niet al te smerig blad dat ze onder de pier gevonden had.

Het boekje lag verborgen, maar niet echt zorgvuldig. Als zij dood was, zouden haar ouders het vinden en zouden ze weten dat ze deze avond aan zichzelf te danken had.

Nina was zich van een groot deel hiervan onbewust, maar dit was de gebeurtenis die ze beschreef. Toen ze had verteld wat ze wist, vulde ze haar glas bij. Zandt had nog geen slok van zijn borrel genomen.

'Vier getuigen plaatsen Sarah Becker op die bank tussen zeven uur twaalf en zeven uur eenendertig. Hun beschrijvingen van de man die naast haar zat variëren van: "Non-descript, misschien lang," tot: "Shit, geen idee," via: "Eh... gewoon, een man." We hebben niet eens een betrouwbare leeftijd of huidskleur, hoewel we tweemaal scoren met blank en blond. Twee zeggen er dat hij een lange jas aanhad, een zegt dat hij een blazer droeg. Niemand heeft het stel zien vertrekken, hoewel er normaal wel een triljoen mensen om die bank heen drentelen. Misschien is de man in de boekwinkel geweest voordat hij haar aansprak, maar niemand heeft hem daar gezien. Een andere getuige meldt een auto van onbekende kleur en een onbekend merk in een zijstraat te hebben gezien. Misschien had hij een vuilnisbak voor het nummerbord gezet – dat zou een slimme zet zijn, hoewel je dan wel heel zeker van je zaak moet zijn. De eerste de beste had die bak kunnen weghalen, en bovendien mag je daar helemaal niet parkeren. Tegen kwart over acht was de auto weg.

De vader van het meisje arriveerde om zeven over negen aan de zuidkant van de Promenade. Hij parkeerde op de gebruikelijke plek en ging zitten wachten. Toen na een paar minuten noch zijn dochter, noch Sian Williams zich vertoonden, ging hij het restaurant in. Daar hoorde hij dat niemand een tafeltje had bediend dat voldeed aan zijn beschrijving, hoewel ze wel een reservering op naam van Williams hadden. Maar die was niet komen opdagen. Hij belde de moeder van het andere meisje en hoorde dat de reservering op het laatste moment was geannuleerd vanwege een probleem met de auto van de Williams'. Die auto is nagekeken, maar we kunnen geen duidelijke uitspraak krijgen over of er al dan niet iets gesaboteerd was.

Michael Becker vroeg het meisje zelf te spreken en hoorde na lang aanhouden dat Sarah een bericht had ingesproken dat ze haar vader niet lastig wilde vallen en dat ze gewoon zou wachten tot hij haar op de gebruikelijke tijd kwam ophalen. Hij heeft de hele straat afgezocht, maar geen spoor van zijn dochter. Uiteindelijk kwam hij bij het einde van de promenade, en nadat hij de Barnes & Noble had doorzocht, vond hij de Sony-walkman van zijn dochter, half verborgen onder de bank. Het is absoluut zeker dat dit zijn dochters walkman was, want hij had het ding zelf voor haar gekocht en ze had er een etiket met haar naam op geplakt. De minidisc in het apparaat was een album van haar favoriete groep. Er hangt een poster van die band aan de muur in haar kamer. Becker heeft de sheriff gebeld, de politie en, vreemd genoeg, zijn eigen impresario. Hij moet gedacht hebben dat zij meer invloed op de politie kon uitoefenen dan hijzelf. Hij belde zijn vrouw om te zeggen dat die thuis moest blijven voor het geval Sarah per taxi zou thuiskomen.

De hele omgeving is afgezocht. Niets. Geen vingerafdrukken op de walkman, behalve die van haarzelf. Een stuk of honderd peuken rondom die bank, maar we weten niet eens of de dader wel rookte. Een van de getuigen zei dat dat misschien het geval was, dus een of andere stumper in een laboratorium probeert momenteel DNA te halen van een zak vol peuken.'

'De vader is geen verdachte.'

'Niet in deze wereld. Ze stonden elkaar heel na, in de juiste zin van het woord. Natuurlijk werd dat een paar dagen lang gedacht. Maar nee. We denken niet dat hij het was, en de timing klopt al helemaal niet. Ook zijn partner, ene Charles Wang, kan het niet geweest zijn. Die zat in New York.'

Langzaam hief Zandt zijn glas, dronk het leeg en zette het weer neer. Hij wist dat er meer kwam. 'En toen?'

Nina haalde haar voeten van de tafel en raapte het dossier van de grond op. Daarin zat niet alleen een groot aantal gekopieerde documenten, maar ook een dun pakket in bruin papier. Wat ze eruit haalde was echter een foto.

'Tegen het einde van de volgende middag arriveerde dit bij het huis van de Beckers. Ergens tussen halfvijf en zes uur. Het lag op het pad.' Ze gaf de foto aan Zandt.

Een meisjestrui, lichtlila, keurig opgevouwen. Rond de trui was iets gestrikt dat eruitzag als geribbeld lint.

'Er zat een strengetje gevlochten haar omheen. Qua lengte zou het haar van Sarah kunnen zijn, en het heeft de juiste kleur. De technische dienst heeft monsters genomen van haar tandenborstel, en de uitslag kan ieder moment binnenkomen.'

Zandt merkte dat zijn glas weer vol zat. Hij dronk. De whisky brandde in zijn kurkdroge mond en maakte hem misselijk. Zijn hoofd voelde aan als een ballon, iets te zeer opgeblazen en een paar centimeter boven zijn nek zwevend.

'Homo erectus,' zei hij.

'Nou,' zei Nina behoedzaam, 'we hebben het nagevraagd bij de families van de slachtoffers van twee en drie jaar geleden en bij iedereen die bij het onderzoek betrokken was. We zijn er zo goed als zeker van dat niemand ooit verteld heeft wat voor pakketjes hij bij die gelegenheden had achtergelaten. Natuurlijk kan het dan alsnog een imitator zijn. Ik betwijfel het. Maar ik heb een enorme zoekactie opgestart over alle media, inclusief het internet, op gebruik van de woorden "pakketbezorger" en "homo erectus".'

'Het internet?'

'Ja,' antwoordde ze. 'Een soort computerding. Het nieuwste van het nieuwste.'

'Hij moet het zijn,' zei Zandt. Hij wist hoe ironisch dat was – hij was de enige die dat wist.

Ze keek hem aan en stak toen met tegenzin haar hand opnieuw in de dossiermap. Ditmaal was het een foto van de trui nadat die zorgvuldig was opengevouwen en met gespreide mouwen was neergelegd. Op de voorkant stond Sarahs naam geborduurd, niet met sierletters maar in keurig blokschrift.

'Voor die naam is donkerbruin haar gebruikt. Veel droger dan het haar waarvan we aannemen dat het van Sarah is. Dat zou dus betekenen dat het een tijd geleden afgeknipt is.'

Daarna zweeg ze, en wachtte terwijl Zandt langzaam een hand in zijn zak stak. Hij haalde een pakje Marlboro en een doosje lucifers te voorschijn. Sinds ze de kamer binnengegaan waren, had hij niet gerookt. Er was geen asbak. Met bijna vaste handen haalde hij een sigaret uit het pakje. Hij keek niet naar haar, maar naar de lucifer die hij afstreek; daar keek hij met opperste concentratie naar, alsof het iets was dat hem volledig onbekend voorkwam maar waarvan hij intuïtief de toepassing had aangevoeld. Na drie pogingen verscheen er een vlam, maar misschien was de lucifer vochtig geweest.

'Ik heb gezegd dat dat donkerbruine haar eerst getest moest worden.' Ze haalde diep adem. 'En het klopt, John. Dat haar is van Karen.'

Ze liet hem een tijdje alleen en ging buiten in de kou naar de duisternis staan luisteren. Gedempt lachen dreef vanuit het hoofdgebouw naar haar toe, en door het venster zag ze koppels van verschillende leeftijden, ingepakt in lekkere dikke truien, bezig de wandelavonturen van de volgende dag te plannen. Aan de andere kant van het gebouw stond een deur open en daarachter hoorde ze het gekletter van borden die worden afgewassen door iemand die niet de eigenaar is. Er ritselde iets kleins in het struikgewas aan de overkant van de weg, maar daar kwam niets uit voort.

Toen ze terugkwam, zat Zandt nog in exact dezelfde houding waarin ze hem had achtergelaten, hoewel hij een tweede sigaret had opgestoken. Hij keek niet naar haar op.

Ze legde nog een paar stukken hout op het vuur; dat ging nogal onbeholpen, want ze kon zich niet meer herinneren of je het nieuwe hout er nu bovenop moest leggen of juist aan de zijkant. Ze ging zitten en schonk nog een borrel in. En daarna bleef ze de hele nacht bij hem waken.

Hoofdstuk 5

Tegen het einde van de middag had ik gesprekken gevoerd met mijn ouders' buren aan weerszijden, met de politie en met het ziekenhuis. Elk van die gesprekken had ik zorgvuldig beoordeeld.

Ik belde vanuit huis de politie en werd doorverbonden met een zekere agent Spurling; goddank niet degene die me had verhoord na het incident in de hotelbar. Spurling en zijn partner waren als eersten ter plekke gearriveerd na het ongeluk van mijn ouders; ze hadden gereageerd op een telefoontje van een passerende automobilist. De agenten Spurling en McGregor waren ter plaatse gebleven totdat de ambulance en de brandweer er waren, en hadden geholpen om de stoffelijke overschotten uit de auto te halen. Ze waren achter de ambulance aan naar het ziekenhuis gereden en Spurling was aanwezig geweest toen Donald en Elizabeth Hopkins bij aankomst overleden waren verklaard. De slachtoffers waren geïdentificeerd aan de hand van hun rijbewijzen, en die gegevens waren binnen twee uur bevestigd door Harold Davids (advocaat) en Mary Richards (buurvrouw).

Agent Spurling kon meevoelen met mijn verlangen om meer inzicht te krijgen in de omstandigheden waaronder mijn ouders waren overleden. Hij verstrekte me de naam van de betreffende arts in het ziekenhuis en suggereerde professionele hulp. Dat ik naar iemand toe moest, nam ik aan, niet dat ikzelf professioneel hulpverlener moest worden. Ik bedankte hem voor zijn medewerking en hij wenste me het allerbeste. Ik beëindigde het gesprek in de hoop dat ik hem niet tegen het lijf zou lopen als ik naar het bureau ging om mijn pistool op te halen, hoewel de kans natuurlijk bestond dat hij daar allang van op de hoogte was. Die opmerking over professionele hulp had niet helemaal neutraal geklonken.

Het was aanzienlijk moeilijker om de arts op het spoor te komen. Ze had geen dienst toen ik het ziekenhuis belde, en het duurde zo ontzettend lang om die informatie los te peuteren via een hele reeks doorschakelingen naar gestreste verpleegkundigen en andere onstoffelijke en slechtgehumeurde stemmen, dat ik de indruk kreeg dat het zuiver toeval zou zijn als ik haar na haar aankomst aan de lijn kreeg. De eerste hulp was bestemd voor mensen die nog leefden. Zodra je dood was, vormde je een onwelkome herinnering en 'gingen' zij er niet meer over.

Ik reed erheen en bleef een zeer rustig uur zitten wachten. Vroeg of laat zou dr. Michaels uit haar bunker moeten opduiken om me te woord te staan. Ze was achter in de twintig, bestudeerd gestrest, en ontzettend tevreden met zichzelf. Nadat ze me een paar minuten lang vanuit de hoogte aangehoord had, bevestigde ze wat ik al wist. Ernstige verwondingen aan hoofd en bovenlichaam. Zo dood als maar kon. En als er verder niets was, zou ze nu graag... Ze liep heel erg achter op schema en er lagen mensen op haar te wachten. Met alle soorten van genoegen liet ik haar gaan, en ik kwam zelfs in de verleiding om haar een ferme duw te geven om haar op weg te helpen.

Ik liep het ziekenhuis weer uit. Het licht was verdwenen, een vroeg ingevallen herfstavond. Op het parkeerterrein stond een stel lukraak geparkeerde auto's, eenkleurig en anoniem in het licht van de hoge lantaarns. Een eindje verderop stond een jonge vrouw stilletjes al huilend te roken.

Wat nu, vroeg ik me af. Nadat ik het briefje had gevonden, was ik een hele tijd op de salontafel blijven zitten. Noch het lichte gevoel in mijn hoofd verdween, noch het misselijke gevoel in mijn maagstreek. Ik doorzocht de rest van het boek zonder verder nog iets te vinden. Het leed geen twijfel dat het briefje in mijn vaders handschrift was opgesteld.

'Ward,' stond er, in een handschrift dat in geen enkel opzicht afweek van wat ik mocht verwachten, niet te groot en niet te klein, niet verkrampt of opvallend beverig: 'We zijn niet dood.' Mijn vader had dit bericht op een stuk papier geschreven, dat in een boek geschoven en het boek in zijn oude stoel verborgen, waarna hij met zorg het galon dat over de naad heen zat opnieuw vast had genaaid. Een briefje over hun dood was ergens aangebracht op een manier die pas na hun dood aan het licht zou komen. Want waarom zou ik anders in mijn eentje in huis zitten? Wat had ik anders in zijn stoel te zoeken? De plaatsing van het briefje suggereerde dat degene die het er neergelegd had, geloofde dat ik onder de omstandigheden die mij de eerstvolgende keer naar dat huis zouden leiden, in die oude stoel ging zitten; hoewel ik wist dat dit de minst comfortabele zitplaats in de hele kamer was. En toevallig had die iemand nog gelijk gehad ook. Het leek zinnig dat ik dat zou doen als ze dood waren, of dat ik er althans naar zou kijken, dat ik mijn hand even over de stof zou laten glijden. Dat was exact het soort daad dat je van een rouwende zoon mocht verwachten.

Maar, en dit was de kwestie die me bleef steken, dat hield in dat een van beiden, of allebei, al voor hun dood had of hadden nagedacht over wat er waarschijnlijk zou gebeuren als zij er niet meer waren. Die situatie hadden ze dus tot in de details overwogen, en ze hadden besloten wat het meest waarschijnlijke was dat ik zou doen. Waarom? Waarom hadden ze aan de dood gedacht? Bizar. Het sloeg nergens op.

Ervan uitgaande dat ze inderdaad dood waren.

Het idee dat de afgelopen paar dagen een farce waren geweest, dat mijn ouders helemaal niet dood waren, viel moeilijk onder ogen te zien. Een deel van mijn hart sprong op bij die gedachte, dat deel dat me sinds Mary's telefoontje iedere nacht wel een keer wakker geschud had. Al had ik niets om hen gegeven, en al was het alleen maar gegaan om een kans om ze uit te kafferen over UnRealty, ik wilde mijn ouders terug. Maar wanneer je weefsel is beschadigd, gaat je lichaam onmiddellijk aan de slag. Witte bloedcellen stromen in grote hoeveelheden naar de betreffende plek en slaan aan het oplappen en herstellen, waarbij ze al hun zandzakken in stelling brengen. Het lichaam beschermt zichzelf, en datzelfde gebeurt in de geest. Traag en imperfect, een slordige klus door onverschillige lieden, maar binnen enkele minuten begint er rond het trauma een steeds toenemende hoeveelheid verdedigingsmechanismen op gang te komen. Scherpe randjes worden afgeslepen en uiteindelijk wordt het hele gat verzegeld in littekenweefsel. Als een glasscherf diep in een dichtgegroeide wond zal die gebeurtenis nooit meer weggaan, en vaak zal een toevallige beweging ertoe leiden dat de punt van de scherf een zenuwuiteinde raakt en voor brandende pijn zorgt. En desondanks wil je uiteraard beslist geen mes pakken om de wond weer open te snijden.

Ik verliet het huis, deed alles zorgvuldig op slot en ging naar Mary, de buurvrouw. Die leek zowel blij als verbaasd om me te zien en deelde vervaarlijke porties koffie en taart uit. Met een gevoel van achterbaksheid, alsof ik haar vriendelijkheid niet waardig was, wist ik op slinkse wijze te bevestigen dat mijn ouders inderdaad volslagen normaal geleken hadden in de dagen en weken voor het ongeluk, en dat

– zoals agent Spurling later bevestigde – Mary de stoffelijke overschotten had geïdentificeerd. Dat wist ik al. Dat had ze me over de telefoon al verteld, toen ik vloeibaar van ellende in Santa Barbara zat. Ik moest het alleen nóg een keer horen. Ik had hen natuurlijk zelf kunnen gaan bekijken bij de begrafenisondernemer, in plaats van twee dagen lang in dat hotel rond te hangen. Dat had ik echter niet gedaan, en daar schaamde ik me nu voor. Op dat moment had ik mezelf wijsgemaakt dat het belangrijk was om hen in herinnering te houden zoals ze geweest waren, en niet als twee slierten kapotte kneedpasta. Daar zat iets in. Maar ik was ook bang geweest, het idee had me niet aangestaan, en ik had er gewoon geen zin in gehad.

Ik ging bij Mary weg en klopte aan bij de andere buren. Tot mijn schrik deed een jonge vrouw bijna meteen open. Ze zag er stoer en gezond uit, en ze droeg kleren die rijkelijk met verfspatten bevlekt waren. De gang achter haar was half afgewerkt in een tint die mij niet raadzaam leek. Ik stelde me voor en legde uit wat er met haar buren was gebeurd. Ze was al op de hoogte van de ontwikkelingen, zoals ik wel geweten had. Ze gaf uiting aan haar medeleven en we bleven even kletsen. Geen moment suggereerde iets in haar manier van doen dat het ongeluk niet als een donderslag bij heldere hemel was gekomen, aangezien een of beide Hopkins kennelijk doorgedraaid was of waren. Dat was dat.

Ik belde de politie en daarna ging ik naar het ziekenhuis. Toen ik na mijn gesprek met de arts op het parkeerterrein stond, besloot ik dat drie bevestigingen genoeg waren. Mijn ouders waren dood. Alleen een gek zou nu nog doorgaan met dit onderzoek. Ik kon de volgende dag desnoods met Davids gaan praten – ik had hem niet op kantoor getroffen maar wel een bericht achtergelaten – maar ik wist dat hij me niets kon vertellen dat tot een andere conclusie zou leiden. Het briefje was niet waarvoor ik het aanzag. Het was geen opkikkerkaartje. Het maakte niet ongedaan wat er gebeurd was.

Maar er moest een reden voor zijn, al was die reden maar dat een van hen niet meer bij zijn of haar volle verstand geweest was. Het bestaan van dat briefje betekende iets, en ik kwam tot de ontdekking dat ik móést weten wat dat was.

Ik zocht eerst in de garage, en toen in mijn vaders werkplaats in de kelder. Ik had het gevoel dat er een bepaald iets was waarnaar ik moest zoeken, maar ik had geen idee wat; dus ik snuffelde maar wat rond. Boren, zagen, andere stukken gereedschap met onduidelijke bestemming. Spijkers en schroeven in alle vormen en maten, keurig gesorteerd. Talrijke stukken hout, door zijn dood zinloos en onverklaarbaar geworden. Alles leek op zijn plaats te liggen, alles was gerangschikt met de netheid en het overzicht die ik van hem gewend was. Als externe orde een aanwijzing voor iemands geestesgesteldheid kan zijn, was mijn vader geen spat veranderd.

Ik ging weer naar binnen en begon beneden. De keuken en de bijkeuken, de zitkamer, mijn vaders werkkamer, de eetkamer en dat deel van de veranda dat ergens in het verleden van glazen wanden was voorzien om een serre te vormen. Hier ging ik zorgvuldiger te werk. Ik keek onder alle kussens, onder de kleden en achter alle meubels. Ik keek in de kast en onder de televisie, en vond niets dan technologie en een stel dvd's. Ik haalde alles uit de keukenkasten, keek in de oven en de voorraadkast. Ieder boek dat ik vond, pakte ik op en schudde het uit, of het nu in de boekenkasten in de gang stond of, een wel heel eigenaardig trekje van mijn moeder, tussen de spaghetti in de keuken. Er waren heel veel boeken. Het duurde heel lang. Vooral in de werkkamer van mijn vader, op de vide, waar ik als eerste op zoek ging. Ik groef in de laden van zijn bureau, ik zocht op iedere plank, ik dook in alle dossiers van zijn hangmappenkast. Ik zette zelfs zijn computer aan en ploegde even door een stel bestanden heen, hoewel ik me daar onwelkom en indringerig bij voelde. Ik zou zelf niet willen dat iemand die van me hield in de inhoud van mijn laptop zou gaan zitten loeren. Dan zouden ze me waarschijnlijk alsnog opgraven en verbranden. Al gauw werd duidelijk dat het veel te lang ging duren om alles op zijn computer te lezen en dat er waarschijnlijk toch alleen maar rekeningen en gewone correspondentie op stonden. Ik liet de computer aan staan met het idee dat ik altijd nog terug kon komen als ik niet verder kwam, maar mijn vader was geen computerfreak geweest. Ik dacht niet dat hij een tweede bericht zou hebben achtergelaten op een niet-tastbare plaats.

Het duurde niet lang voordat ik uitgeput raakte. Niet vanwege de fysieke inspanning, die te verwaarlozen was, maar door de emotionele onderstroom. Door het leven van mijn ouders zo grondig overhoop te halen bracht ik hen des te heftiger terug, vooral de triviale dingen. Een ingelijste fotokopie van de verkoopakte van het eerste huis dat UnRealty verkocht had, voorzien van een logo dat er, naar ik nu besefte, een beetje zelf gemaakt uitzag. Door mijn moeder, waarschijnlijk. Een plakboek vol recepten voor kindermaaltijden, met onder meer een lasagne die ik zowat rook toen ik de ingrediënten las.

Ik nam een korte pauze en bleef een kwartier lang in de keuken zitten met een fles mineraalwater. Opnieuw probeerde ik me in hun positie te verplaatsen, te bedenken wat een logische tweede stap kon zijn. Ervan uitgaande dat ze het briefje in de stoel hadden achtergelaten om mijn aandacht te trekken, leek het logisch dat een tweede briefje of aanwijzing zich ook op een plek zou bevinden die op een of andere manier een bel deed rinkelen. Ik kon niet bedenken wat voor plek dat kon zijn. Ik zette alles op zijn kop. Maar er was niets.

De bovenverdieping leverde al evenmin iets op. Ik keek onder het bed in hun kamer, doorzocht alle laden. Ik haalde diep adem en nam de hele inhoud van de kleerkasten door, waarbij ik speciale aandacht besteedde aan die kledingstukken die ik kende – de oude jasjes van mijn vader, de gehavende ex-handtassen van mijn moeder. Ik vond een paar dingen – kassabonnen, concertkaartjes, een handvol kleingeld – maar niets dat enige betekenis leek te hebben. Ik bleef een tijd stilstaan bij een verzameling oude dassen, keurig opgeborgen achter mijn vaders kant van de wandkast. De meeste daarvan had ik nooit gezien.

Ik keek zelfs onder het dak: ik hees me op via een klein luikje in het plafond van de gang boven. Mijn vader had kans gezien daar een gloeilamp aan te sluiten, maar verder was hij niet gekomen. De zolder bevatte niets dan stof en twee lege koffers.

Uiteindelijk ging ik weer naar beneden, terug naar de stoel van mijn vader. Het was vroeg in de avond. Ik had niets gevonden en ik begon mezelf idioot te vinden. Misschien probeerde ik gewoon met geweld de chaos om te vormen tot een niet-bestaande orde. Ik ging in mijn vaders stoel zitten en las het briefje nogmaals. Het betekende niet meer en niet minder dan voorheen, hoe vaak je het ook las.

Toen ik opkeek, viel mijn blik opnieuw op de televisie. De stoel stond er recht tegenover, en er kwam een gedachte bij me op. Als die stoel inderdaad iets van zijn plaats verschoven was, dan moest die positie misschien niet alleen mijn aandacht vestigen op het kussen, maar was het misschien de bedoeling dat mijn blik op een heel ander deel van de kamer gericht werd.

Ik stond op en opende de glazen deurtjes voor de opslagruimte onder de tv. Daar lag nog exact hetzelfde als daarstraks. Een videorecorder, een dvd-speler en twee dvd's: klassiekers. Verder niets.

Geen videobanden. Dat was vreemd.

In het hele huis had ik geen videobanden gevonden. Er waren twee planken vol dvd's in de werkkamer en nog een rij in de logeerkamer. Maar niet één videoband.

Mijn vader was een semi-professionele buiskijker geweest. Vanuit mijn allervroegste jeugd herinnerde ik me overal banden in huis te hebben zien liggen. Waar waren die dus nu?

Snel liep ik terug naar de werkkamer. Ook daar geen banden, hoewel er een tweede videorecorder op een lage plank stond. Ik nam niet de moeite om nogmaals in de laden of de kast te zoeken. Ook daar hadden geen banden gelegen. Nergens in het huis of de werkplaats of de garage. Ik probeerde terug te denken aan de voorlaatste Thanksgiving, toen ik me verwaardigd had om voor één etmaal langs te komen. Ik herinnerde me niet speciaal toen enige banden te hebben zien liggen. Maar ook niet dat ik géén banden had gezien. Het grootste deel van de tijd was ik redelijk dronken geweest.

Misschien had mijn vader de dvd omarmd als de dageraad van een langverwacht nieuw tijdperk in home entertainment, had hij de videoband doodverklaard en alle banden plechtig verbrand in de achtertuin. Maar dat leek me sterk. Dyersburg had ongetwijfeld ergens een tweedehandswinkel, maar ook dat zag ik niet bepaald voor me. Zelfs als hij in de loop der jaren had gemerkt dat er steeds minder was dat hij zien wilde, dan zou dat geen reden zijn om al zijn oude favorieten weg te gooien. Ik begon me af te vragen of je, door iets onopvallends weg te laten, op een subtiele manier de aandacht kon trekken van iemand die jou goed kende, iemand die begreep met wat voor spullen jij je normaal gesproken omringde.

Of dat, óf ik was mijn objectiviteit aan het verliezen en liep té ver en té hard met een bal die allang uit was. Ik had het huis al doorzocht. Het maakte niet uit of ik nu een idee kreeg – hoe onlogisch ook – en het maakte niet uit waarnaar ik zocht. Ik had het al niet-gevonden. Ik begon honger te krijgen en boos te worden. Als ze me iets wilden vertellen, waarom dan al dat geheimzinnige gedoe? Ze hadden het toch gewoon over de telefoon kunnen zeggen? Of een brief achterlaten bij Davids? Een e-mail sturen? Het sloeg nergens op.

Intussen wist ik dat ik, als ik nu het huis uit liep, nooit meer terug zou komen. Ik kon maar beter goed kijken. Dat littekenweefsel moest zo taai mogelijk worden.

Ik deed het buitenlicht aan en keek op de veranda rond. Geen van de planken van het terras zat los en ik dacht niet dat daaronder veel kruipruimte kon zijn. Aan één kant stond een grote, houten kist, maar na een vermoeiende paar minuten bleek die niets dan haardhout en spinnen te bevatten. Ik liep de paar treden af naar de tuin, deed een paar passen achteruit en staarde geïrriteerd langs de gevel omhoog.

Schoorsteen, planken muur, raamkozijnen. De kamers boven. Hun slaapkamer. De logeerkamer.

Ik ging weer naar binnen. Terwijl ik mijn vaders werkkamer voorbijliep, zag ik iets. Vanuit mijn ooghoek. Ik bleef staan, deed een stap achteruit en keek naar binnen, niet zeker van wat ik gezien had. Maar na een seconde of twee drong het tot me door: het videoapparaat.

Ik was zo stom geweest om niet eens ín de twee videorecorders te kijken. Ik keek eerst in die in de woonkamer. Die was leeg. Toen ging ik de werkkamer binnen, bukte me en tuurde naar het apparaat tot ik de uitwerpknop te pakken had. Ik drukte erop en er klonk een geprikkeld geluid, maar er gebeurde niets. Pas toen besefte ik dat dat kwam doordat er zwart isolatieband over de sleuf geplakt zat.

Als waarschuwing om hier geen band in te stoppen, of om te voorkomen dat mijn vader dat per ongeluk zou doen? Amper aannemelijk – als dat apparaat kapot was, zou mijn vader gewoon een nieuwe kopen.

Ik probeerde de tape eraf te trekken, maar het was van een sterkte waarmee je planeten aan elkaar kon vasthechten. Ik haalde mijn mes uit de zak van mijn jasje. Dat heeft twee lemmeten. Het een is groot en scherp en bestemd om dingen mee te snijden. Het ander is een schroevendraaier. Verbazingwekkend hoe vaak je die twee vlak na elkaar nodig hebt. Ik flikte het scherpe lemmet naar buiten en sneed door het midden van het isolatieband heen.

Er zat iets in de sleuf. Ik sneed en trok aan de laatste obstructie totdat de uitwerpknop werkte. Het apparaat begon agressief te gonzen en er knapte iets in de sleuf.

Er kwam een videoband uit, een standaard VHS. Ik pakte hem en bleef er een hele tijd naar zitten staren.

Terwijl ik langzaam overeind kwam, riep mijn vader van onder aan de trap

'Ward? Ben jij daar?' zei hij.

Na een moment van duizelige schok probeerde mijn lichaam zich snel te verplaatsen naar een veilige plek die, naar het aannam, beslist niet híér was. Het wilde plotseling heel ergens anders zijn. Waar, dat wist het niet. Alabama, misschien. Voor de zekerheid probeerde ik alle kanten tegelijk op te vluchten.

Ik sprong achteruit, liet de band vallen en viel zowat languit op de grond. Ik griste de band van de grond en stak hem in mijn zak, me amper bewust van het gebaar en met een betrapt en schuldig en bedreigd gevoel. Voetstappen kwamen de laatste paar treden op, bleven even staan en gingen toen op weg naar de deur van de werkkamer. Ik wilde niet zien wiens voetstappen dat waren.

Natuurlijk was het mijn vader niet. Gewoon een stem die wel wat op de zijne leek, die uit het niets klonk in een verder doodstil huis. Degene die ik op de overloop zag staan, was Harold Davids, die er oud en nerveus en slechtgeluimd uitzag.

'Hemel,' zei hij. 'Ik ben me beroerd geschrokken.'

Ik ademde uit alsof ik hoestte. 'Anders ik wel.'

Davids' blik daalde af naar mijn handen en ik besefte dat ik het mes nog vasthield. Ik klapte het lemmet weer naar binnen en wilde het mes in mijn zak steken, maar op dat moment besefte ik dat de band daarin zat.

'Wat doe jij hier?' vroeg ik, hopelijk beleefd genoeg.

'Ik kreeg je bericht van vanmiddag,' zei hij, terwijl hij langzaam zijn blik verhief naar mijn gezicht. 'Ik heb het hotel gebeld. Je was niet in je kamer, dus ik vroeg me af of je hier zat.'

'Ik heb de bel niet gehoord.'

'De voordeur stond op een kier,' zei hij, ietwat geprikkeld. 'Ik dacht dat iemand misschien had gehoord dat het hier leegstaat en dat er dus inbrekers waren.'

'Nee,' zei ik. 'Ik ben het maar.'

'Dat zie ik. Ik beschouw de crisis dan maar als voorbij.' Hij trok geamuseerd een wenkbrauw op en langzaam werd mijn hartslag weer normaal.

In de hal vroeg hij waarom ik gebeld had. Ik zei dat het niets was, een kleinigheid in de juridische formuleringen van het testament waar ik vervolgens zelf achter gekomen was. Hij knikte afwezig en slenterde de zitkamer binnen.

'Wat een prachtige kamer,' zei hij even later. 'Die zal ik missen. Ik zal af en toe even langskomen om te kijken of er nog post is, als je het goedvindt.'

'Fantastisch.' Ik wenste hem niets slechts toe, maar ik had geen zin om nog langer daar te blijven. Ik ging terug naar mijn vaders werkkamer om de computer uit te zetten. Het was me al eerder opgevallen dat hij een ffiz!-station had, en in een opwelling kopieerde ik de hele videoband naar de schijf in het apparaat.

Tegen de tijd dat ik alles uitgezet had en naar buiten liep, stond Davids bij de voordeur. Hij zag er weer fris en monter uit.

Ik liep met hem het pad af. Hij leek geen haast te hebben om terug te gaan naar kantoor, en hij informeerde naar mijn plannen met het huis. Ik zei dat ik nog niet wist of ik het wilde houden of verkopen, en accepteerde het impliciete aanbod van zijn assistentie in een van beide gevallen. We bleven nog een minuut of vijf bij zijn grote, zwarte auto staan om over het een of ander te praten. Misschien deed hij enkele suggesties voor goede restaurants. Niet dat ik honger had.

Na een tijdje liet hij zich achter het stuur zakken en bond zijn riem om met de zorgvuldigheid van iemand die niet van plan is om dood te gaan. Nooit. Hij wierp een laatste blik op de donkere omtrekken van het huis en knikte me ernstig toe. Ik neem aan dat er iets tussen ons veranderd was, en vroeg me af of Davids de vraag wat Don Hopkins' zoon daar deed met een mes dat overduidelijk niet voor de sier was, voor latere overpeinzing had weggestopt.

Ik wachtte tot hij veilig en wel de hoek om was, rende naar mijn auto en reed de andere kant uit.

Hoofdstuk 6

Een dun stapeltje geld en een paar vriendelijke woorden bezorgden me een videorecorder in mijn kamer; ofwel het hotel was beter dan ik gedacht had, ofwel die stunt in de bar had de hotelleiding ervan overtuigd dat dit een gast was aan wiens behoeften men maar beter kon voldoen. Met stijgend ongeduld wachtte ik, terwijl een monumentaal achterlijke jongeman kans zag om zoiets eenvoudigs als het aansluiten van de kabels nog verkeerd te doen, en daarna joeg ik hem de kamer uit.

Ik haalde de band uit mijn zak en inspecteerde hem zorgvuldig. Geen enkele schriftelijke aanwijzing. Te zien aan de lengte van de band op de spoel zag het ernaar uit dat de band een kwartier, twintig minuten zou lopen, hoogstens een halfuur.

Ik wachtte tot roomservice kwam met mijn koffie. Ik wilde alles helemaal tot in de puntjes verzorgd hebben. Na een tijd arriveerde hij, nog redelijk warm. Wonderbaarlijk genoeg werd er geen friet bij geserveerd.

Ik stopte de band in het apparaat.

Vier seconden betekenisloze beelden, de ruis van de nulinformatie.

Toen het suizen van de wind en uitzicht op een hoog gelegen bergweide. In de verte even een kalenderplaatje van met sneeuw overdekte bergpieken; te kort om het te herkennen. De voorgrond was een lichte helling met sneeuw erop, onderbroken door een streng ogend gebouw: niet echt een koffieshop of een megastore voor skikleding. Er was niemand in de buurt, geen auto's op de parkeerplaats. Geen hoogseizoen. De camera verschoof naar een ander ernstig uitziend bouwwerk, met daarboven strenge, grijze wolken. Dit beeld werd een paar seconden vastgehouden, waarbij op de achtergrond het geluid hoorbaar was van een mouw die in de wind klapperde.

Cut naar een interieur. De camerapositie was laag, alsof iemand stiekem had zitten filmen, en het beeld duurde maar een paar seconden. Ik spoelde de band terug en drukte bij het helderste beeld op de pauzetoets. Het was geen videorecorder van topkwaliteit en het bevroren beeld bibberde licht, maar ik zag de openbare ruimte van iets dat eruitzag als een skihotel, met een kathedraalplafond. Langs een van de wanden liep een balie, waarschijnlijk de receptie, maar op dat moment was er niemand aanwezig. Aan de wand achter de balie hing een enorm schilderij, de gebruikelijke nonsens van een of andere overbetaalde en ondergetalenteerde oplichter. Ik zag de linkerkant van een metershoge open haard, gebouwd van rotsblokken. Donkerbruine leren fauteuils, zorgvuldig gerangschikt rond lage salontafeltjes, elk met een zwaar in de lak gezette houten sculptuur ter ere van het sentimenteel aanbeden maar lang vervlogen leven in de echte cowboytijden: een adelaar, een beer, een heuse indiaan; allemaal soorten die vroeger in het wild voorkwamen maar die de cowboyperiode niet in groten getale overleefd hadden.

Ik spoelde de band terug en zag, bij de tweede beschouwing, dat iemand net voordat de band ophield, het beeld in had willen lopen. Er was een schaduw te zien op de wand van een gang die aan de bovenkant van het beeld wegliep, en er klonken voetstappen op steen.

Daarna een laatste blik op de buitenkant, weer vanaf het parkeerterrein. Er moest enige tijd verstreken zijn sinds de eerste opname. Of misschien dateerde die zelfs niet van dezelfde dag. De wind was afgenomen en de hemel was woest helderblauw. Een middelverre opname van het strenge gebouw, waarvan ik aannam dat het de buitenkant was van het gebouw dat we net vanbinnen hadden gezien. In de sneeuw voor de gevel stond een aantal gestalten. Zeven of acht, hoewel dat moeilijk te zeggen viel omdat ze allemaal donkere kleren aanhadden en dicht bij elkaar stonden alsof ze druk in gesprek waren. Er waren geen gezichten te zien en ik hoorde alleen de wind; afgezien van het allerlaatste moment, toen degene die de camera vasthield iets zei, een korte zin. Ik luisterde er driemaal naar, maar de woorden bleven onverstaanbaar.

En toen, op het moment dat een van de figuren zich leek te willen omdraaien naar de camera, ging het beeld over in ruis.

Ik drukte op de pauzetoets en staarde naar het nerveus dansende en bevende beeld. Ik kon hier geen touw aan vastknopen. Het was iets heel anders dan ik verwacht had. Te zien aan de beeldkwaliteit moest dit iets zijn dat met een digitale camcorder was gemaakt. Zoiets had ik nooit bij mijn ouders thuis gezien. De video-opname kon zowat overal in de Rocky Mountains, Idaho, Utah of Colorado gemaakt zijn, maar het leek logisch dat het ergens in Montana moest zijn, waarschijnlijk hier in de buurt. Ik kende dat soort hotels wel. Getto's voor de rijken, de schitterendste delen van het land verkaveld tot particuliere terreinen, zodat de welgestelden de berg af konden glijden zonder het risico dat ze iemand met een modaal inkomen tegen het lijf zouden lopen. Sommige van die terreinen hadden een bewaakte omheining, de meeste hadden zelfs dat niet nodig. Eén voet over de erfgrens en je wist al of je welkom was of niet. Wie met gedachten aan inbraak binnensloop, droop meteen met de staart tussen de benen weer af.

Mijn ouders kenden waarschijnlijk mensen in de buurt die zo'n huis met een ski-oprit bezaten. Misschien hadden ze het onroerend goed zelfs via mijn vader gekocht. Nou, en?

Ik startte de band opnieuw.

Echte ruis. Lawaairuis. Muziek, geschreeuw, luide gesprekken. Een gezicht, vaag en heel dichtbij, dat brullend lachte. Toen dat wegviel, werd er een bar zichtbaar, waar een enorm feestgedruis gaande was. Een lange bar langs één kant van het vertrek, rijen flessen en een spiegel daarachter. Mannen en vrouwen in drommen eromheen, blaffend naar elkaar en naar de barkeeper, naar het plafond zelfs. De meesten zagen er jong uit, anderen waren zichtbaar al van middelbare leeftijd. Iedereen leek te roken, en de schemergele verlichting was heiig van de wolken. De wanden hingen vol posters in regenboogkleuren of strak zwart-wit. Een jukebox op de achtergrond maakte overuren, zo hard opgevoerd dat het geluid vervormd uit de twee luidsprekers in de microfoon kwam en ik niet eens kon horen wat er gedraaid werd.

Deze scène was duidelijk veel ouder dan de vorige op de band. Niet alleen zag het videobeeld eruit alsof het geconverteerd was van 8mm-film, maar uit de kleren van de mensen – tenzij dit een soort optimaal authentieke retroparty was – bleek dat dit een feest in het begin van de jaren zeventig was. Vreselijke kleuren, vreselijke spijkerbroeken, vreselijk haar. Een stijl die aangaf dat het begrip 'verzorgd' gewogen en te licht bevonden was. Mijn reactie was waarschijnlijk zowat dezelfde als die van hun ouders geweest moet zijn: Wat *zijn* dat voor buitenaardse wezens? Wat willen ze? En zijn ze soms blínd?

De camera bestreek de hele bar, met een enthousiasme dat suggereerde dat degene die hem bediende ofwel onder invloed van geestverruimende middelen ofwel heel erg dronken was. Er was een punt waarop het beeld angstaanjagend naar voren schoot, alsof hij of zij bijna tegen de vlakte was gegaan. Dit werd gevolgd door een luide, rollende boer, die overging in een hevige hoestbui, terwijl de camera omlaag gericht bleef zodat er een stuk met bier bevlekte vloer zichtbaar werd. Toen zwiepte hij weer omhoog en begaf zich in de kolkende massa alsof hij vastzat aan een botsautootje. Mijn wenkbrauwen kropen langzaam naar mijn haargrens terwijl ik met verbijstering en gêne toekeek en probeerde te wennen aan de gedachte dat die camera misschien wel bediend werd door mijn vader. Een paar mensen wuifden of joelden als ze in beeld kwamen, maar er werden geen namen genoemd.

Toen zwenkte het beeld plotseling de hoek om, zodat er een ander deel van de caféruimte zichtbaar werd. Ook daar stond en zat het vol. In het midden stond een biljarttafel. Aan de overkant daarvan stond iemand gebukt voor een stoot. Een lange, forse man met een grote neus en een gezicht dat bijna helemaal schuilging achter haar en een snor en tochtlatten. Hij leek wel een schurftige beer. Achter hem wankelde een blonde vrouw met lang haar, die op een keu leunde alsof die het enige was dat haar nog overeind hield. Ze probeerde uit alle macht zich te concentreren op het spel, ze had een frons van inspanning op haar gezicht, maar het zag ernaar uit dat de wereld haar ontglipte. Haar partner zag er niet uit alsof het hem veel beter verging en deed er heel lang over, zijn stoot te richten. Dichter bij de camera, aan deze kant van de tafel, stond een ander stel met biljartkeus in de handen. Ze stonden met hun rug naar de camera toe en hadden elk een arm om de ander heen geslagen. Beiden hadden lang, bruin haar. Het meisje droeg een ruime, witte bloes en een lange rok in verschillende tinten donkerpaars met groen; de man had een soulbroek aan van rattige denim en een Afghaans vest dat eruitzag alsof het nog niet lang handtam was.

Het blonde meisje keek op van de tafel en zag de camera. Ze slaakte een joelkreet en wees ernaar met grote kracht maar extreme vaagheid, alsof ze moest kiezen uit drie beelden en steeds weer vergat welk ze gekozen had. De biljartspeler keek op, rolde met zijn ogen en concentreerde zich weer op zijn spel. Het bruinharige stel draaide zich om en ik besefte dat mijn eerdere gêne misplaatst was geweest.

Het was niet mijn vader die de camera bediende. Dat wist ik omdat het bruinharige koppel mijn ouders waren.

Terwijl ik met open mond naar het beeld staarde, grijnsde mijn vader schuin en maakte een obsceen gebaar naar de camera. Mijn moeder stak haar tong uit. Abrupt zwenkte het beeld van hen naar de biljartspeler, die eindelijk zijn stoot uitvoerde. Hij miste de bal op een mijl.

Ik drukte op PAUZE en spoelde de band terug.

Mijn ouders draaiden zich om. Mijn vader grijnsde en stak zijn middelvinger op. Mijn moeder stak haar tong uit.

Ik drukte weer op PAUZE. Ik staarde.

Mijn moeder was nooit echt dik geworden, maar wel stevig. Ze bewoog zich met de bedaagde gratie van een middelgroot passagiersschip dat door een sleepboot wordt gesleept. Degene die ik hier voor me zag, woog nog geen zestig kilo en dat gewicht was bijzonder goed verdeeld. Zonder te beseffen wat ik dacht wist ik dat het, als ik een bar ingelopen was en haar daar zó en met een andere gozer had zien staan, op vechten uitgelopen zou zijn. Als er zo iemand naast je stond, veranderde je in een holenmens. Niet dat mijn vader eruitzag alsof hij zijn mannetje niet stond: hij was iets zwaarder dan ik hem ooit gezien had, maar hij bewoog zich soepel en economisch. Hij had acteur kunnen zijn. Ze zagen er beiden fit en gezond en stralend uit. Ze zagen er echt uit, als levende mensen, als mensen die aan seks deden. En bovenal zagen ze er jong uit. Zo verschrikkelijk jong.

De scène duurde misschien nog een minuut of vijf. Er gebeurde niets bijzonders, behalve dat ik mijn vader biljart zag spelen, op een leeftijd waarop hij naar mij gekeken zou hebben zoals ik nu ben en dan een oudere man gezien zou hebben. En hij kon het. Hij kon het echt. Toen de berenman zijn stoot miste en terug wankelde van de tafel, wendde mijn vader zich van de camera af en bukte zich over het groene laken. Hij nam niet eens de moeite om de gemakkelijkste bal te vinden: hij nam gewoon wat er voor hem lag en stootte toe. De bal verdween het gat in. Toen begon hij om de tafel heen te sluipen, om zich heen kijkend met die gespannen nonchalance die je ziet bij mensen die zeker weten dat ze gaan winnen, die met die gedachte in het achterhoofd naar de tafel zijn gekomen. Ook de volgende stoot was raak, de bal rolde even over een kussen, en bij de stoot daarna leek het wel of hij aan een elastiekje de hoek ingetrokken werd. Mijn moeder juichte en gaf mijn vader een klap op zijn achterwerk. Hij legde een ambitieuze tweebander de middenpocket in en toverde de zwarte bal van halverwege de tafel weg. Hij draaide zich al om voordat de bal goed en wel in het zakje zat. Klaar was kees.

Hij knipoogde naar de beerachtige man, die opnieuw met zijn ogen rolde. De beer was er kennelijk niet alleen aan gewend dat de camerazwaaier een klootzak was, maar ook dat mijn vader hem inmaakte met biljarten. Dit was niets bijzonders. Dit waren mensen die elkaar heel goed kenden.

Er gebeurde verder niets bijzonders, behalve dan dat mijn moeder ging dansen met het blonde meisje. Daarna begon ze een soort zijdelingse twist te doen met armen en benen die alle kanten uit schoten en met knippende vingers. Dat soort dingen had ik weleens op films gezien, op televisie, maar dan door professionele dansers. Ik had het echter nooit echt gezien voordat ik mijn moeder zag, met halfopen mond en halfdichte ogen meeklapperend op de muziek.

Geweldig, meid, dacht ik. Echt geweldig.

Er gebeurde niets bijzonders, behalve dat ik mijn vader op een kruk zag gaan zitten om een paar ferme slokken bier te drinken, terwijl de beer moeizaam bezig ging om de tafel weer klaar te maken. Mijn moeder, nog steeds dansend, knipoogde naar hem en hij knipoogde terug. Ik besefte dat zij minder dronken waren dan alle andere aanwezigen. Ze amuseerden zich prima, maar ze hadden allebei een baan en maandag moesten ze weer paraat zijn. Waarschijnlijk was mijn vader zelfs al makelaar, ondanks dat rafelige vestje en dat armoedige T-shirt. Die paar extra pondjes stonden hem eigenlijk wel goed. Zijn schouders waren breed genoeg om het gewicht te kunnen verdelen en hij zag er eerder sterk uit dan dik. Veel meer moest er niet bij, dan werd hij vormeloos, maar voorlopig zag hij er slechts uit als iemand waar je liever niet tegenop zou botsen als hij net met een blad vol bierglazen liep. Het was echter te zien dat dat gewicht een recente aanwinst was en dat hij er nog niet helemaal aan gewend was. Af en toe rolde hij zijn schouders naar achteren alsof hij zijn spieren wilde losmaken nadat hij zo over de tafel gebukt had gestaan om ballen weg te ketsen. Maar ook, zo vermoedde ik, om ervoor te zorgen dat hij zijn schouders recht hield. Later had hij het joggen ontdekt, en de fitness, en had hij er nooit meer zo uitgezien. Maar op de band van die avond zag ik hem iets doen: iets doodgewoons, iets heel onschuldigs, maar toen ik daar zo in die hotelkamer in Dyersburg zat te kijken, ontsnapte er een klein geluidje aan mijn mond, alsof ik zachtjes in mijn maag was gestompt.

Toen hij een sigaret opstak – en ik had nooit geweten dat hij ooit had gerookt – tilde hij met een afwezig gebaar dat stuk van zijn T-shirt op dat over zijn middenrif hing en liet het weer vallen – zodat het iets ruimer viel over wat nog maar een heel klein buikje was. Ik spoelde terug en speelde het opnieuw af. En toen nog een keer. Ik leunde voorover en probeerde met samengeknepen ogen tussen de grove korrels van de video-achtergrond door te kijken. Het gebaar was onmiskenbaar. Ik doe het zelf ook weleens. Zolang ik mijn vader kende, had ik hem volgens mij nooit iets zien doen wat zo naakt was, zo verklaarbaar en persoonlijk. Het gebaar van iemand die zich bewust is van zijn lichaam en daar een makke in ontdekte, al bevond hij zich midden in een swingende avond. Het was een correctie die hij eerder had uitgevoerd, maar die nog niet zo'n gewoontegebaar was geworden dat het een tic was. Nog meer dan het T-shirt zelf, meer dan de bierkroezen en de bijna tastbare feestsfeer en de aanblik van mijn dansende moeder en het feit dat mijn vader op de biljarttafel kennelijk voor geen kleintje vervaard was, maakte die kleine beweging het onbestaanbaar dat ze nu dood waren.

De tafel was eindelijk klaar en mijn vader stond op voor een verpletterende overwinning. Hij rechtte zijn rug alsof hij die eerste bal een lel zou geven die hem de rest van zijn bolvormige leven zou bijblijven. Op dat moment hield de scène plotseling op, alsof er een filmspoel ten einde was.

Voordat ik opnieuw op PAUZE kon drukken, waren we al op een ander schouwspel overgegaan.

Een ander interieur. Een huis. Een woonkamer. Donker, met kaarslicht. De beeldkwaliteit was vaag, het materiaal deed het niet goed bij dit zwakke licht. Rustige muziek op de achtergrond, en ditmaal herkende ik die als de soundtrack van *Hair*. Op de grond stond een verzameling wijnflessen in verschillende stadia van leegheid en meerdere asbakken stroomden over van de peuken.

Mijn moeder hing op een bank en zong mee, ze zong een lied van de vroege ochtend. Het hoofd van de berenvent lag zowat in haar schoot en hij rolde een joint op zijn borst.

‘Zet dat van die sodomie nog eens op,’ lalde hij. ‘Toe nou.’

De camera gleed soepel opzij en toonde een tweede man, die op zijn buik op de grond lag. Naast hem zat het blonde meisje, in de weer met een keurige rij kaarsen op schoteltjes op de rug van de man. Kennelijk was hij al zo lang buiten kennis dat hij een deel van het meubilair was geworden, en volgens mij moest dit de man zijn die in de bar de camera had bediend. Het meisje bukte zich langzaam en onvoorspelbaar vanuit de taille en hield zich puur op wilskracht overeind. Nu er minder om haar heen gebeurde, werd duidelijk dat ze ouder was dan ze eerst geleken had. Niet jonger dan twintig zoals ik eerst had gedacht, maar ergens achter in de twintig, misschien zelfs dertig. Aan de oude kant voor dit soort avondjes. Ik besefte dat mijn ouders, als ik inderdaad naar het begin van de jaren zeventig keek, zo’n beetje van dezelfde leeftijd moesten zijn.

En dat betekende dat ik al geboren was.

‘Zet nou oh-op,’ zeurde de beer, en de camera ging met een ruk naar hem terug, tot vlak voor zijn gezicht. ‘Toe nou.’

‘Nee,’ zei een lachende stem vlak bij de microfoon. Daardoor werd duidelijk dat het inderdaad mijn vader was die nu stond te filmen. Hij deed het beter dan de bewusteloze man het had gedaan. ‘Dat hebben we al een miljoen keer gedraaid.’

‘Ja, omdat het zo cool is,’ zei de beer, heftig knikkend. ‘Want kijk, weet je, het gaat over... au, shit.’ De camera zoomde uit om te laten zien dat hij de joint had laten vallen. Hij keek bedremmeld. ‘Shit. Nou kan ik weer helemaal opnieuw beginnen. Ik ben mijn leven lang al aan het rollen, man. Ik rol al van voor mijn geboorte. Thomas Jefferson is er al mee begonnen, de *fucker*, en die heeft hem aan mij nagelaten. Ik kon kiezen: of die joint afmaken of het Monticello-gebouw. Fuck dat gebouw, zei ik, geef mij die wiet. En die rol ik nu al mijn hele leven, als een brave, trouwe dienaar. En nu is hij weg.’

‘Weg,’ herhaalde het blonde meisje op zangerige toon. Ze begon te giechelen.

Zonder ook maar een maat van ‘Good morning Starshine’ te missen stak mijn moeder een hand uit en pakte de spullen uit de onbeholpen klauwen van de beer. Met een ervaren gebaar hield ze het vloeitje in een hand, spreidde met haar wijsvinger de tabak uit en reikte naar de dope.

'Rollen maar, Beth,' kraaide de beer, bijzonder opgewekt over deze gang van zaken. 'Rollen, rollen, rollen.' De camera zoomde in op de joint en zoomde weer uit. Hij was al bijna klaar.

Intussen waren mijn wenkbrauwen zo hoog opgetrokken dat ze ergens boven mijn hoofd zweefden. Mijn moeder had zojuist een joint gerold.

'Zet nou op,' jengelde de beer. 'Dat over die sodomie. *Come on Don, big Don man the Don, put it on Don, put it on.*' Op de achtergrond zong mijn moeder gewoon verder.

De camera zwenkte en begon de kamer uit te lopen, een gang in. Op de grond lag een stapel neergesmeten jassen. Ik zag dat links een keuken was, en rechts een trap. Het was ons oude huis, ons huis in Hunter's Rock. De meubels, het behang, de gordijnen waren anders dan ik me herinnerde, maar de ruimtes waren hetzelfde.

Met wijd open ogen keek ik toe hoe de camera de gang door liep en de trap opging. Even was er weinig meer dan rondwervelende duisternis, met van beneden het gedempte geluid van de berenman die 'Sodomie... fellatio... cunnilingus... pederastie...' blafte, zonder te pogen min of meer toon te houden.

Mijn vader had de overloop bereikt, bleef even staan en mompelde iets. Toen ging hij weer op weg, en met een schok besefte ik waar hij heen ging. Het was beneden stil geworden en het enige dat ik hoorde was zijn ademhaling en het zachte geschuifel van zijn voeten over de vloerbedekking toen hij de deur van mijn kamertje openduwde.

Eerst was het donker, maar na een tijdje drong er zoveel licht van de overloop binnen dat mijn bed tegen de muur zichtbaar werd, met mij erin, slapend. Ik moet een jaar of vijf geweest zijn. Je zag alleen mijn kruin en een stukje wang waar het licht erop viel. Een beetje schouder, in een donkere pyjama. De muur was een soort vlekkerig groen, de vloerbedekking bruin; dat waren de bekende kleuren.

Hij bleef twee hele minuten staan, zonder iets te zeggen of te doen. Hij hield de camera vast en hij keek hoe ik sliep, meer niet.

Ook ik zat te kijken, bijna ademloos.

De kwaliteit van het omgevingsgeluid op de band veranderde na een tijdje, alsof er beneden een ander nummer was opgezet. Toen klonk er een zacht geluid, misschien voetstappen op vloerbedekking. Ze hielden op en zonder iets ter bevestiging te zien of te horen wist ik dat mijn moeder nu naast mijn vader stond.

De camera bleef nog even op het jochie in bed gericht, op mij. Toen schoof hij langzaam op naar links. Eerst dacht ik dat ze weggingen, maar toen besefte ik dat de camera rechtsomkeert maakte.

Hij draaide honderdtachtig graden en hield toen stil.

Mijn ouders keken vol in de lens. Hun gezichten vulden het hele beeld: niet te dicht bij elkaar, gewoon de een naast de ander. Geen van beiden zagen ze er stoned of dronken uit. Ze leken me recht aan te kijken.

'Hallo, Ward,' zei mijn moeder zachtjes. 'Hoe oud zou je nu zijn?'

Ze keek over de camera heen, waarschijnlijk naar de slapende gestalte in het bed. 'Hoe oud zou je nu zijn?' herhaalde ze, en in haar stem lag iets droevigs, iets wankels.

Mijn vader keek nog in de lens. Hij was misschien vijf, zes jaar jonger dan ik nu. Ook hij sprak op zachte toon, maar niet met veel liefde in zijn blik.

'En wat zou er van je geworden zijn?'

Ruis. Er kletterde iemand met een trolley langs mijn hotelkamer.

Ik drukte niet op PAUZE. Ik kon me niet verroeren.

De laatste beelden waren ook afkomstig van 8mm, maar de kleuren waren meer vervaagd, uitgelopen, bleke oppervlakken ontkleurd tot zuiver licht. Donkere haarlijnen en vlekken sprongen en flikkerden over het hele scherm, zodat de bewegingen daarachter afgemeten en afstandelijk leken.

Fel, vaalgeel zonlicht dat door een groot raam scheen. Buiten raasden de bomen voorbij en vervaagde het loof tot geluid. Het regelmatige stampen van een trein, en iets anders, zachts, dat ik niet kon thuisbrengen.

Het gezicht van mijn moeder, nog jonger nu. Haar haar korter en zwart, met lak erin. Ze keek uit het raam naar het voorbijschietende landschap. Ze draaide haar hoofd om en keek in de camera. Haar blik leek heel veraf. Ze glimlachte flauwtjes. De camera zakte langzaam omlaag.

Abrupte overgang naar een brede straat in een stad. Ik had geen idee waar, en mijn aandacht werd gevangen door de vormen en de kleuren van de auto's die langs de stoep geparkeerd stonden, en door de kleren van de enkele voorbijganger. De auto's hadden stijl, de pakken niet, de jurken waren aan de korte kant. Ik wist niet genoeg van zulke dingen om er een exacte datum aan te geven, maar ik nam aan dat het eind jaren zestig was.

De camera schoof op wandelsnelheid naar voren. Af en toe werd mijn moeders achterhoofd even zichtbaar, links in beeld alsof mijn vader iets achter haar en rechts van haar liep. Het was niet duidelijk wat hij wilde filmen. Het was geen bijzonder interessante straat. Rechts was iets warenhuisachtigs, en links een pleintje. Er zat blad aan de bomen, maar dat zag er moe uit. Hij hield de camera geheven en keek niet op of om. Ze deden geen enkele poging om iets aan te wijzen of iets tegen elkaar te zeggen. Na een tijdje staken ze een weg over en sloegen ze een zijstraat in.

Cut naar weer een andere straat. Deze was iets smaller, alsof ze verder van het centrum kwamen. Ze leken een steile heuvel op te lopen. Mijn moeder liep voor de camera, en was vanaf haar schouders te zien. Ze bleef staan.

'Wat denk je? Hier?' vroeg ze, terwijl ze zich omdraaide. Ze had nu een zonnebril op en zag er zakelijk uit. De camera aarzelde even en wiebelde, alsof mijn vader zijn oog van de lens had weggenomen om even om zich heen te kijken.

Zijn stem: 'Iets verder nog.'

Daar gingen ze weer, misschien nog een minuut. Toen bleven ze weer staan. De camera draaide in het rond en toonde martelend snel een panorama van wat de top van een helling leek te zijn in een heuvelige stad, met hoge gebouwen aan weerszijden van de straat. Borden op straatniveau gaven aan dat er levensmiddelenwinkels en goedkope restaurants waren, maar de vensters daarboven zagen eruit als die van appartementen. Er stonden mensen met hoeden op voor de etalages naar de koopwaar te kijken. Anderen liepen de winkels in en uit. Een drukke buurt, vlak voor lunchtijd.

Mijn moeder keek weer naar de camera en knikte. Zij moest het zeggen. En ze deed het, met tegenzin.

Cut naar later op de dag. Een iets ander uitzicht, maar nog steeds de top van diezelfde heuvel. Waar het in de eerdere beelden ochtendlicht was geweest, waren de schaduwen nu langer. Einde van de middag, en de straten waren bijna verlaten. Mijn moeder stond met haar armen langs haar zij afhangend. Van ergens buiten beeld klonk een eigenaardig, gorgelend geluid, en ik besefte dat het leek op het geluid dat ik in de trein had gehoord.

De camera bewoog even, alsof mijn vader zijn hand ergens naar uitgestoken had. Toen liep mijn moeder een eindje naar voren, of hij naar achteren. Mijn vader ademde hoorbaar uit.

En ik, vijfendertig jaar later, ook.

Mijn moeder had twee heel kleine kinderen aan de hand, aan weerszijden een. Ze leken even oud te zijn en waren hetzelfde gekleed, al had de een een blauw truitje aan en de ander een geel. Ze konden niet veel ouder zijn dan een jaar, anderhalf misschien, en ze stonden wat onvast op hun benen.

De camera zoomde op hen in. De een had kort haar, de ander iets langer. De gezichtjes waren identiek.

De camera zoomde verder uit. Mijn moeder liet de hand van een van de kinderen los. Het kind met het langere haar en het gele truitje, en een klein, groen tasje. Ze hurkte naast het andere kind.

'Zeg maar dag,' zei ze. Het kind in het blauw keek haar aarzelend aan, zonder begrip. 'Ward? Zeg maar dag.'

De twee kinderen keken elkaar aan. Toen keek het kind met het korte haar, het kind dat ik geweest moet zijn, vragend naar zijn moeder. Ze pakte mijn hand en bracht die omhoog.

'Zeg maar dag.'

Ze wuifde met mijn hand, nam me in haar armen en stond op. Het andere kind keek mijn moeder aan, glimlachte en stak zijn of haar armpjes uit om ook opgetild te worden. Ik kon niet zien of het een jongetje of een meisje was.

Mijn moeder zette zich in beweging.

Ze liep met vaste tred, zonder zich te haasten maar zonder om te kijken. De camera bleef op het andere kind gericht, ook toen mijn vader achter mijn moeder aan de heuvel afliep. Ze lieten de peuter achter.

Het kind verdween verder en verder in de verte. Zwijgend stond het op de top van de heuvel. Het huilde niet eens. Althans, niet tot we zo ver weg waren dat we het niet meer hadden kunnen horen.

Toen ging de camera een hoek om en verdween.

Het beeld hield op: ruis. En ditmaal volgde er niets meer. Binnen een minuut schakelde de band zichzelf uit en zat ik naar mijn eigen spiegelbeeld op het televisiescherm te staren.

Ik tastte naar de afstandsbediening, spoelde de band terug en drukte op PAUZE. En zat met mijn handen voor mijn mond geslagen te staren naar het roerloze beeld van een kind dat in zijn eentje op een heuveltop was achtergelaten.

Hoofdstuk 7

De sleuf ging open. Van boven scheen vaag licht.

'Hallo, kindje,' zei de man. 'Daar ben ik weer.'

Sarah kon zijn gezicht niet zien. Te horen aan zijn stem moest hij vlak achter haar hoofd op de grond zitten.

'Hallo,' zei ze, haar stem zo vast mogelijk. Ze wilde van hem weg deinzen, net die paar extra centimeters afstand tussen hen creëren, maar zelfs die bewegingsruimte had ze niet. Ze moest zich beheersen om kalm te blijven, om bij haar voornemen te blijven om te klinken alsof het haar allemaal niets uitmaakte. 'Hoe gaat het vandaag? Nog steeds even krankjorem, neem ik aan.'

De man lachte even. 'Jij krijgt mij echt niet boos.'

'Waarom zou ik jou boos willen maken?'

'Waarom zeg je dan van die dingen?'

'Mijn ouders zijn intussen dol van de zorgen. Ik ben bang. Misschien ben ik momenteel niet al te beleefd.'

'Dat begrijp ik.'

Toen bleef hij een hele tijd zwijgen. Sarah wachtte.

Een minuut of vijf later zag ze een hand boven haar gezicht. Met een glas water. Zonder waarschuwing hield hij het langzaam schuin. Ze kreeg haar mond op tijd open en dronk zoveel ze kon. De hand verdween weer.

'Is dat alles?' vroeg ze. Haar mond voelde vreemd aan, schoon en nat. Het water smaakte zoals ze altijd gedacht had dat wijn moest smaken, te oordelen naar de manier waarop ze daar een toestand van maakten en hem in hun mond rond rolden alsof dit het lekkerste was dat ze ooit geproefd hadden. Zelf vond ze dat wijn meestal smaakte alsof er iets mis mee was.

'Wat dacht je dan?'

'Als je me in leven wilt houden, dan zul je me iets meer dan water moeten geven.'

'Waarom denk je dat ik jou in leven wil houden?'

'Omdat je me anders meteen wel vermoord zou hebben en me ergens in m'n blootje neergezet, zodat je naar me kon kijken terwijl je je afrukt.'

'Dat is niet aardig van je.'

'Ik verwijs naar mijn eerdere opmerkingen. Ik voel me niet erg aardig, en jij bent gestoord, dus ik hóéf ook niet aardig te doen.'

'Ik ben niet gestoord, Sarah.'

'O, nee? Hoe zou je jezelf dan omschrijven? Anders dan anderen?'

Hij lachte weer, verrukt. 'Dat wel, ja. Beslist.'

'Zoiets als Ted Bundy, die lamzak.'

'Ted Bundy was niet goed wijs,' zei de man. De humor was uit zijn stem verdwenen. 'Een blaaskakerige idioot, een oplichter.'

'Oké,' zei ze, in een poging om hem gunstig te stemmen. Bij zichzelf dacht ze dat hij nu niet alleen gestoord maar ook pompeus klonk. 'Sorry. Ik ben ook niet bepaald een fan van hem. Jij bent veel beter. Krijg ik nog iets te eten, of hoe zit dat?'

'Later misschien.'

'Geweldig. Ik verheug me er al op. Snij het goed klein, zodat ik het kan vangen.'

'Welterusten, Sarah.'

Toen ze hem hoorde opstaan, verdween haar pretentie van kalmte. Haar plan had niet gewerkt. Van geen kanten. Hij wist dat ze bang was.

'Laat alsjeblieft die plank vanboven weg. Ik kan me toch niet verroeren.'

'Dat zal helaas niet gaan,' zei de man.

'Alsjeblieft...'

De plank werd teruggelegd en Sarah lag weer in het donker.

Ze hoorde zijn voetstappen verdwijnen, een deur die zachtjes dichtging en toen was alles weer stil.

Koortsachtig likte ze rond haar lippen om zoveel mogelijk van het resterende vocht te verzamelen. Nu de eerste schok weg was, besefte ze dat het water anders smaakte dan thuis. Het moest uit een ander reservoir komen en dat betekende dat ze een heel eind van huis was. Zoals wanneer je op vakantie ging. Ze wist dus tenminste één ding. Hoe meer ze wist, des te beter.

Toen drong tot haar door dat het natuurlijk bronwater kon zijn, iets uit een fles. In dat geval betekende de smaak helemaal niets. Het kon gewoon een ander merk zijn. Dat deed er niet toe. Het was toch de moeite waard om over na te denken. Hoe meer ideeën, des te beter. Zoals het feit dat de man, toen ze het over haar ouders had, niet opnieuw had gezegd dat hij hen vermoord had. Toen hij haar pas gevangen had, had hij maar al te graag willen praten over wat hij hen aangedaan had. Misschien betekende dat iets. Hopelijk betekende het dat ze nog in leven waren; hopelijk had hij die dingen alleen gezegd om haar bang te maken.

Misschien ook niet. Sarah lag met gebalde vuisten in het donker en probeerde niet te gillen.

DEEL TWEE

Er zijn maar weinig mensen die gelukkig kunnen zijn als ze niet een andere persoon, natie of religie haten.

Bertrand Russell

Hoofdstuk 8

De vlucht landde om vijf over tien in Los Angeles. Nina had niets bij zich behalve haar handtas en haar dossier, en Zandt kon alles wat hij nodig had in één hand dragen zonder uit balans te raken. Er stond een auto op hen te wachten. Niets gestroomlijnds en officieels. Gewoon een taxi die Nina vanuit het vliegtuig had geboekt om hem in Santa Monica af te zetten voordat hij haar naar huis bracht.

Lichten en neonreclame in het donker, half zichtbare gezichten, het geritsel en gebonk van leven op zo'n doodnormale avond in een stad met een hart dat nooit helemaal lijkt te liggen waar jij je bevindt maar altijd om een hoek, één straat verder, of aan de andere kant van die enorme gebouwen met nieuwe clubs met glorieuze nachten die al voorbij zijn voordat jij er zelfs maar van gehoord hebt. Tussen daar en hier ligt een stel goedkope hotelletjes, stoffige slijterijen, tweedehands autozaken met voertuigen van dubieuze afkomst. Een sjofele kudde mensen die staan te wachten op straathoeken zonder uitgesproken positieve bedoelingen, op een eindeloze vlakte vol betonnen bunkers waarin bedrijven huizen die talloze holle levens opslokken zonder ooit een NASDAQ-notering te krijgen. Langzaam aan de overgang naar woonwijken, en dan naar Venice. Van buitenaf bezien kan Venice er hier en daar uitzien alsof het zich weer omhoog wil werken. Sommige delen zijn behoorlijk aan de prijs – zij het op een afgekloven, internationale manier. Hier en daar zie je een paar restanten uit de jaren vijftig, iets uitbundigs dat nog stamt uit de tijden van flitslichten en bevroren glamour. De meeste daarvan zijn intussen gesloopt, om plaats te maken voor naargeestige informatieborden in Helvetica, het officiële lettertype van het vagevuur. Helvetica is niet ontworpen om je een goed gevoel te bezorgen, om avontuur te beloven of om de lezer blij te stemmen. Helvetica is er om te melden dat de winst alweer gedaald is, dat de fotokopieermachine aan een grote beurt toe is en dat je, nu we toch bezig zijn, ontslagen bent.

En dan Santa Monica. Mooiere huizen, kleine kantoortjes, plekken waar je Japans kunt eten en waar de Engelse *Times* te koop is. De zee, met een pier die geboren is in sepia maar zelf weet dat die tijden nooit meer terugkomen. De Palisades daarboven, de drukke Ocean Avenue en dan de eerste rij hotels en restaurants. Het gevoel, ergens vandaan, dat deze voorstad ooit een stad geweest moet zijn. Misschien komt dat door de zee, die de indruk wekt dat deze gemeenschap hier niet voor niets ligt. Hier en daar is dat ook nog zo, voelt het nog aan alsof er een band met de omgeving is die meer inhoudt dan dat die omgeving gewoon platgewalst is. Winkels en cafés en plekken om gezien te worden, plekken om naar binnen te lopen en iets te kopen. Wie hier woont kan begrijpen waar hij zich bevindt – zoals de familie Becker tot voor kort. Het is geen échte plek, maar goed, Los Angeles telt maar zo weinig echte plekken; en die delen die wél echt zijn, daar wil je niet zijn. 'Echt' is voor mensen met pistolen en katers. 'Echt' is wat je het liefst mijdt. L.A. vindt zichzelf een oord vol magie, en voelt zich soms ook zo, maar een groot deel daarvan is onderhands geregeld. Als je op de ene plek staat, voel en weet je dat je op een dag filmster zult zijn; maar als je dan ergens anders gaat staan, voel en weet je dat je binnenkort dood bent. Je weet dat het gezichtsbedrog is wat je ziet, maar toch wil je het geloven. Je kunt plattegronden kopen waarop staat waar de sterren wonen, maar niet waar je moet gaan staan om er een te worden: je kunt alleen maar rondlopen en zoveel mogelijk cafés bezoeken, in de hoop dat het geluk vanzelf naar je toe komt. Los Angeles is een stad die de schikgodin Lot in zijn hart gesloten heeft, een stad die haar een groot aantal borrels heeft geschonken en haar telefoonnummer heeft neergekrabbeld na avonden lang lonken: maar om die schikgodin nou een strenge meesteres te noemen... dan gun je haar het voordeel van vele, vele twijfels. De schikgodin Lot is eerder een vals, klein sterretje dat via de cocaïne aan een rit omlaag is begonnen, en dat eenmaal per week een min of meer goede daad verricht voor het geval er iemand toekijkt. Lot heeft niet altijd het beste met je voor. Het kan Lot gewoon geen ruk schelen.

'Blij dat je terug bent?' vroeg Nina. Zandt gromde.

De taxi zette hem af bij The Fountain, een tien verdiepingen tellende toren van vergeeld stucwerk aan Ocean Drive, tussen de kruispunten waar Wilshire en Santa Monica hun mensen afleveren aan zee. Het gebouw heeft een art-decosmoel waardoor het er iets chiquer uitziet dan het is. Oorspronkelijk waren het dure appartementen, daarna deed het een tijdje dienst als hotel voordat het opnieuw werd omgebouwd tot huurflatjes voor korte duur. Het zwembad aan de achterzijde wordt momenteel tot tuin omgebouwd, zodat er een grote en ietwat zinloze zitruimte ontstaan is, die zelden gebruikt wordt: ondanks de lanai, de planten en de stoelen in de schaduw is het *te* duidelijk dat hier iets ontbreekt. Zandt kende de lobby nog van een moordzaak waaraan hij in 1993 had gewerkt: een onbelangrijke Europese acteur en een jonge prostituee en een uit de hand gelopen spelletje. De acteur ging uiteraard vrijuit. Zandt wist niet meer welke kamer het was geweest. In ieder geval niet de suite die hij nu had, want die was groot en goed gemeubileerd en had een fraai uitzicht op de zee. Hij zette zijn tas in de woonkamer neer en keek even om zich heen in de kitchenette. Lege kasten, bijna geen stof. Hij had geen honger en kon zich niet voorstellen dat hij hier iets zou koken. The Fountain had geen bar of restaurant of roomservice. Het was geen einddoel, en daarom had hij dit als verblijfplaats gekozen. Om die reden, en om de ligging.

Hij liep de suite uit, terug naar de lift, en bleef even buiten staan. Nina was per taxi vertrokken, en ze hadden halverwege de volgende ochtend afgesproken. Ze had vanuit het vliegtuig de FBI-afdeling Westwood al gebeld, nadat ze al eerder vanuit Pimonta contact had opgenomen, maar waarschijnlijk moest ze toch heel af en toe even haar gezicht op kantoor laten zien. Toch bleef hij even staan wachten. Hij keek naar de langs de straat geparkeerde auto's. Het zou hem niets verbaasd hebben als Nina een rondje rond het blok had gemaakt en was teruggekomen om te kijken wat hij aan het doen was. Niet dat hij een of ander soort expert was. Gewoon om het te weten. Nina bleef graag op de hoogte.

Na vijf minuten liep hij door naar de hoek, sloeg rechts af Arizona op en liep door tot 3rd Street Promenade. Op Arizona Avenue had Michael Becker zijn dochter afgezet op de avond van haar verdwijning.

Hij sloeg linksaf en liep over de westzijde van de Promenade, tot aan het einde waar Sarah Becker voor het laatst was gezien. Het liep tegen elven, veel later dan het tijdstip waarop het meisje was ontvoerd.

Bijna alle winkels waren dicht. De straatmuzikanten en -artiesten hadden allang hun spullen ingepakt, zelfs de Frank Sinatra-imitator, die langere dagen maakte dan de meeste van zijn collega's. Dat deed er niet toe. Zolang ontvoerder en slachtoffer niet ter plekke zijn, is er toch geen reconstructie van de situatie mogelijk.

Met een half oog hield hij de andere rondslenterende mensen in de gaten. Moordenaars komen vaak terug, vooral diegenen voor wie moord meer is dan een tijdelijke belevenis. Ze gaan terug, ze spelen de hele band nog eens af zodat ze de herinnering opnieuw beleven. Hij verwachtte niet dat hij iemand in het bijzonder zou zien, maar hij keek toch. Toen hij de zijstraat passeerde die Nina in haar beschrijving had genoemd, de plek waar een illegaal geparkeerde auto had gestaan, bleef hij even staan om te kijken. Niet dat hij probeerde iets te zien. Hij wilde er gewoon even zijn.

'Wacht je op iemand?'

Zandt draaide zich om en zag een jongeman staan, slank en mooi. Zestien, achttien op zijn hoogst. 'Nee,' zei hij.

De jongen glimlachte. 'Weet je dat zeker? Volgens mij wel. Ik vroeg me af of je misschien op mij stond te wachten.'

'Nee,' herhaalde Zandt. 'Maar er wacht wel iemand. Niet vanavond, niet hier, maar ergens in de toekomst.'

De glimlach vervaagde. 'Ben jij van de politie?'

'Nee. Ik zeg gewoon hoe het is. Maak je afspraakjes maar waar het wat lichter is.'

Hij liep Starbucks binnen en bestelde een koffie. Hij nam zijn beker mee naar buiten en ging zitten op de bank waarvandaan Sarah was ontvoerd. De jongen was verdwenen.

Je zou toch denken dat zo'n gebeurtenis een zekere resonantie achterlaat. Maar dat is niet zo. De menselijke geest is gericht op het herkennen van gezichten. Het begrip van ruimte is heel wat zwakker. Bij uiterlijk is het simpel: hoe meer mensen je gezicht kennen, des te beroemder ben je. Dan hoeven we niet verder te zoeken naar geloofsbrieven. Je bent geen onbekende, maar maakt deel uit van onze grootfamilie: sterke broers en knappe zusjes, aardige ouders en nepooms en -tantes die ons moeten laten vergeten dat onze sociale groepen zijn verschrompeld tot niets. Bij plaatsen is het van belang te weten welke gebeurtenissen zich er hebben afgespeeld. Maar afgezien daarvan voel je helemaal niets, als je ergens lang genoeg gezeten hebt. Je gaat terug naar de plek zoals die was voordat daar iets gebeurde, zoals die plek was op die bewuste avond. Verder kun je niet terug in de tijd, naar *ervoor*, naar je hand die een mes kon vasthouden zoals het uit de keukenla kwam, voordat het droop van het bloed; toen de mogelijkheden aanwezig maar nog niet uitgebuit waren.

Hij ging op de bank zitten tot het gewoon een plek was geworden, en daarna bleef hij nog een tijdje zitten.

In de tijd dat hij bij Moordzaken had gewerkt, had Zandt te maken gekregen met een ongewoon groot aantal seriemoordenaars. Meestal werden zulke zaken afgehandeld door de FBI. Die heeft zijn eigen laboratorium voor gedragswetenschappen in Quantico, zijn profileringsprocedures, de Jodie Fosters en de David Duchovny's met hun pakken en hun keurige haar. Net als de moordenaars zelf lijken de Feds altijd iets meer dan levensgroot. Maar in acht jaar tijd had Zandt, een gewone sterveling, politieman bij Moordzaken, zichzelf betrokken gezien bij onderzoek naar meerdere reeksen onderling verwante moorden, die uiteindelijk het werk bleken te zijn van iemand die je een seriemoordenaar zou kunnen noemen. Twee van die mannen waren gearresteerd en Zandt had bij beide arrestaties een belangrijke rol gespeeld. Hij had er gevoel voor, en dat zag men in. De eerste zaak betrof een man uit Venice Beach die verantwoordelijk was voor de moord op vier oudere vrouwen, en daar was Zandt toevallig bij betrokken geraakt. Bij het tweede onderzoek werkte hij vanaf het begin samen met de FBI, en zo had hij Nina Baynam ontmoet.

In de zomer van 1995 werden, half begraven in verschillende delen van de stad, de stoffelijke overschotten gevonden van vier jonge, zwarte jongens. De wijze waarop ze waren ontleed, samen met het feit dat bij ieder slachtoffer een videoband was achtergelaten, was voldoende om te verklaren dat deze moorden het werk van een en dezelfde persoon waren. Elk van de slachtoffers was ontvoerd vanuit een achterbuurt, en drie van hen hadden al eerder te maken gehad met drugs en straatprostitutie. Pas door de herhaling begonnen de moorden van willekeurige achtergrondruis te veranderen in een verhaal. De videobanden die bij de lichamen waren achtergelaten, bevatten één à twee uur ruwweg geregisseerde camcorderbeelden waaruit bleek hoe onaangenaam de laatste dagen van de slachtoffers verlopen waren. Iedere band was voorzien van een omslag met een foto van de jongen, zijn naam en het woord CAMERATEST.

De kranten hadden de moordenaar de bijnaam 'Filmmaker' gegeven, wat iedereen bijzonder komisch vond. Iedereen behalve de ouders, uiteraard, maar aangezien hun verdriet een gênant bewijs was voor de onderliggende realiteit van dit gruweltheater, werd hun verdriet genegeerd behalve wanneer het nodig was om de publieke belangstelling aan te zwengelen. De familieleden waren niet meer dan toeschouwers bij deze daden, geen acteurs, en van de acteur houden we het meest. Iemand die we kunnen leren kennen, een gezicht dat wordt belicht door kranten en televisie. Een persoonlijkheid willen we. Een ster.

Zandt werkte aan de zaak van de eerste jongen, en na het tweede slachtoffer werd de FBI erbij gehaald. Nina was een jonge agente met ervaring, want ze had het jaar tevoren gewerkt aan een slepende, ernstige zaak in Texas en Louisiana. Samen, dankzij een combinatie van Zandts intuïtie en speurwerk, Nina's analyse van de plaatsing van de lijken en een gelukkig toeval, namelijk het feit dat de dader de camcorder waarmee de opnamen waren gemaakt had geregistreerd, hadden ze de moordenaar gevonden. Een blanke man, 31 jaar oud, werkzaam als grafisch ontwerper in de marge van de muziekvideo-industrie, als kind ooit figurant geweest in allang vergeten films. In een reeks gesprekken met Zandt had hij de misdaden bekend, aanvullende bewijzen geleverd en onthuld waar zijn talismans zich bevonden: de rechterhand van elk van zijn slachtoffers. Die had hij in potten gestopt waarin eerder het product had gezeten van een vooraanstaand merk oploskoffie. Uiteindelijk bracht hij de politie naar de lijken van twee eerdere slachtoffers, experimenten in moord waarbij hij zijn huidige techniek had ontwikkeld. Hij legde de schuld van zijn gedrag bij het feit dat hij als kind op de set was gemolesteerd, een beschuldiging die mooi aansloot bij de wens van het publiek om bij ieder verhaal een begin en een midden te hebben. Het bleek onmogelijk om deze bewering te staven, en het eind van het verhaal kwam toen de moordenaar nog voor de zaak voorkwam door een celgenoot de hals werd afgesneden met een geslepen lepel. De voedselketen maakt aan beide zijden slachtoffers: ook moordenaars en verkrachters hebben iemand nodig om op neer te kijken, en kindermoordenaars zijn daarvoor bij uitstek geschikt. Uiteindelijk werd de Filmmaker een onsterfelijk en eindeloos verhaal, herhaald in een redelijk succesvolle sensatieroman en op talloze websites. Korte tijd lang was er een slordig shareware-pakket voor videobewerking verkrijgbaar met de naam FilmMaker, en een winkel in Atlanta verkocht een bank in diep, vlekkerig rood, die de Cameratestbank heette.

Het onderzoek duurde dertien weken. De laatste acht van die weken hadden John en Nina een relatie. De affaire eindigde kort na de arrestatie van de verdachte. Nina had het meeste initiatief genomen. Toen ze daarmee ophield, liep de relatie ten einde. Zandt heeft er nooit over gesproken met zijn vrouw, met wie hij een relatie onderhield die meestal hartelijk en geslaagd was, maar die net een wat moeilijke periode doorgemaakt had. Hij wilde noch haar, noch zijn dochter verliezen en was voornamelijk opgelucht toen de affaire voorbij was.

De daaropvolgende vijf jaar hadden Nina en Zandt af en toe samen geluncht, terwijl Zandt de gebruikelijke stortvloed afwerkte aan bendemoorden, familievetes en met kogels doorzeefde jandoedels die in een steeg als gestrande vissen naar adem lagen te happen en bij aankomst in het ziekenhuis al overleden waren zonder dat iemand daarom maalde. Sommige zaken wist hij op te lossen, andere niet. Zo gaat het. Nina werkte aan een uitgebreid in de pers beschreven dubbele moord in Oregon, die voor het merendeel nog steeds onopgelost was. In de echte wereld, achter het gordijn van dood en wangedrag waarachter politiemensen leven, ging het leven normaal verder. Bosnië implodeerde, de president kwam in de problemen vanwege zijn sigaren, we ontdekten de vreugden van e-mail en *Frasier*, van Playstations en Sheryl Crow.

En toen, op 12 december 1999, verdween er een jong meisje uit Los Angeles. Josie Ferris, zestien jaar oud, had ter gelegenheid van de verjaardag van een vriendin een hamburger gegeten in het Hard Rock Café aan Beverly Boulevard. Om kwart voor tien 's avonds, nadat ze op de stoep voor het restaurant afscheid had genomen, liep ze in haar eentje in de richting van Ma Maison. Ze wilde in de buurt van het hotel een taxi nemen. Beverly Boulevard is geen achterafweggetje en ook geen steegje. Het is een brede, drukke straat en die avond bevonden er zich veel mensen zowel in de hal van het hotel als in de foyer van het winkelcentrum Beverly Center Mall aan de overkant van de straat. En toch zag ze kans ergens binnen die driehonderd meter te verdwijnen.

Toen Josie om tien voor een die nacht nog niet thuis was, belden haar ouders de politie. Toen er naar hun zin te weinig energiek werd gereageerd, kwamen de ouders hoogstpersoonlijk opdraven om de formulieren in te vullen. De heer en mevrouw Ferris kwamen bijzonder overtuigend over en al gauw nam de politie de zaak serieus, althans wanneer de ouders zich binnen gehoorsafstand bevonden. Helaas maakte dit geen verschil. Hun dochter werd nooit meer levend gezien.

Twee dagen later werd op hun stoep een trui gevonden. Op de voorzijde was de naam Josie geborduurd, met wat vervolgens het haar van het meisje zelf bleek te zijn. Het meisje had die trui voor haar zestiende verjaardag gekregen van haar beste vriendin, die op de mouw de letters VVL had geborduurd: Vriendinnen Voor het Leven. Dat waren ze ook geweest. Alleen was dat leven wel wat kort gebleken. Er werd geen losgeld geëist. De politie begon de zaak nu heel serieus te nemen, ongeacht wie er in de buurt was en het kon horen. Er werd een speciaal team opgericht, dat werd gecoördineerd door de plaatselijke FBI-contactpersoon Charles Monroe. Het bericht van de bezorging van het kledingstuk werd na verloop van tijd vrijgegeven aan de politie, maar er werd niets gezegd over de aangebrachte verandering. Een maand later was er nog geen enkele vordering gemaakt bij het opsporen van de vermiste tiener.

Eind januari en begin maart 2000 raakten er twee andere meisjes vermist. Elyse LeBlanc en Annette Mattison kwamen respectievelijk niet thuis na de bioscoop en na een bezoek aan een vriendinnetje. Beiden leken oppervlakkig bezien op Josie Ferris: ongeveer even oud (vijftien en zestien) en met lang haar. De LeBlancs en de Mattisons waren beslist niet arm en hadden aantrekkelijke, meer dan gemiddeld intelligente dochters. Dit was niet genoeg om te denken aan een verband tussen de drie verdwijningen, die tenslotte hadden plaatsgevonden in zeer verschillende delen van de stad.

Maar na de komst van nog twee truien werd dat verband wel gelegd. Ook nu werden ze thuisbezorgd, op klaarlichte dag, en opnieuw was de naam van het meisje in haar eigen haar op de voorkant geborduurd. Er werden geen verdere berichten ontvangen. Vanwege de ernst van de situatie hield de FBI de tweede en derde verdwijning stil. De meeste seriekidnappers wilden het feit van hun ontvoeringen verbergen. De keuze van meisjes wier afwezigheid meteen zou opvallen en de verdere belichting van de gebeurtenis door middel van het bezorgen van die pakketjes duidden erop dat men hier te maken had met een heel apart iemand. Iemand die hier en nu aandacht wilde.

En die kreeg hij niet.

Een week na de verdwijning van Annette Mattison vond een stel picknickers in Griffith Park het geklede lijk van een jonge vrouw. Het stoffelijk overschot was kaal, vertoonde ernstige brandwonden en was onherkenbaar geworden door toedoen van wilde dieren ter plekke, maar toch was het snel te identificeren dankzij recent tandheelkundig werk en een opvallend sieraad. Het was Elyse LeBlanc. Naar schatting moest zij ongeveer de helft van de periode sinds haar ontvoering dood geweest zijn, hoewel ze pas kortgeleden naar de plek was gebracht waar ze was gevonden. Ze bleek voor haar dood een aantal kleine hoofdwonden te hebben opgelopen, maar geen daarvan was de doodsoorzaak geweest. Hoewel haar stoffelijk overschot onmiddellijk werd doorgestuurd naar het FBI-laboratorium in Washington, bleek er geen fysiek bewijsmateriaal van de moordenaar aanwezig te zijn op haar kleding of lichaam. De plaatselijke politie voerde samen met het FBI-bewijzenteam uit Sacramento een zoekactie uit in de rest van het park, maar men slaagde er niet in om de lichamen of lichaamsdelen van Josie Ferris of Annette Mattison te vinden.

Het persembargo werd opgeheven. Een verzoek om getuigenverklaringen leverde niets meer op dan de gebruikelijke grappen en grollen, idioten en valse informatie. Ouders verboden hun tienerdochters om nog in hun eentje op stap te gaan.

Tien dagen later dook Josies lichaam op. In de bosjes langs een weg in Laurel Canyon, in ongeveer dezelfde staat als dat van het meisje LeBlanc. In tegenstelling tot het vorige slachtoffer was hier sprake van een periode van grof seksueel misbruik.

Intussen had de moordenaar een bijnaam gekregen. In de pers werd hij de Pakketbezorger genoemd. Dit op onofficiële suggestie van special agent Monroe, die meende dat er door hem op deze wijze te kleineren, zijn status omlaag te brengen door het woord 'bezorger' te gebruiken, een soort onderzoeksvoorsprong te behalen viel. Monroe dacht dat iemand die kans had gezien om drie jonge, intelligente en verstandige jonge vrouwen van drukke straten te snaaien, te vermoorden en hun lijken op openbare plekken te dumpen zonder ooit gezien te worden of ook maar één enkel bewijsstuk achter te laten, op de een of andere manier uit zijn evenwicht zou raken door deze plaagstoot.

Dat hij helemaal beroerd zou worden van de belediging en zonder meer zou instorten.

Nina was het hier niet mee eens. Daarom, en om andere redenen, had ze de zaak besproken met John Zandt, hoewel die niet betrokken was bij het officiële onderzoek. Ze hadden prettig samengewerkt aan de zaak van de Filmmaker. Ze wilde weten wat hij ervan vond.

Zandt maakte zijn mening kenbaar, maar zonder veel enthousiasme. Nina werkte aan deze zaken met een intensiteit en een ijver die hij niet langer kon evenaren. Zijn huwelijk stond weer stevig op de benen en zijn dochter was groter geworden – was van een kind veranderd in een jonge vrouw, zodat hun gezin geconsolideerd was. Ze had het haar van haar moeder, diep bijna roodbruin maar de ogen van haar vader: bruin met groene vlekken. Ze zette haar muziek te hard en het was een bende in haar kamer en ze surfte veel te lang op het net en af en toe rook ze naar sigaretten. Er was ruzie. Maar ze ging met haar moeder mee boodschappen doen, hoewel dat oersaai was, want ze wist dat Jennifer het fijn vond als ze meeging. Als haar vader praatte, luisterde ze meestal en onderdrukte de geeuwen die daarbij opkwamen. Haar ouders wisten niet dat ze al een paar maal wiet gerookt had, dat ze cocaïne had geprobeerd en dat ze een keer een stel ontzettend dure oorringen had gejat. Hadden ze dat wel geweten, dan had ze voor de rest van haar leven huisarrest gekregen, maar verder zouden ze zich niet al te druk gemaakt hebben. Dit viel allemaal binnen de voor haar plaats en tijd acceptabele grenzen van afwijkend gedrag.

Maar Zandt was, onder meer, wat ouder geworden en wilde niet meer langer dan nodig was nadenken over de duistere zaken die de wereld in gang kon zetten. Hij deed zijn werk en dan ging hij naar huis en leidde zijn eigen leven. Na twee eerdere onderzoeken naar de daden van meervoudig moordenaars had hij geen belangstelling meer voor de werking van hun geest. Het was iets waarvan je maar een bepaalde dosis kon hebben voordat je je beroerd ging voelen.

Zandt wist dat seriemoordenaars heel anders in elkaar zaten dan in de bioscoop werd gesuggereerd, wanneer je eenmaal door de glamour van hun roem heen wist te kijken: in de film waren het charmante genieën, druipend van het Kwaad, charismatische kruisvaarders op een bloedige graaltocht. Het waren eerder een soort dronkaards, of gestoorde types. Onmogelijk om mee te praten of om iets zinnigs uit te krijgen, van de wereld afgesloten door een standpunt dat nooit kon worden uitgelegd of toegankelijk gemaakt tegenover diegenen die daarbuiten leefden. Ze bestonden in alle vormen, maten en soorten. Sommigen waren monsters, anderen redelijk fatsoenlijke types – afgezien dan van de neiging om hun medemens te vermoorden en de levens te ruïneren van diegenen die van de slachtoffers gehouden hadden. Jeffrey Dahmer had aanvankelijk vreselijk zijn best gedaan om niet toe te geven aan een drang waarvan hij wist dat die niet strookte met normale verlangens en een normaal leven. Maar zoals bekend: dat mislukte faliekant. Na zijn arrestatie verzocht hij niet om clementie, hij speelde geen spelletjes met de politie, hij deed niets behalve schuld bekennen en uitdrukking geven aan verdriet over wat hij gedaan had. Voor een moordlustig sociopaat gedroeg hij zich zo goed hij kon. Het bleef echter een feit dat hij een einde had gemaakt aan de levens van minstens zestien jongemannen, onder omstandigheden die te gruwelijk voor woorden waren.

Andere moordenaars zwolgen in hun bekendheid, deden hun best om via manipulatie van pers en politie meer publiciteit of privileges te verkrijgen, speelden met de ellende van de mensen van wie ze iets onvervangbaars hadden geamputeerd. Ze genoten van wat ze gedaan hadden, van hun heerlijke geheimen. Ze verslonden de nieuwsberichten over hun rechtszaken, hartgrondig tevreden dat ze nu eindelijk de aandacht kregen die ze altijd verdiend hadden. Dit maakte hen niet noodzakelijkerwijs tot slechtere mensen. Alleen anders. Ted Bundy. De Filmmaker. John Wayne Gacy. Philippe Gomez. De Yorkshire Ripper. Andrei Chikatilo. Sommigen zagen er beter uit, anderen werkten efficiënter; sommigen waren intelligent, anderen op het randje of zelfs aantoonbaar zwakbegaafd. Sommigen kwamen over als normale mensen, van anderen zou je denken dat die een straat verderop al herkenbaar waren als griezels. Geen van hen waren bijzondere mensen of doordrenkt met het Kwade, behalve in zeer oppervlakkige zin. Het waren gewoon mannen met de behoefte de levens van andere mensen te nemen, mannen met het verlangen om hun eigen seksuele beleving op te voeren door anderen te martelen en te vernederen. Het waren geen duivels. Het waren gewoon mannen – en heel soms vrouwen – die onacceptabele dingen deden vanwege een dwangneurose. Het was geen zwartwitonderscheid tussen goed en kwaad, maar een spectrum dat ook werd bewoond door lieden die wel tien keer per avond kijken of de deur echt op slot zit, of die niet konden stilzitten voordat na een maaltijd de hele keuken aan kant was. Seriemoordenaars zijn op zichzelf niet griezelig. Het griezelige lag hem in het feit dat je mens kunt zijn zonder te voelen als andere mensen.

Zandt wist welke factoren kunnen bijdragen aan het ontstaan van een seriemoordenaar. Een gewelddadige en dominante moeder, een zwakke vader of een vader die huiselijk geweld pleegde. Te vroege en conflictueuze seksuele ervaringen, vooral met ouders, broertjes of zusjes of dieren. Een ingezetene zijn van de Verenigde Staten, van de voormalige Sovjet-Unie of Duitsland, gebieden die aanzienlijk meer seriemoordenaars opleveren dan het wereldwijde gemiddelde. Het zien van lijken op jonge leeftijd. Hoofdwonden, of vergiftiging door zware metalen in de vroege jeugd. Een markante gebeurtenis, iets dat het potentieel wakker schudt. Natuurlijk waren dit geen noodzakelijke of afdoende voorwaarden, maar ze maakten wel deel uit van een syndroom dat soms een ondergrond opleverde die zo duister was dat er een zieke bloem van dwangneuroses uit opbloeide: een angstige, neurotische en gewelddadige persoonlijkheid die niet kon leven zoals anderen dat doen. De schaduw op straat. De boeman.

Hij had genoeg van zulke types gezien. Hij wilde er niet meer leren kennen. In zijn geheimste gedachten dacht hij in die termen aan de Filmmaker: als de Filmmaker. Hij deed zijn best om niet aan hem te denken met zijn echte naam, maar om hem diezelfde tekenfilmachtige onwerkelijkheid toe te dichten als de dader kennelijk bij zijn slachtoffers had verwacht. Als hij die zes jonge jongens niet de waardigheid had kunnen toekennen van hun eigen individualiteit, dan vond Zandt dat de Filmmaker hetzelfde lot moest ondergaan. Dat was wel het minste dat hij doen kon.

Intussen werkte hij aan de gebruikelijke drugs-, passie- en winstgebonden moorden. Hij dronk een borrel met zijn collega's, luisterde naar Nina's verhalen over haar pogingen om een verband te vinden tussen de verdwijningen van Josie Ferris, Elyse LeBlanc en Annette Mattison. Hij ging uit eten met zijn vrouw, hij bracht zijn dochter naar allerlei lessen en hij ging naar de fitness.

Op 15 mei 2000 ging Karen Zandt aan het einde van de schooldag op weg naar huis. Daar kwam ze niet aan.

Eerst probeerden haar ouders daar niet al te zwaar aan te tillen. Vervolgens tilden ze er heel erg zwaar aan. Drie eindeloze weken later werd er een trui bezorgd.

Zandt belde Nina. Die arriveerde binnen de kortste keren met twee collega's. Het pakje werd opengemaakt. Ditmaal was er geen naam geborduurd op de trui, die bovendien niet van Karen was. Zij had een perzikkleurig truitje aangehad, dit was zwart.

Er zat een briefje in, met een laserprinter geprint in Courier, op papier dat in het hele land werd gebruikt op kantoren en thuis.

Meneer Zandt,

Een pakketje voor u. Op de rest zult u moeten wachten.
Ik heb uw noden gezien en het werk uwer handen, en ik heb u verstoten.

Homo erectus

Een maand nadien werd het lijk van Annette Mattison aangetroffen in een cañon in Hollywood Hills. In dezelfde staat als dat van Elyse LeBlanc en met hetzelfde gebrek aan forensisch bewijsmateriaal. Er werden verder geen meisjes meer ontvoerd, althans geen wier verdwijning vervolgens werd gemarkeerd door de bezorging van een kledingstuk.

De overige stoffelijke overschotten werden niet gevonden.

Na twee uur was de promenade bijna verlaten. Barnes & Noble en Starbucks waren dicht. Af en toe schuifelden er nog mensen langs het bankje, alcoholisten voor de nacht op weg naar de Palisades, keurige wagentjes met hun bezittingen achter zich aan trekkend. Ze zagen een man wiens weerloze handen op zijn knieën lagen, met ogen die strak voor zich uit staarden. Niemand ging erheen om een aalmoes te vragen. Ze liepen met een grote bocht om hem heen.

Na lange tijd stond Zandt op en liet zijn lege koffiebeker in de afvalbak vallen. Hij besefte dat hij natuurlijk de boekwinkel in had kunnen gaan om te kijken waarvandaan Homo erectus een goed uitzicht had kunnen hebben om op Sarah Becker te wachten. Hoewel er geen fysieke bewijzen waren, was Zandt van mening dat hij zijn slachtoffers zorgvuldig observeerde voordat hij toesloeg. Sommigen deden dat niet, de meesten wel. Misschien was Karen een uitzondering geweest; Homo erectus die iets duidelijk wilde maken. Maar Zandt dacht van niet. De meisjes leken te zeer op elkaar, de verdwijningen waren te vlekkeloos verlopen.

Barnes & Noble kon wachten, misschien wel eeuwig. Hij had zich door Nina laten overhalen om terug te komen. Hij had willen geloven dat het ditmaal anders zou zijn, dat hij meer zou kunnen doen dan als een idioot achter zijn eigen staart aan rennen, meer dan 's nachts schreeuwend wakker worden zonder ooit de man te vinden die hem zijn dochter had afgenomen. De man die Zandts leven in de palm van zijn onzichtbare, hondsdolle hand had genomen en doodgedrukt. Vanavond geloofde hij daar niet meer in.

Hij liep terug naar de Fountain en deed onderweg wat inkopen voor het eten. De lobby van het appartementencomplex was leeg en er zat niemand achter de balie. Er klonk geen muzak en er was weinig reden om aan te nemen dat er afgezien van hemzelf nog iemand aanwezig was. De lift steeg langzaam en in schokken op en maakte meer dan duidelijk dat deze tocht omhoog een zware taak was.

Terwijl hij wachtte tot het water kookte, keek hij staand televisie. CNN deed zijn best om de complexiteit van de wereld te herleiden tot minuten van een recent bericht. Een man van middelbare leeftijd had tegen het eind van de ochtend door de hoofdstraat van een plaatsje in Engeland gelopen. Hij had een geweer bij zich en daarmee had hij acht volwassenen doodgeschoten en veertien anderen gewond.

Niemand wist waarom.

Hoofdstuk 9

Ik zat op de rechtervoorstoel van mijn auto met het portier open. Het was even na acht uur 's ochtends. Ik had een koffie verkeerd in de ene hand en een sigaret in de andere. Mijn ogen waren wijd open en droog en ik had al spijt van die sigaret. Vroeger heb ik gerookt. Heel veel en heel lang. Toen ben ik gestopt. Maar die nacht, terwijl ik langzaam en doelloos rondreed over onverlichte wegen alsof ik probeerde een uitweg te vinden uit een eindeloos stelsel van tunnels, was ik gaan geloven dat roken het enige was dat zou helpen. Als je een tijd gerookt hebt, blijven er altijd situaties bestaan waarin je het gevoel krijgt dat je iets mist als je geen staafje brandend blad in je hand hebt. Zonder sigaret krijg je het gevoel dat je geen vrienden en geen idee hebt.

Ik had de auto geparkeerd in de hoofdstraat van Red Lodge, een dorpje zowat tweehonderd kilometer ten zuidoosten van Dyersburg. Ik zat in de auto omdat de koffieshop waar ik mijn koffie had gekocht – een glanzend proper etablissement waar de serveersters schortjes droegen en kuiltjes in hun wangen hadden – stug vasthield aan zijn verzet tegen de tabakskunst. De kwaliteit van de koffie is tegenwoordig omgekeerd evenredig aan de kans dat je daar een sigaret mag roken tijdens de consumptie ervan. Deze koffie was uitzonderlijk lekker; er hingen dan ook opgezette, rokersvormige trofeeën aan de wand. Ik was boos naar buiten gestampt met mijn koffie en had door de voorruit zitten kijken hoe Red Lodge langzaam ontwaakte. De mensen liepen af en aan en openden winkeltjes waar je spul kon kopen om te bewijzen dat je op vakantie was geweest. Er arriveerde een stel mannen met verfblikken om een huis aan de overkant van de straat nog mooier te maken. Er dook een stel toeristen op, ingepakt in skikleren tot ze bijna bolvormig waren.

Ik kwam tot halverwege de tweede sigaret, grimaste en smeet hem buiten op de grond. Het hielp niet. Het was gewoon iets om je schuldig over te voelen. Bovendien schijnt het slecht voor je te zijn. En aangezien ik weet dat mijn wilskracht zwakker is dan het licht van de verste ster op een bewolkte avond, greep ik het pakje van het dashboard en gooide het in de richting van een afvalbak, die aan een paal niet ver van de auto vandaan was gespijkerd en voorzien was van gezond aandoende en montere slogans. Het pakje verdween naar binnen zonder de rand te raken. En niemand die het zag. Zo gaat het nou altijd. Raar moest dat zijn om professioneel basketbalspeler te zijn. Dan zijn er dus echt mensen die het zien als je scoort.

Ik had me nog niet uitgeschreven uit het hotel. Ik had de band uit de videorecorder gehaald en was de kamer uit gelopen. Waarschijnlijk was ik van plan geweest om naar de bar te gaan, maar ditmaal had mijn gevoel voor fatsoen, hoe sleets het ook was, dat voornemen bestempeld als een ongepaste reactie. Dus liep ik naar mijn auto, stapte in en reed weg. Ik reed langzaam door Dyersburg en passeerde tweemaal de plek waar de auto van mijn ouders total loss gereden was. De videoband lag op de stoel naast me. De tweede keer dat ik het kruispunt overstak, wierp ik er een blik op alsof dat op een of andere manier kon helpen. Dat gebeurde echter niet, ik kreeg er alleen een rilling van, een ijskoude stuiptrekking, te klein om voor de buitenwereld zichtbaar te zijn.

Na een tijdje bereikte ik de ontsnappingssnelheid en verliet de stad. Ik gebruikte geen landkaart, ik volgde gewoon de wegen en sloeg af wanneer mijn hoofd daarnaar stond.

Uiteindelijk belandde ik op Interstate 90. De hemel begon al te kleuren. Ik had dringend behoefte aan koffie, of iets anders, en nam de afslag naar Red Lodge rond de tijd dat de zaken begonnen open te gaan. Ik voelde me hol en lichthoofdig. En misschien had ik honger, hoewel dat moeilijk te zeggen viel. Mijn hele brein was uitgesleten, alsof het te lang en te hard in de verkeerde versnelling had gestaan.

Het leed geen twijfel dat het mijn ouders waren in die oudste twee passages op de band. Er leek weinig reden om te betwijfelen dat het mijn vader was geweest die de camera had vastgehouden bij de eerste, meest recente beelden. Afzonderlijk of samen moesten die drie scènes blijkbaar iets duidelijk maken. Waarom stonden ze anders op die band? Ik vond het moeilijk om zelfs maar aan die laatste scène te denken: die beelden waaruit zo te zien een kind op straat was achtergelaten. Mijn eerste, overweldigende gevoel was geweest dat dit kind een onbekend tweelingbroertje of -zusje van me was, en die overtuiging had nog geen plaats gemaakt voor een andere. De lichaamstaal van mijn moeder, de kleren die we hadden gedragen, alles wees in die richting. Ofwel dit was mijn tweelingbroer of -zus, ofwel ze hadden me willen laten geloven dat dat zo was. Die laatste mogelijkheid raakte kant noch wal. Maar moest ik dan echt geloven dat ik ooit een zusje of broertje had gehad en dat zij of hij ergens was gedumpt? Dat wij als gezin van huis gegaan waren – en volgens mij was dat opzettelijk aangetoond door middel van de beelden van de treinreis aan het begin van de scène – en het ene kind ergens achtergelaten hadden? En dat mijn vader dat allemaal gefilmd had? Daar kon maar één reden voor geweest zijn: de wetenschap dat ze me op een dag wilden laten weten wat er gebeurd was, samen met het besef dat alleen filmbeelden mij hiervan zouden overtuigen. In de loop van de nacht had ik het segment talloze malen afgedraaid in mijn hoofd, in een poging om het anders te interpreteren. Maar dat lukte me niet en wat me uiteindelijk het schrijnendst bijbleef, was de zakelijke sfeer waarin het zich allemaal afgespeeld had. Ze hadden gezocht naar een geschikte plek om het kind achter te laten, hadden de eerste toch maar niet genomen en waren wat verder gelopen. Ze hadden een plek gekozen waar zo te zien veel mensen kwamen, waar bedrijven en huizen aan de overkant van de straat de indruk wekten dat het kind niet lang onopgemerkt zou blijven. Op de een of andere manier werd het daardoor erger, niet beter. Nu leek het veel doordachter, weloverwogener, echter. Ze hadden het kind niet vermoord. Ze hadden zich er gewoon van ontdaan. Ze hadden gepland hoe ze dat zouden aanpakken en vervolgens hadden ze hun plan uitgevoerd.

De middelste scène was minder eigenaardig. Zodra je gewend was aan de blik op het verleden van mensen die ik, naar ik nu besefte, nooit begrepen had, was dit voor het merendeel niets meer dan een verslag van een gezellig avondje. Ik had geen van de andere mensen op de film herkend, maar dat was niet vreemd. Naarmate je ouder wordt, komen er andere vrienden in je leven. Je verandert, je blijft in beweging. Mensen die ooit onmisbaar leken, worden aanvankelijk minder belangrijk en zijn uiteindelijk niets meer dan namen op de adreslijst voor de kerstkaarten. En ten slotte moet je dan grimmig constateren dat je iemand al in geen tien jaar gezien hebt, houden de kaarten op en worden de vriendschapsbanden doorgesneden, behalve in het geheugen, in een paar stopwoorden en een handvol halfvergeten, gedeelde ervaringen.

Daar ligt zo iemand in ruste tot het einde, wanneer je spijt krijgt dat het contact verloren gegaan is, al was het maar omdat het fijn zou zijn om de stem te horen van iemand die jou heeft gekend toen je jong was, die begrijpt dat jouw kistklare verlepping een recente grap is en niet iets wat je leven lang zo geweest is.

Het raarste was wel de manier waarop ze tegen de camera hadden gesproken. Wat ze gezegd hadden. Alsof ze hadden geweten of gedacht dat ik die beelden op een dag zou zien. Als ik in hun schoenen had gestaan, had ik gestreefd naar een opgewekter toon. 'Hallo knul, hoe gaat het met je? Liefs van ons, al die tijd geleden.' Zo had mijn moeder helemaal niet geklonken. Ze had moe en verdrietig geklonken. De laatste zin van mijn vader klonk het scherpst in mijn hoofd: 'En wat er van je geworden is.' Wie zegt nou zoiets, als degene tegen wie je het hebt pas vijf of zes is en in dezelfde kamer ligt te slapen? Dit leek op de een of andere manier wel aan te sluiten bij het opheffen van UnRealty: een diep gevoeld wantrouwen jegens degene die hun zoon was. Ik ben niet bijzonder trots op mijn leven, maar ongeacht wat er al dan niet van me geworden is: ík heb nooit een baby zomaar op straat aan zijn lot overgelaten en dat nog voor het nageslacht gefilmd ook.

Ik kon me niet herinneren of mijn vader ooit een filmcamera had gebruikt of bezeten. Ik kon me beslist niet herinneren ooit zulke films gezien te hebben. Waarom neem je de moeite om je gezin te filmen als je niet met z'n allen gaat zitten kijken, lachen om het haar en de kleren van toen en opmerken hoeveel iedereen is gegroeid of aangekomen? Als hij ooit iemand geweest was die zulke dingen filmde, waarom was hij daar dan mee opgehouden? Waar waren de films?

En dan was er tot slot die eerste scène, de beelden op video, van veel recenter datum. Gezien de korte duur ervan en het gebrek aan herkenbare betekenis was dit het segment dat de aanwijzing moest bevatten. Toen mijn vader zijn handgranaat had samengesteld, moest hij een reden gehad hebben om dat stuk dat schijnbaar zonder enige gebeurtenis was vooraan te plakken. Aan het eind had hij iets gezegd, die paar woorden die door de wind onverstaanbaar waren. Ik moest erachter komen wat hij gezegd had. Misschien kon ik dan begrijpen wat de bedoeling van die band was. Misschien ook niet. Maar dan had ik tenminste alle bewijzen in handen.

Ik sloeg het portier dicht en pakte mijn telefoon. Ik had hulp nodig. Ik belde Bobby.

Vijf uur later was ik weer in het hotel. In de tussentijd was ik in Billings geweest, een van de weinige pogingen van de staat Montana om een stad van enige omvang te produceren. In overeenstemming met het advies en in tegenstelling tot wat ik verwacht had, bleek hier een copyshop aanwezig te zijn waar ik kon doen wat ik nodig achtte. Het resultaat was dat ik nu een gloednieuwe dvd-rom op zak had.

Terwijl ik door de lobby liep, herinnerde ik me dat ik maar voor een paar dagen na de begrafenis had geboekt, dus ik bleef bij de balie staan om mijn verblijf te verlengen. Het meisje knikte afwezig, zonder haar blik af te wenden van een televisie die was afgestemd op een zender met wereldnieuws. De nieuwslezer meldde opnieuw de weinige details die tot nu toe bekend waren geworden over de massamoord in Engeland, waarover ik op de radio onderweg naar Billings had gehoord. Zo te zien wisten ze nog niets nieuws. Dezelfde details werden keer op keer herhaald, als een ritueel, als om een mythe in het leven te roepen. De man had zichzelf ergens een paar uur opgesloten en zich toen van kant gemaakt. Waarschijnlijk werd op ditzelfde moment zijn hele huis overhoopgehaald door de politie, op zoek naar een verklaring, naar iemand of iets om de schuld te geven.

'Vreselijk,' zei ik, voornamelijk om te kijken of ik nu echt de aandacht van de receptioniste gevangen had. Op borden in de lobby stond vermeld dat het hotel de rest van de week het verzamelpunt zou zijn voor een grootschalige uitbarsting van brainstormsessies en denktanks, en ik wilde niet plotseling op straat komen te staan.

Ze reageerde niet meteen en ik stond net op het punt om het nogmaals te proberen, toen ik zag dat ze huilde. Haar ogen stonden vol tranen en één druppel was ontsnapt en rolde bijna onzichtbaar over haar wang.

'Gaat het wel?' vroeg ik verbaasd.

Als in een droom draaide ze haar hoofd naar me om en knikte ze langzaam. 'Nog twee dagen erbij. Kamer 304. In orde, meneer.'

'Mooi. Maar gaat het met u?'

Snel haalde ze de rug van haar hand over haar wang. 'O, jawel,' zei ze. 'Het is alleen zo triest.'

Toen wendde ze zich weer om naar de televisie.

Ik keek naar haar toen ik in de lift stond te wachten tot de deuren dichtgingen. De lobby was verlaten. Ze staarde nog steeds roerloos naar het scherm, alsof ze uit een raam keek. Ze was in de gebeurtenis, die duizenden kilometers hiervandaan had plaatsgevonden in een land dat ze waarschijnlijk nog nooit bezocht had, verdiept alsof ze er zelf een familielid bij was kwijtgeraakt. Ik wou dat ik kon zeggen dat de beelden bij mij eenzelfde mate van gedachteloos medeleven opwekten, maar dat was niet het geval. Niet dat het me niet kon schelen, maar ik zag geen kans meer om het gevoel vanuit mijn hoofd naar mijn hart te laten zakken. Het was iets anders dan bij het World Trade Center; dat was iets kwaadaardigs en verbijsterends binnen onze eigen grenzen, iets dat gebeurde met mensen die als kinderen hetzelfde soort munten in hun spaarvarkens hadden gestopt. Met mijn verstand wist ik dat dat geen verschil mocht maken, maar zo kwam het me wel voor. Deze mensen kende ik niet.

Toen ik in mijn kamer was, haalde ik mijn laptop uit de kast, zette hem op tafel en drukte op de knop. Terwijl ik zat te wachten haalde ik de dvd-rom uit mijn zak. De videoband van mijn vader was verborgen in de wielkast van de huurauto. Wat ik op de schijf had staan, was een gedigitaliseerde versie van de beelden. Toen de PowerBook zijn ontwakingsritueel had volvoerd – even douchen, een snelle kop koffie, een blik op de krant en wat er verder allemaal zo lang duurt – stak ik de schijf in de sleuf aan de zijkant. Hij verscheen als icoon op het bureaublad. De videoband was opgeslagen als vier bijzonder grote MPEG-bestanden. Het had te lang geduurd om een digitale versie op te slaan met volledige resolutie, en die had ook nooit op één schijf gepast. Dus toen ik bij een van de computers in de *copyshop* van Billings zat en er even niemand over mijn schouder mee keek, had ik de eerste en de laatste fragmenten gekopieerd met hoge resolutie, samen met dat deel van het middelste fragment dat zich bij mijn ouders thuis afspeelde. De lange scène in de bar had ik met minder frames per seconde op de schijf gezet. Toch had het een hele tijd geduurd. De hele toestand paste amper op de achttien-gigschijf.

Eerst probeerde ik het met FilmMaker, een oud pakket voor beeldbewerking dat vol bugs zit, maar waarmee je soms dingen kunt doen die met andere software niet mogelijk zijn. FilmMaker crashte zo verschrikkelijk dat ik de computer opnieuw moest opstarten. Toen ging ik dus maar over op het normale spul en speelde de film af op het computerscherm.

Ik spoelde door naar het einde van het eerste fragment, de scène die ergens in de bergen was opgenomen, en maakte een uitsnede van de laatste tien seconden. Die sloeg ik als apart bestand op de vaste schijf op. Daarna hakte ik met MPEGSplit het videogedeelte uit het bestand, zodat ik alleen het geluid overhield. Ik wist wat er op het beeld te zien was: een groep mensen met zwarte jassen, als losse groep bijeenstaand. Wat ik wilde weten, was wat de cameraman had gezegd.

Ik sloeg het bestand op, verliet de videosoftware en startte een volledige batterij professionele toepassingen voor geluidsbewerking: SoundStage, SFxlab, AudioMelt Pro. Het volgende halfuur was ik bezig met het geluid en probeerde ik verschillende filters uit om te zien wat die opleverden. Als ik de amplitude verhoogde klonk het erger, maar harder. Met *scattershot down-sampling* en *noise-reduction* werd het modderiger. Ik kon alleen horen dat het twee of drie woorden waren.

Toen begon ik dus in alle ernst en nam een tweede geluidsclip van dat deel van de band vlak voordat de dialoog begon. Ik analyseerde de frequenties van de wind op de achtergrond en stelde een bandfilter in. Dat liet ik los op het andere deel van de band, en toen begon het geluid helderder te worden. Nog iets bijschaven en langzaam begonnen de klanken samen te smelten tot woorden. *Un krowannen? Wren auwenen?* Toen ik alles gedaan had wat in mijn macht lag, haalde ik een koptelefoon uit de computertas en zette hem op. Ik stelde het geluid in op herhalen en deed mijn ogen dicht.

Na een keer of veertig had ik het. 'De stromannen'.

Ik stopte het geluid en zette de koptelefoon af. Ik wist bijna zeker dat dat het was. De stromannen. Alleen: dat sloeg nergens op. Het klonk als een indie-rockgroep – maar ik betwijfelde of de mensen op de band in hun levensonderhoud hadden voorzien door slecht geproduceerde jammermuziek. Bandleden leven ook niet samen in een ski-oord. Die bouwen namaak-antieke landhuizen op tegenpolige delen van de planeet en komen alleen bijeen als het wat oplevert. Ik had niets anders gedaan dan een nieuwe laag van onverklaarbaarheid toevoegen aan wat er op de band stond. Ik bekeek nogmaals de hele video, in de hoop dat ik met die dvd dan tenminste iets nieuws zou zien. Maar nee.

Met het gevoel dat de nacht me aan het inhalen was, bleef ik een tijdje voor me uit zitten staren. Nu en dan hoorde ik iemand in de gang langs mijn deur lopen, en van buiten klonk af en toe het gesuis van een auto of dobberende fragmenten van gesprekken in de verte tussen mensen die ik niet kende en nooit zou ontmoeten. Maar niets van dat alles deed me iets.

Vlak na zes uur rinkelde mijn mobiele telefoon en rukte me uit mijn halfslaap. Wazig nam ik op.

'Yo,' zei een stem. Op de achtergrond klonken andere stemmen en gedempte muziek. 'Ward, je spreekt met Bobby.'

'Aha,' zei ik, terwijl ik in mijn ogen wreef. 'Bedankt voor de tip. Die copyshop in Billings was prima.'

'Cool,' zei hij. 'Maar daar bel ik niet voor. Ik zit ergens, eh... klote... volgens mij heet het hier het Sacagawea. Een soort bar of zo. Een soort. Aan de hoofdstraat. Met een enorm uithangbord aan de gevel.'

Plotseling was ik wakker. 'Zit je in Dyersburg?'

'Jazeker. Net per vliegtuig gearriveerd.'

'Waarom in godsnaam?'

'Nou, kijk, na jouw telefoontje begon ik me eigenlijk een beetje te vervelen. Dus ik dacht terug aan iets wat jij gezegd had, en ik heb mijn licht eens opgestoken.'

'Wat voor licht?'

'O, gewoon. Ward, kom als de donder hierheen. Er staat hier een bier op je te wachten. Ik moet je iets zeggen, vriend, maar dat ga ik niet over de telefoon doen.'

'Waarom niet?'

'Omdat je dan helemaal over de rooie gaat.'

Hoofdstuk 10

Het Sacagawea is een groot motel aan de hoofdstraat. Het heeft een gigantische, kleurige lichtreclame die je van alle kanten op een kilometer afstand al kunt zien en die de nietsvermoedende toeristen trekt als een magneet. Ik had er ooit een minuut of tien gelogeerd bij mijn eerste bezoek aan mijn ouders. Ik kreeg er een kamer die een schoolvoorbeeld was van goedkope inrichting uit de jaren zestig, met tapijten als een onbeminde hond. Eerst vond ik het wel cool, tot ik nog eens keek en tot de ontdekking kwam dat de inrichting simpelweg niet was vernieuwd sinds ongeveer mijn geboortejaar. Toen ik erachter kwam dat er geen roomservice was, vertrok ik onmiddellijk. Ik ga niet in een hotel zonder roomservice zitten. Er zijn grenzen.

De lobby was klein en vochtig en rook sterk naar chloor, waarschijnlijk vanwege het miniatuurzwembadje ernaast. De rimpelige, hoogbejaarde griezel achter de receptiebalie wees me naar boven, zonder gebruik te maken van spraak als zodanig maar wel met een nieuwsgierige blik. Toen ik bij de bar aankwam, snapte ik waarom. Het bruiste er niet bepaald. In het midden lag een service-eiland met een eenzame serveerster, en langs de zijwand stond een rij archaïsche gokmachines, omringd door een aantal al even overjarige types die er met grote kalmte munten in gooiden. Hier maakten mensen echt iets moois van hun leven. Een lange rij hoge ramen voor in de zaal bood uitzicht over het parkeerterrein en het miezerige stroompje verkeer in beide richtingen. Een paar echtparen zaten verspreid over de zaal luidkeels te converseren, alsof ze hoopten dat de bar daardoor iets van sfeer zou krijgen. Geen schijn van kans.

Aan een tafeltje bij het raam zat Bobby Nygard.

‘Wat is dat voor een toestand met die Sacagawea?’ was het eerste dat hij vroeg.

Ik ging tegenover hem zitten. ‘Sacagawea was de naam van de halfbloed indiaanse maagd die gemene zaak maakte met Lewis en Clark.

Hielp bij onderhandelingen met de inboorlingen, zorgde dat ze niet om zeep gebracht werden, dat soort dingen. De expeditie is hier niet ver vandaan gepasseerd, op weg naar de Bitterroot Mountains.'

'Dank u, professor. Maar mag je tegenwoordig nog wel "maagd" zeggen? Is dat niet seksistisch of zo?'

'Dat zal wel,' zei ik. 'En zal ik jou eens wat zeggen? Dat maakt mij helemaal niets uit. En trouwens, het is beter dan "squaw".'

'Is dat zo? Ik weet het niet. Misschien is het zoiets als "nikker". Als geuzennaam, zogezegd. Overname van terminologie van de onderdrukker.'

'Wie weet, Bobby. Wie weet. Goed om je te zien.'

Hij knipoogde en we stootten onze glazen aan. Bobby zag er in grote lijnen hetzelfde uit als vroeger, hoewel ik hem al in geen twee jaar gezien had. Iets korter dan ik, iets breder. Kort haar, een gezicht dat altijd lichtelijk lijkt te blozen en de algehele uitstraling van iemand die je met een honkbalknuppel kunt bewerken zonder dat hij daar nou echt last van heeft. Zat vroeger bij de mariniers, en soms lijkt het wel of dat nog zo is. Hoewel, niet bij het soort leger dat je op het nieuws ziet.

Nadat we een slok genomen hadden, zette Bobby zijn glas weer op tafel en keek om zich heen. 'Nogal een schijtgat, lijkt me.'

'Wat doe je hier dan?'

'Enorm bord, buiten. Dat zóóg me aan. Hoezo? Is er hier dan een beter hotel?'

'Nee, ik bedoelde, wat doe je hier in Dyersburg?'

'Daar kom ik zo op. Maar hoe is het intussen met jou? Vreselijk van je ouders, man.'

Plotseling, misschien omdat ik hier zat met iemand die ik als een vriend beschouwde, raakte de dood van mijn ouders me weer. Hard en onverwacht, zoals ik wist dat waarschijnlijk mijn leven lang nu en dan zou gebeuren, ongeacht wat ze gedaan hadden. Ik begon iets te zeggen, maar ik zweeg. Ik was te moe, te verward, te verdrietig. Bobby stootte nogmaals zijn glas aan en we namen nog een slok. Hij zweeg een tijdje en veranderde toen van onderwerp.

'Nou. Wat doe jij tegenwoordig? Dat weet ik niet eens.'

'Niet veel,' antwoordde ik.

Hij trok een wenkbrauw op. 'Niet veel zoals in "Dat kun je beter niet vragen"?'

'Nee. Gewoon niets dat de moeite waard is. Misschien zijn er nog een of twee banen die ik nog niet geprobeerd heb, maar ik betwijfel of daar wat anders uit komt. Volgens mij zal ik altijd wel iets marginaals blijven doen, en werkgevers begrijpen nog steeds niet hoe belangrijk dat is in een moderne economie.'

'Angsthazerij en commerciële bijziendheid,' knikte hij, terwijl hij gebaarde dat we nog twee bier wilden. 'Zo gaat het altijd.'

Nadat de serveerster, die jong was en er gedeprimeerd uitzag, onze bestelling had gebracht, kletsten we een tijdje bij. Die vorige baan waarover ik het had gehad, was bij de CIA. Daar had ik negen jaar gewerkt, en zo had ik Bobby leren kennen. We konden het meteen met elkaar vinden. Meestal was ik in het veld, hoewel ik tegen het einde een heleboel mediasurveillance deed. Ik ging er weg toen ze een paar jaar geleden jaarlijkse leugendetectortests instelden. Een heleboel mensen stapten toen op, verontwaardigd over het impliciete wantrouwen nadat ze nota bene hun leven op het spel hadden gezet voor hun land. Ik was zelf opgestapt vanwege een paar akkefietjes. Niets ergs, moet ik zeggen. Maar wel het soort dingen waardoor je in de gevangenis kunt komen. De CIA is misschien niet de meest eerlijke organisatie ter wereld, maar ze hebben toch het liefst dat hun medewerkers zich niet al te vaak schuldig maken aan misdrijven. Ik had een paar contactpersonen gebruikt om wat bij te verdienen, ik had wat geld tussen de kieren uit gepeuterd. Af en toe een incidentje. Er was iemand doodgegaan. Verder niets.

Hoewel Bobby nu in Arizona woonde, werkte hij nog steeds af en toe voor de zaak, en hij had contact gehouden met een paar oude, wederzijdse vrienden. Twee daarvan waren nu bezig met infiltratie in militiegroepen, en toen ik dat hoorde was ik opnieuw blij dat ik eruit gestapt was. Dat is niet het soort werk waarbij je betrokken wilt raken. Niet als je prijs stelt op je leven. Een van die mannen, een graatmagere idioot, Johnny Claire, woonde zelfs bij een van die groepen, een verzameling ondoelmatig gesocialiseerde pistoolmaniakken in een bos in Oklahoma. Hij liever dan ik, hoewel Johnny gestoord genoeg was om zich in wat voor gezelschap dan ook staande te houden.

'Oké,' zei Bobby, toen we gewapend waren met ons tweede biertje, 'wou je me nu dan vertellen waarom je hier in de rimboe zit en plotseling de behoefte voelt om homevideo's te gaan zitten digitaliseren?'

'Misschien,' zei ik, vol bewondering voor de manier waarop hij me uithoorde zonder te zeggen wat hij zelf op zijn lever had. Een professionele afwijking, nu kennelijk een onbewuste gewoonte geworden. Toen we elkaar leerden kennen, bracht hij heel wat tijd door in verhoorkamers, in gezelschap van mensen uit landen in het Midden-Oosten. Na verloop van tijd hadden ze allemaal gepraat. Daarna was hij de surveillance ingegaan. 'Misschien ook niet. En zeker niet voordat jij eindelijk hebt gezegd waarom je in een vliegtuig springt en drie staten overvliegt om mij op een biertje te trakteren.'

'Oké,' zei hij. 'Oké. Eerst wil ik je iets vragen. Waar ben jij geboren?'

'Bobby...'

'Gewoon antwoord geven, Ward.'

'Je weet waar ik geboren ben. County Hospital, Hunter's Rock, Californië.' De plaatsnaam rolde even gemakkelijk van mijn tong als mijn eigen naam. Dat is een van de eerste dingen die je leert.

'Aha. Ja, ik weet nog dat je dat vertelde. Je was zelfs helemaal overstuur over het feit dat niemand tegenwoordig nog de apostrof in "Hunter's" gebruikt.'

'O, wat kan ik daar pissig om worden.'

'Jazeker. Het is een schandaal. Kijk. Toen we elkaar eerder vandaag spraken, vertelde je over je ouders en zei je iets over dat die video te maken had met je jeugd. Daar zit ik dus, nadat we opgehangen hebben. En ik heb niets om handen. Ik zit midden tussen de computers en ik heb me helemaal suf gesurft over het web en ik heb me al afgerukt.'

'Mooi,' zei ik. 'Ik hoop dat dat niet was terwijl wij zaten te bellen.'

'Hou die gedachte vast,' zei hij met een sluwe grijns. 'Dus ik denk bij mezelf: ach, wat maakt het ook uit, ik ga eens wat rondneuzen in Wards leven.'

Ik staarde naar hem, in de wetenschap dat hij mijn vriend was en dat dit helemaal niet erg was. Maar ik voelde me behoorlijk beledigd.

'Weet ik, weet ik,' zei hij, terwijl hij een verzoenende hand opstak. 'Ik verveelde me, ik kan er niets aan doen. Het spijt me. Maar goed, ik zet die computers aan het gonzen en ik bestudeer een paar databases. Ik moet meteen opmerken dat ik niks gevonden heb dat ik niet allang wist. In de loop der jaren een paar keer aangehouden voor ondervraging, blabla, vrijgelaten wegens gebrek aan bewijs. Plus een getuige die zijn verklaring introk. En die verdwenen getuige. Veroordeling wegens drugshandel in New York in 1995, nietig verklaard toen je bereid bleek om informatie te geven over een bepaalde studentenvereniging aan Columbia.'

'Dat was een stel klootzakken,' zei ik op verdedigende toon. 'Racistische klootzakken. En een ervan had wat met mijn vriendin.'

'Kom op, man. Dat heb je allang verteld en mij maakt het allemaal geen bal uit. Als je dat niet gedaan had, was je niet bij de CIA gekomen en had ik je niet leren kennen, en dat zou me spijten. Net wat ik zeg, ofwel er staat niets in die dossiers dat ik niet allang weet, ofwel je hebt het bijzonder goed verborgen. Bijzonder goed. Ik zou wel graag willen weten wat het is, gewoon uit belangstelling.'

'Zeg ik niet,' zei ik. 'Een mens moet altijd een paar geheimen bewaren.'

'Nou, Ward, die héb jij. Dat geef ik toe.'

'Wat bedoel je?'

'Na een uur of zo krijg ik er de balen van dat ik niets bovenhaal, dus ik ga naar Hunter's Rock om daar eens te kijken. En dat zei ik mét apostrof. Ik vond het adres van je ouders, plus de datum van aankomst en vertrek. Ze zijn er gaan wonen op 9 juli 1956, wat volgens mij op een maandag was. Betaalden belasting, alles keurig netjes. Je vader verdiende zijn geld bij Golson Realty, je moeder werkte parttime in een winkel. Iets meer dan tien jaar later ben jij daar geboren. Klopt?'

'Klopt,' zei ik. Ik vroeg me af waar dit heen ging. Hij schudde zijn hoofd.

'Nee, klopt niét. Het County Hospital heeft geen dossier van een Ward Hopkins die op die datum geboren zou zijn.'

De wereld leek een klein stapje opzij te doen. 'Pardon?'

'En ook het Gemeenteziekenhuis in Bonville niet, en James B. Nolan niet. Geen enkel ziekenhuis binnen een straal van driehonderd kilometer.'

'Dat kan ook niet. Ik ben geboren in het County. In Hunter's.'

Hij schudde weer vastberaden zijn hoofd. 'Nee, dat is niet waar.'

'Weet je het zeker?'

'Ik weet het niet alleen zeker, ik heb zelfs vijf jaar vroeger en later gekeken, voor het geval je om een of andere reden een verkeerde leeftijd had opgegeven, uit ijdelheid of omdat je niet kon tellen. Geen Ward Hopkins. Geen andere Hopkins ook. Ik weet niet waar jij geboren bent, vriend, maar beslist niet in Hunter's Rock of omgeving.'

Ik opende mijn mond. Klapte hem weer dicht.

'Misschien is het allemaal niet zo erg,' zei hij, en hij keek me leep aan. 'Maar heeft dit heel misschien iets te maken met jouw digitaliseringsbehoefte?'

'Speel nog eens af,' zei hij.

'Ik geloof niet dat ik er nog tegen kan, Bobby.'

Hij keek naar me op. Hij zat op een van de twee stoelen van de hotelkamer over mijn laptop gebogen. Ik had hem net de MPEG's laten zien, en ik kreeg sterk het gevoel dat ik er voor vandaag genoeg van had. Misschien zelfs voor de rest van mijn leven. 'Geloof me. Wat je de eerste keer ziet, is alles wat er is.'

'Oké. Het geluidsbestand dan.'

Ik stak een hand uit, navigeerde naar het bestand en dubbelklikte erop.

Hij luisterde een paar maal naar de gefilterde versie en zette de speler toen zelf stil. Hij knikte. 'Klinkt inderdaad als "De stromannen". En je hebt geen idee wat dat betekent?'

'Alleen iets als "surrogaat", of "front", maar daar kom ik niet ver mee. Jij?'

Hij pakte zijn glas. We waren intussen de trotse eigenaars van een fles Jack Daniel's. 'Het enige dat ik verder kan verzinnen is illegale wapenaankoop.'

Ik knikte en dacht daarover na. Hij bedoelde het proces waarbij mensen die geen wapens mogen kopen – omdat ze te jong zijn, een strafblad hebben of geen vergunning bezitten – daar toch aan kunnen komen. Wat je dan doet, is dat je naar de wapenwinkel gaat met een vriend die de benodigde kwaliteiten bezit. Je onderhandelt met de leverancier, je vindt wat je zoekt. En als het op betalen aankomt, is de vriend, de stroman, degene die het geld overhandigt en daarmee dus de aankoop doet. Natuurlijk mag de leverancier dat helemaal niet toestaan als hij weet dat jíj er uiteindelijk mee aan de haal gaat, maar vaak gebeurt het toch. Verkocht is verkocht. En zodra je zijn winkel uit bent, zal het hem toch zeker een zorg zijn wat je ermee gaat doen? Zolang je zijn moeder maar niet overhoopschiet kan het hem geen ruk schelen. Er zijn uiteraard heel veel eerlijke en oprechte mensen die wapens verkopen. Maar er zijn er ook heel wat die diep in hun hart menen dat iedere Amerikaan, iedere halvezool en de vrouwtjes ook, meteen bij de geboorte moet worden voorzien van een wapen. Die kunnen leven met het feit dat die kleine, zware stukjes machinerie een simpele manier zijn om een einde te maken aan iemands leven, die erop vertrouwen dat een wapen op zichzelf niet vals is maar dat het vals wordt gemáákt door de eigenaar. En dan voornamelijk door eigenaars met een zwarte huidskleur, of heel fout blank tuig, zwaar aan de drugs, die we in deze winkel geen wapens verkopen, o nee, geen denken aan.

'Denk jij dat dat het is?'

'Lijkt me niet,' gaf hij toe. 'Hoewel daar de afgelopen paar jaar ook iets mee is geweest. De FBI en een paar steden proberen tot een inval te komen. Het gaat om dealers die al te gemakkelijk aan het worden zijn. Gigantisch percentage wapens in de binnenstad is op die manier op straat gekomen, via jongens die massaal inslaan en dan weer doorverkopen aan de knaap op de hoek. Enkele strafzaken in behandeling, en ik weet dat een daarvan een jaar geleden is voorgekomen. Ik weet niet meer hoe het is afgelopen. Maar hoe dan ook, dat kan niets te maken hebben met jouw ouders.'

'Of met mij,' stemde ik in. 'Voor zover ik weet, heeft mijn vader nooit een wapen gehad. Ik kan me niet herinneren dat hij er fel op tegen was, maar wie ervoor is heeft meestal een goed voorziene wapenkast. Bovendien: ik zie het gewoon niet.'

'Heb je het opgezocht?'

'Opgezocht? In het Grote Boek vol Korte Zinnen, soms?'

Hij rolde met zijn ogen. 'Op het net, natuurlijk.'

'Jezus, nee!' Ik ben dol op het internet. Echt waar. Zodra ik een akelig stukje shareware nodig heb of wil weten wat voor weer het is in Bogotá of naar een plaatje van een vrouw met een muilezel wil kijken, dan staat mijn modem alweer te gonzen. Maar als informatiebron is het natuurlijk volslagen waardeloos. Een triljard stukjes informatie die allemaal over elkaar heen tuimelen om gehoord en gedownload te worden en net datgene wat ík wil weten, wordt in die massa onder de voet gelopen. Op de een of andere manier krijg ik, zodra ik op zoek ga naar iets specifieks, een scherm vol mededelingen over niet-gevonden adressen.

'Je bent een walgelijke technofoob, Ward.' Hij was al bezig het telefoonsnoer aan te sluiten. Ik liet hem z'n gang gaan en dacht met spijt aan de sigaretten die ik eerder die dag had weggegooid.

Vijf minuten later schudde hij zijn hoofd. 'Met de grote zoekmachines vind ik niets, met de kleine ook niets, en niets met een stel gespecialiseerde netzoekers die ik toevallig ken, waaronder enkele met een behoorlijke beveiliging erop.'

'Tja, dat is het web. Een doofstom orakel met geheugenverlies.' Ik deed niet eens mijn best om te klinken alsof ik dat niet allang gezegd had.

'Maar dat betekent niet dat er niets is. De term zelf kan wel ergens op een site staan, alleen kennen de zoekmachines die site niet.'

'Bobby, je hebt geen enkele reden om aan te nemen dat er iets te vinden is. Niet alles wat ooit gebeurd is, staat daar al vermeld. En bovendien, het zijn gewoon een paar woorden. Twee woorden. Geef een stel apen een toetsenbord en er zal er minstens een zijn die hiermee op de proppen komt. Maar dat betekent nog niet dat hij dan meteen ook een webpagina maakt en die op een server slingert met een paar advertenties erbij en zo'n hitcounter; en stel dat hij dat wél deed, die aap, wat zou dat dan te maken hebben met wat er op die band staat?'

'Heb jij soms iets beters te doen?'

'Ja,' zei ik vastberaden. 'Die fles is zowat leeg en ik ben moe en ik moet nog veel meer zuipen.'

'Dat doen we hierna.'

'Wáárna? Je hebt toch zelf gezien dat er niets is?'

Bobby zat een tijdje met zijn nagels op tafel te trommelen en tuurde naar de gordijnen. Ik kon zijn brein bijna hóren gonzen. Ik verveelde me en door de whisky voelden mijn hersens zwaar en koud aan. Ik had de afgelopen twee dagen zoveel nieuwe informatie te verwerken gekregen dat ik alles wat ik wist wilde vergeten.

'Er moet nog iets anders in huis zijn,' zei hij uiteindelijk. 'Iets wat jij over het hoofd hebt gezien.'

'Nou, dan moet het in een gloeilamp verborgen zijn. Ik heb het hele huis omgekeerd. Niets.'

'Alles wordt anders als je weet waarnaar je op zoek bent,' zei hij. 'Jij dacht dat je op zoek was naar een tweede briefje. Dus daar zocht je naar. Dat was je raster. Het was zuiver toeval dat je aan die video dacht.'

'Niet waar!' zei ik. 'Daar dacht ik aan omdat het huis zo opgezet was. Volgens mij had mijn vader echt zijn best gedaan om...'

Ik maakte mijn zin niet af. Stond op, rommelde in de computertas.

'Wat?'

'Ik heb zijn vaste schijf gekopieerd naar een ffiz!-kaart. Dat is het enige waar ik nog niet echt naar gekeken heb.'

Ik ging weer naast Bobby zitten en stak het schijfje in de computer. Zodra hij was gestart, startte ik een zoekprogramma en typte 'stromannen'. ENTER. De computer stond een tijdje te tjilpen en te zoemen.

STROMANNEN NIET GEVONDEN.

Ik probeerde het met alleen 'stro'. Hetzelfde resultaat.

'Nou, dat was dan dat,' zei ik. 'De bar lokt.' Ik stond op en dacht dat hij wel mee zou komen. Maar hij ging opnieuw aan de slag met een zoekprogramma. 'Wat doe jij nou?'

'Ik maak een index van de complete inhoud van alle tekstbestanden op de schijf,' zei hij. 'Als die strotoestand echt zo belangrijk is, dan lijkt het me logisch dat er geen bestand met die naam is. Zo opvallend wil je dan ook weer niet doen. Maar het kan natuurlijk wel ín een van de bestanden staan.'

Dat klonk redelijk, dus ik wachtte. Zo'n ffiz! werkt heel snel, en het hele proces duurde maar een paar minuten.

En toen lazen we dat de gezochte tekst nog steeds nergens te vinden was.

Bobby vloekte. 'Waarom kon hij niet gewoon een brief achterlaten of zo, en gewoon zeggen wat hij godverdomme te zeggen had?'

'Dat heb ik me al een miljoen keer afgevraagd en het antwoord is: geen idee. Kom op.'

Nog steeds bleef hij zitten. 'Luister,' zei ik. 'Ik weet dat je dit voor mij doet, en ik ben echt wel dankbaar. Maar het afgelopen etmaal heb ik ontdekt dat mijn ouders volslagen kierewiet waren en dat ik ooit een tweelingzusje of -broertje heb gehad; of misschien wel dat ze echt helemáál geschift waren en dat ze maar déden alsof dat zo was. Ik heb in geen dagen iets gegeten. Vanochtend ben ik zo stom geweest om een sigaret op te steken en nu wil ik er nog een stuk of honderd en ik heb al mijn geestelijke energie nodig om dat niet te doen. Ik ben hier klaar. Ik ga naar de bar.'

Hij keek mijn kant uit, maar zijn blik was ver weg. Zo heb ik hem wel vaker gezien. Het betekende dat hij uiteindelijk zou horen wat ik zei, maar pas als hij klaar was met zijn eigen gedachtegang.

'Tot straks,' zei ik. Ik liep weg.

Hoofdstuk 11

Als kind had ik iets om trots op te zijn, namelijk het feit dat ik niet door muggen gestoken werd. Als we op vakantie gingen naar een geschikte streek of als we in het verkeerde seizoen op schoolreisje gingen, viel het me op dat de meeste mensen helemaal onder de rode bultjes kwamen te zitten die verschrikkelijk jeukten – al waren ze dag en nacht in de weer met zalf en spuitbussen en netten. Ik niet. Ik kreeg hoogstens één bult, op mijn enkel. Raar misschien om daar trots op je zijn, kun je denken, maar zo gaat het nu eenmaal als je jong bent. Zodra je gaat beseffen dat je niet het middelpunt van de gehele schepping bent, wil je zo verschrikkelijk graag iets vinden waardoor je je kunt onderscheiden van de rest dat alles goed is. Ik was die jongen die geen insectensteken kreeg. Let goed op, dames en heren, en toon wat respect, alstublieft: daar gaat de Steekloze jongen, de Mugvrije knaap. Maar op een dag, ik was al achter in de twintig, besefte ik dat het heel anders zat. Ik werd waarschijnlijk even vaak gestoken als de anderen. Het enige verschil was dat ik geen sterke allergische reactie had en dus geen bulten kreeg. Ik was nog steeds 'bijzonder' – hoewel ik intussen oud genoeg was om te weten dat dit geen echt opvallende eigenschap was en ook om eigenlijk eerder te hopen dat ik in feite niet zo heel anders was dan andere mensen – maar op een andere manier dan ik gedacht had. Ik werd gestoken, net als jullie allemaal, en de Steekloze jongen verdween onmiddellijk.

Toen ik in de bar op Bobby zat te wachten, kwam die herinnering bovendrijven. Ons gezin, mijn leven, was iets dat ik plotseling niet meer begreep. Alsof ik steeds weer dezelfde gebouwen op de achtergrond van mijn leven zag, waar ik me ook bevond, en me eindelijk begon af te vragen of dit misschien een filmdecor was. En eerlijk gezegd zag ik ook meestal dezelfde gebouwen. Sinds de CIA had ik nooit meer een echt bestaan op de rails gekregen en nu ik Bobby weer zag, besefte ik dat scherper dan ooit tevoren. Ik deed een beetje van dit en een beetje van dat; soms iets illegaals en daarvan dan weer een deel met geweld. Het meeste kon ik me maar amper herinneren. Het werd vaag. Ik woonde in motels en restaurants en kleine luchthavens, ik praatte met onbekenden, ik las borden die bestemd waren voor de mensheid in het algemeen en nooit voor mij alleen. Overal om me heen leken mensen te zitten met een echt leven, mensen die eruitzien zoals op tv. Mensen in een context. Deel van een verhaal met de gebruikelijke lijn. Het mijne leek geen lijn te hebben. Het deel 'dit is je achtergrond' was zojuist plotseling komen te vervallen en had een tot nu toe onbekend aantal lege bladzijden opgeleverd.

Mijn eigen barkeeper had dienst, en opnieuw bewees hij dat hij een vaardige en efficiënte bondgenoot was. Hij handelde het hele 'vorige incident'-aspect van onze hereniging af door er meteen over te beginnen.

'Ga je straks weer met je pistool zwaaien?'

'Niet als je me een bakje pinda's geeft.'

Hij gaf me wat pinda's. Het was een goede barkeeper, vond ik. Er was in de hele bar niet één bedrijfsrobot te zien en de enige andere gasten waren een stokoud viertal in de hoek. Ze keken grimmig op toen ik binnenkwam, en dat kon ik ze niet kwalijk nemen. Als ik eenmaal zo oud ben, krijg ik ook de pest aan jonge mensen. Dat heb ik nu eigenlijk al: die slanke, kleine ratten met hun frisse koppies. Ik vind het helemaal niet gek dat superbejaarde types zo eigenaardig en nurks doen. De helft van hun vrienden is dood, de meeste tijd voelen ze zich klote en de volgende grote gebeurtenis in hun leven wordt meteen de laatste. En ze hebben niets aan de troostrijke gedachte dat alles beter wordt zodra ze weer naar de fitness gaan, dat ze op een vrijdagnacht in de vroege uurtjes vast en zeker een heel leuk meisje tegenkomen of dat hun carrière plotseling de goede kant op gaat of dat ze gaan trouwen met een filmster. Dat hebben ze allemaal achter zich, en ze zitten op een grauwe, winderige vlakte vol pijn en bijziendheid, waar ze de kou tot in hun botten voelen en weinig te doen hebben behalve kijken hoe hun kinderen en kleinkinderen precies datgene doen waar ze hen al die tijd voor gewaarschuwd hebben. Ik vind het niet gek dat ze soms zo akelig doen. Ik ben verbaasd dat er niet meer oude knakkers zijn die in drommen de straat op gaan om te vloeken en amok te maken en laveloos te worden. Gezien de enorme vergrijzing wordt dat misschien de volgende ontwikkeling. Bendes tachtigjarigen die oproer kraaien en aan de drugs raken. Hoewel oproer mompelen misschien meer voor de hand ligt – met misschien een uurtje oproer snurken na het middageten.

Na een tijdje leek de groep in de hoek te accepteren dat ik geen nieuwerwets muziekinstrument ging bespelen of de conventionele seksuele mores wilde ondergraven. Zij gingen verder met waar ze mee bezig waren en ik ook: we coëxisteerden, twee soorten die uit dezelfde waterplas drinken, maar elkaar argwanend in de gaten houden.

Bijna twee uur later kwam Bobby de bar in daveren. Hij zag me in mijn hoek hangen, wenkte naar de barkeeper dat we tweemaal datgene wilden dat ik aan het drinken was en kwam bij me zitten.

'Hoe bezopen ben je?' Er lag een vreemde blik op zijn gezicht.

'Op een schaal van een tot tien,' zei ik luchtig, 'zou ik mezelf een minnetje moeten geven.'

'Mooi,' zei hij. 'Ik heb iets gevonden. Althans.'

Plotseling voelde ik me gespannen. Ik ging rechtop zitten en zag dat hij een stukje papier in zijn hand had.

'Ik mocht het bij de receptie printen,' zei hij. 'Waar blijven die borrels, goddomme?'

Op dat moment verscheen de barkeeper met onze glazen. 'Iets erbij te eten?' vroeg hij.

'Nee, hoor,' zei ik. 'Ieder glas is gelijk aan twee bruine boterhammen.' En daar moest ik toen zelf ontzettend hard om lachen. Althans, volgens mij was het lachen. De barkeeper liep weg. Bobby wachtte geduldig tot ik mezelf weer in de hand had. Dat duurde even. Volgens mij stond ik heel even op het punt om door te draaien.

'Oké,' zei ik na een tijd. 'Vertel.'

'Eerst heb ik nog eens op het net gekeken. Nog steeds geen vermelding van stromannen als concrete aanwijzing, maar ik heb wel stukken uit een encyclopedie gevonden met andere betekenissen voor de term "stromannen". Iets over mannen die in de vorige eeuw bij het gerechtsgebouw op straat stonden met stro in hun schoenen – dat begreep ik niet goed – als teken dat zij bereid waren om een valse getuigenis af te leggen in ruil voor geld. En nog iets over een gebrek aan geweten: ik neem aan, stro versus hooi of zo.'

'Met andere woorden, frontmannen voor illegale zaken,' zei ik. 'Daar hadden we het al over gehad. Nou, en?'

'Toen heb ik de hele schijf doorzocht,' zei hij, zonder te reageren.

'Een uitgebreide scan, gezocht op verborgen bestanden, partities, alles. Dat leverde niets op. Toen heb ik de hele software ondergezocht, waarvan er trouwens niet veel is.'

'Pap was geen computernerd,' zei ik. 'Daarom heb ik ook niet op zijn computer thuis gezocht.'

'Precies. Maar hij zat wel op het net.'

Ik haalde mijn schouders op. 'Af en toe een e-mailtje, misschien. En hij had een site voor zijn bedrijf, hoewel iemand anders die beheerde. Vroeger ging ik er weleens kijken.' Op de een of andere manier had dat eenvoudiger geleken dan ze te bellen. Sinds ik opgehouden was met mijn studie hadden ze nooit echt geweten waar ik mee bezig was. Ze wisten beslist niet waarom ik was opgehouden, of voor wie ik was gaan werken. Mijn ouders gaven nooit de indruk dat ze echt geïnteresseerd waren in politiek, maar ze hadden de jaren zestig volop meegemaakt, dat bleek overduidelijk uit die video die ik had gevonden. En als je de Zomer van de Rare Broeken had meegemaakt, dan kreeg je bepaalde meningen mee. Ze zouden niet enthousiast geweest zijn als ze erachter waren gekomen dat hun zoon voor de CIA werkte. Ik had het dan ook voor hen geheimgehouden, zonder te beseffen dat dat inhield dat ik verder ook alles geheimhield. Natuurlijk leek dat achteraf nogal bizar, gezien de omvang van wat zij voor mij geheimgehouden hadden.

Bobby schudde zijn hoofd. 'Hij had Explorer en Navigator op zijn schijf, en die gebruikte hij blijkbaar bijzonder vaak. Een enorme cache, en zowat een triljoen bladwijzers.'

'Voor wat voor dingen?'

'Zeg het maar. Referentiewerken. On-linewinkels. Sport.'

'Geen porno?'

Hij glimlachte. 'Nee.'

'Goddank.'

'Ik heb ze stuk voor stuk bekeken. Zelfs diegene die niets leken, voor het geval hij zich had ingedekt door een bladwijzer een nieuwe naam te geven om te verbergen welke link hij had gevolgd.'

'Doortrapt ben jij,' zei ik. 'Dat heb ik altijd al gevonden.'

'Jouw vader anders ook. Hij had inderdaad ergens een nieuwe naam gemaakt, verborgen in een map met honderdzestig bladwijzers naar wat volgens mij zowat de saaiste facetten van de onroerendgoedmarkt moeten zijn. "Recent verkochte percelen Mizner/Intercoastal." Zegt jou dat iets?'

'Addison Mizner was een architect uit de jaren twintig en dertig. Heeft een heleboel prestigieuze objecten op zijn naam staan in Miami, Palm Beach. Van die Italiaans aandoende villa's. Bijzonder populair en verschrikkelijk duur.'

'Jij weet toch ook werkelijk de krankzinnigste dingen. Maar goed. Die link ging niet naar een site over land of huizen. Hij ging naar een lege pagina. Shit, dacht ik, dat wordt niks. Maar na een paar minuten besefte ik dat die pagina vol stond met doorzichtige plaatjes met een verborgen indeling. Toen ik eenmaal zover was, kwam ik bij een andere pagina met een stel heel eigenaardige links.'

'Hoezo eigenaardig?'

'Gewoon, eigenaardig. Het leken op zich gewone homepages, met overdreven veel details, slechte interpunctie en ranzige kleuren, maar het materiaal leek nogal onschuldig. Ze hadden iets heel verdachts, bijna alsof het nep was.'

'Waarom zou iemand neppagina's op het web zetten?'

'Tja,' zei hij. 'Dat vroeg ik me ook af. Ik heb de meeste links gevolgd tot ze doodliepen of niet meer bleken te bestaan. Maar de lijn ging verder, door pagina's en pagina's vol links heen – en per pagina was er maar één link die meer dan een paar pagina's verder leidde. En toen kwamen er wachtwoorden. Eerst tamelijk eenvoudig Java-spul dat ik zelf kon hacken met behulp van een paar programmaatjes op jouw schijf. Je hebt trouwens meer RAM nodig. Die *fucker* is een keer of vijf vastgelopen. En toen – ik hoop dat je het niet erg vindt, maar ik heb een paar keer vanuit jouw kamer gebeld – moest ik hulp inroepen bij een paar vriendjes die hierin gespecialiseerd zijn. *Wedge tracing* en *unix-backdoors* en dat soort ellende. Iemand die werkelijk wist waar hij mee bezig was, had een hoop rookschermen opgeworpen.'

'Maar waarom in godsnaam?' vroeg ik. 'Je kunt toch gewoon een bladwijzer maken naar die laatste site, wat dat ook is, en daar dan de volgende keer linea recta heen gaan? De hele bedoeling van het web is om directe toegang te krijgen, dus waarom zou je zo'n moeite doen om een rookscherm op te werpen?'

'Ik denk dat het eindadres regelmatig wordt veranderd,' zei Bobby. 'Maar goed, uiteindelijk ben ik zover gekomen.'

'En wat stond daar?'

'Niets.'

Ik staarde hem aan. 'Pardon?'

'Niets. Er stond helemaal niets.'

'Bobby,' zei ik. 'Dat is een kutverhaal. Het slaat nergens op. Hoezo, "niets"?'

Hij schoof de stapel papieren naar me toe. Het bovenste blad was leeg, afgezien van een korte zin midden op de pagina. Daar stond: WIJ HERRIJZEN.

'En verder niets,' zei hij. 'Een paar uur werk om een pagina te verbergen zonder links en met maar twee woorden erop. De andere bladen zijn print-outs van de route die ik ben gevolgd om daar te komen, met een paar hacks die ik nodig had. Plus het IP-adres van de laatste pagina, en dat heb ik nagezocht.'

De meeste websites hebben een naam die vaak niet vlot van de tong rolt maar met enige moeite kan worden opgevat als woorden. Internetcomputers beschouwen dergelijke namen als zuiver numerieke adressen: 118.152.1.54, bijvoorbeeld. Door die simpeler adresvorm te gebruiken kun je bij benadering de geografische lokatie van de pagina opzoeken. 'En waar was dat?'

'Alaska,' zei hij.

'Waar zo'n beetje? Anchorage?'

Hij schudde zijn hoofd. 'Dat is alles. Alaska, meer niet. En dan Parijs. Dan Duitsland. Daarna Californië.'

'Waar heb je het over?'

'Die hele pagina verhuist aan de lopende band. Hij hinkelt de hele wereld over en volgens mij is hij nooit werkelijk op een van die plekken geweest. Het is een *ghost*. Ik ben geen echte computernerd, maar ik weet wat ik doe, en iets dergelijks heb ik nog nooit gezien. Ik heb er een paar vriendjes van me op gezet, maar hoe dan ook, er is hier iets heel vreemds gaande.'

'Je meent het.'

'Niet alleen wat er met jou gebeurt. Dit soort dingen is mijn werk. Ik moet weten hoe ze het doen. En wie het zijn.' Hij nam een grote slok en keek me ernstig aan. 'En jij? Wat ga jij nu doen? Afgezien van drinken, bedoel ik.'

'Er staan drie scènes op die band. Aan de laatste kan ik niets doen. Ik kan niet op zoek naar... het andere kind.' Ik had willen zeggen 'mijn tweeling', maar op het laatste moment deinsde ik daarvoor terug. 'Ik weet niet waar het was, en het is sowieso meer dan dertig jaar geleden. Hij of zij kan overal ter wereld zitten. Kan wel dood zijn. Het tweede deel leidt ook tot niets. Dus ga ik op zoek naar dat hotel in de bergen.'

'Goed idee,' zei hij. 'En ik ga je helpen.'

'Bobby...'

Hij schudde zijn hoofd. 'Doe niet zo idioot, Ward. Jouw ouders zijn niet verongelukt. Dat weet jij ook.'

Eigenlijk wist ik dat inderdaad al een tijdje, hoewel ik de gedachte nog niet echt had laten bezinken. Ik had het voor mezelf nog niet onder woorden gebracht.

Dat deed Bobby voor me. 'Ze zijn vermoord,' zei hij.

Hoofdstuk 12

Nina zat met Zoë Becker in de tuin. Het was een koele avond en ze had spijt dat ze de kop thee niet had aangenomen die de vrouw haar met een afwezig gezicht had aangeboden. Zandt had de vrouw al gesproken en had in de kamer van haar dochter gestaan, en zat nu binnen met haar echtgenoot. Ondanks het late uur had geen van beide Beckers verbaasd geleken toen er plotseling twee rechercheurs op de stoep stonden. Hun levens waren al veel te ver verwijderd van wat ze als de realiteit wensten te aanvaarden. De twee vrouwen praatten een tijdje, maar vervielen al gauw in stilzwijgen. Zoë keek naar haar voet, die op en neer wipte aan het uiteinde van haar been, dat ze over het andere heen had geslagen. Althans, haar blik ging die kant uit. Nina betwijfelde of ze echt iets zag; ze had de indruk dat Zoë ronddobberde in een leemte waarin de beweging van haar voet niet meer of minder betekende dan andere bewegingen. Ze was dankbaar voor de stilte, want ze wist wat het enige onderwerp was waarover de vrouw zou willen praten. Leefde haar dochter nog? Dacht Nina dat ze haar ooit terug zouden krijgen? Of zou er in dit huis, dat Zoë met zoveel zorg had ingericht, altijd een kamer blijven die zo leeg en stil was dat het hele huis erdoor verduisterd werd, tot het een zwart kristal werd in het middelpunt van hun leven? Aan de muur van die kamer hing een poster van een popgroep waarvan niemand ooit gehoord had, behalve per ongeluk. Wat was daar nu de zin nog van?

Nina had geen antwoord op deze of vergelijkbare vragen, en toen de vrouw haar mond opende om iets te zeggen, keek ze angstig op. Maar ze zag dat Zoë in tranen was uitgebarsten, uitgeputte tranen die noch een begin, noch een einde leken in te luiden. Nina maakte geen aanstalten om haar te troosten. Sommige mensen aanvaarden troost van vreemden, anderen niet. Mevrouw Becker behoorde tot die laatste groep.

Ze leunde achterover in haar stoel en keek door de openslaande deur de zitkamer in. Michael Becker zat op de armleuning van een fauteuil. Zandt stond achter de bank. Nina had de hele dag doorgebracht met Zandt, en die had nog geen vijf zinnen uitgesproken die geen betrekking hadden op de zaak. Om te beginnen waren ze op de lokatie van de verdwijning gaan lopen, nog voordat het winkelende publiek aantrad. Ze waren naar Sarah Beckers school gegaan zodat Zandt kon zien hoe die in de omgeving lag. Hij had de zichtlijnen en de toegangspunten bekeken, de plekken waar iemand kon zitten wachten op iemand om lief te hebben. Daar had hij een hele tijd over gedaan, alsof hij meende dat hij op de een of andere manier een nieuwe manier van kijken kon ontwikkelen waardoor hij een glimp zou opvangen van de schaduw van de man bij daglicht. Bij het vertrek was hij prikkelbaar geweest.

Ze hadden geen van de families bezocht van eerdere slachtoffers van Homo erectus. Ze bezaten de dossiers van de oorspronkelijke verhoren en het leek onwaarschijnlijk dat er nog iets nieuws aan het licht zou komen. Nina wist dat hij die gesprekken woordelijk in zijn hoofd had en dat hij de families dingen kon vertellen die ze zelf intussen al vergeten waren. Het zou de zaken alleen maar verwarren als ze met die mensen gingen praten. Verder geloofde ze dat als Zandt hen dichter bij de moordenaar kon brengen, dat niet zou gebeuren via iets wat hij eerder gehoord had, maar dat het eerder een instinctieve ingeving zou zijn.

En er was nog een reden waarom Nina niet wilde dat Zandt contact had met die gezinnen. Ze wilde niet dat iemand op de gedachte zou komen om de politie of de FBI te bellen, om te vragen hoe het met het onderzoek stond. Niemand wist dat zij John Zandt weer bij de zaak gehaald had. Als iemand daarachter kwam, begon de trammelant. Ditmaal zou het meer dan een berisping worden: het zou het einde van haar carrière zijn. Ze móést hem echter wel toestaan om met de Beckers te praten, dat risico moest ze nemen. De ouders hadden sinds de verdwijning zoveel politie en FBI-mensen gezien dat het onwaarschijnlijk leek dat ze zich één persoon in het bijzonder zouden herinneren of daar met iemand anders over zouden praten. Dat hoopte ze althans. Ook hoopte ze dat er door het gesprek met vader Becker een vonk zou overspringen in Zandts hoofd.

En dat hij dat zou zeggen, als het gebeurde.

‘Zal ik het nog een keer vertellen?’

Michael Becker had al driemaal verteld wat hij die avond gedaan had. Snel en beknopt had hij de vragen beantwoord. Zandt wist dat de man hem niets bruikbaars kon vertellen. Ook meende hij te begrijpen dat Becker in de weken voor de verdwijning zo druk was geweest met zijn werk dat hij weinig kon hebben opgevangen van de buitenwereld.

Hij schudde zijn hoofd.

Abrupt keek Becker naar de grond. Hij legde zijn hoofd in zijn handen. ‘Heb je dan verder helemaal níéts te vragen? Er moet toch iets anders zijn. Er moet méér zijn.’

‘Er bestaan geen magische vragen. Of als die er al zijn, dan ken ik ze niet.’

Becker keek op. Dit was heel andere taal dan hij van de andere agenten gewend was. ‘Denk jij dat ze nog in leven is?’

‘Ja,’ antwoordde Zandt.

Becker was verbaasd over het vertrouwen dat de blik van de agent uitstraalde. ‘Verder doet iedereen alsof ze dood is,’ zei hij. ‘Ze zeggen het natuurlijk niet. Maar ze denken het wel.’

‘Dat hebben ze dan fout. Voorlopig, althans.’

‘Waarom?’ De stem van de man klonk droog, zijn ademhaling verkeerd, de klank van een man die betrapt werd op het verlangen om te geloven.

‘Wanneer dit soort moordenaars zich ontdoet van zijn slachtoffer, dan verbergt hij meestal het lijk en doet wat hij kan om de identiteit van het overschot te verhullen. Gedeeltelijk gewoon om het de politie moeilijk te maken. Maar ook omdat veel van zulke mensen proberen hun eigen handelingen voor zichzelf te verbergen. De drie vorige slachtoffers lagen ergens waar ze gemakkelijk te vinden waren, met de resten van hun eigen kleren en hun eigen spullen bij zich. Deze man verstopt zich niet. Hij wilde ons laten weten wie het waren en dat hij met ze klaar was. En dat houdt in dat hij ze een tijdlang in leven moest houden.’

‘In leven houden...’

‘Slechts een van de slachtoffers was seksueel misbruikt. Afgezien van een paar kleine hoofdwonden was geen van de slachtoffers mishandeld. Alleen hun hoofd was kaalgeschoren.’

‘En ze waren vermoord. Vergeet dat niet.’

Zandt schudde zijn hoofd. ‘In dit soort situaties is moord geen misbruik. Moord betekent het einde van het misbruik. Er zijn natuurlijk grenzen aan wat je uit laboratoriumonderzoek kunt opmaken, maar je krijgt de indruk dat alle meisjes een week of zo na hun ontvoering nog in leven waren.'

'Een week,' zei de man op vlakke toon. 'Maar het is al vijf dagen.'

Het bleef even stil voordat Zandt antwoordde. Tijdens het gesprek had hij zowat de hele kamer bekeken, maar nu viel zijn blik op iets wat hij nog niet eerder had gezien. Een stapeltje schoolboeken op een klein tafeltje. Te gevorderd voor de jongste dochter. Hij merkte dat Becker naar hem zat te kijken. 'Dat weet ik.'

'Het klinkt alsof je nog een reden hebt.'

'Ik geloof simpelweg niet dat hij haar al heeft vermoord.'

Becker lachte schor. 'Dat "geloof" jij niet? Is dat alles? Nou, mooi is dat. Een hele geruststelling.'

'Het is niet mijn taak om jou gerust te stellen.'

'Nee,' zei Becker met een holle blik in zijn ogen. 'Nee, dat is ook zo.' Even bleef het stil. Toen vervolgde hij: 'Dit soort dingen gebeurt dus echt?'

Zandt wist wat hij bedoelde. Dat bepaalde gebeurtenissen, van het soort waar de meeste mensen alleen over horen of zien, inderdaad kunnen plaatsvinden. Dingen als plotselinge dood, echtscheiding en dwarslaesies. Zelfmoord en drugsverslaving, en vervagende, kleurloze mensen die in een kring naar je staan te kijken en prevelen: 'De bestuurder is gewoon doorgereden.' Zulke dingen gebeuren. Zulke dingen zijn even echt als geluk, trouwen en het gevoel van de zon op je rug, en ze vervagen veel langzamer. Misschien krijg je je oude leven nooit meer terug. Misschien behoor jij niet tot de gelukkigen. Misschien gaat het eindeloos door.

'Inderdaad, ja,' zei hij. Zonder dat de ander hem zag, voelde hij aan de omslag van een van de schoolboeken. Liet hij zijn vinger over het ruwe oppervlak glijden.

'Hoeveel kans hebben we dat we haar terugkrijgen?' vroeg hij.

Het was een simpele vraag, met vaste stem gesteld, en Zandt bewonderde hem erom. Hij wendde zich af van het tafeltje.

'Je moet ervan uitgaan dat je geen enkele kans hebt.'

Becker keek geschokt en probeerde iets te zeggen. Er kwam geen geluid uit zijn keel.

'Ieder jaar worden er honderd mensen vermoord door dit soort mannen,' zei Zandt. 'Waarschijnlijk meer. Alleen al in Amerika. Bijna geen van de moordenaars wordt ooit opgepakt. Gebeurt dat wel, dan maken we er een enorme ophef van, alsof we de tijger hebben terug gestopt in zijn kooi. Maar dat is niet zo. Er wordt iedere maand een nieuwe tijger geboren. De paar die we te pakken krijgen, hebben gewoon pech, of ze doen iets stoms, of ze zijn zo wanhopig dat ze fouten gaan maken. De meerderheid wordt nooit gepakt. Dergelijke mannen zijn geen uitzondering. Ze maken deel uit van onszelf. Heel gewoon. De wet van de jungle. De slimste blijft in leven.'

'Is de Pakketbezorger slim?'

'Zo heet hij niet.'

'Zo werd hij in de krant genoemd. En de politie noemde hem zo.'

'Hij heet Homo erectus. Zo noemt hij zichzelf. Ja, hij is slim. Misschien kan dat zijn ondergang worden. Hij wil bewondering oogsten. Maar aan de andere kant...'

'... wordt hij misschien niet gepakt, en als jullie hem niet vinden, krijgen wij Sarah nooit meer te zien.'

'Als je haar ooit nog te zien krijgt,' zei Zandt, terwijl hij zijn notitieblok en pen in zijn binnenzak stak, 'dan is dat een geschenk van de goden en moet je het als zodanig zien. Geen van jullie zal ooit nog dezelfde zijn. Dat is niet noodzakelijkerwijs verkeerd. Maar het is wel waar.'

Becker stond op. Zandt had de indruk dat hij nog nooit iemand had gezien die er zo moe uitzag en zo overduidelijk niet in staat om te slapen. Wat hij niet wist, was dat Michael Becker hetzelfde van hem dacht.

'Maar je blijft zoeken?'

'Ik doe alles wat ik kan,' zei hij. 'Als ik hem kán vinden, dan gebeurt dat ook.'

'Waarom moet ik dan van het ergste uitgaan?'

Maar zijn vrouw kwam door de openslaande deuren naar binnen met de FBI-vrouw op haar hielen, en de politieman zweeg.

Nina bedankte de Beckers voor hun tijd en beloofde hen op de hoogte te zullen houden. Ook zag ze kans de indruk te wekken dat hun bezoek een formaliteit was geweest, zonder directe relevantie voor de loop van het onderzoek.

Michael Becker keek hen na toen ze het pad afliepen. Hij deed de deur niet meteen dicht toen ze uit het zicht waren verdwenen, maar bleef een tijdje naar de nacht staan kijken. Achter hem hoorde hij hoe

Zoë de trap opging om even bij Melanie te gaan kijken. Hij vermoedde dat zijn tweede dochter nog niet sliep. De nachtmerries van een jaar geleden waren terug, en dat vond hij niet vreemd. Ook voor hemzelf was de weinige slaap die hij kreeg, een vijand geworden. Hij wist dat Melanie nog steeds de toverformule gebruikte die hij geschreven had, en die wetenschap vervulde hem met afgrijzen. Ironie bood geen bescherming, wat hij en Sarah en de regisseurs van moderne horrorfilms ook mochten denken. In een land van bloed en botten kom je nergens met ironie. Hij dacht terug aan een gesprek dat hij jaren geleden had gevoerd met Sarah, toen die 's nachts vaak bang was. Ze had van jongs af aan vol vragen gezeten, en ze wilde weten waarom mensen bang waren in het donker. Hij zei dat dat een overblijfsel was uit primitiever tijden, toen de mensen in het open veld of in grotten sliepen en er 's nachts wilde dieren konden komen om ons op te eten.

Sarah had twijfelend gekeken. 'Maar dat is verschrikkelijk lang geleden,' had ze gezegd. Ze had een tijdje nagedacht en daar toen met de zekerheid van een tienjarige aan toegevoegd: 'Nee. Volgens mij zijn we ergens anders bang voor.'

Nu geloofde Michael dat ze gelijk had gehad. We zijn niet bang voor monsters. Monsters waren een geruststellende fantasie. We weten waartoe de menselijke geest in staat is. Waar we bang voor zijn, dat zijn we zelf.

Na een tijd sloot hij de deur en liep de keuken binnen. Daar zette hij koffie, iets wat intussen een ritueel was geworden voor dit deel van de avond. Hij bracht de koffie op een dienblad naar de zitkamer, samen met twee mokken en een kan warme melk. Misschien een paar koekjes, want meer leek Zoë niet te willen eten. Dan gingen ze samen voor de televisie zitten, wat daar ook op te zien was, om te wachten tot de tijd voorbijging. Oude films werkten het best. Iets uit een andere tijd, van vóór Sarahs geboorte. Dan kon alles waar zijn. Soms praatten ze wat. Meestal niet. Zoë hield de telefoon binnen handbereik.

Michael pakte twee mokken uit de nieuwe buffetkast – oud grenen, uit Engeland meegenomen van hun laatste vakantie – en dacht terug aan wat die politieman had gezegd. Iedere zin hield hij tegen het licht. Hij besefte dat hij voor het eerst sinds de verdwijning een heel klein beginnetje voelde van iets dat hoop moest zijn. Tegen de ochtend zou het er niet meer zijn, maar hij was blij met het tijdelijke respijt. En dat respijt voelde hij omdat hij meende te begrijpen wat er tussen de regels door gezegd was; omdat hij meende te weten dat wat de politieman níét had gezegd, belangrijker was dan wat hij wel had gezegd.

De vrouwelijke rechercheur had haar badge laten zien, maar de naam van de man was niet gevallen. Met de toewijding van iemand die geloofde in de magie van het gesproken woord, in de gedachte dat feiten beheersbaar werden zodra ze benoemd waren, had Michael Becker alles gelezen wat hij vinden kon over de eerdere misdaden van de man die zijn dochter had ontvoerd. Hij had op het internet gezocht en krantenartikelen gevonden. Hij had zelfs een exemplaar bemachtigd van een populair-wetenschappelijk boek over onopgeloste misdaden. Dat was onder meer ten koste van zijn werk gegaan. Hij had niet meer naar *Dark Shift* omgekeken sinds de avond van de verdwijning. Eerlijk gezegd dacht hij niet dat hij er ooit nog iets aan zou doen, hoewel zijn partner daar nog niet van op de hoogte was en de bespreking met de studio keer op keer verschoof. Wang had geld en, zo te zien, onuitputtelijke contacten. Hij was met de stad verweven op een manier die Michael nooit zou bereiken. Hij overleefde het wel.

In de loop van zijn onderzoek had Michael beseft, of zich herinnerd, dat in een bepaalde periode niet alleen het meisje LeBlanc en Josie Ferris en Annette Mattison waren ontvoerd, maar nog een jonge vrouw. Dat was de dochter geweest van een politieman die betrokken was geweest bij de arrestatie van twee eerdere seriemoordenaars. Er was stilzwijgend gespeculeerd over het feit dat zij was ontvoerd als straf voor het succes van haar vader. Die was betrokken geweest bij het onderzoek naar haar verdwijning, hoewel de FBI daarop tegen was geweest, en minstens één krant had gesuggereerd dat hij meende dat er concrete vooruitgang werd geboekt terwijl ze overduidelijk nergens kwamen. Daarna was de politieman simpelweg uit beeld verdwenen. De naam van die politieman was John Zandt geweest. De Pakketbezorger was, zoals Michael Becker intussen aan den lijve had ondervonden, niet gearresteerd. In een beschouwend artikel van een jaar na de verdwijningen was gemeld dat ene Jennifer Zandt was teruggekeerd naar Florida om dichter bij haar familie te wonen. De journalist had niet kunnen achterhalen wat er met de rechercheur was gebeurd.

Wat er die avond ook op tv was, Michael vond dat zijn vrouw en hij moesten praten. Hij zou haar vertellen wat hij vond van die politieman die hen was komen opzoeken, en hij zou voorstellen dat ze het bezoek van vanavond niet zouden melden aan de andere politiemannen en -vrouwen, die goed bedoelende mensen die hij intussen veel beter kende dan hem lief was.

En er was nog iets. Hoewel zijn vertrouwen in het woord als zodanig diep geschokt was, hield hij zich vast aan de overtuiging dat woorden en namen voor de werkelijkheid waren wat pijlers en architectuur voor de ruimte waren. Ze voegden een menselijke dimensie toe. Zoals DNA een aantal willekeurige chemische stofjes ordende tot iets herkenbaars, zo kon taal onverklaarbare verschijnselen indammen tot situaties waarover je iets kon zeggen. En waaraan je dus iets kon doen.

Hij zou niet meer denken aan de Pakketbezorger. Hij zou hem voortaan Homo erectus noemen. Maar intussen zou hij uitgaan van het ergste. De politieman had gelijk. Bovendien besefte Michael Becker dat Sarah dat zou willen.

Nokkon Wud kon doodvallen. Als de schikgodinnen zo'n offer vergden, konden ze het wat hem betreft verder vergeten.

Ze zaten op het terras van de Smorgas Board, half café en half jeugdhonk voor surfers, een meter of acht van de plek waar het meisje Becker was ontvoerd. Ze zaten daar al een uur en het café ging bijna dicht. De enige andere klanten waren een jong stel dat lusteloos iets uit een grote beker zat te drinken aan een tafeltje een eind verderop.

'Zit je na te denken of kijk je gewoon voor je uit?'

Zandt reageerde niet meteen. Hij zat naast Nina en keek naar de straat. Hij had zich amper verroerd. Zijn koffie was koud geworden. Hij had maar één sigaret opgestoken, en die was grotendeels vanzelf in rook opgegaan. Zijn aandacht was heel ergens anders. Hij deed Nina denken aan een jager, hoewel niet noodzakelijkerwijs een menselijke jager. Een dier dat in staat en bereid was om zo lang als nodig was te blijven zitten wachten, zonder zich te vervelen, zonder afgeleid te worden door razernij of pijn.

'Ze komen niet altijd terug, hoor,' zei ze geïrriteerd.

'Weet ik,' zei hij meteen. 'Ik zit ook niet te kijken.'

'Gelul.' Ze lachte. 'Of je zit te kijken, of je hebt een hersenbloeding gehad.'

Tot haar verbazing glimlachte hij. 'Ik zit te denken.'

Ze sloeg haar armen over elkaar. 'En heb je iets te melden?'

'Ik zit te denken wat een tijdverspilling dit is, en ik vraag me af waarom je me hier wilde hebben.'

Nina besefte dat het geen echte glimlach was geweest. 'Omdat ik dacht dat jij misschien zou kunnen helpen,' zei ze. Ze ging ongemakkelijk verzitten. 'John, wat wil je nou? Je weet best waarom. Omdat je me al eerder geholpen hebt. Omdat ik je mening op prijs stel.'

Hij glimlachte opnieuw, en ditmaal huiverde ze.

'Wat heb ik de vorige keer dan bereikt?'

'Weet ik niet,' gaf ze toe. 'Zeg jij het maar. Wat is er gebeurd?'

'Je weet wat er gebeurd is.'

'Nee, dat weet ik niet,' antwoordde ze, plotseling boos. 'Ik weet alleen dat je zei dat je enige vooruitgang boekte. En dat je daarna geheimzinnig ging doen en me niets meer vertelde, hoewel je tot dan toe had gebouwd op de informatie die ik jou vanuit de FBI doorsluisde. Informatie die je anders nooit gekregen had, omdat je door je eigen afdeling expliciet uitgesloten was van het onderzoek. Ik heb je een dienst bewezen en jij hebt mij links laten liggen.'

'Jij hebt mij geen dienst bewezen,' zei Zandt. 'Je deed gewoon wat volgens jou het meest zou opleveren.'

'Wat ben je toch een klootzak, John,' snauwde ze. De twee sukkels aan het andere tafeltje gingen met een ruk rechtop zitten, als marionetten wier speler plotseling wakker schrikt. Geen goed gevoel.

Op gedempte toon sprak ze verder. 'Als je er zo over denkt, waarom stap je dan niet gewoon op, terug naar dat ellendige Vermont van je. Daar gaat het binnenkort verschrikkelijk sneeuwen. Dan kun je je helemaal ingraven.'

'Wou je soms beweren dat je me geholpen hebt uit consideratie met mijn gezin?'

'Ja, natuurlijk. Wat dacht jij dan?'

'En dat terwijl je me geholpen had om mijn vrouw ontrouw te zijn.'

'Doe niet zo zielig. Het is niet mijn schuld dat jij zo nodig je pik achterna moest lopen.'

Boos staarde ze hem aan. Zandt staarde terug. Even bleef het stil, toen sloeg ze abrupt haar ogen neer.

Hij lachte even. 'Moet ik nou gaan denken dat ik hier de baas ben?'

'Wat?' Stilzwijgend vervloekte ze zichzelf.

'Je blik afwenden. Zoiets als in het dierenrijk. Mannelijk ego gestreeld door teken van onderwerping. En nu ik dus weer de baas ben, zal ik weer doen wat jij wilt?'

'Je bent echt paranoïde aan het worden, John,' zei ze, hoewel hij natuurlijk gelijk had. Ze besefte dat ze te veel tijd doorbracht met idioten. 'Ik heb gewoon geen zin in ruzie met jou.'

'Wat denk jij dat hij met dat haar wil?' vroeg hij.

Ze fronste haar voorhoofd, verbaasd over die plotselinge wending. 'Wat voor haar?'

'Homo erectus. Waarom moet dat haar eraf?'

'Nou, voor de truien. Om de namen te borduren.'

Zandt schudde zijn hoofd en stak een sigaret op. 'Daar heb je geen heel hoofd voor nodig. Al die meisjes hadden lang haar. Maar toen ze gevonden werden, was het er allemaal af. Waarom?'

'Om hun hun menselijkheid te ontnemen. Om ze gemakkelijker te kunnen vermoorden.'

'Misschien,' zei hij. 'Dat dachten we indertijd. Maar ik vraag het me af.'

'Ga je me nog vertellen wat je nou echt denkt?'

'Ik vroeg me af of het soms voor straf was.'

Daar moest Nina over nadenken. 'Straf waarvoor?'

'Geen idee. Maar volgens mij heeft die vent die meisjes opzettelijk meegenomen, een heel bepaald type meisjes. Volgens mij was hij iets met hen van plan en hebben ze stuk voor stuk gefaald. En voor straf heeft hij toen iets afgepakt, waarvan hij dacht dat het heel belangrijk was.'

Hij nam een slok koffie; die was intussen koud geworden, maar kennelijk vond hij dat niet erg. 'Weet je nog wat ze in Frankrijk aan het einde van de Tweede Wereldoorlog deden met collaborateurs?'

'Natuurlijk. Vrouwen die al te vriendelijk hadden gedaan tegen de Duitse overheerser werden op straat tentoongesteld met kaalgeschoren hoofd. Een trots moment voor de mensheid.' Ze haalde haar schouders op. 'Dat van die straf kan ik misschien nog volgen, maar ik zie niet in wat een wereldwijd conflict daarmee te maken heeft. Die meisjes hadden met niemand verbroederd.'

'Misschien niet.' Zandt leek al geen belangstelling meer te hebben voor het onderwerp. Hij leunde achterover in zijn stoel en staarde met vage blik voor zich uit. Een van de sukkels ving zijn blik op. Zandt wendde zijn blik niet af. De sukkel wel, en snel ook. Hij maakte een gebaar naar zijn vriend, blijkbaar om te suggereren dat het tijd werd om hun surfplanken in de was te gaan zetten. Ze stonden op en slopen de nacht in.

Dat leek Zandt tevreden te stemmen.

Nina probeerde zijn aandacht terug te slepen. 'Conclusie?'

'Misschien niets,' zei hij, terwijl hij zijn sigaret uitmaakte. 'Ik heb er de vorige keer niet genoeg over nagedacht. Op dat moment kon ik alleen maar denken aan de manier waarop hij de meisjes had geselecteerd. Hoe hun levenspaden elkaar gekruist hadden. Nu vind ik het opvallend. De vraag waarin ze gefaald hebben. Waar hij hen werkelijk voor nodig had.'

Nina bleef zwijgen, in de hoop dat er meer kwam. Maar toen hij zijn mond weer opende, ging het over iets anders.

'Waarom wilde jij indertijd een einde maken aan onze relatie?'

Opnieuw stond ze voor het blok, en ze aarzelde. 'We hebben er samen een einde aan gemaakt.'

'Niet waar.' Hij schudde zijn hoofd. 'Zo is het niet gegaan.'

'Ik weet het niet, John. Het is gewoon gebeurd. Op dat moment leek je dat helemaal niet erg te vinden.'

'Ik accepteerde het, nietwaar.'

'Wat bedoel je nou? Accepteer je het nu niet meer?'

'Natuurlijk wel. Het is een hele tijd geleden. Ik stel gewoon vragen die ik niet eerder heb gesteld. Als je daar eenmaal mee begint, kom je tot de ontdekking dat het wemelt van de vragen.'

Ze wist niet goed wat ze daarop moest antwoorden. 'Wat wil je nu doen?'

'Ik wil dat jij weggaat,' zei hij. 'Ik wil dat jij naar huis gaat en mij met rust laat.'

Nina stond op. 'Zoek het dan maar uit. Je hebt mijn nummer. Bel maar als je zover bent dat je je overeind kunt hijsen om in actie te komen.'

Langzaam draaide hij zijn hoofd om en keek haar recht aan. 'Wil jij weten wat er gebeurd is? Vorige keer?'

Ze bleef staan en keek hem aan. Zijn gezicht was kil en afstandelijk. 'Ja,' zei ze.

'Ik heb hem gevonden.'

Nina voelde hoe haar nekharen overeind gingen staan. 'Wie gevonden?'

'Ik heb twee weken achter hem aan gezeten. Toen ben ik naar zijn huis gegaan. Ik had hem zien loeren naar andere meisjes. Ik kon het niet langer aanzien.'

Ze wist niet of ze weer moest gaan zitten of blijven staan. 'En toen?'

'Hij ontkende. Maar ik wist dat hij het was, en nu wist hij dat ik hem te pakken had. Hij was het, maar ik had geen bewijs en hij zou ervandoor gegaan zijn. Ik ben twee dagen bij hem gebleven. Hij wou me niet vertellen waar ze was.'

'John, ik wil dit niet horen.'

'Ik heb hem vermoord.'

Nina staarde hem aan en wist dat hij de waarheid sprak. Ze opende haar mond, en sloot hem weer.

'En twee dagen later arriveerde de trui met het briefje.'

Plotseling zag hij er doodmoe uit. Hij wendde zich af. Toen hij weer sprak, klonk zijn stem mat. 'Het was de verkeerde. Zie maar wat je doet met die informatie.'

Ze liep weg. Over de promenade. Ze dwong zich om niet om te kijken. Ze concentreerde zich op de kruinen van de palmbomen die een paar straten verderop in de bries stonden te wuiven.

Er was iets veranderd. Tot die avond had Zandt plooibaar geleken, maar het was een onaangename ervaring geweest om met hem op dat terras te zitten. Ze besefte dat hij haar niet deed denken aan een jager, maar aan de bokser, van wie je even een cameraglimp opvangt een uur voor de wedstrijd. Het moment wanneer de showbizz terzijde wordt geschoven en de bokser zich lijkt terug te trekken in zijn eigen sfeer, ergens waar hij mensen niet langer aankeek en leek op te gaan in zijn eigen archetype. Andere mensen mochten wedden over de uitslag, konden apenpakken aantrekken en high worden op kosten van de zaak. De rest zou doorzaniken dat boksen eigenlijk verboden moest worden, omdat ze waren opgesloten in levens waaruit niemand wilde vluchten, hoe dan ook. Voor de mannen in de ring lagen de zaken anders. Die deden het voor het geld, maar daar niet alleen voor. Ze deden het omdat dat hun werk was. Ze wilden helemaal niet vluchten uit dat bestaan. Ze wilden er juist dieper in, ze zochten een weg terug naar een plek die ze diep binnen in zich voelden.

Dat met die ouders was een vergissing geweest. Zandt had toch al zo weinig echte informatie, en hij vroeg zich toch al af wat ze van hem wilde. Het enige nieuwe onderzoeksmateriaal moest afkomstig zijn van de Beckers. Ze moest hem wel met hen laten praten. Maar zodra ze uit die tuin was komen aanlopen, had ze geweten dat ze hiermee deuren had geopend die beter gesloten hadden kunnen blijven.

Hier had ze geen behoefte aan. Ze was nooit op zoek geweest naar een jager, of een moordenaar. Ze had geloofd dat er maar één ding was dat Homo erectus uit zijn tent zou lokken: iemand die hij wilde domineren.

Ze was op zoek naar lokaas.

Hoofdstuk 13

De man zat op zijn stoel midden in de woonkamer. Het was een grote kamer, een soort erker aan de voorzijde van het huis met ramen langs alle drie de wanden. Twee zijden werden beschermd door een stel bomen, de derde kant keek uit over een aflopend gazon. Vanmiddag waren alle gordijnen dicht, zware voorhangen die geen schijntje van de buitenwereld binnenlieten. Soms had de man ze dicht, soms liet hij ze open. In dat opzicht was hij volkomen onvoorspelbaar.

De stoel stond met de rug naar de deur toe. Dat vond hij een prettig gevoel. Het bezorgde hem iets van spanning, het gevoel dat hij daar onbeschermd zat. In theorie kon iemand achter hem komen aan sluipen en hem een klap op zijn kop geven. Dan moest die persoon natuurlijk wel langs de uitgebreide beveiliging weten te komen, maar daar ging het niet om. Hiermee liet hij zien hoezeer hij zijn omgeving beheerste. Hij kende geen vrees voor de buitenwereld. Van kinds af aan had hij zich staande moeten houden, zichzelf moeten redden. Maar hij wilde alles helemaal tot in de puntjes verzorgd hebben.

Hij had een glad, ongerimpeld gezicht, het resultaat van gewetensvol gebruik van moisturizer en andere huidverzorgingsproducten. Zijn blik was helder en scherp. Zijn handen waren licht gebruind, zijn nagels verzorgd. Hij was geheel naakt. De stoel stond onder een lichte hoek met de vloerplanken, die het vertrek in keurige rijen overstaken. Een kop bijzonder hete zwarte koffie stond op een tafeltje naast zijn stoel, daarnaast een schoteltje met kleine glazen kralen. Niet ver daarvandaan lag een dun boekje. De koffiekop stond zo dat iets meer dan de helft overstak voorbij de rand van de bovenzijde. Het was een oude stoel, bekleed met gehavend leer. Eigenlijk had er een exemplaar van *The New York Times* over een van de armleuningen geplooid moeten liggen, met een lakei vlak achter de rugleuning, die klaarstond om sandwiches te serveren met de korst er afgesneden. Eén complete boekenkast had hij gedecoreerd door er met groene, blauwe en rode pen een kruispatroon van streepjes op te maken, geen van de streepjes langer dan drie millimeter, totdat er een algeheel effect van subtiel gemoireerd zwart was bereikt. Daar had hij zeventien pennen voor nodig gehad, en het werk had weken geduurd. Een schitterend Jugendstil-bureau aan de andere kant van het vertrek was geheel overdekt met heel kleine, opgeplakte fotootjes van Madonna, allemaal uit tijdschriften geknipt en geen ervan later dan haar incarnatie van Material Girl, want daarna was de man zijn belangstelling voor haar verloren. Het resultaat had hij afgelakt met een paar lagen donkere vernis, tot het eruitzag alsof het hele meubelstuk was overdekt met niets anders dan een apart soort walnootfineer. Net als bij de boekenkast kon je pas bij nadere inspectie zien hoe dat effect was bereikt.

Zijn huidige project betrof het kleine bijzettafeltje naast zijn stoel, dat hij aan het beplakken was met glazen kraaltjes. De kraaltjes hadden een doorsnede van ongeveer een millimeter. Er waren vier kleuren: rood, blauw, geel en groen. Genetische kleuren. Het was een heel werk om ze op hun plek te plakken, niet in het minst omdat ze niet in een willekeurig maar in een lang en complex patroon werden opgeplakt, een patroon dat althans gedeeltelijk speculatief was. Als de tafel klaar was, zou hij er een paar lagen dikke, zwarte lak overheen doen, totdat er nog maar een spoortje te zien was van de textuur. Niemand zou zich afvragen wat er onder de oppervlakte zat, net zoals niemand ooit op de gedachte kwam dat een, en werkelijk maar een, van de vloerplanken in het huis was opgebouwd uit een duizelingwekkend aantal lucifershoutjes en daarna geschuurd en gelakt tot hij er net zo uitzag als de rest. Het had de man meer dan zes maanden gekost om de lucifers te verzamelen. Voor zover hij had kunnen achterhalen waren er geen twee door dezelfde persoon afgestreken. Hij geloofde oprecht in individualiteit en in het cruciale belang daarvan voor de mensheid. Tegenwoordig keek iedereen naar dezelfde tv-programma's, las iedereen dezelfde tijdschriften, werd iedereen door de media in hetzelfde keurslijf gedwongen om naar dezelfde stupide films te gaan kijken. De mensen hielden op met roken omdat ze dat hoorden van mensen die zichzelf in de tussentijd volstopten met vet. Voor het comfort en gemak van anderen. Ze leidden hun leven aan de hand van regels die die anderen hadden opgesteld, regels die waren opgesteld door mensen die ze niet eens kenden. Ze leefden aan de oppervlakte, in een MTV- en CNN-wereld van de afgelopen vijf minuten. 'Nu' was alles. Ze hadden geen besef van 'toen', maar wentelden zich rond in een eeuwigdurend heden.

Het boekje op de tafel was een recent academisch artikel dat die ochtend bij de post had gezeten. Hij had er on line een synopsis van gelezen en had een exemplaar van de volledige tekst besteld voor nadere inspectie. Hoewel het een zeer specialistisch onderwerp was, was hij ruimschoots in staat om het volledig te begrijpen. Hij had vele jaren lang met grote zorgvuldigheid gelezen over onderwerpen die hem interesseerden: genetica, antropologie, prehistorische culturen. Hij was al heel jong van school gegaan, maar hij was intelligent en had een boel geleerd van het leven. Zijn eigen leven en dat van andere mensen. Wat andere mensen in uiterste nood zeiden. Vaak vond je daar een hoop waarheid, als je het stadium van smeken eenmaal voorbij was, als je dat stadium had bereikt waarin het lichaam sprak zonder tussenkomst van de geest.

Voordat hij ging lezen stond hij op, liep een paar meter van zijn stoel vandaan en deed drie sets push-ups. Een set met zijn handpalmen plat op de vloer, op schouderafstand uit elkaar. Een set met zijn palmen weer plat op de grond, maar verder uit elkaar. En tot slot een set met zijn handen weer dicht bij elkaar maar nu tot vuisten gebald, de knokkels op de vloer. Honderd push-ups per set, met korte tussenpozen.

Hij transpireerde er amper van. Hij was tevreden.

Sarah Becker hoorde het gedempte geluid van de afgemeten inspanningen van de man beneden, maar probeerde niet eens te verzinnen wat dat geluid kon zijn. Ze wilde het niet weten. Ze wist niet hoe laat het was, en ook daar had ze geen behoefte aan. Haar innerlijke klok zei dat het dag moest zijn, middag misschien. In sommige opzichten was dat nog erger dan wanneer het nacht was. 's Nachts gebeurden er erge dingen. Dat viel te verwachten. Mensen waren bang in het donker omdat het alleen 's nachts donker was, en als het nacht was kwamen er enge dingen om je te pakken. Zo zat het leven in elkaar. Overdag moest het beter zijn. Overdag ging je naar school, at je je middageten en was de lucht blauw en was het allemaal behoorlijk veilig zolang je maar niet naar plekken ging waar arme mensen woonden. Als het overdag ook al niet meer veilig was, dan wilde ze daar niet over nadenken. Ze wilde het niet weten.

Als ze haar nek uitstak, kon ze met haar voorhoofd net bij de bovenkant van de ruimte waarin ze woonde. Het was er pikdonker. Ze lag op haar rug en kon haar handen en voeten zowat vijf centimeter alle kanten uit bewegen. In die houding lag ze al een hele tijd; naar haar schatting minstens vier dagen, misschien zes. Ze herinnerde zich niets uit de periode tussen het moment dat ze op 3rd Street Promenade zat en het moment waarop ze hier plat op haar rug lag met een smal venstertje voor haar gezicht. Na een paar ogenblikken was haar duidelijk geworden dat ze het plafond van een kamer zag, en dat het venstertje een gat was in de vloer waaronder ze lag, in een ruimte die maar heel ietsjes groter was dan zijzelf. Het venster in de vloer was circa twaalf centimeter lang en tien centimeter breed, en liep van iets boven haar wenkbrauwen tot vlak onder haar mond.

Ze was gaan gillen, en na een tijdje was er iemand binnengekomen. Die had wat tegen haar gefluisterd. Ze had nog even gegild, en daarna had hij een luikje in het gat in de vloer gedaan. Ze had zijn voetstappen horen verdwijnen, en sindsdien was er maar één ding gebeurd. Sarah was wakker geworden toen ze lag te dommelen, voor haar gevoel moest het avond zijn, en had gemerkt dat het luikje boven haar gezicht weer weggehaald was. De kamer boven haar was bijna donker, maar ze kon nog net de omtrek zien van het hoofd van iemand die naar haar zat te kijken. Ze probeerde met de man te praten, te smeken, uit te vinden wat hij wilde, maar hij had niets gezegd. Na een tijdje was ze opgehouden en moest ze huilen. De hand van de man werd zichtbaar, met een beker. Hij goot er water uit, op haar gezicht. Eerst had ze geprobeerd haar hoofd om te draaien, maar toen had ze beseft wat een vreselijke dorst ze had. Ze had haar mond opengedaan en zoveel mogelijk water ingeslikt. Daarna had de man het luikje teruggelegd en was hij weggegaan.

Een onduidelijke hoeveelheid tijd later was hij teruggekomen en had het gesprek over Ted Bundy plaatsgevonden. Ditmaal had ze het water gedronken.

Na verloop van tijd was haar hoofd helderder geworden toen het verdovende middel dat hij haar gegeven moest hebben, uitgewerkt raakte. Het nadeel daarvan was dat haar aanvankelijke gevoel van zweverige onverschilligheid moeilijker te handhaven bleek. Ze had geprobeerd het luikje met haar neus en tong weg te duwen, ze had haar nek in alle bochten gewrongen, maar de plaatsing van het luikje was zorgvuldig gepland en ze kon er niets aan veranderen. Net als de ruimte zelf was het luik helemaal ontworpen voor iemand van haar lengte, bijna alsof het speciaal voor haar gemaakt was. Sarah verkeerde in prima conditie, ze deed aan rollerskaten en was sterker dan de meeste meisjes van haar lengte. Toch had ze geen enkele invloed kunnen uitoefenen op de ruimte waarin ze zich bevond, en had ze haar pogingen gestaakt. Haar vader zei vaak dat de problemen die veel mensen in hun leven tegenkwamen, ontstonden doordat ze te veel energie besteedden aan dingen die ze toch niet konden veranderen. Ze was nog niet oud genoeg om precies te begrijpen wat hij daarmee bedoelde, maar letterlijk genomen snapte ze het. Het leek wel eeuwen geleden dat ze iets gegeten had. Zolang niet duidelijk werd of er een nieuwe bron van energie aangevoerd zou worden, had het geen zin om haar laatste krachten te verspelen. Verzet was zinloos. Dus lag ze stil en dacht ze aan Nokkon Wud.

De heer Wud was iets dat zij en haar vader verzonnen hadden. Althans, ze dachten dat ze hem verzonnen hadden. Hij was een indirect gevolg van iets wat Sarahs moeder had gezegd. Zoë Becker geloofde in veel. Nou ja, misschien geloofde ze er niet echt in, maar ze nam geen risico. Astrologie? Ja, uiteraard is dat onzin, maar het kan geen kwaad om eens te informeren en je staat ervan te kijken hoe vaak het klopt. Feng shui? Gewoon gezond verstand uiteraard, maar zo'n windgong ziet er leuk uit en klinkt plezierig, dus je kunt er net zo goed een aanschaffen. En als een bepaald soort vogel je pad kruist, wat volgens sommige mensen weleens een slecht voorteken kon zijn, dan kun je rijmpjes opzeggen en bepaalde handgebaren maken die geen enkel kwaad kunnen.

Zoals zo vaak gebeurt binnen een gezin, had Zoë haar bijgelovigheid niet van haar moeder, maar van haar grootmoeder geërfd. Haar moeder was een nuchtere uitgeefster geweest die voornamelijk in joggen geloofde. Michael Becker had geen goed woord over voor dit soort formules en tekens, en zijn dochter ook niet. De heer Wud was ontstaan als een privégrapje van hun tweeën, een reactie op het bijgeloof dat Michael Becker het ergst tegen de muren opjoeg. Telkens wanneer iemand in de familie iets zei dat ook maar in de verste verte kon worden opgevat als een verzoeking van de goden, zei Zoë Becker meteen: 'Knock on wood' – even afkloppen. Dat ging even snel en automatisch als wanneer je 'proost' zegt als iemand heeft geniesd. Als iemand zei: 'Zo zal ik nooit worden,' dan zei zij: 'Even afkloppen,' en sloeg ze even met haar knokkels op de tafel. Als iemand zei: 'Mijn vader is kerngezond,' dan zei ze het. Steeds zachter zei ze het, naarmate ze zich bewust werd van het feit dat haar echtgenoot dit een mateloos irritante gewoonte vond; maar ze bleef het zeggen. Ze zei het zelfs, en dit was het soort situaties waarin haar man wel een stuk uit de piano zou willen bijten, als iemand iets zei in de trant van: 'Ik heb nog nooit een been gebroken.' Michael Becker argumenteerde dan dat dit gewoon een feitelijke mededeling was, die niet betekende dat je je middelvinger opstak naar het Lot. Het was een vermelding van een controleerbare werkelijkheid, en het was bespottelijk om zoiets af te kopen met een bijgelovige mantra. Je zei toch ook niet, merkte hij geduldig op: 'Tweemaal twee is vier – afkloppen'? Waarom zou je het dan wel zeggen bij andere onomstotelijke feiten? Het was een onverklaarbare gewoonte en op zichzelf al amper draaglijk wanneer je zoiets zei na een verklaring die blijk gaf van hoogmoed tegenover het werelds potentieel om je kwaad te doen. Maar als het goddomme om een feit ging...

En dan luisterde Zoë, zoals ze al zo vaak had geluisterd. En wees erop dat dit een oud gebruik was in vele delen van de wereld – bijvoorbeeld in Engeland en Australië – en dat er iets in kon zitten, omdat bomen macht hebben. En het kon sowieso geen kwaad. Dan knikte Michael, liep zachtjes de kamer uit en ging een stuk uit de piano zitten bijten.

Sarah was het in dit opzicht met haar vader eens, en in de loop der jaren hadden ze de figuur Nokkon Wud in het leven geroepen. Een kwade geest, waarschijnlijk van Scandinavische herkomst, die als enige taak had om te luisteren of mensen ergens de schikgodinnen tartten door ondoordachte feitelijke mededelingen. Dan daalde hij met grote snelheid in het holst van de nacht neer in het huis van die mensen en gaf hun leven een akelige wending. Je kon je maar beter niet al te goed voelen als Nokkon in de buurt was, want daar kwam hij geheid achter en dan zwaaide er wat.

In de loop der jaren had dit geleid tot hun gebruikelijke afscheidswoorden, waarbij ze elkaar op hartelijke toon een of andere akelige ziekte toewensten zodat Nokkon het zou horen en weten dat zijn tussenkomst niet nodig was in hun leven. Het was ook nuttig gebleken toen Melanie, Sarahs zusje, een jaar geleden nachtmerries begon te krijgen. Op voorstel van Sarah had Michael haar verteld dat dat Nokkon Wuds werk was. Dat hij langs het bed vloog en keek of er nog mensen waren die hij kwaad kon doen. Het enige dat Melanie hoefde te doen, was een rijmpje opzeggen – dat haar vader heel wat tijd en moeite had gekost, met meer weggegooide versies dan de meeste scripts waarmee hij zijn geld verdiende – en dan wist Nokkon Wud dat hij hier niet nodig was en kon hij iemand anders gaan lastig vallen. Melanie had deze oplossing geprobeerd, eerst aarzelend maar al gauw zei ze het rijmpje iedere avond voordat ze naar bed ging op – en na verloop van tijd bleven de nachtmerries weg en maakte het niet meer zoveel uit of haar kastdeuren echt helemaal potdicht zaten. Haar moeder keurde het grapje niet echt goed, en riep Nokkon nooit zelf aan, maar glimlachte soms wanneer Nokkons naam viel. Hij verklaarde dingen over de wereld en maakte nu deel uit van *Dark Shift* als een van de terugkerende kleine demonen die de heldin steeds lastig vielen. De partner van haar vader had niet veel voor dit idee gevoeld, en had vele vragen gesteld bij *skillsets* en *backstory*, maar Michael had hem erin gelaten.

Terwijl Sarah onder de vloerplanken lag van een huis dat werd bewoond door iemand die gek was, vroeg ze zich af of haar moeder dan misschien toch gelijk gehad had. Misschien was er inderdaad zo'n monster, zo'n geest. En misschien had hij geweten dat ze de spot met hem dreven, dat ze te zelfingenomen geweest waren. En misschien was hij daar boos om geworden. En misschien was hij haar wel komen halen, en kwam hij nu in het donker naar haar kijken omdat hij geen gezicht had onder het masker dat hij had opgezet om haar te ontvoeren.

Sarah lag stil, met haar ogen wijd open.

Het artikel, met de titel 'The Krüniger Plot and Mittel-Baxter Society', bevatte het verslag van een archeologisch onderzoek dat recentelijk had plaatsgevonden in een deel van Duitsland dat de man niet kende. Hij had het in zijn atlas opgezocht en vastgesteld dat het te ver bij zijn contactpersonen uit de buurt lag om er persoonlijk te gaan kijken, en daarom moest hij zich tevredenstellen met de informatie in het artikel.

Niet ver van de overblijfselen van een nederzetting uit het Neolithicum was een begraafplaats ontdekt. Uit koolstofdatering van de skeletten, samen met daaruit voortvloeiende bewijzen aan de hand van persoonlijke bezittingen in enkele van de graven, was gebleken dat de nederzetting stamde uit de tweede helft van het achtste millennium voor Christus. Tienduizend jaar oud. De man was een tijdje blijven zitten om die gedachte tot zich door te laten dringen, en hij had zich een beeld gevormd van die dwarsdoorsnede van de tijd. Lang voordat de tegenwoordig herkenbare talen werden gesproken, lang voordat de piramides waren gebouwd – tenzij je de beweringen van new-agearcheologen geloofde, gestoeld op selectieve bewijsvoering en magere prognoses – hadden deze mensen geleefd, waren ze gestorven en in de aarde gelegd, hadden ze de liefde bedreven en gegeten en hun afvalstoffen op de grond gescheten. De man nam een slokje van zijn koffie en zette de kop precies zo op het tafeltje terug, zodat hij opnieuw maar net in evenwicht was. Toen las hij verder.

Er waren vijfentwintig stel botten gevonden. Vrouwen tot aan de vroege middelbare leeftijd, een paar mannen van late puberteit tot voor in de twintig en één oudere man. In uitvoerige bijlagen werd de toestand van ieder skelet gedetailleerd beschreven en werden de technieken uiteengezet aan de hand waarvan de leeftijd was bepaald, evenals de voedseltechnische en milieukundige omstandigheden waaronder deze mensen hadden geleefd. De auteurs van het artikel merkten op dat de skeletten in een rastervorm waren geplaatst, een georganiseerd grafsysteem dat in die periode nergens anders in Europa was aangetroffen. Ze gaven diagrammen om aan te tonen dat de oriëntatie van het raster in overeenstemming was met wat tot nu toe was gebleken over de belangstelling in die periode voor zomer- en winterzonnewende, en goddank werd een uitweiding richting primitieve astronomie vermeden. In plaats daarvan leverden ze een reeks argumenten om aan te tonen dat deze grafindeling verdere bewijzen vormde voor een stelling die ze een paar jaar geleden ingenomen hadden: dat dit bepaalde deel van Duitsland de bakermat was geweest van een hybride vorm van sociale structuur die ze de Mittel-Baxtergemeenschap hadden genoemd (want zo heetten de auteurs), een kleine en zeer lokale cultuur van gering academisch belang en met verwaarloosbare betekenis op de lange termijn.

De man las het artikel zorgvuldig helemaal door en werkte zich vervolgens door de bijlagen heen. Nadat hij de rapporten had gelezen over de skeletten van de andere doden, waarbij hij af en toe knikte als hij een wel zeer goed beargumenteerde conclusie tegenkwam, belandde hij bij de sectie over de oudere man die op de nederzetting was aangetroffen. De ligging van zijn skelet – exact in het midden van een raster van vijf bij vijf meter – suggereerde dat hij hier als eerste was begraven, en de auteurs voerden overtuigende bewijzen aan dat dit inhield dat de man een belangrijke rol had gespeeld binnen het nabijgelegen dorp. Verder concludeerden ze dat hij was geboren in een ander deel van het land, aangezien de bilaterale putjes aan de binnenkant van zijn oogkassen – een conditie die bekendstond als *cribra orbitalia* – een aanduiding vormden voor het feit dat hij een groot deel van zijn leven had geleden aan ijzergebrek. De hoeveelheid ijzer in de vegetatie wordt bepaald door de bodemgesteldheid van de grond, en de ijzeropname wordt bepaald door de aanwezige hoeveelheid lood; mensen uit verschillende streken zullen dus opvallende variaties van deze conditie vertonen. Dwarsdoorsneden van het gebit van de man en de daaropvolgende analyse van de gehaltes aan lood- en strontiumisotopen hadden hen in staat gesteld om hem te plaatsen in een gebied dat meer dan vierhonderd kilometer verderop lag. In een voetnoot werd opgemerkt dat een schedellaesie getuigde van een klap op het hoofd die niet fataal gebleken was – want de schade die aan het botweefsel was toegebracht, was lang voor het overlijden van de man hersteld. De auteurs speculeerden dat dit het gevolg geweest kon zijn van een oorlog of een machtsstrijd, en dat hieruit bleek dat de man een lang en opwindend leven had geleid. En man die, zo speculeerden de auteurs op provocerende toon, misschien wel persoonlijk verantwoordelijk was geweest voor de overdracht van de Mittel-Baxter-cultuur naar een voorheen onbeschaafde en achterlijke streek, en wiens lokale betekenis dan ook bleek uit de wijze waarop hij begraven was.

Dit deel las de man nog een keer door, en daarna sloot hij het boekje in zijn schoot. Hij was meer dan tevreden. Dit was tot nu toe de allerbeste, veel beter en veel, veel ouder dan de zeven prehistorische begraafplaatsen die vlak bij elkaar hoog op de Nazca-vlakte in Cahuachi waren ontdekt, elk skelet met fossiele uitwerpselen in de mond. Hij had medelijden met Mittel en Baxter, hoewel hij het onwaarschijnlijk achtte dat de volledige stupiditeit van hun conclusies ooit aan het licht zou komen. Misschien zouden ze dankzij deze publicatie zelfs wel een vaste aanstelling krijgen aan een of andere achterlijke universiteit in de rimboe waar ze nu al werkten. Hij kon, nam hij aan, contact zoeken en ze uit hun droom helpen. Hij betwijfelde echter of men hem zou geloven, hoewel de waarheid in dit opzicht meer dan in het oog sprong. Archeologen waren erger dan de meeste anderen als het ging om het beoordelen van bewijsmateriaal op basis van reeds bestaande vooraannames. Het maakte niet uit of ze eerlijk speelden, zoals Hancock en

Baigent, of dagloners waren als Klaus Mittel en George Baxter: ze zagen wat ze wilden zien, en meer niet. De traditionalisten zagen de ceremoniële paden, de *new agers* zagen hun buitenaardse landingsbanen; terwijl beide opvattingen onder individuele omstandigheden natuurlijk absurd waren. Soms hadden ze gelijk, maar ze wisten niet eens wanneer – want in hun eigen optiek hadden ze altijd gelijk. Alleen als je bereid was de bewijzen nuchter te bekijken, kon je een betrouwbare benadering van de werkelijkheid simuleren.

De schedellaesie duidde inderdaad op een hoofdwond, maar die was veel belangrijker dan Mittel en Baxter beseften: een wond uit de vroege jeugd, diep genoeg om een deel van het brein te doen ontwaken dat bij de meeste mensen helaas in slaap bleef. Het bewijs van de *cribra orbitalia* was ook niet alleen van belang met betrekking tot de geografische positionering. Vaak had dit inderdaad te maken met ijzergebrek, en soms met bloedarmoede die aangeboren of hemolytisch van aard was, maar de reden hiervoor kon ook veel belangwekkender zijn. Dit kon ook komen door blootstelling aan grote hoeveelheden lood. Dat was, wist de man, geenszins een kwestie van 'vergiftiging', maar van een gift die samen met andere factoren kon leiden tot wijzigingen op genetisch niveau, wijzigingen die onderdrukte delen van het menselijk genoom wakker maakten en die in staat stelden, zich te manifesteren.

De grootste fout was echter niet Mittel en Baxters verkeerde interpretatie van het forensisch bewijsmateriaal, maar het feit dat ze geen kans hadden gezien om de ware aard van de vindplaats te beoordelen. De man in het midden van het grafraster was niet als eerste gestorven. Natuurlijk niet. Hij was als laatste gestorven. Op een zelfgekozen moment en door zijn eigen hand.

In het middelpunt van zijn creatie.

Hoofdstuk 14

De makelaar leunde op zijn ellebogen naar voren, opende zijn mondje en sprak.

'En in wat voor prijsklasse zocht u? Weest u alstublieft eerlijk. Ik weet dat we nog maar pas aan het begin van onze relatie staan, meneer, eh, Lautner, dat dit de dageraad is van onze zoektocht naar een mogelijke verblijfplaats voor uzelf, maar ik wil open kaart met u spelen en u zeggen dat we eerder tot een wederzijds bevredigende modus kunnen komen als ik exact weet hoeveel u momenteel zoudt willen spenderen aan de aanschaf van onroerend goed.'

Hij leunde achterover en gluurde me triomfantelijk aan, blijkbaar zeer tevreden dat hij zijn kaarten open en bloot op tafel had gelegd. Deze vent hoefde je niets wijs te maken, concludeerde ik ietwat vermoeid. Als ik maar acht dollar en nog wat te besteden had, of als ik misschien een ruilhandeltje voorstelde met kralen en spiegels, dan wilde hij dat meteen weten. Hij was van middelbare leeftijd, mager met rood haar, en zijn naam – bijna ongeloofwaardig – bleek Chip Farling te zijn. Ik had al een aantal bijzonder vergelijkbare types gesproken, en mijn verdraagzaamheid werd steeds geringer.

'Ik zou het willen houden bij zes,' zei ik energiek. 'Voorlopig. Vinden we iets bijzonders, dan kunnen we natuurlijk altijd hoger gaan.'

Hij glunderde. 'En dat dan volledig à contant?'

'Inderdaad.' Ik glimlachte terug.

Chips hoofd begon te deinen en zijn nette, kleine handjes verschoven wat papiertjes op zijn bureau. 'Mooi,' zei hij, nog steeds hoofdknikkend. 'Prima. Dat geeft ons wat speelruimte.'

Toen priemde hij een vinger mijn kant uit. Ik fronste mijn wenkbrauwen, maar besefte al gauw dat dit pas een voorbode was van zijn volgende handeling, die inhield dat hij zijn hand naar zijn kin bracht en daarover wreef terwijl hij met geslepen blik voor zich uit staarde. Dit vatte ik op als een teken dat hij nadacht.

Na circa een halve minuut keerde zijn blik terug. 'Oké. Aan het werk.'

Hij veerde op achter zijn bureau en liep met ferme tred en knippend met zijn vingers naar de andere kant van zijn kantoor. Ik zuchtte boven mijn koffie en maakte me op om te wachten.

Ik was natuurlijk eerst naar UnRealty gegaan. Dat zat dicht. Via een briefje op de deur werden de mensen bedankt voor hun klandizie en werd uitgelegd dat de zaak dichtging wegens overlijden van de eigenaar. Er werd nog net niet bij gezegd dat diens erfgenaam namelijk een eikel was. Ik boog me naar het raam toe en tuurde naar binnen. Het maakt niet uit of de bureaus en dossierkasten er nog zijn, of de computers nog op hun plek staan en de jaarkalender van de plaatselijke printerette nog aan de muur hangt, met de vakantieperiodes stevig ingekleurd door de meest achterlijke medewerker; je kunt met één blik zien of een bedrijf nog lucht in z'n longen heeft. Bij UnRealty was dat niet het geval. Dat had ik natuurlijk wel geweten, maar toch stond ik als aan de grond genageld bij de aanblik. Ik besefte dat ik niet eens had nagedacht over de vraag of mijn vaders beslissing over UnRealty verklaarbaarder was geworden door de ontdekkingen van de afgelopen twee etmalen. Die gedachte kon ik werkelijk nergens heen sturen.

Dus verplaatste ik in plaats van die gedachte mijn lichaam, en begaf me te voet naar alle makelaardijen die ik vinden kon. De status van een klein plaatsje is af te meten aan het aantal makelaardijen dat je er vindt. In Cowlick, Kansas, zul je heel goed moeten zoeken. Daar wil iedereen weg, niet hééń, en de enige voorwaarde is dat dat vertrek niet plaatsvindt tussen vier planken. Als het even kan. Ergens waar gemiddelde welvaart heerst, zul je temidden van de andere bedrijven een of twee kantoren aantreffen, als satellieten rond een planeet. In een plaats als Dyersburg struikel je over de makelaars. In zo'n stadje worden sjaals en galeries en restaurantjes verkocht, maar bovenal wordt er een idee verkocht: het idee dat je het hele jaar zo zou kunnen leven, dat jij een van de mensen kunt zijn die een stuk van dat fraaie land afhakken en er een groot hek omheen zetten; dat ook jij in een op maat gebouwde blokhut met een torenhoog plafond zou kunnen zitten, je een voelen met God en zijn engelen. Overal in Amerika graven de rijken hun geheime holletjes uit. Ranches waar voorheen vee graasde of schoonheid heerste, worden nu opgekocht en gesplitst in percelen van vele hectares, waar je kunt genieten van het verbijsterende uitzicht en het feit dat je buren ook 'ons soort mensen' zijn. Niet dat ik hier iets negatiefs mee bedoel. Ik wil zelf ook zo'n uitzicht, ik wil zelf ook zo'n leven, veilig omarmd door de bergen in een van de mooiste landschappen ter wereld. Alleen wat daarbij hoort, daar heb ik geen zin in. Het golfen. Het aandeel in een Lear-jet. Mijn sigaren in een humidor. De kleurloze, wanhopig smaakloze robots die op die golfclubs en in die huizen zitten: stoere mannen met getaande wangen en een stevige handdruk, vrouwen met staalharde ogen en chirurgisch ingesnoerde wangen; gesprekken die voor een derde uit hebzucht en voor twee derde uit zelfvoldaanheid bestaan, met drie delen griezelige stilte. Volgens mij zou ik daar gek van worden.

Even later dook Chip weer op met een handvol prospectussen en twee videobanden. 'Meneer Lautner?' zei hij ademloos. 'Tijd om op zoek te gaan naar uw droom.'

Plichtmatig keek ik naar de banden en vergat niet om af en toe even door een geluid of een gelaatsuitdrukking blijk te geven van belangstelling. Ik vond niets dat ook maar in de verte leek op wat ik zocht. Toen bladerde ik door de brochures, waarin namaakblokhutten te koop werden aangeboden, met interieurs die ontworpen moesten zijn door een cowboy die stoned was, of fonkelende witte dozen van zo'n modernistische steriliteit dat ze eruitzagen alsof iemand ze op de maan had ontdekt. Het enige dat van pand tot pand verschilde was de lachwekkendheid van de prijzen, en zelfs die verschilden niet heel erg veel. Zo was het bij de vorige makelaars ook gegaan. Ik wilde net vriendelijk om Chips kaartje vragen en weggaan, misschien Bobby bellen om te kijken hoe die vorderde, toen ik, verborgen tussen al het glanzende advertentiemateriaal, een enkel blaadje papier vond.

'The Halls,' stond erop, in een aantrekkelijk lettertype. 'Voor mensen die meer verlangen dan een thuis.'

De tekst beschreef, in drie eigenaardig ingetogen alinea's, een klein project in het Gallatin-gebergte. *Ski-in, ski-out* faciliteiten, uiteraard. Discrete ligging aan einde van weg, vanzelfsprekend. Vijftig hectare bergland, ontwikkeld tot een leefomgeving die zo perfect was dat Zeus zelf er waarschijnlijk zó van tekening een appartementje had gekocht. En toch was de tekst geen wanhopige verkooppoging. Er stonden geen foto's bij, geen prijs... en dat prikkelde mijn interesse nog verder.

Ik pakte een van de andere brochures, min of meer willekeurig, en keek alleen of het een duur huis was.

'Dit lijkt me wel wat,' zei ik.

Chip keek en knikte verrukt. 'Dat is een snoepje,' zei hij.

'En als we dan toch in de buurt zijn,' voegde ik daar terloops aan toe, 'dan zou ik hier ook weleens willen kijken.'

Ik schoof het blaadje over het bureau naar hem toe. Hij wierp er een blik op, vouwde zijn handen en keek me aan.

'Bij The Halls, meneer Lautner,' zei hij oordeelkundig, 'gaat het voornamelijk om exclusiviteit. We hebben het hier werkelijk over de hogere prijsklassen. Dan is zes miljoen niet genoeg. Lang niet genoeg.'

Ik schonk hem mijn beste, mijn rijkste glimlach.

'Zoals ik al zei. Laat maar eens iets bijzonders zien.'

Een uur later luisterde ik naar Chips golfverhalen. En weer. En nog steeds. Die zou ik, naar ik begon te vrezen, voorgoed moeten aanhoren. Aan het begin van de rit, nog voordat we goed en wel Dyersburg uit waren, had hij me aan de tand gevoeld over mijn eigen enthousiasme voor dit spel. Ik had botweg toegegeven dat ik niet golfde maar had daar gelukkig niet aan toegevoegd: 'Waarom zou ik in godsnaam?' Hij staarde me zo lang aan en met een blik van zulk verbijsterd onbegrip dat ik zei dat ik van plan was ermee te beginnen zodra ik gesetteld was; dat deze ambitie in feite een van de belangrijkste redenen was waarom ik op zoek was naar een huis in deze omgeving. Daarop had hij langzaam geknikt en zich opgeworpen om me een snelcursus te bieden over het gehele spel. Volgens mijn berekening kon ik het nog een kwartier aanhoren, en daarna zat er niets anders op dan hem in koelen bloede te vermoorden.

Ik had de rondleiding door het huis in Big Sky al verduurd. Met zijn Sub-Zero ingebouwde apparatuur en zijn Hondurese essenhouten vloer en zijn schouw, die door een of andere halve gare van grote kiezels was gebouwd. Uiteindelijk had ik zwijgend mijn hoofd geschud. Chip had me bemoedigend op de schouder geklopt – we waren intussen dikke vrienden aan het worden – en we dromden terug naar de auto. We reden terug naar de hoofdweg en volgden die verder de bergen in, waarbij Chip me zijn eigen mening gaf over twee minieme foutjes in het spel van Tiger Woods, die volgens hem te maken hadden met raciaal temperament. De hemel, die die ochtend blauw was geweest, had nu dezelfde kleur als de weg. De rivier de Gallatin stroomde koud en snel links van ons. Aan de andere kant lag een smalle vallei vol bomen. Aan weerszijden rezen de bergen steil op, een eerste beginnetje van de Rocky Mountains. Als je eindeloos in deze richting doorreist, kom je uit op een hoogvlakte waar je in oostelijke richting kunt afslaan naar Yellowstone Park, de krater van een supervulkaan in ruste die zeshonderdduizend jaar geleden voor het laatst tot uitbarsting is gekomen. Sindsdien heeft zich gesmolten steen verzameld in de holten daaronder, en mijn vader had me ooit verteld dat er volgens plaatselijke legendes een zwak gonzen te horen is aan de oevers van het Yellowstone-meer – het geluid van de druk die langzaam, diep in de rotsen, aan het groeien is. Blijkbaar kan de hele zaak op een dag afgaan, zodat we met één klap terug belanden in het Stenen Tijdperk, wat natuurlijk sneu zou zijn. Maar na een uurtje met Chip had ik het gevoel dat ik zo'n ontploffing zelf kon veroorzaken, gewoon vanwege het geknetter dat uit mijn hoofd moest klinken.

Dertig kilometer verderop zette Chip de auto aan de rechterkant van de weg. Naar aanleiding van niets, voor zover ik kon bekijken. Hij sprong naar buiten en holde naar het hek, waar een klein, onopvallend poortje in bleek te zitten. Dat verbaasde me. Big Sky had, zoals gebruikelijk bij zulke huizen, een enorme entree gehad, met bomen die al behoorlijk omvangrijk geweest moesten zijn in de tijden dat niemand in de buurt ooit van de Farlings gehoord had. Dit poortje zag eruit alsof het bij een ventweg hoorde. Chip leunde naar rechts over, en ik zag zijn lippen bewegen. Ik zag dat in de paal van het hek een intercom was ingebouwd. Hij rechtte zijn rug en bleef even met geheven gezicht staan wachten. Er waren een paar regenspettertjes gaan vallen. Toen draaide hij zich om, luisterde ergens naar en liep terug naar de auto.

Tegen de tijd dat hij zijn riem weer om had, was de poort opengezwenkt. Chip reed erdoorheen en meteen begon het hek weer dicht te gaan. Hij stuurde ons over een spoor dat daarachter lag, twee hobbelige lijnen platgereden gras. Hij reed behoedzaam, maar toch werd ik door elkaar geschud. Ik grijnsde. 'Nogal landelijk hier, nietwaar?'

Hij glimlachte. 'Wacht maar af.'

Het pad liep een halve kilometer door, maakte een bocht en leidde naar een dicht bos. Toen we daaromheen waren, veranderde het wegdek plotseling. In plaats van twee uitgesleten sporen tussen het struikgewas door lag er nu een smalle, maar keurige asfaltweg voor ons. Ik draaide me snel om en zag dat de hoofdweg nu onzichtbaar was, verdwenen achter de bomen.

'Slim gedaan,' zei ik.

‘Bij The Halls is niets aan het toeval overgelaten,’ dreunde Chip. ‘Diegenen die hier willen wonen, kunnen rekenen op de allerhoogste vorm van privacy.’

Het pad boog weg van de rivier en kronkelde verder achter een rotsblok voordat het steil een heuveltje opliep, steeds verder weg om vanaf de straat onzichtbaar te blijven. Binnen enkele minuten was het amper te geloven dat er ooit een snelweg was geweest. Iemand had serieus nagedacht over The Halls. Ik was lichtelijk onder de indruk. ‘Hoe lang is dit hier al?’

‘Ze zijn zeven jaar geleden begonnen met de ontwikkeling,’ antwoordde Chip, terwijl hij door de voorruit tuurde om ondanks de regen nog iets te kunnen zien. ‘Jammer dat je het niet bij beter weer te zien krijgt. En een sneeuw dat hier valt! Dan denk je echt dat je dood bent en in de hemel zit.’

‘Heb je er al veel verkocht?’

‘Nog niet een. Er zijn maar tien appartementen beschikbaar, en ze hebben geen haast bij de verkoop van de laatste paar. Eerlijk is eerlijk, die brochure helpt natuurlijk ook niet echt. Ik zei nog zo dat ze er plaatjes bij moesten doen.’

We naderden nu de top van een heuvel. In een lange reeks haarspeldbochten waren we minstens tweehonderd meter gestegen.

‘Geen van de andere makelaars die ik heb gesproken, leek hiervan op de hoogte te zijn.’

Chip schudde zijn hoofd. ‘Wij hebben het alleenrecht. Althans, sinds kort.’

Hij knipoogde, en heel even ving ik een glimp op van de man die de heer Farling moest zijn als hij ’s avonds de deur achter zich dichttrok. Ik wendde me af en wist plotseling heel zeker dat het een goed idee was geweest om me niet onder mijn eigen naam voor te stellen. Ik kreeg het gevoel dat Chip de naam Hopkins eerder herkend zou hebben dan die van een dode architect uit Los Angeles, al hadden de gebouwen van die laatste dan gefigureerd in talloze films.

We sloegen een laatste bocht om en er werd een poort zichtbaar. Geen houten poort, maar een die was opgebouwd uit enorme rotsblokken en boven op een heuveltje stond, zodat je niet kon zien wat daarachter lag. Toen we dichterbij kwamen, zag ik dat er met de hand de woorden THE HALLS in uitgebeiteld waren, in hetzelfde lettertype als op hun verkoopblaadje.

'We zijn er,' tjilpte Chip ten overvloede.

Aan de andere kant van het heuveltje maakte de weg een scherpe bocht naar links. Ik ving een glimp op van een rij hogere bergpieken een kilometer verderop, maar die ging schuil achter een nieuwe rij bomen. Daarachter lag een schutting die zich in beide richtingen uitstrekte. Een bijzonder hoge schutting die alles wat daarachter lag, onzichtbaar maakte. Het begon steeds harder te regenen en de hemel zag eruit alsof hij ieder moment kon barsten, zo zwart.

'De baan ligt aan de andere kant,' zei Chip, die naadloos overging op de automatische piloot. 'Negen holes, ontwerp van Nicklaus *père et fils, bien sûr*. Uiteraard in dit seizoen buiten gebruik, maar wat maakt het uit? Thunder Falls en Lost Creek liggen op enkele minuten hiervandaan. Stel je voor, het gemak van de allerbeste outdoorfaciliteiten op een korte rit van huis. Daar likt de meest kritische en verwende koper zijn vingers bij af.'

Zeg dat wel, dacht ik. En stel je eens voor dat ik mijn vinger in jouw neus steek.

'Dit is de ingang, hier,' zei Chip. Vanuit de schemering doemde een stel lage, houten gebouwen op. 'Clubzaal, een niet-roken bar, en een prima restaurant.'

'Heb jij daar al eens gegeten?'

'Nee. Maar naar verluidt is het er, eh, prima.'

Hij parkeerde naast de ingang van het gebouw, waar een rijtje bijzonder dure auto's stond. We stapten uit en hij ging me voor naar de deur. Ik probeerde om me heen te kijken, een indruk te krijgen van de rest van het project, maar door de regen viel niets te zien en we liepen snel door omdat het intussen hoosde.

'Kutregen,' prevelde Chip. Hij merkte mijn verbazing op en haalde verontschuldigend zijn schouders op. 'Sorry. De ergste vijand van de makelaar.'

'Wat – erger dan Latino's als buren?'

Hij lachte bulderend, klapte me op mijn rug en liet me voorgaan door de deur.

Binnen heerste grote kalmte. Links strekte zich een soort clubruimte uit, met leren stoelen rond donkerhouten tafeltjes. Er was niemand aanwezig. Aan het einde was een venster, dat op een mooiere dag waarschijnlijk een oogverblindend fraai uitzicht gaf. Vandaag was het niet meer dan een grijze rechthoek. Rechts was een grote haard, waarin een beschaafd vuurtje knetterde. Stilletjes op de achtergrond klonk Beethoven, een van de sonates voor viool en piano. De balie van de receptie was een gladde streep prachtig hout, en aan de wand daarachter hing een stuk 'kunst'. Chip drukte op een zoemer, en terwijl we stonden te wachten tot er iemand verscheen, stak ik mijn hand in mijn zak en drukte op een knop van mijn mobiele telefoon. Als de telefoon hier werkte, zou Bobby's telefoon nu overgaan. We hadden afgesproken dat ik dit zou doen als ik had gevonden waarnaar ik op zoek was.

En dat was zo.

Het inductieproces duurde een halfuur. Een slanke en aantrekkelijke vrouw van bijna middelbare leeftijd en verfraaid middels een coiffure die vele dollars gekost moest hebben, liet ons plaatsnemen in de lounge en verklaarde het heerlijks dat The Halls te bieden had. Ze droeg een keurig grijs pakje en had fonkelende blauwe oogjes en een prachtige huid, dus ik neem aan dat alles wat ze zei, de waarheid was. Ze noemde haar naam niet, wat ik eigenaardig vond. Bij Amerikaanse zakengesprekken geven we altijd meteen onze aanspreekvorm: meteen, zodra we elkaar de hand schudden. Een soort handvat. Je weet hoe ik heet, dus ik kan je alleen het beste wensen. Natuurlijk ga ik je geen poot uitdraaien; wat, ík, je vriend?

Het kernpunt van The Halls, zo legde mevrouw Naamloos uit, lag in het verlangen om de traditionele idealen van een 'gemeenschap' te reproduceren, maar dan beter. Er was te allen tijde personeel aanwezig om te assisteren bij wat dan ook, hoe esoterisch de taak ook was. De bewoners beschouwden deze staf blijkbaar als vrienden; ik neem aan dat heel bijzondere soort vriend dat zal doen wat je hem opdraagt, ongeacht het uur van de dag en de saai- of moeilijkheidsgraad van de opdracht. De chef van het restaurant had eerder gewerkt in een glamourtent in Los Angeles waar zelfs ik nooit van gehoord had, en de bewoners konden tussen negen uur 's ochtends en middernacht maaltijden laten thuisbezorgen. De wijnkelders, zo verzekerde ze me, gingen elk voorstellingsvermogen te boven. Alle huizen waren tot de nok toe geautomatiseerd, met standaard een doorlopende internetverbinding. Naast de veelgeprezen golfclub waren er ook een fitnessclub, een dinerclub en nog een paar clubs die ik niet meer weet. Het lidmaatschap van al deze clubs was verplicht voor de bewoners, en kwam op circa een half miljoen dollar. Per jaar. Per club. Terwijl dit alles me verteld werd, merkte ik dat Chip naast me energiek zat te knikken, alsof hij haast niet kon geloven wat een koopje dit allemaal was. Ik nam een slokje van mijn honderdste kop koffie van die dag – bij The Halls was het dan tenminste lekkere koffie – en probeerde niet bleek weg te trekken.

Tot slot merkte ze op dat binnen de gemeenschap nog drie huizen beschikbaar waren, met prijzen tussen elf komma vijf en veertien miljoen dollar; krankzinnig duur, zelfs voor zo'n absurd chique makelaardij. Ze rondde af met een hartverwarmende lofzang op de vreugden van het inwonerschap. Ik zag dat Chip in zijn hoofd aantekeningen maakte voor later gebruik.

'Cool,' zei ik, toen haar verhaal eindelijk ten einde was. Ik zette mijn koffiekop neer. 'Laten we dan maar eens gaan kijken.'

De vrouw staarde me beleefd aan. 'Dat zal uiteraard niet gaan.'

'Ik ben weleens eerder natgeregend,' verzekerde ik haar. 'Vaak zat. Ik ben zelfs een keer gaan zwemmen.'

'Het weer doet er niet toe. Maar we staan geen bezichtiging van The Halls toe voordat er een onderzoek is gedaan naar de geschiktheid van de kandidaat.' Ze wierp een blik op Chip, die zorgvuldig neutraal voor zich uitkeek.

'Geschiktheid,' zei ik.

'Financieel en anderszins.'

Ik trok mijn wenkbrauwen op en glimlachte vriendelijk. 'Pardon?'

'Wat mevrouw bedoelt, als ik even mag onderbreken,' zei Chip, 'is dat The Halls, zoals we onderweg al besproken hadden, veel prijs stelt op...'

'Ik heb het gehoord, ja,' zei ik. 'Mag ik dus aannemen, mevrouw...?' Ik liet een stilte vallen, maar nog steeds noemde ze haar naam niet. Deze vrouw maakte geen haast om mij tot vriend te maken. 'Mag ik dus aannemen dat ik niet verder kom dan dit vertrek zolang ik niet door een aantal hoepels ben gesprongen die u in de lucht steekt om te bepalen of ik al dan niet geschikt ben?'

'Dat klopt.' Ze glimlachte me stralend toe, alsof ik een kind was dat eindelijk, na lange en moeizame pogingen, had begrepen hoe de positie van de grote wijzer ten opzichte van de kleine kon worden gebruikt om te voorspellen wanneer het bedtijd werd. 'Zoals de heer Farling u duidelijk had moeten maken.'

'En welke vorm mag dit bewijs van geschiktheid dan wel aannemen?'

De vrouw stak haar hand in een map en haalde er een vel papier uit. Dat legde ze voor me neer met de woorden: 'Plaatsing van de volledige kosten van de gewenste aanschaf, plus voldoende fondsen voor lidmaatschap van de diverse clubs voor de komende vijf jaar, op een rekening met bankgarantie. Er worden geen hypotheken of andere deelbetalingswijzen geaccepteerd. U dient toegang te geven tot uw accountant of een andere door ons goedgekeurde vertegenwoordiger om een algemene financiële indruk te krijgen. Een bespreking van uzelf met de volledige raad van de gemeenschap, die bestaat uit de beheerders en een vertegenwoordiger van elk van de bezette percelen, met daarna indien nodig een vervolggesprek binnen een subcommissie. U dient twee belangrijke persoonlijkheden te benoemen – en met "belangrijk" bedoelen we dat deze een belangrijke positie bekleden binnen de algemene samenleving – aan wie de raad kan refereren met betrekking tot uw huidige en verleden situatie. Ervan uitgaande dat dit allemaal soepel verloopt, dan bent u welkom om kennis te maken met de subtielere facetten van het project, en om een keuze te maken.'

'U meent het.'

'Dat meen ik, kan ik u verzekeren.'

Ik probeerde te bluffen. 'Hebt u enig idee wie ik ben?'

'Nee.' Ze glimlachte, waarbij ze haar lippen tot een dunne lijn samenperste, een lijn als een net geheeld litteken. 'En dat is het hem nu juist.'

Ik was me er vagelijk van bewust dat de receptionist, een jongeman die veel tijd had doorgebracht in een fitnessclub, ons scherp in de gaten hield. Ik keek de vrouw een ogenblik aan en glimlachte toen naar haar.

'Uitstekend,' zei ik.

Na een korte aarzeling fronste ze haar wenkbrauwen. 'Pardon?'

'Dat is exact wat ik hoopte. De heer Farling heeft kennelijk prima ingezien waaraan ik behoefte heb.' Mijn stem klonk nu ietwat afgemeten, schijnbaar in overeenstemming met mijn nieuwe persoonlijkheid. 'In mijn positie heb je bepaalde zekerheden nodig, en ik kan tot mijn genoegen zeggen dat u daaraan voldoet.'

Mevrouw Naamloos begon weer vriendelijk te kijken. 'Dan zijn we het dus eens?'

'Inderdaad. Mag ik misschien de plattegronden van de beschikbare percelen inzien?'

'Uiteraard.' Ze greep weer in haar map en haalde er twee stapels papieren uit. Die vouwde ze op tafel uit, en snel bestudeerde ik ze. Het waren gedetailleerde en goed geannoteerde ontwerpen. Wat ik zag, interesseerde me boven verwachting.

'Interessant,' zei ik. 'Jammer dat ik ze momenteel niet in werkelijkheid kan bekijken, maar dit is beslist voldoende om mijn belangstelling te wekken.' Ik begon de tekeningen weer op te vouwen, maar besefte nog net op tijd dat iemand die zo rijk was, dergelijke klussen uiteraard aan iemand anders zou overlaten. Ik stond dus op. Dat ging zo abrupt dat ik hen beiden overrompelde, en haastig volgden ze mijn voorbeeld. Ik stak mijn hand uit naar de vrouw en schudde de hare energiek.

'Dank u voor uw tijd,' zei ik, alsof ik met mijn gedachten al elders was. 'Ik neem aan dat eventuele volgende vragen via de heer Farling kunnen gaan?'

'Dat is wel gebruikelijk, ja. Mag ik u vragen hoe u aan onze naam bent gekomen?'

'Vrienden,' zei ik. Ze knikte bijna onmerkbaar. Goed geantwoord.

Ik neeg even mijn hoofd en liep door de lobby naar buiten, zonder op Chip te wachten. Buiten bleef ik even onder de overkapping staan kijken naar de regen. Zelfs als ik die had willen trotseren, zag ik nu dat de gebouwen zo neergezet waren dat je van buitenaf onmogelijk een blik op de gemeenschap kon werpen. Chip had niet gelogen over die privacy.

Even later kwam hij zelf te voorschijn en liep met mij naar de auto. Terwijl ik instapte, zag ik dat er een ander voertuig de poort ingekomen was en snel doorreed naar de oprit. Het was een enorm, zwart monster, een soort terreinwagen. In een boog plonsde hij over het parkeerterrein en kwam een meter of zeven van ons vandaan tot stilstand.

Ik deed er zo lang mogelijk over om het portier te openen, in te stappen en te gaan zitten. Ik liet zelfs een voet aan de grond om het proces te vertragen. Toen ik mijn riem omdeed, kwam er een man naar buiten uit het gebouw dat wij zojuist verlaten hadden. Hij was ongeveer van mijn lengte, had blond haar en liep met vastberaden tred en gebogen hoofd. Geen moment keek hij ons aan, en ik kreeg een indruk van uitgesproken gelaatstrekken maar meer niet. Terwijl hij naar de auto liep, sprong er een man van achter het stuur naar buiten om de achterklep van de wagen te openen. Met zijn rug naar ons toe tilde de man er een tas in. Een grote tas, petroleumblauw van kleur. Er zat een luchtvaartbandje om het handvat, maar het opschrift kon ik niet lezen. Beide mannen stapten weer in de auto.

Intussen had Chip onze eigen auto gestart. Voorzichtig reed hij in zijn achteruit, maakte een bocht de oprit op en we lieten The Halls achter ons.

Het merendeel van de terugrit bleef Chip zwijgen. Ik kreeg het gevoel dat hij na mijn vertrek door Naamloos aan een verhoor onderworpen was, en dat hij zichzelf verweet dat hij geen duidelijker antwoord op haar vragen had kunnen geven. Wie ik was, bijvoorbeeld, en waar ik vandaan kwam. Zelfs ik wist dat dat de eerste dingen waren die een makelaar moest uitzoeken over een mogelijke klant, de aminozuren van het transactiegenoom. Mijn vader zei altijd, in zijn zeldzame spraakzame momenten, dat de weg naar iemands broekzak via zijn eigen hand loopt. Daar bedoelde hij mee dat je zoveel van hem moest weten dat je hem kon aanspreken op de manier waaraan hij gewend was.

Chip vroeg me wat ik vond van wat we gezien hadden. Ik zei dat ik het huis in Big Sky niets vond, vooral niet nadat ik The Halls gezien had. Dat leek hem niet te verbazen. Ik vroeg hoeveel mensen hij tot dan toe naar The Halls had meegenomen. Het antwoord was: acht, in de afgelopen drie jaar. Allen hadden de door het management vereiste procedures doorlopen. Geen van hen had een aanbod gekregen.

Ik staarde hem aan. 'Die mensen zetten vijftien, twintig miljoen op een rekening, geven volledige openheid van zaken en komen er dan nóg niet in? Willen ze die huizen eigenlijk wel verkopen?'

'Exclusiviteit, meneer Lautner. Alles draait om exclusiviteit.' Hij keek me aan om te zien of hij mijn volledige aandacht had. 'We leven in een vreemde wereld, dat is een feit. We hebben het mooiste land op de hele planeet, de hardste werkers, en toch leven we eensgezind samen met mensen die je niet eens op je eigen halfrond zou willen zien. Dat heeft een historische dimensie. We hebben onze deuren veel te wijd opengezet en veel te laat dichtgedaan. We zeiden: "Kom maar mensen, kom maar hier – wij hebben warme lijven nodig. We hebben heel wat land op te vullen" – maar we hebben er niet genoeg bij stilgestaan wát voor warme lijven dat waren. Niet genoeg nagedacht over de toekomst. En daarom komen mensen als jij naar het westen. Weg van de grote steden, van de meutes, op zoek naar je eigen soort. Op zoek naar de echte manier van leven. Ik heb het niet over ras, al speelt dat wel degelijk mee. Ik heb het over instelling, attitude. Over kwaliteit. Over mensen die bij elkaar in de buurt moeten zitten, en mensen die daar niet bij horen. Daarom komen de mensen naar een plek als Dyersburg. Het is een soort filter, en meestal werkt dat behoorlijk goed. Maar toch kun je nog stuiten op mensen die net niet goed genoeg zijn. Studenten. Skifanaten. Blank uitschot langs de snelweg. Mensen die er niets van begrijpen. Maar wat doe je eraan? Je kunt de mensen niet tegenhouden; dit is een vrij land. Maar je kunt je eigen soort wel veilig stellen.'

'En hoe doe je dat?'

'Je maakt je net heel wat fijnmaziger. Je gaat op zoek naar geestverwanten, en dan bouw je een enorme muur.'

'En dat doet The Halls?'

'Zo zou je het kunnen zien. Maar in eerste instantie is het natuurlijk een fantastische plek om te wonen.'

'Als jij het geld had, zou je daar dan willen zitten?'

Hij lachte, een kort en bitter geluid. 'Jazeker. Reken maar. Maar voorlopig werk ik gewoon voor mijn courtage.'

We reden de heuvels uit, de kleine hoogvlakte op. Tegen dat we terug waren in Dyersburg was het volkomen donker en begon de regen wat af te nemen. Chip parkeerde bij zijn kantoor en draaide zich naar me om.

'Nou.' Hij grijnsde. 'Wat is je volgende zet? Wil je nadenken over wat je gezien hebt, of wil je mee naar kantoor, zodat ik je misschien nog een paar mogelijkheden kan laten zien voor morgen?'

'Ik wilde je eigenlijk iets vragen,' zei ik, terwijl ik door de voorruit keek. Er was niemand te zien.

'Ga je gang.' Hij zag er moe, maar vastberaden uit. Mijn moeder zei altijd dat onroerend goed geen zaak was voor mensen die zich strikt aan kantooruren wilden houden.

'Je zei dat jij tegenwoordig het alleenrecht hebt op The Halls. Er was dus vroeger een tweede firma die die huizen in de verkoop had?'

'Inderdaad.' Hij keek verward. 'Hoezo?'

'Hebben ze daar ooit iets verkocht, voor zover jij weet?'

'Nee. Ze hebben de account ook niet lang gehad.'

'Hoe komt het dan dat ze hem kwijtgeraakt zijn?'

'Vent ging dood, zaak ging dicht. Je kunt niets verkopen als je dood bent.'

Ik knikte. Ik voelde me stil worden vanbinnen. 'Hoeveel is jouw courtage voor zo'n huis? Een aanzienlijk bedrag, neem ik aan?'

'Heel wat, ja,' gaf hij behoedzaam toe.

Ik bleef even zwijgen. 'Genoeg om iemand voor te vermoorden?'

'Wát?'

'Je hoort me best.' Ik glimlachte niet meer.

'Ik heb geen idee waar je het over hebt. Dacht jij... wat? Wat bedoel je in godsnaam?'

In zijn ontkenning zat iets wat me niet aanstond, en je zou ervan staan te kijken, je zou er verdrietig van worden, als je wist hoe goed mensen kunnen liegen, zelfs onder de moeilijkste omstandigheden. Ik had gewacht. Ik had me ingehouden. Nu had ik schoon genoeg van die spelletjes.

Ik greep Chips achterhoofd en rukte het naar voren. Ik smakte zijn voorhoofd keihard op het stuur. Ik plaatste de hoek zo dat de harde kunststof zijn neusbrug ramde. Toen wrong ik zijn hoofd achterover.

'Ik ga je een vraag stellen,' zei ik, en ik trok zijn hoofd naar voren om het nogmaals op de stuurkolom te smakken. Hij maakte een zacht, kreunend geluid terwijl ik het daar vasthield. 'En ditmaal wil ik een geloofwaardig antwoord. Ik moet weten dat je de waarheid vertelt, en je krijgt maar één kans om me te overtuigen. Anders vermoord ik je. Begrepen?'

Ik voelde dat hij koortsachtig knikte. Ik trok hem aan zijn haar overeind. Hij had een bloedneus, en over zijn voorhoofd liep een vuurrode striem. Hij had zijn ogen opengesperd.

'Heb jij Don Hopkins vermoord?'

Hij schudde zijn hoofd. Schudde, en bleef schudden, met de wanhopige rukbewegingen van een kind. Ik bleef er een tijdje naar kijken. Ik heb in de loop der tijden met heel wat leugenaars te maken gehad, en ik heb zelf tijdenlang gelogen. Ik heb er oog voor.

Chip had mijn vader niet vermoord. Althans, niet eigenhandig.

'Oké,' zei ik, voordat hij zijn eigen nek brak. 'Maar volgens mij weet jij meer over wat er met hem is gebeurd. We spreken iets af. Jij gaat een boodschap overbrengen. Wil je dat doen?'

Hij knikte. Knipperde met zijn ogen.

'Zeg tegen die nazi's in de bergen dat er iemand is die belangstelling voor ze heeft. Zeg maar dat ik niet geloof dat mijn ouders verongelukt zijn, en dat ik genoegdoening kom eisen. Heb je dat?'

Hij knikte nogmaals. Ik liet zijn hoofd los, opende het portier en stapte de regen in.

Toen ik buiten stond, bukte ik me om naar hem te kijken. Zijn mondhoeken hingen omlaag van angst en schrik, en het bloed droop over zijn kin.

Met trillende handen wendde ik me af en ging op zoek naar een medemens.

Hoofdstuk 15

Bobby stond in het huis van mijn ouders tegen het aanrecht geleund een glas mineraalwater te drinken. Hij hief zijn hoofd toen ik binnenkwam en keek hoe ik op de grond stond te druipen. Bijna de hele tijd dat ik had rondgelopen, had het geregend.

'Wat heb jij gedaan?' informeerde hij op milde toon.

'Niks.'

'Dat zal wel,' zei hij na een tijdje. Ik pakte het glas en dronk het in één teug leeg. Pas toen het op was, bedacht ik dat dit afkomstig was van de laatste boodschappenlijst van mijn ouders.

'Is er nog wat?'

'Een beetje,' antwoordde hij.

'Niet opdrinken.' Ik zette het glas op het aanrecht en ging aan tafel zitten. Pas toen bedacht ik dat ik mijn jas kon uittrekken, bijna alsof ik een stem gehoord had die me waarschuwde dat ik vreselijk kou zou vatten. Door het raam zag ik dat het licht in Mary's zitkamer aan was. Ik hoopte dat ze er niet achter zou komen dat ik nog steeds in Dyersburg zat. Het zou niet beleefd overkomen dat ik niet bij haar langsgegaan was. Toen drong tot me door dat ik in een huis zat met meerdere lichten aan en een auto voor de deur, en dat ze het waarschijnlijk allang wist. Ik dacht niet erg helder na.

Bobby stond met over elkaar geslagen armen te wachten.

'Zo,' zei ik. 'Hoe was jouw dag?'

'Kom op, Ward,' zei hij geïrriteerd.

Ik schudde mijn hoofd. Hij haalde zijn schouders op en drong niet aan. 'Ik heb de plek van het ongeluk bekeken. Gezien de positie van de auto waar ze tegenaan gereden zijn, lijkt het absoluut aannemelijk dat je moeder gewoon uit de bocht gevlogen is. Het is een scherpe bocht, het was donker en het moet behoorlijk mistig geweest zijn.'

'Juist,' zei ik op matte toon. 'En mijn moeder reed pas, wat zal het geweest zijn, veertig jaar. Had waarschijnlijk nog nooit een scherpe bocht meegemaakt, had dat kruispunt nooit genomen in al die tijd dat ze hier woonden. Waarschijnlijk waren dat veenbessensap en die mist haar gewoon te veel. Ik zie het voor me. Een wonder dat de auto niet over de eerste rij gebouwen heen gevlogen en helemaal tot in zee gestuiterd is.'

Bobby reageerde hier niet op. 'Op de hoek stond een klein benzinestation en een eindje verderop een videotheek. Ik heb de eigenaars gesproken, en uiteraard waren ze geen van beiden aanwezig op de avond van het ongeluk. De videotheek wordt gerund door twee broers. De man die ik sprak, wist zeker dat zijn broer er pas achter kwam toen er een politiewagen arriveerde.'

'Je zou toch denken, als iemand het geluid hoort van een zwaar metalen voorwerp dat op een ander metalen voorwerp knalt, dat er dan iets aan de hand moet zijn?'

'Je weet hoe het daar gaat. Enorme kast van een bejaarde tv aan het plafond, John Woo film op oorverdovend volume, gozer achter de balie brengt de avond door met een bier en een joint ter grootte van een *burrito*. Waarschijnlijk had hij amper met zijn ogen geknipperd als je hem met een moker op zijn hoofd geslagen had. Dus ben ik naar het benzinestation gegaan. Daar heb ik het nummer van de baas gekregen. Die heb ik gebeld, en toen kreeg ik het adres van de man die op dat moment dienst had.'

'Hoe heb je dat voor elkaar gekregen?'

'Ik zei dat ik de politie hielp bij het onderzoek.'

'Mooi,' zei ik. 'Dan heb ik dus straks de wijkagent aan mijn broek.'

'Ward, wat kan het je in godsnaam schelen?'

'Ik ben geen CIA meer, Bobby. In de echte wereld kan een agent je kwaad doen.'

Bobby maakte een handgebaar om aan te duiden dat dit geen bezwaar mocht zijn. 'Dus ben ik naar hem toe gegaan. Hij zei dat hij ook niets gezien had. Hij had wel iets gehoord, maar hij dacht dat er misschien iemand zat te rotzooien achter de pomp. Hij aarzelde of hij de politie moest bellen, en tegen de tijd dat hij door kreeg dat er een ongeluk was geweest en dat het benzinestation veilig was, was de politie al ter plekke.'

'Oké,' zei ik. Ik had niet verwacht dat het iets zou opleveren als Bobby naar de plek van het ongeluk ging, maar hij had volgehouden. 'En verder?'

'Daarna ben ik hierheen gekomen, zoals we afgesproken hadden, en heb eens rondgekeken.'

'Iets gevonden?'

Hij schudde zijn hoofd. 'Nee. Niets, maar dan ook niets.'

'Dat zei ik toch.'

'Inderdaad, ja,' snauwde hij. 'Je hebt niet alleen een leuk smoeltje, Ward, maar je hebt nog altijd gelijk ook. Man, was ik maar homo. Dan zocht ik niet verder. Jij bent de beste. En nou vertel jíj.'

'De lokatie van de eerste scène op de band heet The Halls, en dat ligt op een heuvel bij de Gallatin-vallei. Je mag er alleen in als je heel erg rijk bent, en je mag de huizen niet eens bezichtigen zolang je niet hebt bewezen dat je goed genoeg bent.'

'The Halls? Wat is dat nou voor naam?'

Ik ademde zwaar uit. 'Geen idee. Misschien dachten ze aan Walhalla. Misschien beschouwen ze zichzelf als goden. Met zoveel geld zijn ze dat misschien ook.'

'En dat weet je zeker?'

'Geen twijfel mogelijk. De lobby was exact hetzelfde als op de band, tot en met het kunstwerk. Daar was het. En ze doen heel erg moeilijk over mensen die erin willen.'

'Waarom heb je dan niet even gebeld?'

'Heb ik gedaan. Waarschijnlijk is daar geen signaal. De telefoon zat op dat moment in mijn zak, dus ik kon het niet zien.'

'Hoe zag het eruit?'

'Superchic. Ik heb geen van de bewoners gezien, behalve één vent, heel even, en die heb ik ook niet goed te zien gekregen. Maar als je het geld hebt en je wilt niet worden lastig gevallen door gewone stervelingen, dan moet je daar beslist heen. Ik heb een blik geworpen op de plattegrond van die huizen, en het zijn geen normale dure huizen. Ze hebben er een heel goede architect op gezet, iemand met een specifiek doel voor ogen.'

'Wat dan?'

Ik pakte een pen uit mijn zak en begon te schetsen. 'Dit is de opzet. Belangrijkste woonvertrekken hoog boven de grond. Centrale haarden ingebouwd in de wanden. Gebrandschilderde ramen tegenover de haarden en in de bovenlichten boven de gangen. Overhangende dakranden, horizontale raamroedes, opvallende terrassen.'

Bobby keek naar de tekening. 'Nou, en? Ik moet bekennen dat dit er voor mij uitziet als een doodnormaal huis.'

'Veel van die elementen zijn tegenwoordig ingebouwd in standaardontwerpen,' gaf ik toe. 'Maar zoals het in deze tekeningen was gedaan, dat was zuiver Frank Lloyd Wright.'

'Nou, misschien hadden ze hem in dienst genomen.'

'Lijkt me niet. Tenzij ze er meteen een medium bij gehaald hadden.'

'Dan dus misschien iemand die in diezelfde stijl ontwerpt. Daar moeten er honderden van zijn. Niets bijzonders.'

'Waarschijnlijk. Maar dit soort zaken is tegenwoordig niet gewild, en dat is het nooit geweest ook voor dit soort projecten. Meestal willen ze van die oliebarontrappen, enorme slaapkamers en suite en al hun rijkdom tentoonspreiden.'

'Klinkt fantastisch.'

'Maar kunstmatig. In het begin woonden we op plekken die we uit de natuurlijke omgeving hadden gehouwen, niet vanaf de grond opgebouwd. Daarom voelt moderne architectuur vaak zo bloedeloos aan: er wordt geen organisch gebruik gemaakt van de ruimte. Wrights huizen zijn anders. De toegangsroute wordt moeilijk gemaakt, als symbool voor het feit dat we ons terugtrekken in een bekende, vertrouwde vluchthaven, en de haard wordt in het midden van het gebouw geplaatst om de plek in te nemen van het vuur in een diepe grot. De ruimtes in het huis lopen in elkaar over, zodat je als ultieme verdediging overzicht krijgt over alle vertrekken, en ook daarmee wordt gesuggereerd dat dit de aanpassing is aan een natuurlijk ontstane ruimte. Buitenramen krijgen een horizontale roedeverdeling zodat de zichtlijnen de omgeving laten zien zonder de binnenkant bloot te leggen. Gebrandschilderd glas doet denken aan een muur van bomen en planten waar de bewoners doorheen kunnen kijken maar die van buitenaf aan een gewone muur doet denken. De mens voelt zich het veiligst wanneer hij zowel uitzicht als een schuilplaats heeft – wanneer hij een goed zicht heeft op het terrein waarop hij woont, maar zich tegelijkertijd beschermd en verborgen kan voelen. En daar zorgen zijn patronen voor.'

Bobby staarde me aan. 'Je bent toch wel echt een heel bijzonder mens.'

Gegeneerd haalde ik mijn schouders op. 'Ik heb goed opgelet op school. Maar wat ik hiermee wil zeggen, is: als jij waar dan ook ter wereld een project vindt dat hierop lijkt, dan lik ik je reet.'

'Verleidelijk, maar ik geloof je op je woord.'

'Waarschijnlijk is dat een van de redenen waarom ze die huizen niet vooraf willen laten bezichtigen. Dit is iets heel anders dan waarvoor je normaal gesproken je miljoenen neertelt. En dat betekent dat ze nog een andere reden moeten hebben om zo te bouwen.'

'Misschien is de projectontwikkelaar een Wright-fan. Of misschien hebben ze een architect genomen die ook goed had opgelet op school. Ik zie niet goed waar dit toe leidt, en ik zou graag willen weten wat er tot slot gebeurde.'

'Toen heb ik de makelaar mishandeld.'

'Daar ter plekke?'

Ik schudde mijn hoofd. 'Zo stom ben ik nou ook weer niet. Bij het kantoor van de makelaar. Er was niemand in de buurt.'

'Is hij dood?' De vraag werd op zakelijke toon gesteld.

'Jezus, nee!'

'Waarom?'

'Zijn smoel stond me niet aan. Bovendien waren er vroeger twee firma's die The Halls in de verkoop hadden. En nu nog maar een.'

Bobby knikte langzaam. 'Het bedrijf van jouw vader doet niet meer mee.'

'Slim.'

'En ik neem aan, gezien het feit dat we het hier niet over moord hebben, dat volgens jou die makelaar jouw ouders niet vermoord heeft. Ondanks het financiële motief.'

Ik schudde mijn hoofd. 'Niet persoonlijk. Maar hij ligt in bed met de mensen die dat wel gedaan hebben. Waarom staat er anders iets over dat complex op de band?'

Plotseling kwam ik overeind en liep snel de keuken uit. Toen ik door de hal liep, trok er iets aan me. Maar ik had geen idee wat, dus ik liep door. Bobby kwam achter me aan de zitkamer in, en ik liep naar de salontafel.

Ik pakte het boek dat daar lag en zwaaide het in zijn richting.

'Een boek over bovengenoemde beroemde architect,' zei hij. 'En wat dan nog? Jouw vader was makelaar. Zulke mensen zijn dol op huizen. En hij was op leeftijd. Oude mannen zijn dol op biografieën. Biografieën en Discovery Channel, dat is het enige waardoor ze nog op de been blijven.'

'Bobby...'

'Oké,' gaf hij toe. 'Het is een interessante samenloop van omstandigheden. Zeg maar.'

Ik slenterde de hal weer in en bleef opnieuw staan. Ik had een gevoel alsof er een motor in me aan het draaien was, stationair, klaar voor vertrek – maar ik had geen idee welke kant ik uit moest. 'Heb je echt grondig gezocht?'

'Ik heb vloerbedekking losgetrokken, onder vloerplanken gekeken, ik ben op het dak geklommen en ik heb met een lantaarn in de tank gekeken. Ik heb ín de telefoons gekeken. Er is hier verder niets. Ik heb natuurlijk geen flauw idee wat er misschien ontbreekt.'

'Ik ook niet,' zei ik. 'Daarvoor kwam ik hier niet vaak genoeg. Het enige dat me opviel waren die video's.' Ik fronste mijn voorhoofd. 'Wacht eens even. Toen ik hier een paar dagen geleden was, heb ik de post hier neergelegd. En nu is hij weg.' Ik keek naar hem op, plotseling overtuigd dat dit iets moest betekenen.

'Relax, speurneus. Een paar uur geleden is er een oude vent langsgekomen om de post op te halen. Grote neus, zei dat hij de advocaat van je ouders was geweest. Ik heb hem binnengelaten en verteld dat ik een vriend van jou was. Dat vond hij cool, hoewel hij zo te zien wel graag had willen kijken hoeveel lepels ik had gejat.'

'Harold Davids,' zei ik. 'Die zei al dat hij regelmatig zou langskomen.'

Bobby grijnsde. 'Ward, je bent al gek genoeg zonder dat je je best doet. Doe niet zo paranoïde.'

Vanuit de zitkamer klonk een luid gerinkel. We kwamen in beweging, maar niet snel genoeg.

Het is eerder een gevoel van enorme druk dan een geluid, en het is het soort schok als wanneer je als kind een klap in je gezicht krijgt van een volwassene die je nog nooit geslagen heeft. Als je dicht genoeg bij een explosie verkeert, merk je eigenlijk alleen het bonzen van je hoofd en je borst, een klap die ieder geluid omzet in een diep gevoel, een gevoel alsof de wereld zelf uit haar baan geslagen is. Het geluid zelf is van minder belang, dat komt pas later.

Ik smakte meteen tegen de muur, en belandde met mijn gezicht in een rij foto's aan de wand. Toen ik op de grond viel, mijn hoofd vol wit licht en omringd door vallende glasscherven, klonk er een tweede, minder harde explosie en daarna hees ik Bobby van de grond naar wat er over was van de voordeur.

Samen wankelden we het pad af. Af en toe gleden we bijna uit over de natte flagstones. Achter ons klonk een derde ontploffing, veel harder dan de eerste. Ditmaal hoorde ik het gefluit en gesuis van dingen die rondvlogen, het gebrul van lucht die wordt samengeperst en vrijgelaten. Bobby kroop verder en gebruikte zijn handen om ons in beweging te houden. Ik deed zijn inspanningen teniet door om te kijken naar het huis, en we struikelden samen en vielen plat op onze rug in het natte gras. De hele buitenmuur van de zitkamer was weg en de boel was al in brand gevlogen. Ik kon er mijn blik niet van afwenden. Als je een huis ziet branden lijkt het wel of je ziet hoe het portret van iemands ziel in vlammen opgaat.

Tegen de tijd dat ik me overeind gehesen had, had Bobby zijn telefoon al gepakt en liep hij weg, terwijl hij een blik over de schutting wierp. Ik deed een paar passen terug in de richting van het huis. Misschien dacht ik dat ik naar binnen kon gaan om het vuur te blussen. Of dat ik een paar dingen kon redden. Ik weet het niet. Ik had het gevoel dat er iets moest zijn dat ik kon doen.

Er klonk nog een kleine ontploffing, en diep binnen in het huis hoorde ik dingen breken. Al gauw werd de hitte verschrikkelijk. De regen was afgenomen tot een miezerbuitje, en ik weet nog dat ik dacht: zul je altijd zien. Het had de hele middag gehoosd. Waarom nu dan niet?

Bobby rende naar me toe en klapte zijn telefoon dicht. Op zijn voorhoofd zat een sneetje waar bloed uit droop.

'Ze komen eraan,' zei hij.

Ik kon met geen mogelijkheid verzinnen waar hij het over had. 'Wie?'

'De brandweer. Kom op.'

'Ik moet hier blijven,' zei ik. 'Het is hun huis.'

'Nee,' zei hij vastberaden. 'Het is de plek waar een misdrijf heeft plaatsgevonden.'

Toen we bij mijn auto kwamen, liep hij daar snel helemaal omheen. Hij tuurde zorgvuldig naar de grond. Toen ging hij op handen en knieën zitten en gluurde naar de bodem. Hij stond weer op, wreef zijn handen schoon en maakte het portier open. Hij hurkte om onder de bestuurdersstoel te kunnen kijken, maakte de motorkap open, liep om de voorkant heen en keek naar de motor.

'Oké,' zei hij. 'We wagen het erop.'

Hij sloeg de motorkap op en liep naar de bestuurdersplaats. Hij stak het sleuteltje in het contactslot, kneep zijn ogen samen en draaide het een halve slag. De motor startte en er volgde geen explosie. Bobby ademde opgelucht uit en klopte op het dak van de auto.

'Maar we hebben niets gehoord,' zei ik. 'Geen auto.'

'Niet zo gek,' zei hij, en zijn stem beefde even van opluchting. 'In dit soort buurten kun je jezelf gemakkelijker in een achtertuin verstoppen dan op de weg. Ik zou zelf de auto onder aan de heuvel laten staan en de laatste halve kilometer lopen. Hoewel, als ik het geweest was, stonden we hier nu niet. Heb je gehoord hoe het bleef knetteren na die eerste explosie? Ze hebben hem zo haastig in elkaar gezet dat hij het niet goed deed.'

'Wat maakt het uit? Bij de eerste klap gaat de hele zaak toch zeker de lucht in?'

'De secties worden opgeblazen door de ontstekingslading. Ze hebben geprobeerd om een echt monster in elkaar te zetten, en dat heeft zichzelf opgeblazen voordat het goed en wel kon afgaan.'

'Als we in de zitkamer hadden gezeten, dan was het genoeg geweest.' Plotseling wreef ik met mijn handen over mijn gezicht. 'Ik neem aan dat Chip het bericht heeft doorgegeven.'

'Daar ziet het wel naar uit, ja.'

'En in dat geval...' Ik keek op mijn horloge. 'Dan hebben ze de hele toestand dus in amper meer dan een uur in elkaar gezet, inclusief de reis hierheen.' Ik zag dat ik een hevig bloedende wond in de rug van mijn hand had, en veegde er met mijn jasje overheen.

'Net wat ik zeg. Het was een haastklus.'

'Ze mogen de details dan verknoeien, maar ze zijn er behoorlijk druk mee, denk je niet?' In de verte hoorde ik nu de sirenes aankomen, en aan de overkant van de straat zag ik deuren opengaan.

'Ze hebben een bom gegooid op het huis van mijn ouders,' zei ik ongelovig. Ik draaide me nog eens om en keek. 'Een bóm, nota bene.'

Het brandende huis zag er bizar uit, iets wat heel erg verkeerd leek temidden van een straat vol perfecte woninkjes. Ik draaide me om naar Mary's huis aan de andere kant van de heg. Er waren een paar lampen aan en de voordeur stond open.

'We hebben hier te maken met een stelletje vreselijke eikels,' stemde Bobby in. Hij klopte nogmaals op het dak van de auto. 'En nu gaan we ervandoor.'

Maar nog voordat hij uitgesproken was, rende ik glijdend en wankelend naar het hek. Ik hoorde Bobby al vloekend achter me aan komen. Bijna aan het einde van het pad baande ik me een weg dwars door de heg heen, Mary's voortuin in. Ik stond nog niet op haar terrein of Bobby greep mijn schouders en draaide me naar zich om.

Ik duwde zijn handen weg en probeerde verder de tuin in te lopen. Hij stak zijn hand naar me uit, maar hield halverwege op toen hij zag wat ik gezien had, en daarna liep hij harder dan ik.

Ze lag half op de veranda, met haar hoofd en schouders omlaag op de onderste traptreden, een arm langs haar zij. Eerst dacht ik dat het misschien een hartaanval was, maar toen zag ik dat ze onder het bloed zat. Het stroomde al trager over het verweerde hout. Bobby liet zich op een knie naast haar vallen en steunde haar hoofd.

'Mary,' zei ik. 'O, jezus christus.'

Samen tilden we haar voorzichtig op, zodat ze recht lag. Ze ademde raspend. De rimpels in haar gezicht leken wel cañons, zo diep, in het licht van de brand bij mijn ouders thuis. Bobby voelde in de plooien van haar kleren en vond het ene gat na het andere, probeerde bloed te stelpen dat niet zo snel stroomde als je zou hopen. Ze kuchte, en er verscheen een klonter van iets donkers bij haar mond.

Voordat dit gebeurde had ik nooit meer in haar gezien dan een oude vrouw, een van die mensen die de gangpaden van supermarkten versperren en op bussen staan te wachten, mensen die weten wat voor cadeautje je hoort te geven bij wat voor gelegenheid, die er flinterdun en koud uitzien en die de indruk wekken dat ze altijd zo geweest zijn. Mensen die nooit dronken geweest zijn, of over verboden schuttingen zijn geklommen, of die al giechelend een eindje opgeschoven zijn zodat de ander in de natte plek in bed terechtkwam. Droge, oude taarten van wie je niet kunt geloven dat ze ooit van iemand gehouden hebben, althans niet van iemand die nog leeft, niet van iemand die meer is dan een herinnering, wiens rustplaats nu wordt opgesierd door verleppende bloemen die zij alleen nog komt brengen. Nu zag ik iemand anders. Iemand die zij ooit geweest was en die ze waarschijnlijk gebleven was, onder het patina van cellen die zich niet meer deelden en een droge huid en rimpelcañons en kort, grijs krulhaar. Onder de vermomming die de jaren haar hadden opgelegd, onder de onjuiste aanname dat ze vanwege haar leeftijd nooit een echt persoon was geweest en dat nog steeds niet was.

En toen klikte er iets in haar keel en liep haar blaas leeg, met een warme en scherpe geur. Haar vochtige ogen leken in een fractie van een seconde op te drogen, als in een snel doorgespoelde film. Misschien kwam het doordat het zo koud was, maar het leek wel of ze voor onze ogen weggerukt was, en snel ook.

Bobby keek langzaam naar me op. Ik staarde terug. Ik wist niets te zeggen.

'Wat is er gebeurd?' vroeg ik. Dat was het eerste dat ik na tien minuten wist uit te brengen. 'Wat is daar in godsnaam gebeurd?'

Bobby tuurde gespannen door de voorruit en keek voortdurend links en rechts de zijstraten in die we passeerden. Overal was het rustig – het was tenslotte vroeg in de avond. Mary's lichaam lag nu drie kilometer achter ons, nog steeds op haar veranda. Daar zou het eerder medische hulp krijgen dan als we het naar een ziekenhuis hadden gebracht, en bovendien was het dood zonder hoop op gratie. Dat wist Bobby en dat wist ik.

Hij haalde zijn schouders op. 'Waarschijnlijk liep ze in de weg. Ik zei al, ze moeten via de tuinen gekomen zijn. Ze hoorde iets en kwam naar buiten. Dus hebben ze een half geweer in haar leeg geschoten. Heel erg voor je, man.'

'Er komt dus iemand hierheen om mij op te blazen, en die neemt voor de zekerheid een geweer mee met een geluidsdemper. Een onschuldig oud vrouwtje loopt hem voor de voeten en dan knallen ze haar maar neer. Gewoon, zomaar.'

'Het is menens, Ward, en die lui hebben niets met jou op.'

Hij smeet de auto scherp de bocht om en toen waren we weer in het centrum. Over de hoofdstraat flitste een brandweerwagen langs, in een heel verkeerde richting voor wie naar mijn ouders' huis toe wilde.

'Waar gaat die nou weer naartoe?'

Achter ons werd getoeterd. Bobby en ik draaiden ons als één man om en een kerel in een pick-up gebaarde dat het licht op groen gesprongen was en of we misschien door wilden rijden. Bobby gaf gas en reed achter de brandweerwagen aan.

'Die wagen gaat de verkeerde kant uit, Bobby.'

'Ik heb exact hetzelfde adres opgegeven dat jij me gegeven hebt. En ik ben er zelf ook gekomen.'

'Maar waarom...' Ik zweeg. Beiden zagen we de oranje gloed een eind verderop.

Plotseling zette Bobby de auto langs de weg, zonder richting aan te geven. Nogmaals berispend toeteren van de oude vent in de pick-up, die zich bij het passeren uitgebreid naar ons omdraaide. We letten niet echt op hem. We zagen nu dat het Best Western, of althans een deel daarvan, in lichtelaaie stond. Ik staarde er ongelovig naar en vroeg me af hoe het kwam dat Dyersburg plotseling een filiaal van de hel geworden leek te zijn.

'Ga eens wat dichterbij,' zei ik met zwakke stem.

Langzaam reed hij verder, en even later verliet hij de hoofdstraat om via een zijstraat naar het hotel te rijden. Bovenaan bleven we staan, op een afstand van zowat honderd meter van het hotel. Daarvandaan konden we zien dat het in feite maar een klein brandje was. Zowat veertig meter van een van de vleugels stond in brand, meer niet. Het hotel zou nog prima in staat zijn om een zoveelste conventie te herbergen. Er stonden al vier brandweerwagens bij en een vijfde bluswagen arriveerde terwijl wij zaten te kijken. De overkant van de straat zag al zwart van de mensen en grote massa's liepen haastig de auto voorbij om maar niets te missen van alle opwinding. De halve politiemacht van de stad leek aanwezig te zijn.

'Is dat zo'n beetje de plek waar jij je kamer had?'

Ik gaf niet eens antwoord. Ik voelde me misselijk. Om de een of andere reden voelde de aanval op het hotel als een persoonlijker wond dan de bom op het huis van mijn ouders. Ik vroeg me af of de mensen in de aangrenzende kamers aanwezig waren geweest.

'Ward, dat bericht dat je had gestuurd,' zei Bobby. 'Hoe luidde dat precies?'

'Dit is bespottelijk,' zei ik. 'Dit loopt volledig uit de hand.' En toen: 'En het huis? Wat gaan ze...'

'Daar zit waarschijnlijk al iemand. De andere buren zullen wel gebeld hebben. En voordat je je zorgen maakt: je spullen zijn in veiligheid.'

'Wat voor spullen?'

'Nou, je kleren niet. Kijk maar achterin.' Ik draaide me om en zag mijn computertas op de achterbank liggen.

'Nooit aannemen dat je ergens veilig zit,' zei hij, terwijl hij met zijn vingers op het stuur trommelde en naar de brand keek. 'Ik ben zelf eerder aan de voorzichtige kant. Wat je nodig hebt, altijd binnen handbereik houden. Zoals Wyatt Earp al zei, *it's time to leave Dodge City*.'

Ik wilde de heuvels in en iemand vermoorden. Bobby las mijn gedachten en schudde energiek zijn hoofd. 'Zodra het sein "brand meester" wordt gegeven, gaan ze kijken in welke kamer het is ontstaan. Het zit er dik in dat ze hier meer de tijd hebben genomen om het een beetje geloofwaardig te maken. Maar als je dit optelt bij het huis van je ouders, dan kom jij regelrecht op de top-tien van *Opsporing verzocht*.'

'Hoezo, goddomme? Ik heb niks gedaan.'

'Zat er een verzekering op het huis van je ouders?'

'Ja.'

'Groot bedrag?'

Ik zuchtte. 'Dat zal wel. Ik heb niet goed opgelet. En dan vinden ze Mary en zal een of andere slimme diender wel verzinnen dat ze vingerafdrukken moeten nemen. Bij zulke hoeveelheden bloed vinden ze vast wel iets. Zitten de jouwe in het archief, Bobby?'

'Dat weet je best.'

'De mijne ook. Je hebt gelijk. We gaan ervandoor.'

Twintig minuten later stonden we op het vliegveld van Dyersburg.

Hoofdstuk 16

Om negen uur die avond arriveerde Zandt op Beverly Boulevard. Hij was uitgeput en hij had zere voeten. Ook was hij dronken.

Om drie uur 's nachts had hij voor de bioscoop gestaan waar Elyse LeBlanc voor het laatst gezien was. Op dat uur ziet een bioscoop er vreemd uit, net als winkels en restaurants. In de kleine uurtjes komen die eigenaardig en arbitrair en als kale bouwwerken over, alsof wij ontdekkingsreizigers zijn die misschien net twintig jaar te laat komen om nog getuige te zijn van de beschaving die deze bouwsels heeft opgeleverd. Een paar uur later keek hij naar het huis waar Annette Mattison haar laatste avond had doorgebracht met een vriendin. Hij herkende de vrouw die om zeven uur in een keurig pakje naar buiten kwam, op weg naar de televisiestudio's. Zandt had Gloria Neiden meermaals ondervraagd. De afgelopen twee jaar was ze aanzienlijk ouder geworden. Hij vroeg zich af of ze nog contact had met Frances Mattison. Hun dochters waren vaak bij elkaar over de vloer gekomen, en legden de korte afstand naar huis te voet af. Dat was de gebruikelijke regeling. Ze woonden tenslotte in een keurige buurt, in Dale Lawns 90210, en dat is toch zeker een van de redenen waarom je een bedrag van zeven cijfers neertelt voor een huis. Zodat je in het donker en bij het licht van de sterren veilig over straat kunt. Zandt vermoedde dat de relatie tussen de twee moeders heel wat stroever geworden moest zijn, misschien zelfs doodgebloed was. Toen Zoë Becker de naam van Monica Williams had genoemd, had haar stem een kleurloze toon gekregen. Hoewel Monica uiteraard moeilijk verantwoordelijk kon worden gesteld voor het feit dat Sarah verkozen had, te blijven zitten wachten tot haar vader haar kwam ophalen. Hun kleine gemeenschap had gefaald. Als dat gebeurt, vraag je je af waar je het allemaal voor doet en ga je op zoek naar een zondebok. De mensen in je nabije omgeving zijn de geschiktste kandidaten.

Zandt wendde zijn gezicht af toen mevrouw Neidens auto voorbijreed. Misschien zou ze hem herkennen, en als hij langer was blijven staan wachten had hij een nare vergelijking moeten trekken met iemand anders, met de man die twee jaar geleden misschien wel op dezelfde plek bij het huis had gestaan.

Hij liep verder. Tegen het eind van de ochtend was hij in Griffith Park geweest, op de plek waar Elyses lichaam was gevonden. Uit niets bleek waar dat geweest was, hoewel er een tijdlang bloemen gestaan hadden. Hij vond de scherven van een glazen vaas. Hij bleef er een hele tijd staan uitkijken over de heiige stad, de plekken waar een miljoen mensen werkten en sliepen en leugens vertelden.

Kort daarna ging hij zijn eerste bar binnen. En even later een tweede. Tussendoor en erna bleef hij lopen, maar langzamer nu, met het gevoel dat zijn doelbewustheid aan de randen begon te rafelen. Deze weg had hij al vele malen afgelegd. En het had hem niets dan bloed en ellende gebracht. Nog hoorde hij de stemmen die hem hadden voortgedreven na Nina's vertrek, de kreten van de vermisten; maar verduisterd door daglicht en rationeel denken klonken ze niet sterk genoeg om hem ergens heen te leiden. Zijn overhemd schoot uit zijn broekband en in het passeren merkte hij op dat andere voetgangers hem onderzoekend aankeken. Er wordt wel beweerd dat je een politieman herkent aan zijn ogen, aan een blik die meet en aftast, die oordeelt vanuit een positie van argwaan en macht. Zandt vroeg zich af of je ook iemand kunt herkennen die geen politieman meer is, of die zich onderscheidt door een blik van gecastreerd-zijn, van zich afgewend hebben. Ooit had hij over straat gelopen als iemand tot wie de bewoners zich wendden in tijden van chaos. Deel van het immuunstelsel. Nu leefde hij zonder deze sanctie. Hij was niet langer herkenbaar, hij bezat geen roem of iets gelijkwaardigs meer. Hij was gewoon iemand op straat in een stad waar maar weinig mensen lopen – en waar diegenen die wel liepen, hem achterdochtig aankeken. Het was een leefomgeving die even echt was als een steppe of een overschaduwde vallei. De stad verschilde evenveel van het platteland als Death Valley verschilde van Vermont, of Kansas van de zeebodem. Het enige verschil waren de mensen, van top tot teen onder de smog en moegestreden. Allemaal.

Tegen het einde van de middag had hij, nu ietwat onvast op zijn benen, aan de kant van een zijweg in Laurel Canyon gestaan. De struiken die daar ooit gegroeid hadden, waren opgegraven en hadden plaats gemaakt voor een stuk plaveisel dat misschien een meter of zo langer was dan Annettes lichaam. Hij was intussen tamelijk dronken, maar niet zo dronken dat hij niet zag dat iemand hem vanuit de beschutting van het mooie huis aan de overkant in de gaten hield.

Even later kwam er een man uit het huis. Hij droeg een joggingbroek en een lichtgrijs hemd. Hij zag er erg gezond uit.

'Kan ik u misschien helpen?'

'Nee,' zei Zandt. Hij probeerde het met een glimlach, maar daar trapte de man niet in. Had Zandt het resultaat van zijn poging zelf kunnen zien, dan had hij hem dat waarschijnlijk niet kwalijk genomen.

De man snoof even. 'Bent u dronken?'

'Ik sta hier gewoon even. Ga maar weer naar binnen. Ik ben zo weg.'

'Wat is dit trouwens?' De man draaide zich iets om, zodat zichtbaar werd dat hij achter zijn rug een telefoon in zijn hand had.

Zandt keek hem aan. 'Wat?'

'Dat stuk asfalt. Wat doet dat hier? Het heeft geen enkel nut.'

'Daar is iemand gestorven. Althans, daar is het lijk gevonden.'

Het gezicht van de man werd opener. 'Iemand die u kende?'

'Pas toen ze dood was.'

'Wat maakt het dan uit? Was het... een prostituee?'

Zandts keel werd samengeknepen. De rekenliniaal van de dood: alsof hoeren en junkies en jonge, zwarte mannen weinig meer zijn dan ongewenste huisdieren, alsof ze nooit lachend waren komen aanhollen als hun vader of moeder thuiskwam, of hun eerste woordje hadden gezegd, of zich nachten lang hadden liggen afvragen wat ze voor hun verjaardag zouden krijgen.

De man deed haastig een stap achteruit. 'Ik bel de politie,' waarschuwde hij.

'Die komt toch te laat. Misschien krijgt u dan ook zo'n stuk asfalt, maar ik zou er niet op rekenen.'

Zandt draaide zich om en liep weg, de man niet anders en niet wijzer dan voorheen achterlatend.

Toen hij eindelijk op Beverly Boulevard aankwam, liep hij langs het Hard Rock Café. Hij stopte zijn overhemd in zijn broek en trok zijn jasje recht. Hij rechtte zijn schouders. Hij liep hotel Ma Maison binnen zonder ongelukken, sloeg rechts af en laveerde regelrecht naar de herentoiletten in de bar. Na een plens koud water zou alleen een professionele barman nog kunnen zien dat hij hier niet thuishoorde. Hij liep de bar weer in en ging zitten aan een laag tafeltje met uitzicht op de straat. Nadat hij kilometers gelopen had, voelden de zachte kussens van de bank aan alsof hij op een wolk zat. Een vriendelijke jongeman beloofde hem iets te drinken te brengen.

Terwijl hij zat te wachten, keek Zandt uit over de straat waar Josie Ferris was verdwenen. Niet de laatste scène met betrekking tot de misdrijven, maar hij was niet bereid om bij de school te gaan staan waarop Karen had gezeten, of bij het huis waar zijn gezin ooit had gewoond. En het had geen zin om terug te gaan naar die andere, laatste plek. Dat was een plek die hijzelf geschapen had. Een plek die misschien betekenis had, maar waar hij nu niets aan had. Hij had er indertijd ook niets aan gehad. De blik op het dode lichaam van de man die hij had vermoord, had alleen bewezen hoe mager de verschillen zijn die wij tot wetten verheffen.

Jennifer had geweten wat hij gedaan had. Hij had het haar twee dagen later verteld, toen de trui arriveerde. Aanvankelijk was dat nog niet de dood van hun relatie geweest. Ze had zijn daden begrepen en hem alles vergeven, behalve die vergissing. Ze probeerden hun huwelijk vast te houden. Ze faalden. Zijn positie was onhoudbaar geweest. Ofwel hij verdroeg de gruwel van Karens verdwijning en hield zich sterk voor zijn vrouw, hoewel hij het gevoel had dat hij op het punt stond om in kleine, scherpe stukjes uiteen te vallen; ofwel hij kon laten zien hoe groot zijn verdriet was. Toen hij dat deed, verspeelde hij de mannelijke claim van kracht zonder dat hij enig houvast vond op de eenzame vlakte van het gedeelde leed. Dat was en bleef het alleenrecht van vrouwen. Het was haar taak om de woede te uiten, zijn taak om die te doorstaan.

Zowat rond de tijd dat zij besloot om terug te gaan naar haar ouders, had Zandt besloten dat hij niet langer kon doen alsof hij een politieman was. Iemand had hun gouden ei gestolen, en de kip die het had gelegd was dood.

Nu, achteraf bezien, geloofde hij dat hijzelf de meeste schuld droeg. Door zijn rigide opstelling waren de breuklijnen ontstaan. Zij had het best goed gevonden als hij een tijdje zwak was geweest. Vrouwen zijn vaak wijzer en begrijpen welke regels een tijdje lang verbogen mogen worden. Voor een relatie is buigzaamheid nodig, vooral in tijden van grote stress, van die tijden dat ze het gevoel hebben dat ze een wanhopig pact moeten sluiten tegen een wereld vol ondraaglijke duisternis. Een sterke combinatie zal vechten om in evenwicht te blijven, ongeacht de tijdelijke schommelbewegingen. Hoewel dit geen onversneden troost was, had hij zich door dat besef in leven kunnen houden. Soms kun je je leven terugkrijgen door om te kijken naar een afgrijselijke situatie en te beseffen dat je daar zelf mede verantwoordelijk voor was. Voordat je dat inziet, voel je je miskend, gekwetst – en vind je geen rust. Maar 'Dat is niet eerlijk' is de kreet van een kind, van iemand die niet beseft dat causaal verband twee kanten uit werkt. Als je eenmaal beseft dat je zelf ook niet geheel vrij te pleiten bent, kan het verdriet langzaam aan vervagen. Als je inziet dat je je eigen kuil gegraven hebt, wordt het makkelijker om te beseffen dat je daar zelf in gevallen bent, hoe hard de klap ook aangekomen is.

Toen zijn Budweiser arriveerde, bleef hij er een tijdje mee zitten. Het leek alsof hij uit het raam keek. In feite probeerde hij, zoals hij de hele dag al geprobeerd had, om een stel feiten anders te bezien. Bij een misdaad zonder noemenswaardige bewijzen kon je het best proberen om de informatie op een andere manier te combineren. De meeste misdrijven kwamen in feite neer op één zin. Vingerafdrukken en een affaire en een haastig weggemoffeld mes en schulden en een doorgeprikt alibi: daar hield de rechtbank zich mee bezig, dat had je nodig om de zaken netjes aan te vegen. De ware misdaad in al haar glorie kwam neer op het volgende: mensen maakten elkaar dood. Echtgenoten vermoordden hun vrouw. Vrouwen vermoordden ook weleens een man, en onbekenden vermoordden mensen die ze niet kenden. Mensen pakten dingen die niet van hen waren. Mensen namen geld aan om huizen in brand te steken, of deden dat omdat er andere mensen binnen in dat huis zaten. Ook wanneer een manifestatie van het kwaad was opgeborgen in zijn strafrechtelijke la, schuimde de waarheid nog steeds vrij rond. Je kon twee willekeurige mensen nemen en van hun namen een zin maken met de werkwoordsvervoeging 'heeft vermoord'.

Zandt had geen kans gezien te achterhalen wat Homo erectus van zijn slachtoffers verlangde. Waarom ze werden gestraft. Hadden ze gefaald door hem niet lief te hebben, niet in te gaan op zijn avances? Waren ze te bang geweest, of niet bang genoeg? Hadden ze gefaald door te breken, door niet die kracht te tonen waarnaar hij op zoek was en die hij wilde stelen?

Hij merkte dat zijn glas leeg was en draaide zich om, uitkijkend naar de jonge kelner. Die was nergens te bespeuren, hoewel de andere aanwezigen in de lounge zo te zien kortgeleden nog bediend waren. Hij bleef een tijdje naar hen kijken. Onbekenden die alcohol dronken om zich prettiger te gaan voelen. De scherpe randjes van hun angsten af te schuren. Dat deed iedereen. Amerikanen deden het, afgezien van een kort experiment van drooglegging dat leidde tot een explosie van misdadigheid van ongekende omvang. De Duitsers en de Fransen, opgewekt als ze waren. De Russen, met melancholische ernst. De Engelsen ook, die bierfanaten. Ze brachten hun tijd door in bars en kroegen en thuis, en maakten alles wazig. Dat prikkelende masker hadden ze nodig, die lijm.

Uiteindelijk verscheen er iemand. Hij had zwarte kleren aan met een wit overhemd, net als de vorige barkeeper – maar dan tien jaar ouder en aanzienlijk minder zonnig gehumeurd. Waar de jongere man waarschijnlijk nog verse hoop koesterde dat hij ooit een scenario zou verkopen of 'cut!' zou roepen, leek deze man zuur te moeten aanvaarden dat de actrices uit Hollywood gewoon zouden doorleven zonder dat hij hun zijn liefde mocht verklaren. Hij wierp een achterdochtige blik op Zandt, met die radar, kelners eigen, die hem vertelde dat hier een man zat die niet in het hotel verbleef en ook niet op iemand in het bijzonder zat te wachten.

'Hetzelfde, meneer?' Dit werd gezegd met een lichte hoofdbuiging, een gebaar van hartelijke ironie: we begrijpen beiden dat Meneer niet van het soort is dat we hier graag zien, en dat Meneer bovendien lichtelijk beschonken is en niet de juiste kleding draagt.

'Waar is die andere vent?'

'Welke andere "vent", meneer?'

'Die mij daarnet bediend heeft.'

'Wisseling van de wacht. Geen zorgen. Het bier is hetzelfde.'

Terwijl de kelner traag wegliep, waarbij hij met het dienblad tegen zijn knie tikte, vroeg Zandt zich even af of hij hem zou doodschieten. Als les voor alle andere kelners die op een of andere manier wisten te suggereren dat de mensen die hun salaris opleverden, tuig waren. Een geheugensteuntje, zij het veel te laat. Misschien zou het bericht doordringen tot in winkels, zelfs winkels aan Rodeo Drive. Zandt herinnerde zich nog steeds, zou zich altijd blijven herinneren, wat er zes of zeven jaar geleden gebeurd was op de middag van hun zoveelste trouwdag. Bij die gelegenheid was hij met zijn vrouw naar een dure winkel gegaan om een bloes te kopen, en kort daarna waren ze vertrokken;

Jennifer gegeneerd met een tas tegen zich aan geklemd, Zandt schuddend van onuitgesproken woede. Ze had de bloes niet vaak gedragen. Ze had zich zo klein gevoeld in die winkel, dat de bloes besmet was geraakt.

Die herinnering bezorgde hem een nog beroerder gevoel. Hij trok een van de laatste bladen briefpapier naar zich toe om iets, wat dan ook, te hebben om aantekeningen op te maken, maar bleef plotseling roerloos zitten. Hij zag de kelner achter de bar staan, bezig zijn bier te tappen.

Een Budweiser. Net als de vorige keer. Dat viel te verwachten. De vorige kelner moest een briefje hebben achtergelaten waarop stond wat hij betalen moest, wat hij tot dan toe had gedronken.

Met andere woorden, een aanduiding van wat hij wilde.

Van zijn voorkeuren.

Toen de kelner arriveerde met het bier, vond hij een lege stoel en een biljet van tien dollar.

Hoofdstuk 17

Het huis lag hoog in de heuvels van Malibu. Het was klein en ongebruikelijk van indeling, met een reeks kamers als in een klein motel. Om van de ene woonruimte naar de andere te gaan, moest je buitenom over een overdekt pad en dan het gebouw via een andere buitendeur weer in. Het stond aan de rand van een rotsblok en lag aan het eind van een steile, kronkelende laan met onvoldoende straatverlichting. Dit was niet het soort plek waar je per ongeluk terechtkomt. Ondanks de ligging had het een lage huur, want het stond op onstabiele bodem en kon ieder moment onbewoonbaar verklaard worden. De woonkamer-cum-woonkeuken, groot en met zijn glazen pui veruit het mooiste vertrek, vertoonde een barst midden door de betonnen vloer. Je kon er bijna een vuist in steken, en de ene zijde van de barst lag ruim vijf centimeter hoger dan de andere. Buiten, aan de landzijde van het perceel, lag een klein zwembad zonder water; de waterleiding was gesmolten bij een brand, jaren voordat ze hier was komen wonen. Je had een zekere moed nodig om 's nachts te gaan slapen.

Nina had de avond doorgebracht op de patio aan de achterkant van het huis, met haar rug tegen de muur en haar benen voor zich uitgestrekt. Meestal keek je uit over de oceaan, met maar een paar bomen en struiken voordat het land steil afliep. Er waren geen andere huizen te zien. Vanavond was ook de zee onzichtbaar, verborgen door een mist die al bij haar voeten leek te beginnen. Soms was het zulk weer, en ze vroeg zich af of ze dat niet liever had. Een plek aan de rand van het zijn, waar alles mogelijk was. Ze had een glas wijn mee naar buiten willen nemen, maar dat was ze vergeten. Toen ze eenmaal zat, leek ze gekalmeerd, niet in staat om de wilskracht op te brengen om naar binnen te lopen en zich richting de koelkast te begeven.

Ze had de hele dag naar Zandt gezocht. Die was niet in zijn hotel geweest, en niet op de Promenade en op geen van de andere plekken die ze had geprobeerd. Vroeg in de avond had ze de hele afstand afgelegd naar het huis waar hij ooit gewoond had, en daar had ze een tijdje naar zitten kijken. Er woonden nu andere mensen, en hij was niet verschenen. Ze was weer naar huis gereden. Dus kon ze alleen maar zitten. De wanden van de woonkamer achter haar bestonden uit boekenplanken vol teksten en papieren en aantekeningen. Ze wilde er niet naar kijken. Ze had geen zin om met een FBI-collega te praten. Haar reputatie daar was niet wat hij geweest was. Homo erectus had haar carrière naar een zijspoor geholpen – niet omdat ze er niet in geslaagd was om hem te arresteren, hoewel dat natuurlijk meegespeeld had. Maar omdat ze doorgegaan was met informatie doorsluizen naar een politieman die zich niet meer met de zaak mocht bemoeien nadat zijn eigen dochter was verdwenen. Er waren wel mensen om minder ontslagen. Zij had kans gezien haar baan te behouden, maar er was wel het een en ander veranderd. Ooit had Monroe naar haar geluisterd, was ze op weg naar de top geweest. Nu voelde haar relatie met hem moe en uitgerekt aan.

Ze voelde zich eenzaam en bang. Haar angst hield geen verband met de eenzaamheid. Ze was gewend aan alleenzijn en vond dat niet erg, ondanks een karakter dat verlangde naar iets anders. Er was maar één reden waarom ze de relatie met Zandt had beëindigd. Hoe meer ze om hem ging geven, des te minder had ze zich bereid gevoeld om het leven te vernielen dat hij al had. Het feit dat dat tóch vernield was, maakte het onmogelijk om hem dat uit te leggen toen hij ernaar gevraagd had. Hoewel, misschien niet onmogelijk: ze had zinnen kunnen bedenken waarin die informatie werd overgebracht. Maar ergens in die zinnen had iets kunnen liggen dat haar verried. Iets dat kon verraden dat ze, twee weken na Karens verdwijning, een gedachte had waargenomen die ongevraagd door haar achterhoofd was geschoten. Dat als dit dan toch had moeten gebeuren, die vernieling van zijn gezin, dat zíj dat dan net zo goed gedaan had kunnen hebben.

In de tussentijd waren er andere mannen geweest, hoewel niet veel, en er zouden er waarschijnlijk nog meer volgen. Het vinden van mannen was geen echt probleem, althans het vinden van mannen die je niet lang wilde houden. Het was eerder de wanhoop die haar somber maakte, de eindeloze processie van vreselijke gebeurtenissen. Als we zo in elkaar zaten, dan was er misschien niets aan te doen. Als je zag wat de mens zijn soortgenoten en andere dieren aandeed, moest je je afvragen of we eigenlijk niet gewoon ons verdiende loon kregen, een soort wraakgodin die we vrolijk en wel over onszelf afriepen. Dan kon je je afvragen of de ruige dieren die richting Bethlehem kropen, meer waren dan onze eigen verloren zoons op weg naar huis.

Rond halftien stond ze op en ging ze weer naar binnen. Toen ze de koelkast opende, waar alleen een halve fles wijn in stond, keek ze met een half oog naar het televisietje op het aanrecht. Meer berichten over de slachtpartij in Engeland, hoewel met het geluid uit niet duidelijk werd wat er werd gezegd, onthuld of beweerd. Een triest feit, een nieuwe reden tot verdriet.

Ze deed de koelkastdeur weer dicht, liet de fles onaangeroerd staan en leunde even met haar gezicht tegen het koele oppervlak.

Ze keek op toen ze buiten iets hoorde. Even later bleek dat het geluid van autobanden op grind te zijn. Snel liep ze naar de andere kant van het vertrek en pakte een pistool uit haar tas.

De auto kwam tot stilstand en ze hoorde een gesprek op gedempte toon. Daarna het geluid van een portier dat werd dichtgesmeten en opnieuw dat van de banden van een auto die achteruit de oprit afreed. Voetstappen, en een klop op de deur. Met haar hand achter haar rug deed ze open.

Buiten stond Zandt. Hij zag er opgewonden uit, en niet helemaal nuchter.

'Waar heb jij in godsnaam gezeten?'

'Overal.' Hij liep naar binnen, bleef staan en keek om zich heen. 'Gezellig heb je het hier gemaakt.'

'Ik heb er absoluut niets aan gedaan.'

'Dat bedoel ik. Het ziet er nog precies hetzelfde uit.'

'Niet iedere vrouw heeft een obsessie voor woninginrichting.'

'Wel waar. Volgens mij ben jij een vermomde vent.'

'Verdomme. Nu ben je erachter.' Ze stond met haar armen over elkaar geslagen. 'Wat wil je?'

'Jou vertellen dat ik dus tóch de juiste man heb gedood.'

Tegen de tijd dat zij met de fles op de patio verscheen, was hij al begonnen met vertellen.

'Het probleem was dat we dit niet konden oplossen als een normale zaak. Hij reageerde niet op normaal onderzoekswerk. Wanneer er mensen verdwijnen, ga je alle contacten langs, van boven naar beneden. Je praat met de families, de vrienden, de mensen in hun omgeving. Je zoekt naar een snijpunt van lijnen. Een bar die ze op verschillende avonden op verschillende tijdstippen bezochten. Lidmaatschap van een fitnessclub. Een of andere overeenkomst waaruit blijkt dat die mensen iets anders gemeen hebben dan het feit dat ze nu dood zijn. Dat er voor die tijd iets geweest is waardoor ze nu dood zijn. Met Homo erectus hadden we meerdere verdwijningen, maar niet meer dan oppervlakkige gelijkenissen. Allemaal meisjes, allemaal zo'n beetje even oud. Allemaal mooi. Nou, en? De hele stad zit vol jongens die bidden om zo'n meisje. En vrouwen ook, trouwens. Het is een normaal verlangen, niets psychopathologisch. Afgezien van het lange haar. Dat is het enige houvast, de enige voorkeur – samen met het feit dat die meisjes afkomstig waren uit gezinnen waar geld geen groot probleem is. Geen zwerfkinderen, geen junks. En dat betekent dat zijn werk moeilijker werd, want dit soort meisjes is moeilijker te stelen. Dat gaat niet vanzelf.'

Hij zweeg even. Nina wachtte. Hij keek haar niet aan. Hij leek zich niet eens bewust van haar aanwezigheid. Hij stond op het uiterste randje van de patio. Vanuit de deuropening zag zijn omtrek er vaag uit. Toen hij verder ging, sprak hij langzamer.

'Iemand zoekt iets. Hij heeft een angst, iets dat alleen door een bepaalde handeling kan worden opgeheven. Dat heeft hij toevallig of door vallen en opstaan ontdekt. Hij heeft het al een hele tijd niet laten gebeuren. Hij is braaf geweest. Hij heeft dat ene, dat erge, niet gedaan. Hij heeft zich nergens mee bemoeid en hij heeft niemand kwaad gedaan. Hij gaat het nooit meer doen. Hij is niet zwak – hij heeft het niet nodig. Nu niet en misschien nooit meer. Misschien gaat hij het nooit meer doen. Misschien kan hij het achter zich laten. Misschien is het voorbij.

Maar na verloop van tijd gaat het niet zo goed meer. Het wordt moeilijker. Zijn concentratie neemt af. Hij merkt dat hij niet meer functioneert. Hij kan zich niet concentreren op zijn baan, zijn gezin, zijn leven. Hij raakt gespannen. Hij krijgt allerlei ideeën, fantasieën. Hij wordt bang, en het ergste is dat hij weet waardoor dat komt. Hij weet dat er maar één oplossing is. Hij begint weer te denken aan oude campagnes, maar die helpen niet. Misschien kan hij ze zich ook niet goed meer herinneren. Ze bezorgen hem geen beter gevoel. Dat is oud nieuws. Je kunt een angst van dit moment niet verhelpen door iets wat al gebeurd is: het plezier van vorig jaar is geen remedie tegen de ellende van deze week. Hij moet iets vóór zich hebben, iets wat hij nog niet gedaan heeft.

De talismans helpen ook niet meer, de dingen die hij bewaard heeft, het bewijs dat hij het al eens eerder gedaan heeft. Die herinneren hem er alleen nog aan dat het dus mogelijk is. Hij heeft het zo vreselijk nodig en hij weet dat hij er niet buiten kan – en hoe dan ook, hoezeer hij het ook probeert, hij heeft het al gedaan en er kan nooit meer werkelijke vrede heersen, hij kan nooit hopen op vergeving. Zijn leven is besmet en hij kan niet meer terug.

En dus, bijna per ongeluk, gaat hij weer op zoek. Misschien maakt hij zichzelf wijs dat hij verder niets doet. Alleen maar zoeken. Dat hij zichzelf ditmaal beter in de hand heeft. Dat hij ditmaal alleen gaat kijken, niet meenemen. Maar hij gaat weer op zoek, en wanneer die eerste stap eenmaal gezet is, is er maar één uitkomst denkbaar. Hij zal vergeten hoe vreselijk hij zich de vorige keer voelde, zoals de herinnering aan een kater niet zal voorkomen dat je volgende vrijdag weer gaat drinken. Misschien heeft hij het al zo vaak gedaan dat hij het niet erg meer vindt, zelfs het vooruitzicht niet. Misschien is dit het enige wat nog betekenis voor hem heeft. Hij gaat ergens heen waar hij al eerder is geweest, of een plek die daarop lijkt. Intussen heeft hij een plan. Dit is een gevaarlijk spel, en hij moet manieren hebben verzonnen om het risico in te perken. Hier komen de kruispunten erbij, want de kruispunten zijn voor hem essentieel en liggen in het hart van zijn paden. Die paden komen bijeen op plekken waar hij zich veilig voelt, waar hij kan rondlopen zonder masker. Sommigen zullen het beschouwen als hun jachtgrond. Anderen zien het als iets waar ze opgaan in de massa, of waar niemand kijkt, waar ze onzichtbaar zijn. Waar hij niet zwak is maar juist macht heeft, waar hij geen deel is van de massa maar er bovenuit stijgt. Zijn geheime plekken, de plekken waar mensen naar hem toe komen, waar datgene wat hij zoekt vanuit het donker komt aanlopen, zó de nacht in die hij voor hen gepland heeft. Hij zal een tijdje toekijken en dan, op een avond, wanneer het meisje zich omdraait op straat, zal ze iemand achter zich zien en dan is het allemaal voorbij tot het tijd wordt om op te ruimen en zich misselijk te voelen en god of wie er maar luistert te beloven dat hij het nooit, nooit meer zal doen.'

'En zo heb je hem gevonden?' vroeg Nina.

'Nee. We hebben geen enkel verband tussen al die meisjes gevonden. We zijn nooit ook maar in de buurt van de man gekomen, want we kwamen er niet achter waar hij die meisjes voor het eerst gezien had. Daarom ging ik na Karens verdwijning terug naar de plekken waar die andere meisjes verdwenen waren. Dat waren de enige plekken waarvan we wisten dat ze iets te maken hadden met de moordenaar. Verder had ik niets. Geen verband. Geen manier om een verband te vinden. Behalve... de vorige keer is hij teruggekomen. Hij is teruggekomen naar een van zijn plekken, en ik dacht dat dat was om de gebeurtenissen nog een keer mee te maken. En toen ik hem op twee van die plekken gezien had, geloofde ik dat hij het was. Dus ben ik achter hem aan gegaan, en zo heb ik hem gevonden.'

'Maar toen,' zei Nina, haar woorden zorgvuldig afgewogen, 'ontdekte je dat het de verkeerde was.'

'Fout. De man die ik heb gedood, was inderdaad degene die enkele van die meisjes had ontvoerd.'

'Wou je zeggen dat we nu dus te maken hebben met een imitator?'

'Nee. Ik wil zeggen dat ik de kelner heb gedood, niet de man die het bier bestelt.'

'Dat begrijp ik niet.'

'De man die de pakjes verstuurt, is iemand anders dan degene die de meisjes heeft ontvoerd.'

Nina staarde hem aan. 'Homo erectus vindt dat hij een meisje nodig heeft en plaatst gewoon een bestelling? En dan gaat die vent eropuit en grijpt ze op bestelling? Als een soort pizzakoerier?'

'Daarom zijn er na Karen geen meisjes meer verdwenen, hoewel het pakje nog wel is bezorgd. De man die ze had ontvoerd, was weg. De moordenaar leefde nog.'

'Maar zo werken seriemoordenaars niet. Oké, er zijn er een paar geweest die samenwerkten. Leonard Lake en Charles Ng. John en Richard Darrow. De Wests, als je het zo wilt zien. Maar zoiets, nee.'

'Tot nu toe niet,' stemde hij in. 'Maar de wereld verandert, en alles wordt groter en mooier en beter. Handig. Op bestelling.'

'Maar waarom waren er dan absoluut geen links tussen al die meisjes? De ontvoerder moet een standaardmanier van werken gehad hebben, zoals je al zei. Die hadden we dan moeten vinden.'

'Als het telkens dezelfde was.'

Nina keek hem sprakeloos aan en knipperde met haar ogen. 'Twéé ontvoerders?'

'Misschien meer. Waarom niet?'

'Omdat, John, Homo erectus de afgelopen twee jaar maar één mogelijk slachtoffer heeft gemaakt. Sarah Becker.'

'Wie zegt dat hij het alleen is?' Hij pakte de wijnfles en zag dat die leeg was. 'Je hebt hier vast nog wel ergens een flesje staan.'

Nina liep achter hem aan het huis in. Hij opende de koelkast en staarde ongelovig naar de lege schappen.

'John, ik heb niets in huis. Hoe bedoel je, wie zegt dat hij het alleen is?'

'Hoeveel seriemoordenaars zijn er momenteel actief in Californië?'

'Minstens zeven, misschien elf. Dat hangt af van je definitie van...'

'Precies. En dat zijn degenen die je kent. In één staat, en dat is dan nog een staat die niet hoog scoort. Zeg honderdvijftig over het hele land, en zeg dat tien of vijftien daarvan twintigduizend dollar per keer kunnen betalen. Misschien meer. Misschien heel wat meer. Daar kun je van leven. En aardig ook. Je kunt een hypotheek aanvragen op basis van zo'n bedrijfsplan.'

'Stel dat je gelijk hebt, en eerlijk gezegd staat dat te bezien, wat hebben we daar dan aan als we op zoek gaan naar Sarah Becker?'

'Niets,' gaf hij toe, en plotseling verdween al zijn nerveuze energie. Hij wreef hard met zijn vingers over zijn voorhoofd. 'Ik neem aan dat de FBI nog steeds bezig is?'

Nina knikte.

'Tja,' zei hij, op matte en verslagen toon. 'Dan zal er niets anders op zitten dan wachten.' Hij keek naar de geluidloze televisie. Daar was nog steeds een verslag gaande over massamoorden in het recente verleden, als achtergrond bij het bloedbad in Engeland. 'Heb jij dit gevolgd?'

'Ik heb geprobeerd dat juist niet te doen,' zei ze. Ze stonden een tijdje samen in de keuken te kijken. Er was geen echt nieuws. Ze wisten nog steeds niet waarom hij het gedaan kon hebben. Zijn huis was doorzocht, en daarbij was enige algemene haatliteratuur gevonden, een tweede geweer, een computer vol porno en een heel slecht schilderij van een aantal duistere figuren tegen een witte achtergrond, als geestverschijningen in de sneeuw.

Niets van dat alles werd belangrijk geacht.

Hoofdstuk 18

'Je moet me wat anders geven, niet alleen water,' zei Sarah.

Haar stem klonk zwak, zelfs in haar eigen oren. Ze had deze zin al talloze malen herhaald. Het was het eerste geworden dat ze zei als het luikje werd weggehaald.

'Vind je water dan niet lekker?'

'Ik vind water echt wel lekker. En ik ben er ook echt blij mee. Maar ik heb meer nodig. Je moet me meer geven dan alleen water.'

'Wat dan?'

'Eten. Iets te eten.' Ze hoestte. Ze moest nu behoorlijk vaak hoesten, en ze werd er misselijk van.

'We eten tegenwoordig te veel,' zei de man. 'Veel te veel. Het wordt voor ons gedood en bij tonnen tegelijk verbouwd en aan de deur afgeleverd en we zitten als varkens rond de trog. We zijn niet eens jagers meer. We zijn aaseters geworden. Hyena's met kortingsbonnen die door een hoop in krimpfolie verpakte resten graaien, neergesmeten door mensen die we niet eens kennen.'

'Dat zal wel. Maar ik moet eten.'

'Ik moet eten ik moet eten ik moet eten,' zong de man. Zo te horen vond hij ze mooi klinken, die woorden, en hij bleef de zinnen een paar minuten lang herhalen.

Toen zweeg hij een tijdje, voordat hij opmerkte: 'Vroeger konden we dágen zonder voedsel. Toen waren we slank.'

'De crisisjaren, ja. De oorlog, enzovoort.'

De man lachte. 'Dat was gisteren, dat is niet interessant voor ons. Ik bedoelde voor de invasie.'

'De invasie?' vroeg Sarah, en intussen dacht ze: oké, nu zijn we er. Kleine groene mannetjes. De Russen. De joden. Maakt niet uit. Ze kreeg weer een vreselijke hoestbui en even werd alles haar wit voor de ogen. Toen hij antwoordde, leek zijn stem van heel ver weg te komen, alsof hij zo'n ding gebruikte dat Cher had als ze 'Believe' zong.

'Ja, de invasie. Hoe wou je het anders noemen?' vroeg hij.

Ze slikte, kneep haar ogen dicht en opende ze weer. 'Ik wou het helemaal niets noemen. Ik heb veel te erge honger.'

'Jij krijgt geen eten.'

Plotseling werd ze heel erg bang van de toon waarop hij sprak. Hij klonk niet alsof hij bedoelde dat ze vandaag geen eten kreeg. Hij klonk alsof hij bedoelde dat ze nooit meer eten kreeg. In verbazend weinig tijd had ze zich aangepast aan haar huidige omstandigheden, mede dankzij het toenemende gevoel van dislokatie. Maar het dreigement dat ze nooit meer iets te eten zou krijgen was voldoende om haar even met een schok helemaal terug te brengen naar de werkelijkheid.

'Luister,' zei ze, nu met tranen in haar stem, 'je moet iets met me van plan zijn. Er moet een reden zijn waarom je dit doet. Alsjeblieft, doe wat je wilt en maak me dood of geef me iets te eten. Ik móét iets eten.'

'Doe je mond open.'

Gretig gehoorzaamde ze, en meteen stroomde het speeksel haar mond binnen. Een tijdje gebeurde er niets, en toen verscheen er een hand. Daarin zat niets dat op eten leek, alleen een klein stukje wit papier. De hand drukte dat even op haar tong en verdween toen weer. Sarah begon te huilen.

De man bleef een tijdje zwijgen en begon daarna met zijn tong te klakken. 'Geen verandering,' zei hij. 'Koppig stukje genoom.' Het witte papiertje fladderde omlaag in het gat en kwam naast haar neer. 'Jij hebt nog niets geleerd, is het wel?'

Ze haalde haar neus op. 'Je hebt me niets verteld.'

'Ik begin mijn twijfels te krijgen,' zei hij. 'Ik dacht dat jij anders was. Dat jij kon veranderen. Ik ben je persoonlijk komen halen. Ik had plannen voor ons. Maar langzamerhand begin ik me af te vragen of je het eigenlijk wel aankunt.'

'O, ja? Waarom dan?'

'Je bent lui en verwend en je gaat amper vooruit.'

'O, ja? Nou, en jij bent gestoord.'

'En jij bent een klein krengetje.'

'Val dood,' zei ze. 'Je bent volledig getikt en ik ga ontsnappen en dan sla ik je hersens in.'

Ze hield haar mond dicht toen hij het water uitgoot.

Hij was een hele tijd niet teruggekomen.

Hoofdstuk 19

Rond drie uur in de ochtend kwamen we in Hunter's Rock aan, na een korte vlucht en een lange rit. Toen we in Oregon waren geland, was ik over de staatsgrens de snelweg opgereden, en daarna over wegen die ik me herinnerde van lang geleden – met een gevoel alsof ik de stappen traceerde van een ontdekkingsreiziger over wie ik alleen maar had gelezen, niet alsof ik mijn eigen vroegere terrein betrad. Na een tijdje kwamen we langs plekken die ik beter gekend had, en toen werd het moeilijker. De route die ik koos, was niet bepaald de kortste. Ik denk dat Bobby dat besefte. Hij zei er niets van.

Uiteindelijk stopten we bij een oud motel dat ik niet herkende, dertig kilometer buiten de stad. Ik had voorgesteld om in de auto te slapen, maar Bobby, altijd praktisch, had opgemerkt dat we de volgende dag beter werk zouden leveren als we een paar uur in bed konden liggen. We liepen naar het kantoortje en bonsden op de deur. Na een hele tijd kwam er een man in T-shirt en pyjamabroek naar buiten, en hij wist ons meteen duidelijk te maken dat hij niet blij was met onze aanwezigheid. We gaven toe dat het natuurlijk al laat was, maar dat hij ons nu net zo goed een kamer kon geven en een paar centen verdienen, nu hij toch wakker was.

Hij keek ons even aan. 'Zijn jullie homo's?'

We keken terug, en hij kwam kennelijk tot de ontdekking dat het minder erg was om twee eventuele homo's een kamer te geven dan door diezelfde twee homo's in het holst van de nacht in elkaar geramd te worden. Hij gaf me een sleutel.

Bobby ging op een van de bedden liggen en viel meteen in slaap. Ik probeerde dat ook, maar de rust beklijfde niet. Na een tijdje stond ik op en liep de kamer uit. Ik trok een pakje sigaretten uit de automaat en ging naar het midden van het motelterrein, waar rond de resten van een zwembad een roestige omheining stond. Ik trok een half kapotte stoel bij en ging in het donker zitten. Er was geen licht, afgezien van het stoffige roze van het bordje KAMERS TE HUUR boven het kantoortje, een streepje maan en wat glinsteringen op harde oppervlakken. Ik pakte het pistool dat ik van Bobby had gekregen en keek er een tijdje naar. Het zei me niet veel bijzonders, dus ik stak het weer in mijn jasje.

Ik staarde naar de schaduwen van het lege zwembad en vroeg me af hoe lang dat al leegstond. Een hele tijd, zo te zien: de wanden waren gebarsten en op de bodem stond vijftien centimeter blubber die eruitzag als iets wat de voedingsbodem kon zijn geweest voor de allereerste vormen van leven. Ooit had het vol water gezeten, en hadden ouders er dankbaar hun kinderen heen gestuurd, blij en opgelucht na een lange autorit. Het naambord van het motel, hoe verschoten en onbemind het ook was, dateerde van het eind van de jaren vijftig. Ik kon me voorstellen hoe het leven er toen uitgezien moest hebben, maar alleen in stilstaande beelden: kiekjes van die mooie jaren, de kleuren net niet helemaal goed en alles bevroren in een advertentie voor het soort leven dat – zegt iedereen altijd – onvermijdelijk is. Een veilige achtertuin vol liefde en licht, met een barbecue en een stevige handdruk, met hard werken en oprechte liefde en eerlijk spel. Zo hoort het leven te zijn. In plaats daarvan dolen we maar wat rond, zonder charisma en leiding en script – en uiteindelijk houdt het allemaal op en komen we erachter dat er sowieso niemand zat te kijken. We zijn er zo aan gewend dat de dingen op een bepaalde manier worden geportretteerd, dat we als die dingen echt gebeuren en ons leven niet blijkt te lijken op ons verwachtingspatroon, geen idee hebben hoe we nu moeten reageren. Onze levens worden voor onszelf onherkenbaar. Moeten we nu nog proberen gelukkig te worden, nu alles zo fout is en scheef zit en grijs blijkt? Hoe kunnen we tevreden zijn met ons lot als het op tv zoveel beter is?

Ik was ervan overtuigd dat Bobby al achter de waarheid was en dat mijn geboorte inderdaad niet in Hunter's Rock geregistreerd was, maar ik moest zelf gaan kijken. De hele tijd dat Chip Farling me had rondgereden, had mijn kindertijd met kille vingers aan me zitten trekken. Als mijn ouders ergens anders heen gegaan waren toen ik geboren werd, was dat misschien niet echt belangrijk. Misschien waren ze een weekendje weg, een laatste gelegenheid voor de gezinsuitbreiding, en waren ze ergens ver van huis overvallen door mijn geboorte. Maar dat was dan toch zeker het soort verhaal dat je aan je kind vertelt, het soort anekdote dat iemands leven uniek maakt? Ik kon alleen maar aannemen dat hier niets over gezegd was omdat het, waar die geboorte ook had plaatsgevonden, om een tweeling gegaan was. Waarom dat iets had uitgemaakt en waarom ze hadden gedaan wat ze vervolgens gedaan hadden, dat wist ik nog steeds niet. Misschien was dit het gat waar ik mijn leven onbewust omheen gebouwd had. Iedereen heeft dat gevoel weleens. Maar ik had het heel vaak. En misschien wist ik nu eindelijk hoe dat kwam.

Ik weet niet wanneer het geluid begonnen was. Niet lang geleden, volgens mij. Maar langzaam aan drong het besef door dat ik een vriendelijk, klotsend geluid hoorde, zo dichtbij dat ik me omdraaide. Achter me was niets. Toen ik me weer omdraaide, zag ik dat het uit een andere richting kwam, van de diepe kant van het zwembad. Het was iets te donker om te kunnen zien, maar het klonk alsof in het diepe eind van het zwembad zachtjes water klotste. Verbaasd ging ik rechtop zitten. Het water in het zwembad was iets dieper aan het worden. Langzaam, maar toch. Het was nu meer dan vijftien centimeter diep, misschien dertig. Pas toen zag ik dat er twee mensen in het zwembad zaten. Helemaal aan het diepe eind. Een was iets langer dan de ander, en geen van beiden waren ze aanvankelijk meer dan grote schaduwen. Hand in hand waadden ze verder, moeizaam door het dikke, wassende water ploegend. De watergeluiden klonken harder toen het zwembad sneller vol begon te stromen, en de bewegingen van het tweetal werden energieker nu ze probeerden naar het ondiepe te komen, de kant waar ik zat.

Intussen scheen het maanlicht op hun gezichten en wist ik dat het mijn vader en moeder waren. Als ze elkaar niet vastgehouden hadden, hadden ze beter kunnen opschieten. Maar dat deden ze niet. Zelfs toen het water tot boven hun middel kwam, bleven ze elkaar onder het oppervlak bij de hand houden. Ik denk dat ze me zagen. Ze keken althans mijn kant uit. Mijn vader deed zijn mond open en dicht, maar als er al geluid uit kwam, hoorde ik dat niet. Hun vrije armen zwaaiden door het diepe water, maar zonder te plonzen. Nog steeds werd het water dieper. Het maakte niet uit hoe dichtbij ze kwamen. Het zwembad werd niet ondieper. Het water bleef stijgen. Het hield niet op toen het hun kin bereikt had, en ook niet toen het over de rand van het zwembad begon te stromen en als donkerkleurig kwikzilver rond mijn voeten spoelde. De ogen van mijn moeder waren tot het einde toe kalm, maar bij mijn vader zag ik paniek, voor het eerst in mijn leven, en zijn hand was het laatste dat zichtbaar bleef, toen ze bijna bij het eind waren en nog steeds zonken, maar hun handen naar me uitstaken.

Toen mijn ogen openvlogen, begon het licht te worden en stond Bobby hoofdschuddend op me neer te kijken.

Ik ging met wijd open ogen rechtop zitten en zag dat mijn pakje sigaretten niet meer op mijn schoot lag maar in die vijftien centimeter troep op de bodem van het zwembad. Ik keek op naar Bobby, en die knipoogde.

'Je hebt je zeker omgedraaid in je slaap,' zei hij.

Tegen het einde van de ochtend was de bevestiging er. Er was in Hunter's Rock geen Ward Hopkins geboren, geen Hopkins van wat voor kleur dan ook. Ik sprak een aardige jonge vrouw achter een balie, die zei dat ze zou kijken of ze iets anders kon vinden. Ik zag niet in wat dat dan nog zou kunnen zijn, en al gauw werd duidelijk dat zij dat ook niet inzag, maar dat ze uit een combinatie van medelijden en verveling probeerde te helpen. Ik gaf haar mijn telefoonnummer en vertrok.

Bobby stond buiten op de stoep te bellen. Ik bleef een beetje om me heen staan kijken tot hij klaar was. Al had ik geweten wat me te wachten stond, het was toch een raar gevoel. Net of je ging zitten om te horen te krijgen dat je níét uit de buik van je moeder was gekomen, maar dat de ooievaar je onder een struik had afgezet. In dat ziekenhuisje waren mijn amandelen geknipt en waren mijn jeugdige knieën tweemaal gehecht. En bij ieder bezoek had ik gemeend dat ik terugging naar de plek waar ik geboren was.

'Tja, vriend,' zei Bobby uiteindelijk. 'De kloeke mannen en vrouwen van de Dyersburgse politie willen bijzonder graag weten waar jij zit. Het zal je genoegen doen dat dat louter uit bezorgdheid is. Voorlopig.'

'En het huis?'

'Aanzienlijke schade aan zitkamer en hal, het onderste stuk van de trap vernield. Maar niet tot de grond afgebrand.'

'Dus wat nu?'

'Nu wil ik zien waar jullie hier gewoond hebben.'

Ik keek hem aan. 'Waarom?'

'Nou, liefje, omdat je groot en blond en beeldschoon bent en omdat ik álles van je wil weten.'

'Donder op,' stelde ik voor, en ik zette die gedachte kracht bij met een vermoeid handgebaar. 'Dat is een stom en zinloos idee.'

'Had jij een beter voorstel? Het ziet er hier niet uit als een plek met onbegrensde mogelijkheden voor vermaak.'

We liepen de hoofdstraat in. Ik kwam er niet achter of het nu de oude of de nieuwe gebouwen waren die me het minst bekend voorkwamen. Het meest opvallende was dat de vroegere Jane's Market was gesloopt en vervangen door een kleine Holiday Inn met zo'n pietepeuterig nieuw naambordje. Geef mij maar die enorme lappen van borden. Ik meen het. Ik begrijp niet waarom rechthoeken beter zouden zijn.

Toen we er bijna waren, minderde ik vaart om ten slotte aan de overkant te parkeren. Het was tien jaar geleden dat ik voor het laatst naar dat huis had gekeken, misschien nog langer. Het zag er bijna hetzelfde uit – hoewel het in de tussentijd opnieuw geschilderd was en de bomen en struiken in de tuin er anders uitzagen. Er stond een gezinswagen van Aziatische makelij op de oprit, en opzij van het huis stonden drie fietsen keurig op een rij.

Even later zag ik een gestalte voorbijlopen achter het voorraam, die vervolgens uit het zicht verdween. Zomaar een doorsneehuis in een buitenwijk, maar het leek wel een koekhuisje in een sprookje. Het was te echt, te sterk, alsof er te veel smaakmakers in zaten. Ik probeerde me exact te herinneren wanneer ik voor het laatst binnen geweest was. Het leek onbegrijpelijk dat ik er niet meer heen gewild had voordat het verkocht was. Had ik dan echt helemaal niet doorgehad dat het leven er ooit zo anders zou uitzien?

'Ben je er klaar voor?'

Ik besefte dat mijn handen een beetje beefden. Ik keek hem aan. 'Klaar voor wat?'

'Om naar binnen te gaan.'

'Ik ga niet naar binnen.'

'Jawel, jij gaat wél naar binnen,' zei hij geduldig.

'Bobby – ben je nou helemaal? Er woont hier nu iemand anders. Geen haar op m'n hoofd die eraan denkt om dat huis in te gaan.'

'Luister nou even. Een paar jaar geleden is mijn vader gestorven. Niet dat ik dat erg vond – we konden absoluut niet met elkaar overweg. Maar mijn moeder belde om te vragen of ik thuiskwam voor de begrafenis. Ik had het druk. Ik redde het niet. Zes maanden later merkte ik dat ik vreemd begon te doen. Niets concreets. Ik begon alleen overal over te stressen. Aan één stuk door. Ik werd zomaar bang, ook als daar geen enkele aanleiding toe was. Een soort paniekaanval, zoiets.

Er bleven maar gaten openvallen, vlak voor me.'

Ik wist niet wat ik zeggen moest. Hij keek me niet aan, maar staarde recht voor zich uit door de voorruit.

'Uiteindelijk moest ik voor een of andere klus in de buurt van Rochford zijn, dus ben ik mijn moeder gaan opzoeken. Zij en ik zijn ook niet bepaald dikke vrienden. Maar het was fijn om haar te zien. Misschien is "fijn" niet eens het juiste woord. Nuttig. Ze zag er anders uit. Kleiner. En toen ik de stad uit reed, ben ik bij het kerkhof gestopt. Daar heb ik even bij het graf van mijn vader gestaan. Het was middag, de zon scheen en er was verder niemand. En die geest van hem, die geest kwam zomaar vlak voor mijn voeten de grond uit en zei: "Luister, Bobby: *chill.*"'

Ik staarde hem aan. Hij lachte even. 'Natuurlijk niet. Ik voelde niets van zijn aanwezigheid en ik verzoende me niet met wat hij geweest was. Maar sindsdien maak ik me minder zorgen. Soms denk ik aan de dood, en ik ben voorzichtiger met wat ik doe en ik sta meer open voor de gedachte dat ik ooit, op een keer, gesetteld zal zijn. En dat vreemde gevoel is weg. Ik sta weer met beide benen op de grond.' Hij keek me aan. 'Losse eindjes zijn een ramp, Ward. Je denkt dat je jezelf beschermt maar je doet in feite niets anders dan kleine barstjes veroorzaken. En als je er daar te veel tegelijk van hebt, valt de hele zaak in puin en komt er niets meer van je terecht. En bij jou, maat, zitten er momenteel heel wat barsten in.'

Ik opende het portier en stapte uit.

'Als ze het goedvinden.'

'Natuurlijk vinden ze dat goed,' antwoordde hij. 'Ik wacht hier op je.'

Ik bleef staan. Waarschijnlijk had ik gedacht dat hij mee zou komen. 'Het is jouw huis,' zei hij. En als we samen gaan staan aankloppen, zal degene die opendoet denken dat hij of zij binnenkort in een la van het mortuarium terechtkomt.'

Ik liep het pad op en klopte aan. De veranda lag er keurig en schoongeveegd bij.

Er verscheen een glimlachende vrouw. 'Meneer Hopkins?' zei ze.

Even later begreep ik het, en in één adem vervloekte en prees ik Bobby. Hij had al gebeld, gezegd dat hij mij was en het voorwerk verricht. Ik vroeg me af wat hij gedaan had als ik had geweigerd.

'Inderdaad,' zei ik, toen ik bekomen was van de schrik. 'Vindt u het echt niet erg?'

‘Helemaal niet.’ Ze deed een stap opzij om me binnen te laten. ‘U boft dat ik thuis was toen u belde. Maar ik moet wel binnenkort de deur uit.’

‘Natuurlijk,’ zei ik. ‘Een paar minuutjes zou al fijn zijn.’

De vrouw, van middelbare leeftijd en mooi genoeg om iemands moeder in een televisieserie te zijn, vroeg of ik koffie wilde. Ik zei nee, maar ze had al gezet en uiteindelijk was het gemakkelijker om dan maar ja te zeggen. Terwijl zij een kop ging halen, bleef ik in de gang om me heen staan kijken. Alles was veranderd. De vrouw, ik wist haar naam niet meer en kon daar ook niet naar vragen aangezien ik haar in theorie al eerder gesproken had, was niet geheel onbekend met de sjabloonkunst. Iets te rustiek naar mijn smaak, maar het zag er beter uit dan toen wij er gewoond hadden.

Daarna liepen we rond. De vrouw hoefde niet uit te leggen waarom ze met me meeliep. Ik vond het al heel wat dat ze op basis van één telefoontje een man in huis liet, en het leek me volkomen normaal dat ze haar spullen een beetje in de gaten wilde houden. Al gauw wist ik zoveel te vertellen over hoe het eruit had gezien op het moment dat zij hier introk, dat ook dat laatste beetje terughoudendheid verdween. Ze begon wat op de achtergrond te rommelen. Ik liep door de kamers en ging de trap op. Ik wierp een korte blik op wat toen mijn ouders’ slaapkamer was geweest en de logeerkamer, die beide hoofdzakelijk onbekend terrein waren geweest. Toen zette ik me schrap voor het laatste vertrek.

Toen de deur van mijn oude kamertje openstond, slikte ik onwillekeurig. Ik deed een paar stappen naar binnen en bleef toen staan. Groene wanden, bruin tapijt. Een paar dozen en wat oude stoelen, een kapotte ventilator en het grootste deel van een kinderfietsje.

Ik merkte dat de vrouw achter me stond.

‘Hier hebben we niets aan gedaan,’ bekende ze. ‘Het uitzicht uit de andere kamer is veel beter, dus hoewel het een kleiner kamertje is, slaapt mijn dochter daar. Dit is gewoon een opslagruimte. Ik zie je straks beneden.’

En met die woorden verdween ze. Ik bleef een paar minuten in het kamertje staan, draaide om mijn as en bekeek het van alle kanten. Het was zowat vier bij vier meter, en het leek zowel piepklein als groter dan Afrika. De ruimte waarin je opgroeit is geen gewone ruimte. Je kent hem zo intiem, je hebt in iedere hoek gezeten en gestaan en gelegen.

Veel dingen bedenk je daar voor het eerst, en als gevolg daarvan rekt zo'n kamertje uit als de tijd voor kerst, terwijl je daar woont en wacht tot je groot bent. Het houdt je vast.

'Dit is mijn kamer,' zei ik zachtjes in mezelf. Het was vreemd geweest om de videobeelden te zien. Maar dit was niet vreemd. De plek waar ik vandaan gekomen was, was niet veranderd. Niet alles in mijn leven was uitgewist. Bij mijn vertrek deed ik de deur weer dicht, alsof ik iets wilde binnenhouden.

Beneden leunde de vrouw tegen de keukentafel. 'Dank u,' zei ik. 'Dat was heel aardig van u.'

Ze weerde mijn dank af, en even keek ik in de keuken om me heen. De huishoudelijke apparaten waren nieuw, maar de kasten waren nog hetzelfde: stevig, van goed hout gemaakt. Waarschijnlijk was er geen reden geweest om die te vervangen. Het werk van mijn vaders handen leefde voort.

Op dat moment herinnerde ik me de avond dat ik, lang geleden, lasagne met hem had zitten eten. Een droogdoek over de ovenhandgreep gehangen, een potje biljart dat niet goed afliep. Ik opende mijn mond en sloot hem weer.

Een van de vreemdste dingen was om dat huis uit te stappen, om dat ene, heel specifieke interieur te verlaten en terug te keren naar de buitenkant – waar ik nu leefde. Ik was bijna verbaasd dat ik de grote, witte auto nog aan de overkant van de straat zag staan, met Bobby er nog in, en het viel me op dat auto's tegenwoordig wel heel erg op gigantische insecten lijken.

Ik wuifde naar de vrouw en liep het pad af, niet snel, gewoon als je normaal ook zou doen. Tegen de tijd dat ik het autoportier opende, was de huisdeur alweer achter me dichtgevallen, dicht en achtergelaten.

Bobby zat het huurcontract voor de auto te lezen.

'Jezus, wat zijn die dingen saai!' zei hij. 'Echt verschrikkelijk. Daar zouden ze een professionele schrijver voor moeten inhuren. Om de zaken wat op te leuken.'

'Je bent een slecht mens,' zei ik. 'Maar toch bedankt.'

Hij duwde de stapel papieren terug in het handschoenenkastje. 'Dus nu zijn we klaar met Hunter's Rock?'

'Nee, volgens mij niet.'

'Wat was je dan van plan?'

'Stel dat ze bij onze geboorte al wisten dat ze gingen doen wat ze uiteindelijk gedaan hebben. Misschien, ik weet niet... misschien dachten ze dat twee kinderen te duur waren of zo.'

Bobby keek niet overtuigd. 'Weet ik,' gaf ik toe. 'Maar hoe dan ook, stel dat ze wisten dat ze een van ons gingen wegdoen. Maar dat ze ook wisten dat ze op een dag dood zouden gaan en dat ik dan misschien zou doen wat ik nu doe. Naar huis komen, rondkijken. En dan kon ik er natuurlijk via het ziekenhuis achter komen dat ik de helft van een tweeling was.'

'Dus daarom laten ze je ergens anders geboren worden, en in dat geval ontdek je alleen dat er iets geheimzinnigs is aan de vraag in welk ziekenhuis je nou eigenlijk bent gearriveerd. En wordt nooit duidelijk dat je een tweelingbroertje had dat ze te vondeling hebben gelegd.'

'Precies.'

'Maar waarom zijn ze daar dan bij de CIA niet achter gekomen toen je daar ging werken?'

'Ze hadden me op dat moment hard nodig. Volgens mij hebben ze het hele antecedentenonderzoek overgeslagen, dat duurde te lang. En wat maakt het een tijdje later nog uit, als ik al in het team zit?'

Daar dacht Bobby over na. 'Iets beters hebben we niet. Maar het blijft raar. Als je ouders zoveel moeite deden om die hele toestand te verbergen, waarom hebben ze dan bewijzen achtergelaten van wat ze gedaan hebben?'

'Misschien is er kortgeleden iets gebeurd waardoor ze van gedachten zijn veranderd. Misschien wilden ze nu wél dat ik het wist.'

Ik besefte dat de vrouw uit het raam kon kijken, dus ik startte de motor en reed weg.

'Volgens mij hebben we in een verkeerde richting zitten zoeken. Er staan drie stukken op die band. In het eerste zie je een plek die ik kon vinden. The Halls. In het laatste zie ik iets wat ik nog niet wist. In het middelste zie je twee plekken. Eerst het huis, waar ik dankzij jou net ben geweest. Niets te vinden. En dan die bar. Die herken ik niet. Daar ben ik nooit geweest.'

'En dus?' We stonden op een splitsing.

'Even geduld,' zei ik, en ik sloeg linksaf. Een keuze die ons uiteindelijk, als hij er nog was, naar een bar zou brengen waar ik vroeger heen ging.

Hoofdstuk 20

Het was geen plek geweest waar je opzettelijk heen zou gaan, tenzij het door stom toeval je stamkroeg was geworden. Volgens mij konden er twee dingen mee gebeurd zijn: ofwel het was helemaal opgeknapt met een uitbouw met een eetzaal en massa's opgewekte serveersters in rood-met-wit, ofwel het was helemaal plat gebulldozerd en opgevuld met van die goedkope huizen waar in het donker veel geschreeuwd wordt. Maar de vooruitgang leek Lazy Ed simpelweg overgeslagen te hebben; wel was er een lichte aftakeling te bespeuren, die als vocht aan de muren kleefde.

Binnen was het leeg en stil. Het hout van de bar en de krukken zag er niet meer of minder gebutst uit dan vroeger. De biljarttafel stond nog op zijn plek, samen met het merendeel van het stof. Misschien zelfs nog stof van mij. Hier en daar waren wat nieuwigheden, om iets van vooruitgang aan te geven. De neonreclame voor MILLER had plaats gemaakt voor een reclame voor Bud Lite, en op de kalender aan de wand waren jongedames te zien met meer natuurschoon dan in mijn tijd. Althans, qua mate van ontkleding. De vorm of constitutie van hun borsten had weinig natuurlijks. Ergens, waarschijnlijk heel goed verborgen, moest een bordje hangen waarop zwangere vrouwen werden gewaarschuwd tegen de gevaren van het drinken – hoewel, als zo iemand hier voor de lol heen kwam, zou die waarschuwing weinig meer uithalen want dan was ze blind of gestoord. Vrouwen stellen hogere eisen. Daarom vormen ze een beschavende invloed op jongemannen. Je moet ze meenemen naar een fatsoenlijke bar om ze dronken te voeren.

Bobby leunde tegen de biljarttafel en keek om zich heen. 'Nog net als vroeger?'

'Alsof ik niet weg geweest ben.'

Met een nerveus gevoel liep ik naar de bar. Vroeger riep ik altijd gewoon om Ed. Dat was twintig jaar geleden, en als ik dat nu weer deed was dat zoiets als teruggaan naar school en van de leraren verwachten dat ze je herkennen. Het laatste waaraan je binnen het grote geheel der dingen behoefte hebt, is de ontdekking dat je nooit meer dan 'een gezicht' bent geweest.

Er kwam een man van achteren aanlopen. Hij veegde zijn handen af aan een doek waarvan ze alleen maar smeriger konden worden. Hij hief zijn kin in een begroeting die hartelijk, maar niet al te enthousiast was. Hij was zowat van mijn leeftijd, misschien iets ouder, dik en reeds kaal aan het worden. Ik zie graag leeftijdgenoten die kaal worden. Daar knap ik meteen van op.

'Hi,' zei ik. 'Ik ben op zoek naar Ed.'

'Dan heb je hem nu gevonden,' antwoordde hij.

'De Ed die ik voor ogen had, moet een jaar of dertig ouder zijn.'

'O, Lazy bedoel je. Die is er niet.'

'Jij bent toch zeker niet Ed junior?' Ed had geen kinderen. Hij was niet eens getrouwd.

'Jezus, nee!' zei de man, alsof hij dat een verontrustende gedachte vond. 'Zuiver toeval. Ik ben de nieuwe eigenaar. Ed is met pensioen.'

Ik probeerde mijn teleurstelling te verbergen. 'Met pensioen.' Ik wilde niet al te opdringerig overkomen.

'Paar jaar al. Maar goed,' zei de man. 'Zo hoefde ik geen nieuw bord te maken.'

'Het ziet er hier allemaal hetzelfde uit,' waagde ik.

De man schudde mismoedig zijn hoofd. 'Breek me de bek niet open. Toen Lazy de boel verkocht, had hij één voorwaarde. Hij zei dat hij een zaak verkocht, geen vakantiehuisje. Alles moest zo blijven tot zijn dood.'

'En dat heb jij gedaan?'

'Ik kreeg het voor weinig. En Lazy is bepaald niet jong.'

'Hoe weet hij of je je aan die bepaling houdt?'

'Hij komt hier nog steeds. Zowat iedere dag. Als je even wacht, krijg je hem vast wel te zien.' Hij moet mijn glimlach gezien hebben, en voegde daaraan toe: 'Eén ding: misschien is hij niet meer degene die je je herinnert.'

Ik plaatste een bestelling en ging naar het tafeltje waar Bobby zat. We bleven een tijdje bier drinken en biljart spelen. Bobby won.

We bestelden het ene biertje na het andere, en toen ik geen zin meer had om nog meer potjes biljart te verliezen, bleef Bobby nog een uurtje oefenen. Mijn vader zou onder de indruk geweest zijn van zijn toewijding. Een hele tijd lang hadden we de bar voor onszelf, en toen begonnen er wat mensen binnen te druppelen. Tegen het einde van de middag vormden Bobby en ik nog steeds zowat een derde van de clientèle. Ik had Ed onopvallend gevraagd hoe laat Lazy meestal langskwam, maar dat bleek volledig onvoorspelbaar te zijn. Ik vroeg me af of ik zijn adres zou vragen, maar ik kreeg het gevoel dat die gozer dat niet zomaar zou geven en dat de vraag hem achterdochtig zou maken. Vroeg in de avond werd het plotseling druk. Er kwamen wel vier mensen tegelijk binnen, maar Ed was er niet bij.

En toen, om zeven uur, gebeurde er iets.

Bobby en ik waren maar weer gaan biljarten. Hij won intussen met iets minder gemak. Iemand had een Springsteen-klassieker opgezet op de jukebox en ik had het eigenaardige gevoel dat het zó twintig jaar geleden had kunnen zijn, in de dagen dat ik daar met gel in mijn haar en omhoog geschoven mouwen stond te spelen. Ik begon dronken genoeg te worden om bijna heimwee te krijgen naar de jaren tachtig, wat nooit een goed teken is.

Vanuit mijn ooghoek zag ik de bardeur opengaan. Zonder overeind te komen keek ik wie er binnenkwam. Ik ving een glimp op, meer niet. Een tamelijk oud gezicht. Dat me recht aankeek. Maar meteen draaide hij zich, wie het ook was, pijlsnel om en vertrok.

Ik riep Bobby, maar hij had het al gezien. Hij holde naar de deur en stond al buiten voordat ik mijn keu had laten vallen.

Buiten, in het donker, hoorden we een auto die met grote haast wegreed. Een gedeukte, oude Ford, die al slippend in een regen van opspattend grind weg sprintte. Bobby vloekte als een ketter en al gauw zag ik waarom: een of andere lamlul had ons klem gezet met zijn grote, rode vrachtwagen. Hij draaide zich om en zag me. 'Waarom ging hij ervandoor?'

'Geen idee. Heb jij gezien welke kant hij uit ging?'

'Nee.' Hij draaide zich om en schopte tegen de dichtstbijzijnde wagen.

'Start de motor.'

Ik rende naar binnen, recht op de bar af. 'Van wie is die vrachtwagen?'

Een gozer met een spijkerjack stak zijn hand op.

'Haal dat ding daar als de sodemieter weg of we schuiven hem zó het terrein af.'

Hij staarde me even aan, stond toen op en liep naar buiten.

Ik wendde me tot Ed. 'Dat was 'm zeker? Die vent die er meteen vandoor ging?'

'Misschien had hij helemaal geen zin in een gesprekje met jou.'

'Nou, dat is dan jammer,' zei ik. 'Want het gaat toch gebeuren. Ik moet even een paar herinneringen met hem ophalen. Ik heb zo'n heimwee dat ik het bijna in m'n broek doe. Waar woont hij?'

'Zeg ik niet.'

'Geen gelul, Ed.'

De man begon zijn hand onder de toog te steken. Ik trok mijn pistool en richtte het op hem. 'En ook geen wapens. Niet de moeite waard.'

De handen van de jonge Ed kwamen weer in het zicht. Ik merkte dat de andere barbezoekers zaten te kijken, en hoopte dat geen van hen in de stemming was voor problemen. Mensen kunnen heel beschermend gaan doen tegenover de lieden die hun bier tappen. Dat schept een belangrijke band.

'Ben jij het type dat mensen kan doodschieten?'

Ik keek hem aan. 'Wat denk je zelf?'

Even bleef het stil, toen zuchtte Ed. 'Ik had moeten weten dat jij voor ellende zou zorgen.'

'Dat wil ik niet. Ik wil alleen even praten.'

'Aan Long Acre,' zei hij. 'Een oude trailer aan het water, aan de overkant van dat bosje.'

Ik smeet het geld voor het bier neer en rende naar buiten, bijna recht in de armen van de vent die zijn vrachtwagen had verplaatst.

Bobby had de auto gekeerd en was klaar voor vertrek. Nu ik wist waar we heen gingen, klonk het wel bekend. Long Acre is een schijnbaar eindeloos lange weg die in een boog vanuit de rand van de stad de heuvels inloopt. Er wonen daar niet veel mensen, en het water waar de barkeeper het over had, lag een heel eind verderop, aan de overkant van een dicht bos.

De rit duurde zowat tien minuten. Het was pikdonker en Bobby reed verschrikkelijk hard. Ik zag geen spoor van achterlichten voor ons.

'Misschien is hij niet naar huis gegaan,' zei Bobby.

'Vroeg of laat zal dat toch moeten. Rijd eens wat langzamer. Het is niet ver meer. En ik krijg hier de zenuwen van.'

Even later zagen we het spiegelende oppervlak van het water, zilverkleurig onder een blauwzwarte hemel. Bobby remde alsof hij op een muur knalde en sloeg af, een amper zichtbaar pad op. Aan het einde waren de omtrekken van een oude trailer te zien, helemaal verlaten. Nergens een auto te bekennen.

'Shit,' zei ik. 'Oké. Rijd er maar omheen, zodat we vanaf de weg niet te zien zijn.'

Zowat een halfuur later begon ik mijn geduld te verliezen. Als Lazy een andere route had genomen om te voorkomen dat hij gevolgd werd, had hij intussen toch echt wel thuis moeten zijn. Bobby was het met me eens, maar gaf een andere interpretatie aan mijn woorden.

'Nee,' zei ik. 'Ik heb die gozer vroeger gekend. Ik ga niet bij hem thuis rondsnuffelen.'

'Dat wou ik ook niet voorstellen. Kom op, Ward. Zodra die vent jou ziet, neemt hij de benen. Je had gelijk. Die bar op de videoband moest jou doen denken aan iemand, en die oude man weet er meer van.'

'Misschien zag hij me voor iemand anders aan.'

'Waarschijnlijk ben je wat zwaarder dan toen, maar je bent niet onherkenbaar dik geworden of van ras veranderd. Hij wist dat jij het was. En voor iemand die zo oud moet zijn, reageerde hij behoorlijk snel.'

Ik aarzelde, maar niet lang. Ik had heel wat tijd doorgebracht met Lazy Ed. Ik was een van velen geweest, dat leed geen twijfel, en sindsdien moesten er nog generaties van minderjarige drinkers gepasseerd zijn. Maar ik had gehoopt op een iets vriendelijker ontvangst.

Samen stapten we uit. Ik ging hem voor naar de deur van de trailer. Bobby forceerde het slot en glipte naar binnen, en even later scheen er een zwak licht door de ramen.

Ik bleef op het opstapje zitten en hield de wacht. Ik vroeg me af of mijn ouders hadden vermoed dat het ooit zover zou komen. Dat hun zoon halfdronken zou inbreken in de trailer van een oude man. Ik ben niet echt gesteld op degene die ik geworden ben, maar ik stelde de man die ik vroeger was ook niet echt op prijs. Mijn gedrag was niet helemaal absurd voor mijn doen, en op een of andere manier zat er iets in: ik was naar de bar gegaan vanwege de herinnering aan dat potje biljart met mijn vader, lang geleden, en aan Eds reactie toen hij hem die dag had gezien. Maar toen ik daar dat pad af zat te staren en luisterde hoe Bobby binnen rondscharrelde, leek ik mijn vaders stem weer te horen.

'Ik vraag me af wat er van je geworden is.'

Tien minuten later kwam Bobby weer naar buiten, met iets in zijn hand.

'Wat is dat?' Ik stond op. Mijn benen deden pijn.

'Dat laat ik je binnen zien. Je moet zowat bevroren zijn.'

In de auto deed ik de binnenverlichting aan.

'Nou,' zei Bobby. 'Lazy Ed komt zijn schemerjaren door met behulp van alcoholhoudende dranken, en hij heeft het stadium bereikt dat hij de lege flessen voor zichzelf verbergt. Of dat, of die bijnaam van hem klopt en hij is gewoon te lui om ze naar buiten te brengen. Het is daar een zwijnenstal. Ik kon niet alles bekijken. Maar kijk eens wat ik tegenkwam?'

Hij hield me een foto voor. Ik nam hem aan en hield hem zo dat het licht erop viel. 'Die zat in een doos, naast wat naar ik aannam zijn bed was. De rest was zomaar troep, maar dit viel me op.'

Op de foto stond een groep van vijf tieners, vier jongens en een meisje, genomen bij slecht licht door iemand die vergeten had om 'even lachen' te zeggen. Alleen de knaap in het midden leek zich bewust van het feit dat hij vereeuwigd werd. De anderen waren gefotografeerd in half profiel, de gezichten voornamelijk in de schaduw. Je kon niet zien waar de foto was genomen, maar te zien aan de kleren en de kwaliteit van de foto zou je zeggen eind jaren vijftig, begin jaren zestig.

'Dat is 'm,' zei ik, 'die gozer in het midden.' Ik voelde me niet gemakkelijk, nu ik iets vasthield dat zoveel te maken had met iemand anders' verleden en niets met mij.

'Met "hem" bedoel je Lazy Ed?'

'Ja. Maar dit is een jaar of vijftig geleden. Toen ik hem kende, zag hij er lang niet zo ballerig uit. Lang niet.'

'Oké.' Bobby wees naar de vrouw, die links op de foto stond. 'En wie is dat?'

Ik keek nog eens naar de figuur die hij aanwees. Ik zag alleen een half voorhoofd, wat haar, een stuk mond. Een smal gezicht, jong, best knap. Ik haalde mijn schouders op. 'Zeg jij het maar. Niemand die ik ken.'

'Echt waar?'

'Waar wil je heen, Bobby?'

'Misschien zie ik het niet goed, en ik wil je niet beïnvloeden.'

Ik keek nog eens. Tuurde een tijdje zorgvuldig naar de andere gezichten om mijn blik op te frissen. Toen keek ik weer naar de vrouw. Nog steeds kwam er niets bij me boven.

'Mijn moeder is het niet, als je dat soms dacht.'

'Nee. Kijk nog eens.'

Ik keek, en eindelijk sloeg de vonk over. Het duurde even en toen drong de waarheid met een klap tot me door. 'Holy shit!' zei ik.

'Zie je het?'

Ik keek nog eens, in de verwachting dat ik me nu minder zeker zou voelen. Dat gebeurde niet. Zodra ik het eenmaal gezien had, was er geen twijfel meer mogelijk. Hoewel een groot deel van haar gezicht in het duister lag, zag ik het aan haar ogen en aan de lijn van de bovenste helft van haar neus.

'Dat is Mary,' zei ik. 'Mary Richards. De buurvrouw van mijn ouders. In Dyersburg.' Ik opende mijn mond om nog iets te zeggen – ik weet niet wat – maar sloot hem met een klap, overdonderd als ik was door een plotselinge flits van een ander beeld.

Bobby merkte het niet op. 'Dus wat doet Ed in die tijd in Montana? Of wat deed zij hier?'

'Wou je echt de hele nacht op die gozer blijven zitten wachten?'

'Had jij een ander plan?'

'Misschien kan ik je iets anders laten zien,' zei ik. 'En het is koud, en ik denk niet dat we Ed hier vanavond nog te zien krijgen. Volgens mij kunnen we beter terug.' Mijn handen trilden en mijn keel voelde droog aan.

'Mij best.'

Ik stapte uit, liep naar de voorkant van de trailer en brak op mijn beurt in. Ik krabbelde een paar woorden op de achterkant van de foto om me te verontschuldigen voor de inbraak en zette de foto midden op een kaarttafeltje neer. Onderaan schreef ik het nummer van mijn mobiele telefoon en toen ging ik weg – nadat ik een moment de tijd had genomen om mijn hand door de deur te steken en een tijdschrift tegen de binnenkant te zetten.

Bobby reed zonder koplampen terug, maar we zagen verder niemand. En toen we de bar voorbijreden, was daar geen spoor te bekennen van een oude Ford. En ook niet, besefte ik pas later, van de grote, rode vrachtwagen.

Hoofdstuk 21

We namen kamers in het Holiday Inn en ik nam een douche en dutte even, terwijl ik op Bobby wachtte. De kamer was schoon en fris en had iets geruststellends. Ik had een grote pot koffie binnen handbereik, bezorgd door iemand met een mooi wit uniform en een confectieglimlach, en dat zijn meestal de besten. Ik bezit het *Cheers*-gen niet. Ik vind het niet zo nodig dat mensen me bij naam kennen.

Ik wou dat ik de foto nog had. Ik wilde er nog een keer naar kijken, ik was er half van overtuigd dat het niets meer dan de lichtval was geweest. Dat, en het feit dat Mary's dode gezicht in mijn geheugen geprent stond. Intussen moest haar lichaam in een koude lade in het mortuarium liggen, maar niemand zou begrijpen wat haar was overkomen. Ik dacht dat ze het wel moesten weten, en het zat me nog steeds niet lekker dat we Dyersburg ontvlucht waren. Ik zat te denken dat een telefoontje naar de politie in Dyersburg hen op het juiste spoor kon zetten. Ze zouden natuurlijk naar mijn naam en overige gegevens informeren, maar dan kon ik iets verzinnen. Daar ben ik goed in.

Ik had net mijn hand uitgestoken naar de telefoon toen Bobby aanklopte. Ik gebaarde hem naar de andere stoel en stak de dvd-rom in de sleuf, om nog eens naar de barscène op de videoband te kijken.

Luide muziek. Chaos. De dronken voortgang van de man met de camera. De hoestbui en dan een wandeling de hoek om, naar dat deel van de bar waar gebiljart werd. Een jong stel met de rug naar de camera toe, en een grote man met een baard en zijn vriendin die zich opmaakten voor hun volgende stoot.

De camera wankelde dichterbij en het meisje met het lange haar keek op. Ik drukte op pauze in het dialoogvenster van de videosoftware en bevroor de opname van haar gezicht. Ik drukte op een paar toetsen om het beeld op te slaan en startte Photoshop. Ik opende het beeldbestand en zoomde ditmaal in op het gezicht van de vrouw. Ik nam een stuk van de achtergrond en plaatste dat over de onderste delen van haar lange haar om dat weg te halen. Ik kopieerde een deel van haar huid en legde dat rond haar wangen om die ouder en breder te maken, en toen pakte ik een stuk van het haar en veranderde de coupe in een stijl die meer paste bij een oude dame in het jaar 2002. Selecteerde het haar, vulde de kleur in met staalgrijs en voegde toen wat ruis toe aan het veranderde deel van het beeld, om de verschillen in resolutie op te vangen. Daarna zette ik er een gaussiaans patroon overheen om de scherpe randen weg te halen. Ik zoomde weer uit tot de halve grootte van het beeld en nu was de grove bewerking van de foto minder duidelijk zichtbaar in de beeldkwaliteit.

Een deel van de achtergrond rond haar gezicht zag er nu vreemd uit, maar daar moest je even niet op letten. Daar wilde je niet eens op letten, gegeven wat er nu in het midden zichtbaar was geworden. Ik had het al sinds Eds trailer vermoed, maar toch voelde ik me even ademloos toen ik het op het scherm zag.

'Oké,' zei Bobby, heel zachtjes. 'Daar hebben we haar weer. Samen met jouw ouders.'

'Maar die hadden Mary pas ontmoet toen ze naar Montana verhuisden.'

'En toen zeiden ze zeker iets in de trant van: "Die Mary. Helemaal nieuw in ons leven. Die hadden we echt nooit eerder gezien."'

'Ze deden alsof ze haar pas een paar jaar kenden.' Mijn hoofd tolde. 'En ik weet nog dat mijn moeder vertelde dat ze Mary had leren kennen toen die op de dag van hun verhuizing een schaal met koekjes kwam brengen.'

'Terwijl ze elkaar al ruim dertig jaar kenden.' Intussen had hij de clip doorgespoeld en het beeld stilgezet bij een meisje dat in kleermakerszit op de woonkamervloer van mijn ouders zat.

Ik knikte. Met het licht op haar neus en jukbeenderen was er geen beeldbewerking nodig. Het was Mary.

'Dus wat denk jij van die Ed? Kan dat de cameraman geweest zijn?'

'De enige keer dat ik hem en mijn vader onder hetzelfde dak heb gezien, deden ze alsof ze elkaar niet kenden.' Onderweg naar de bar had ik die gelegenheid al aan Bobby beschreven. 'Maar ze moeten elkaar wel gekend hebben. Ze kenden elkaar allemaal. Om de een of andere reden verhuist Mary, misschien niet eens zo lang na die video-opname. Ze woonde in ieder geval al een hele tijd in Montana voordat mijn ouders daarheen trokken. Intussen blijven mijn ouders en Ed hier, maar hebben ze geen contact. En die ene keer dat ik ze toevallig samenbreng, laat mijn vader dat gebeuren maar blijkt uit niets dat ze elkaar kennen.' Ik dacht terug aan de keren dat ik Mary bij mijn ouders thuis had getroffen, maar mijn eerste indruk werd bevestigd – als ze elkaar vóór Montana gekend hadden, mocht dat nergens uit blijken. Ik vroeg me af waarom ze met hun allen zo hun best hadden gedaan om dat feit voor mij te verbergen, maar even later zag ik in dat ik warrig en egocentrisch aan het redeneren was.

Mijn ouders waren daar opzettelijk heen gegaan, besefte ik. 'Ze zijn daarheen gegaan omdat ze dachten of wisten dat er iets ging gebeuren, en daarom deden ze alle drie alsof ze elkaar niet kenden.'

'Nou ga je wel heel ver.'

'O, ja? En misschien is Mary helemaal niet vermoord omdat ze gewoon in de weg liep. Misschien had degene die naar mijn ouders' huis kwam twee taken, en was Mary daar een van.'

Bobby dacht na. Hij knikte. 'En als jij dan terugkomt in Hunter's Rock, gaat Ed er als de hazen vandoor.'

'We hadden bij zijn trailer moeten blijven wachten.'

Hij schudde zijn hoofd. 'Die komt echt niet zo gauw terug. Intussen zal hij de vent bij de bar gebeld hebben en weet hij dat jij weet waar hij woont. En daarbij zie je er langzamerhand te moe uit voor enige actie waarbij mensen achtervolgd moeten worden. Je hebt je nummer achtergelaten. Als hij thuiskomt, weet hij hoe hij je kan bereiken. Morgen gaan we terug naar die bar en zetten we die eigenaar onder druk. Kijken of die oude vent nog vriendjes heeft, en of hij weleens ergens anders heen gaat.'

'Een speld in een hooiberg, dus.'

'Maar een speld die er nog zit. Als hij willekeurig geplaatst is, kan hij het eerste zijn dat je tegenkomt.'

'Heel diepzinnig, Bobby. Dat schrijf ik even op.'

'Intussen ga ik het web op.' Hij keek naar de mobiele telefoon die op tafel lag. 'En mocht je soms hopen dat Lazy Ed zou bellen, dan kun je maar beter je telefoon aanzetten.'

Terwijl hij een telefoonkabel vanuit de achterkant van de laptop aansloot op de stekker van de bureautelefoon, keek ik naar het scherm van de mobiele telefoon. En ja, hoor: binnen een paar seconden verscheen het bericht dat er iemand gebeld had.

'Heb je iets?'

Ik koos het nummer van de antwoordservice en luisterde. Er klonk een vrouwenstem. 'Niet Ed. Het meisje dat ik in het ziekenhuis heb gesproken. Ze zei dat ze wat dossiers zou opzoeken, dat ze me zou bellen als ze iets bruikbaars had gevonden.'

'En heeft ze dat?'

'Dat zegt ze niet,' zei ik, terwijl ik de verbinding verbrak. 'Ze vraagt alleen of ik haar morgen wil bellen.'

'Ward, kijk hier eens. Een e-mail voor je.'

Ik keek over zijn schouder. Op het scherm stond een korte boodschap:

GEGARANDEERDE TOPOPBRENGST!!!

Wij zijn een klein bedrijf met een GROEIEND serviceaanbod. Gebruik ons product, en uw wereld zal veranderen. En alles wat u nodig hebt, is uw eigen toewijding. Wie rein van hart is, diens herte zal opspringen bij de aanblik van onze website!

Ga terug voor informatie die ons aller leven kan veranderen! Begin meteen – met een snel groeiend bedrijf. Honderden doen al meer dan ze ooit voor mogelijk hadden gehouden: waarom zou u niet een van ons worden?

Stel uw beslissing niet uit – dit aanbod loopt tot middernacht.

'Als je "junkmail" opzoekt in een woordenboek,' zei ik, 'vind je daar waarschijnlijk letterlijk dezelfde tekst.'

'Maar,' zei Bobby, 'er is geen bestelformulier bij. Het verzendadres lijkt me nep, en er wordt een website genoemd zonder dat de URL wordt gegeven. En de deadline is over drie uur. Ze maken het je niet makkelijk om je een poot te laten uitdraaien. En kijk eens naar die twee zinnen met uitroeptekens aan het einde. De eerste is eigenaardig, een beetje bijbels van sfeer, en de tweede luidt: "Ga terug." Terug waarheen?'

Ik dacht even na. 'Dit is binnengekomen omdat ik al een site bezocht had, zodat mijn IP-adres daar is gelogd.'

'Soms, Ward, krijg ik bijna de indruk dat jij een volledig functioneel brein bezit.' Hij dubbelklikte op een bladwijzer en de browser werd geladen. Binnen enkele seconden hadden we de pagina voor ons, met de twee woorden: WIJ HERRIJZEN.

Maar ditmaal waren de woorden onderstreept, en toen Bobby de cursor eroverheen haalde, veranderde die in een handje.

'Het is een link geworden,' zei hij. Hij klikte op de woorden en er verscheen een klein dialoogvenster waarin om een wachtwoord werd gevraagd. 'O, shit.'

'De stromannen,' stelde ik voor.

Hij typte het woord. Er verscheen een witte pagina met de woorden WACHTWOORD ONBEKEND bovenaan. Bobby vloekte en klikte op 'Terug'.

'Laat die e-mail nog eens zien,' zei ik. Hij klikte de browser naar de achtergrond, zodat het e-mailbericht weer te zien kwam.

Snel las ik het door. 'Probeer "herte" eens, zoals het is gespeld in die zin met dat opspringen.'

'Waarom?'

'Dat is het enige eigenaardige woord in de hele mail, en het staat in de zin die verwijst naar de website.'

Hij klikte en typte het woord. Alweer onbekend. 'Dadelijk vliegen we eruit,' mompelde hij, terwijl hij opnieuw terugging.

'Probeer het dan eens met "hart".'

Hij klikte en typte 'hart'. Even gebeurde er niets. Toen verscheen er een nieuwe pagina op het scherm. Zwart, met wit in het midden het woord WELKOM.

'Oké,' zei Bobby zacht en met verstikte stem. Hij zette de cursor op WELKOM en die veranderde in een hand. Ik kwam dichter bij hem staan en hij klikte op het woord.

Opnieuw duurde het even, en toen veranderde het scherm in een mosgroene achtergrond met witte tekst.

HET MENSELIJK MANIFEST

[image: strawlogo.jpg]

DIT IS DE WAARHEID

Sommige mensen zijn het niet eens met de Evolutie als Theorie. Dit is verkeerd. We hebben alleen al die tijd gehoord dat de Evolutie niet waar was OM TE VOORKOMEN dat we de echte Waarheid zouden zien. Maar nu hebben we die Gezien, en nu kan ze niet meer worden verzwegen door Politici of andere LEUGENAARS.

U denkt de waarheid te kennen, maar dat is niet zo. U kent alleen LEUGENS.

DE GESCHIEDENIS VAN DE MENSHEID

In vroeger tijden waren we allemaal apen. Maar op een dag, vijf miljoen jaar geleden, is er een nieuwe lijn afgesplitst, waaruit drie nieuwe soorten apen zijn ontstaan: de gorilla's, de chimpansees en de 'hominiden', waaruit wij zijn voortgekomen. Iedereen die weleens op tv heeft gezien hoe slim chimpansees zijn, zal kunnen geloven dat dit WAAR is. Tweeëneenhalf miljoen jaar later kwamen de eerste echte Mensen tot leven. Soms worden die Habilis genoemd, hoewel de namen tijdens deze periode nog tamelijk controversieel zijn: dit is een duistere periode in onze Evolutie en de wetenschappers gebruiken LANGE NAMEN wanneer ze niet zoveel weten als ze ons willen laten DENKEN.

Maar één miljoen jaar geleden begonnen we een type te zien dat Homo erectus heette, omdat hij Rechtop stond. Door Rechtop te staan onderscheiden wij ons van de apen, en van de andere dieren. Sommigen hiervan werden Neanderthalers, die lange tijd succes hadden. De volgende paar honderdduizend jaar werd dit type beter in lopen, kregen ze betere gereedschappen en temden ze het VUUR. Vervolgens vond de Evolutie plaats in Afrika, waar uiteindelijk Homo sapiens ontstond. We kregen een groter brein, vandaar onze Intelligentie, die uniek is. Homo sapiens nam de plaats in van de Neanderthalers.

En die hele tijd bestonden de mensheid en haar voorgangers uit JAGERSVERZAMELAARS. We woonden in kleine groepjes die bij elkaar hoorden vanwege Verwantschap en Samenwerking. We voedden ons met wild dat we JAAGDEN en bessen en wortels die we VERZAMELDEN, en dan trokken we verder.

ZO GIJ ZAAIT, ZULT GIJ BEWENEN

Circa vijftienduizend jaar geleden begon alles te veranderen. Dit klinkt misschien als een hele tijd geleden, maar niet als je denkt in termen van Miljoenen jaren. We hielden namelijk op met onze natuurlijke gewoonte van jagen en verzamelen. Waarom?

Sommige mensen wijten dit aan een stijgend bevolkingsaantal, waardoor er voedseltekorten ontstonden en er minder bewegingsvrijheid was. Of veranderingen in het weer, omdat de IJstijd was afgelopen en nog wat dingen. Ik heb al die zogenaamde Wetenschappelijke verklaringen gelezen en niemand weet het. Ooit dwaalden er miljoenen bizons over de vlaktes van Amerika. Die konden zich nog wel in leven houden. Die moesten wel in beweging blijven om nieuw voedsel te zoeken, maar dat is de Natuur. Mensen, die Rechtop kunnen staan, zijn ONTWIKKELD om lange afstanden te lopen. Waarom zijn we dan plotseling opgehouden met lopen – terwijl we tijdens onze Evolutie miljoenen jaren lang niets anders gedaan hadden?

De reden is dat WE GINGEN BOEREN. Het resultaat was dat mensen op één plek bleven zitten, en in grotere groepen gingen wonen. Eerst in honderden, dan in duizenden. En toen dat eenmaal begonnen was, was het einde zoek. Met boeren lever je meer eten, maar het is een MINDER EFFICIËNTE MANIER om kleine groepjes mensen in leven te houden. Het werkt alleen met grote groepen. En als je wilde boeren, moesten er meer mensen geboren worden, waardoor de groepen nog groter werden. Als je een grotere bevolking hebt, kun je niet meer terug om te gaan foerageren voor je bestaan. Dan zit je Klem.

Als gevolg van deze ontwikkelingen kwamen er steden en dorpen, die leidden tot nog meer bevolkingsgroei. Daardoor ontstond ONGELIJKHEID, en daarna kwamen er LEIDERS en RELIGIE. En het besef van MORALITEIT. Als je een tijdlang op dezelfde plek blijft wonen, zie je morgen dezelfde mensen als gisteren. Dit betekent dat je je jegens hen op een bepaalde manier moet gedragen, anders maken ze je DOOD. En even later gingen de mensen denken dat ze zich ALTIJD op die bepaalde manier moesten gedragen – zelfs als ze de andere mensen niet kenden. En voor het eerst zagen we een van de misschien niet allerleukste maar wel reëelste neigingen van de mens, iets waardoor wij anders zijn dan alle andere soorten die in de natuur voorkomen: wij kunnen HET LAND AANPAS-

SEN. Tot dan toe hadden we geleefd als een onderdeel van de natuur. Maar sinds we begonnen met boeren hebben we de aarde VERKRACHT en veranderd voor onze eigen doeleinden.

En toch waren de boeren in feite MINDER GEZOND dan de verzamelaars. Met dezelfde inspanning kreeg je een KLEINERE opbrengst. Jagers-verzamelaars hadden MEER VRIJE TIJD en WERKTEN MINDER dan de boeren. Ze hadden een evenwichtiger dieet dan de boeren, die veel te veel vertrouwden op hun wortels en granen. Boeren kregen eerder last van infecties en epidemieën – doordat iedereen zo dicht op elkaar woonde. De mensen werden minder oud en werden vaker ZIEK.

WAAROM NAM DEZE MANIER VAN LEVEN DUS BINNEN ENKELE DUIZENDEN JAREN HAND OVER HAND TOE IN DE HELE WERELD? Waarom kon ons hele Soort na Miljoenen jaren zijn hele manier van leven veranderen, en dat over bijna de hele planeet? Zeker gezien het feit dat ze in eerste instantie SLECHTER AF waren?

HET ONMENSELIJK GENOOM

Virussen zijn erg klein, maar zodra ze binnen zijn nemen ze je lichaam over, zodat het zich gedraagt op de manier waarop de Ziekte dat wil. Veel Virussen maken je ziek, zoals een verkoudheid. Sommige doden je, zoals aids. Maar de slimste Virussen maken je niet ziek en doden je ook niet – omdat ze willen dat je hun THUIS bent.

Twintigduizend jaar geleden hebben we een besmetting opgelopen. Homo sapiens heeft het virus meegenomen uit Afrika, en daarom zijn alle Neanderthalers uitgestorven. Die waren beter aangepast aan de omstandigheden en aan een IJstijd, en toch zijn ze, binnen slechts enkele duizenden jaren, uitgestorven.

Door dit virus gingen we in groepen en dorpen wonen, want dan kon het virus zich gemakkelijker ONDER ONS VERSPREIDEN. Dat deden we niet omdat het voor óns beter was. We deden het omdat we niet anders konden. Tegen de tijd dat het Virus zich gesetteld had en wij zijn Thuis waren geworden, waren wij van aard veranderd en konden we niet meer terug.

Het Virus is zo'n onlosmakelijk deel van ons geworden dat de Gevestigde Wetenschap het nooit zal zien, hoe slim ze zichzelf ook vinden.

Daarom is een Thuisland zo belangrijk voor veel mensen, waaronder de JODEN: telkens als we verhuizen, denkt het virus dat we terugkeren naar onze echte leefwijze en zal het problemen veroorzaken.
Daarom houden we niet van mensen uit andere landen: die zeggen ons niets.
Daarom worden onschuldige Amerikanen vermoord door Terroristen en Moordenaars: wij zeggen hun niets.
Daarom zijn onze steden zo vol geweld: we worden gedwongen om in andermans Vuil te leven, als ratten in een schip. En dat willen we niet.
Daarom kunnen dingen als de holocaust en Bosnië en Rwanda gebeuren: andere stammen zijn onze Vijand, en als je ons onder druk zet gaan we samen vechten.
Daarom zijn onze leiders Leugenaars en Dwazen. Regeringen betekenen het einde van onze VRIJHEID, vanwege de zogeheten rechten van mensen die we niet eens kennen.
Daarom wordt er gedood en gemoord: omdat Moraliteit het enige is dat ons tegenhoudt, en dat was een uitvinding van het Virus.

Ze willen ons altijd het gevoel geven dat we gelijk zijn, en ze zeggen dat we allemaal dezelfde kleur bloed hebben, maar zelfs dat is niet waar: er zijn verschillende bloedgroepen, vanwege de genetica.

Zelfs op dit primitieve niveau zijn we niet compatibel met elkaar. Zelfs ons bloed is niet hetzelfde.

WAT KUNNEN WE HIERAAN DOEN?

We moeten in de steden beginnen, bij de Zwarten. Toegegeven, misschien mogen we jullie niet – omdat jullie anders zijn dan wij, en omdat we alleen maar samen zijn vanwege de Ziekte – maar jullie zijn ook Slachtoffers. Jullie zijn uit jullie eigen Thuis gehaald en vastgezet op plekken waar er geen hoop is voor Jullie Soort. Jullie moeten als eersten herrijzen. Dan volgt de rest van de wereld.

Wij horen niet in enorme groepen te leven. We zijn niet gebouwd op de zorg voor onbekenden. We moeten vrij zijn, niet vastgezet in steden en overheerst door mensen die geen snars om ons geven maar het alleen doen voor het GELD. De enige manier om te voorkomen dat we hierdoor vernield worden, is de dragers te DODEN. Van politici hoeven we geen hulp te verwachten, want die gedijen in deze Boosaardige omgeving. Net als het virus hebben zij zonder 'beschaving' geen gastheer. Het is aan ons.

Diegenen die Doden zullen Vrij zijn;
Diegenen die niet Doden zijn Besmet.

Zuiver de planeet.

Dood het virus.

Geweren maken u sterk.

Ik was een paar seconden eerder dan Bobby uitgelezen.

'Meteen opslaan,' zei ik. 'Dat staat er morgen niet meer.'

Toen Bobby de pagina had opgeslagen, scrolde ik terug naar de bovenkant en las de hele tekst nog eens zorgvuldig door. Het deed me denken aan wel honderd afwijkingen, lelijk gefotokopieerde stencils die de voorbijgangers op straathoeken in handen worden gedrukt en die uit louter verveling onderweg naar huis even ingezien worden; half verstaan getier in de schaduwen van een bar 's avonds laat, stemmen vaag van alcohol en de onwetendheid en woede. Maar dit had iets anders. Ik leunde achteruit in mijn stoel en probeerde te achterhalen wat het was.

'Ik moet toegeven,' zei Bobby toen hij het verhaal voor de tweede maal door had gelezen, 'hij is naar de bibliotheek geweest en heeft een paar boeken ingezien. Maar in feite is dit pure waanzin. Vind je ook niet?'

'Ja en nee,' zei ik. 'Termen als "controversieel" passen er niet in. Of "compatibel".'

'Door een stel slimme woorden wordt het nog niet het werk van een genie. Misschien heeft hij die wel regelrecht overgeschreven uit het een of ander.'

'Alle zinnen kloppen, Bobby. Er lopen zat mensen rond die dit beschouwen als het woord van God. Van die militiatypes, om te beginnen. Misschien zitten die er zelfs achter.'

Hij lachte. 'Dat betwijfel ik. Je weet wat dat voor types zijn. Bejaarde dierenartsen en pubers die zoveel films over de Vietnam-oorlog hebben gezien dat ze half geloven dat ze er zelf geweest zijn. Die bouwen een kamp in het bos en poetsen hun spullen op en vechten om een vrouw.'

'Maar het zijn niet allemaal primitievelingen. Of stommelingen.'

'Natuurlijk niet. Maar we hebben het over mensen die *Soldier of Fortune* van begin tot eind verslinden en die boeken kopen met instructies voor het maken van napalm en die vallen zetten in je achtertuin. Mensen die uit hun dak gingen en voorraden hebben ingeslagen voor het millennium; en die zelfs teleurgesteld waren toen er niets van kwam en de beschaving gewoon voortsukkelde. Die trekken hun gevechtstenue aan en schreeuwen hoe de wereld aan het verloederen is en dat dat de schuld is van de joden en de latino's, om nog maar te zwijgen van het Witte Huis en Saddam Hoessein. Je kunt je maar beter zorgen maken over de zwarten in de binnensteden, zoals deze vent zegt. Die zijn écht kwaad, en sommige van die slimbo's hebben al iemand om zeep geholpen voordat ze ooit een beurt gehad hebben.'

'Dat komt op hetzelfde neer. Mensen die nooit het gevoel gehad hebben dat ze bij een groep hoorden, behalve een groep die zo klein is dat ze iedereen bij naam kennen.'

'Ik voel de tranen branden, Ward.'

'Ach, hou toch op. Je vertrouwt je land, je houdt ervan zoals iedereen zegt dat het hoort, en dan kom je erachter dat het gewoon een smoes was om je rustig te houden, en dat ze eigenlijk bedoelden: "Iedereen kan alles krijgen, behalve jullie daar. Dit was niet voor jullie bestemd." Dat is cultureel misbruik. Hoe zou jíj daarop reageren?'

'Oké, Ward. Er zit iets van echt gevoel in en het IQ van de schrijver ligt waarschijnlijk niet veel lager dan in het Huis van Afgevaardigden. En ik geef toe dat sommige van die lui soms iets zinnigs te zeggen hebben. Maar wat ik beslist níét geloof is dat ze samenwerken. De meeste van die organisaties hebben al moeite om dertig mensen dezelfde kant uit te laten kijken, laat staan dat ze het met een andere groep – of andere groepen, meervoud – eens worden over doelstellingen en strategieën, als die groepen honderden of duizenden kilometers verderop wonen. Misschien wel in de grote, boze wereld. Maar niet hier.'

'Dat was vóór het internet,' zei ik.

'Daar zit iets in,' gaf hij toe. 'Genoeg alom verspreide waanzin om iedere therapeut in het hele land te laten doordraaien. Haatgroepen, mensen die het einde van de wereld zien naderen, verlichte types die portretten van uilen verbranden in Bohemia Grove – en het gezicht op Mars is een raketbasis voor sociale controle en de kernbommen zijn allemaal op jou gericht. Maar ik doe niet anders dan me bezighouden met dit soort shit en geloof me: dergelijke knapen runnen geen wereldwijde organisatie. Dit soort mensen haat alle anderen. Zet ze bij elkaar in een kamer en ze vliegen spontaan in brand.'

'Je kunt niet ieder bestand op iedere server vinden,' zei ik. 'Je ziet alleen wat ze er laten staan. Er kan wel een compleet alternatief web zijn, waarbij dezelfde computers en dezelfde telefoonlijnen en vaste schijven worden gebruikt, vol moordenaars en moorden en een plan voor de toekomst – en als je niet weet waar je zoeken moet, vind je niet eens de openingspagina.'

Bobby rolde met zijn ogen, een bijzonder irritant gebaar. 'Luister nou even. Zo zijn wij ook! Weet je dat dan niet? Het net is door wetenschappers in hun vrije tijd opgezet zodat ze feiten konden uitwisselen en hun geld opstrijken terwijl ze lekker *Star Trek* zaten te spelen. En even later kon je niet eens meer inloggen zonder dat je een berg junkmail over je heen krijgt en iedere schoenpoetser zijn eigen site heeft. En daarvoor nog was het kamerbrede porno en doodgewone mannen en vrouwen die in donkere kamertjes aan elkaar zitten te schrijven dat ze zich willen verkleden als Shirley Temple en er dan met de zweep van langs krijgen tot het bloed eruit spat. Dat zal er van het net worden: een manier om je achter de anonimiteit te verbergen, zodat je kunt ophouden met je voordoen als de heer en mevrouw Nabuur en kunt worden wie je eigenlijk bent. Zodat we kunnen ophouden met doen alsof de wereldgemeenschap ons een flikker kan schelen; totdat onze adreslijsten voor de kerstkaarten niet langer meer zijn dan het aantal grotten in een prehistorisch nederzettinkje en we zelfs daarvan nog de helft zouden willen schrappen.'

'Fijn om iemand te spreken die zo trots is op zijn medemens. Je klinkt alsof je er zo bij kunt.'

Hij wreef over zijn gezicht. 'Ward, misschien is dit gewoon een gek die in zijn eentje opereert.'

'Gelul. We zijn er gekomen via een bladwijzer op de computer van een man die een paar minuten video heeft opgenomen waarin hij het had over de Stromannen. Die man en zijn vrouw zijn dood, samen met iemand die ze heel lang geleden hebben gekend. En dan komt er één dreigement aan het adres van de plek die op die video te zien was, en nog geen twee uur later worden er een huis en een hotel gebombardeerd. Jezus, zelfs de architectuur van The Halls past in het plaatje! Ze maken daar grotten van miljoenen dollars voor moderne jagers-verzamelaars.'

'Oké,' zei Bobby, en hij stak zijn handen in de lucht. 'Ik hoor wat je zegt. Wat nu?'

'We hebben dit hier gevonden. Wat moeten we nu? Er zijn geen links, geen e-mailadres, niks. Wat heeft dit voor zin, tenzij dat hele verhaal ergens anders heen leidt?'

Bobby trok de laptop naar zich toe en drukte een paar toetsen in. Het scherm veranderde in een weergave waarin de naakte HTML van de pagina te zien was, de verborgen multi-platform webtaal waarmee de pagina wordt weergegeven op ieder soort besturingssysteem waarmee je hem kunt openen. Langzaam scrolde hij langs de regels.

Toen bleef hij staan. 'Wacht eens even.'

Hij toggelde de weergave terug en bladerde naar het einde van het document. 'Oké,' zei hij, en hij knikte. 'Veel is het niet, maar hier staat iets.' Hij wees naar het scherm. 'Zie jij daar iets? Onder die tekst?'

'Nee. Hoezo?'

'Er staat wel iets. Een paar woorden, maar die zijn zo opgemaakt dat ze exact dezelfde kleur hebben als de achtergrond. Je weet het alleen als je naar de code kijkt of het document print.'

'Als dit je op een of andere manier aanspreekt, dus. En wat zijn die woorden?'

Hij toggelde terug naar HTML en selecteerde een paar regels onder de zichtbare tekst. Verborgen temidden van de onbegrijpelijke computercode stond daar:

```
<font colour="#339966">Homo erectus</font>
```

'Homo erectus,' zei ik. 'Wie is dat in godsnaam?'

DEEL DRIE

De geschiedenis zit ons op de hielen
en volgt ons als een schaduw, als de dood.

Marc Augé
Non-plaatsen: introductie tot een antropologie van supermoderniteit

Hoofdstuk 22

Sarah wist niet meer wanneer ze voor het eerst had gedacht dat ze hem hoorde. Twee dagen geleden, misschien? Hij kwam langzaam, hij nam er de tijd voor. Hij was de vorige nacht gekomen, geloofde ze, en was weer weggezweefd zodra hij wist dat zij doorhad dat er iets aan de hand was. Ze vroeg zich af of ze hem overdag ook kon voelen, maar in die tijd was haar hoofd helderder geweest en had ze zichzelf ervan kunnen overtuigen dat ze zich maar wat inbeeldde.

De halve gare was een paar uur voor het gebeurde nog langs geweest. Hij had een hele tijd zitten praten. Praten en praten en praten. Iets over aaseters. Iets over een of andere ziekte. Iets over een plek in Italië, Castenedolo, wat klonk als een plek om met vakantie heen te gaan, waar je iets lekkers kon drinken en misschien iets *eten*, bijvoorbeeld spaghetti of salami of biefstuk of inktvis of soep maar kennelijk was het dat niet. Het was de plek waar ze een of andere vent in de grond begraven hadden gevonden en waar ze hadden bewezen dat die was gemaakt van Pleistersteen of Plioceen of minstens twee miljoen jaar oud was, en wat vond ze daar wel niet van?

Sarah vond er niet zoveel van. Ze probeerde uit alle macht zich te concentreren op wat haar verteld werd, maar de afgelopen twee dagen was ze zich een groot deel van de tijd uitgesproken beroerd gaan voelen. Ze vroeg niet meer om eten en had eigenlijk ook geen echte honger meer. Ze maakte alleen nog geluidjes, kleine, grommende geluidjes, als de man zo lang bleef zwijgen dat hij kennelijk iets van haar verwachtte. In het algemeen vond ze zijn lesmethode, als dat het moest zijn, waarschijnlijk wel doeltreffend – iets waar haar docenten op school hun voordeel mee konden doen. De helft van haar vriendinnen leek nooit iets te leren, maar beschouwde school als een kruising tussen een jongerenvereniging en een catwalk. Als je zulke meiden vastpinde onder een vloer en gewoon *eindeloos* tegen ze bleef praten, dacht ze, zouden ze er wel anders over gaan denken. Misschien dat die Spaanse woordjes er dan moeiteloos in gingen. Misschien kon mam het voorstellen op de volgende ouderavond. Maar je moest wel af en toe iets te eten krijgen, anders kon je niet meer goed opletten.

Hij wachtte geduldig terwijl zij een hoestbui kreeg die zowat een uur leek te duren. En toen begon hij weer te praten. Ditmaal ging het over Stonehenge, dus ze bleef een tijdje liggen luisteren. Want Stonehenge was in Engeland en hoewel ze daar niet geweest was, hield ze wel heel erg van Engeland. Engeland was cool en ze hadden er prima bands. Maar toen hij erover begon dat Stonehenge slechts in tweede instantie een observatorium was en in eerste instantie een kaart van het menselijk DNA zoals dat eigenlijk bedoeld was, liet ze haar aandacht weer afdwalen.

Aan het eind van zijn verhaal gaf hij haar nog wat water. De fase waarin ze het water had geweigerd, had niet lang geduurd. Als ze die afwijzende houding al had willen volhouden, zou haar lichaam het niet toegestaan hebben. Bij de derde gelegenheid was haar mond opengegaan zonder dat haar verstand daar iets mee te maken had. Het water smaakte rein en puur en heerlijk. Ze herinnerde zich dat het ooit anders had gesmaakt dan waaraan ze gewend was. Dat was een hele tijd geleden.

'Braaf zo,' zei de man. 'Zie je nou wel – je wordt hier niet slecht behandeld. Ik had op je kunnen pissen en dan had je het nog moeten drinken. Luister naar je lichaam. Luister naar wat er binnen in je zit.'

'Er zit niets binnen in me,' wist ze uit te brengen. En toen had ze, voor het laatst, gesmeekt: 'Alsjeblieft. Het maakt niet uit. Al is het maar groente. Wortels of kool of kappertjes.'

'Hou je nou nooit op?'

'Alsjeblieft,' zei ze, met een gevoel alsof haar slapen in mist opgingen. 'Ik voel me niet zo lekker en je moet me wat te eten geven, anders ga ik dood.'

'Ik moet zeggen: je houdt wel vol,' zei hij. 'Dat is het enige dat me nog iets van hoop geeft.' Hij had haar verzoek niet expliciet geweigerd, maar was gewoon gaan praten over vegetarisme. Hij had uitgelegd waarom dat fout was, omdat mensen een omnivorengebit hebben en dat mensen alleen maar geen vlees aten omdat ze te veel tijd doorbrachten in hun hoofd, dat besmet was, en niet genoeg naar hun lichaam luisterden. Sarah liet hem kletsen. Het maakte haar niet uit. Zij vond vegetariërs persoonlijk ook nogal hinderlijk, voornamelijk omdat diegenen die ze kende zo uit de hoogte deden, zoals Yasmin Di Planu, die de hele tijd liep te zaniken over dierenrechten, maar wel de mooiste schoenencollectie van de hele school had, voor het merendeel gemaakt van dingen die ooit op eigen kracht hadden kunnen lopen en niet alleen omdat ze rond haar poezelige voetjes waren gebonden.

Ditmaal legde hij, nadat hij haar had laten drinken, het luikje terug en vertrok. De volgende twee uur was Sarah volledig helder geweest. Dat was een van de dingen die haar zorgen baarden over wat er daarna was gebeurd. Ze wist dat ze helder was, want ze had liggen denken aan ontsnappen. Niet aan de daad zelf. Die stelde ze zich zelden meer voor, hoewel ze een tijdlang iedere wakende minuut aan weinig anders had gedacht. Eerst had ze zich voorgesteld dat ze plotseling de kracht vond om van onder die vloer op te rijzen, als iemand die te vroeg begraven en nu pisnijdig op de rest van de wereld is. Daarna had ze liggen denken dat ze met de man moest praten, hem charmeren. Dat kon ze, wist ze; er waren op school jongens, er waren jongens geweest, die aan haar lippen hingen. En dan die kelner een keer in de Broadway Deli, die veel vaker dan echt nodig was kwam kijken of alles naar wens was. En bij die bepaalde gelegenheid was het nu eens niet Sian Williams' aandacht geweest die een van de penismensen probeerde te vangen. Of ze had de situatie rationeel met hem kunnen bespreken, of hem kunnen bevelen om haar vrij te laten. Elk van deze theorieën had ze uitgeprobeerd en ze waren stuk voor stuk bespottelijk ondoelmatig gebleken. Uiteindelijk had ze alleen nog gefantaseerd dat haar vader haar daar kwam weghalen. Daar dacht ze nog steeds af en toe aan, maar niet meer zo vaak als vroeger.

Maar goed, op dat moment had ze gehoord dat er iets in de kamer boven haar binnenkwam. Eerst dacht ze dat het de man was, maar al gauw besefte ze dat dat niet kon. Het had veel te veel voeten. Die voeten hadden eindeloos door de kamer gelopen, hadden vlak boven haar hoofd gekriskrast. En toen waren ze recht boven haar blijven staan. Er had iets geklonken als gelach, soms hoog, maar ook diep en rafelig. Het schoof nog een tijdje heen en weer onder het maken van onplezierige geluiden, zoals grommen en een vreemd geblaf, en sommige delen van zijn lichaam hadden gedreund en andere sleepten met een soort zwaar gerasp over de grond. Tot slot een soort gekreun, maar dat klonk niet alsof het uit één keel kwam. Het klonk uit meerdere kelen tegelijk, alsof het schepsel meerdere monden had.

Daarna was het een tijdje stil geweest en toen was het weggegaan.

Sarah lag met haar ogen wijd open. Dit, wist ze, was een ernstige ontwikkeling. Heel ernstig. Dat was niet de man geweest, of als hij het al geweest was, dan was hij veranderd in iets anders. Wat ze daar gehoord had, was datgene waar ze het allerbangst voor was. En nu was hij bij klaarlichte dag gekomen en wachtte hij zijn tijd niet langer af. Het leed geen twijfel.

Dit moest Nokkon Wud zelf geweest zijn.

Hoofdstuk 23

Nina ging vroeg van huis en liet een briefje achter dat ze Zandt zou bellen. Zandt had de hele ochtend over het terras geijsbeerd. Iedere ochtend dat hij wakker werd, was het weer minder aannemelijk dat Sarah Becker nog in leven was. Die wetenschap opende geen deuren voor hem.

Hij nam de theorie die hij aan Nina had voorgelegd nog eens door en kon er geen denkfouten in ontdekken. Hij wist dat het voornamelijk speculatief redeneren was, en hij zag in dat hij zijn eigen redenen had om zich aan zijn redenering vast te klampen. Als de man die hij gedood had verantwoordelijk was geweest voor de ontvoering van de meisjes, als hij die meisjes had gegrepen om ze te overhandigen aan iemand van wie hij wist dat die ze zou doden, meende Zandt dat hijzelf ooit op de een of andere manier vrede zou krijgen met het idee dat hij de man had gedood. De afgelopen twee jaar van eenzaamheid hadden Zandt één ding geleerd, en dat was er dan ook ingebeiteld: als je met jezelf kunt leven, kun je de meningen van andere mensen ook aan. Hij was er zich van bewust dat Homo erectus er waarschijnlijk net zo over dacht, maar dat veranderde niets aan het feit.

Een zware dosis koffie en het uitzicht veranderden zijn kater geleidelijk aan in een algehele malaise die hij kon negeren. De stijve plekken in zijn nek en rug na een nacht op de bank waren verdwenen. Dat was de invloed van de zee, zelfs op die afstand.

Rond het middaguur was hij naar binnen gedrenteld, op zoek naar eten. Niets in de koelkast. Niets in de kasten of de vriezer. Zandt kon zich niet herinneren ooit een vrouw te hebben ontmoet die niet minstens een pak koekjes in huis had, of wat brood in de vriezer om te roosteren. Hij had de indruk dat de meeste vrouwen niets dan toast zouden eten als ze de kans kregen. Bij gebrek aan bezigheden dwaalde hij wat door de woonkamer rond en keek naar de spullen op de boekenplanken. Boeken over seriemisdaden, zowel populaire als wetenschappelijke; verzamelingen artikelen over forensische psychologie; hele boekwerken vol gefotokopieerde aantekeningen, allemaal in mappen en ingedeeld naar staat: in feite puur illegaal. Een paar romans, geen daarvan recent, en de meeste geschreven door mensen met namen als Harris en Thompson en Connelly en King. Heel weinig dat niet te maken had met de duistere zijde van menselijk gedrag. Het kwam hem allemaal bekend voor, van de middagen die hij in 1999 in haar huis had doorgebracht, uren waarin criminologie wel het laatste was geweest dat hem bezighield. Hij had hier al lang geleden mee leren leven. Jennifer was er nooit achter gekomen en de affaire had geen invloed gehad op zijn gevoelens voor haar of op het verloop van hun huwelijk.

Hij pakte een van de mappen met aantekeningen en bladerde er afwezig doorheen. In de eerste sectie werden de activiteiten beschreven van ene Gary Johnson, die in het midden van de jaren negentig zes vrouwen op leeftijd had verkracht en vermoord in Louisiana. Een briefje dat aan de voorpagina was vastgehecht meldde dat Johnson momenteel zes maal levenslang uitzat in een gevangenis, waarvan Zandt wist dat het er de hel op aarde was: een burcht vol gevaarlijke mannen wier laatste beetje genegenheid alleen hun moeders op leeftijd gold. Het zou in feite zelfs een wonder zijn als Johnson nog leefde. Punt voor de goeien. De volgende sectie bevatte informatie over een zaak in Florida die, op het moment van de meest recente aantekeningen, nog gaande was. Zeven jongemannen vermist.

Punt voor de moordenaars. Een van de vele.

Hij pakte een andere map.

Twee uur later zat hij, omringd door papieren, midden op de grond. Er werd aan de deur geklopt. Verward keek hij op. Nadat er nog een paar maal geklopt was, besefte hij wat dat geluid was.

Hij opende de deur en zag een kleine man met heel verkeerd haar op de stoep staan. Achter hem een auto die er ooit gelikt uitgezien had.

'Taxi,' zei de man.

'Ik heb geen taxi besteld.'

'Weet ik. Dat heeft de dame gedaan. Ze zei dat ik hierheen moest komen om u op te halen. Meenemen. Allemaal heel snel. Te allen tijde.'

'Wat voor dame?' Hij voelde zich wazig, zijn hoofd vol van alles wat hij gelezen had. Daarin zat iets dat aan hem trok.

De man gromde ongeduldig en zocht in zijn zak. Hij trok er een verfrommeld stukje papier uit en stak het al lezende naar Zandt uit. 'De dame is Nina. Nina zegt dat u moet opschieten. Misschien hebt u iets gevonden, of heeft zij iets gevonden. Iets over een erectie; dat deel is me niet helemaal duidelijk. Maar we moeten meteen weg.'

'Waarheen?'

'Naar het vliegveld. Ze zei dat ik driemaal de ritprijs kreeg als ik snel was en ik heb het geld hard nodig, dus kunnen we nu weg, alstublieft?'

'Wacht even,' zei Zandt. Hij draaide zich om en liep naar binnen. Hij pakte de telefoon en belde Nina's mobiele nummer.

Na tweemaal werd er opgenomen. Er klonk een boel achtergrondlawaai: het intimiderende, gedempte geluid van een stem via een omroepsysteem.

'Wat is er aan de hand?' vroeg hij.

'Zit je in de taxi?'

Haar stem klonk opgewonden, en om een of andere reden irriteerde hem dat. 'Nee. Wat doe jij op het vliegveld?'

'Ik kreeg een telefoontje van de vent die het web in de gaten houdt. We hebben een hit op "Homo erectus".'

'Dat zijn twee woorden, Nina. Het kan wel een tentoonstelling van foto's van Robert Mapplethorpe zijn. En waarschijnlijk zit de FBI er al bovenop.'

'Het was geen FBI-onderzoek,' gaf ze geërgerd toe. 'Ik heb het zelf gedaan.'

'Aha,' zei Zandt. 'Echt iets voor jou.'

'Hij heeft het IP-adres gelogd van de computer waarop ze hebben zitten zoeken, en hij heeft de verbinding gehackt. Kom op, John. Dit is de eerste keer in twee jaar tijd dat dit bovenkomt. Ik heb het briefje dat jij had ontvangen, nooit uit handen gegeven. De buitenwereld weet niet beter dan dat die vent de Pakketbezorger heet.'

Er klonk een explosie van lawaai in de telefoon toen iemand aan de andere kant van de lijn een zoveelste aankondiging blafte.

Zandt wachtte tot het over was en zei toen: 'Ik had het Michael Becker verteld.'

'Maar de hit komt niet uit L.A.,' snauwde Nina.

'Waarvandaan dan? *Waar*?'

'Eind verderop. Een of ander gehucht bij de grens met Oregon. Een Holiday Inn.'

'Heb je de afdeling ter plaatse gebeld?'

'Bij de dichtstbijzijnde SAC hebben ze de pest aan me. Die sturen er echt niemand heen als ik dat vraag.'

Aha, dacht Zandt. En mocht dit onverhoopt uitpakken als meer dan een slag in de lucht, dan wil jij de arrestatie verrichten. Door de open deur zag hij de taxichauffeur nog staan. Hij wiebelde van de ene op de andere voet.

'Te riskant, Nina.'

'Ik haal er een paar plaatselijke agenten bij als escorte. Het maakt me niet uit. Luister, John, er gaat over veertig minuten een vliegtuig. Ik ga sowieso, en ik heb twee tickets gekocht. Ga jij mee of niet?'

'Nee,' zei hij, en hij hing op.

Hij liep terug naar de deur en zei tegen de chauffeur dat hij nergens heen ging, en gaf hem zoveel geld dat hij ophoepelde.

Daarna greep hij vloekend zijn jas en een handvol dossiers en kon zich nog net voor de wielen van de taxi smijten voordat die de oprit af was. Hij vond dat hij al genoeg op zijn geweten had zonder dat Nina daar nog eens bij kwam.

En hij vond dat dat niets te maken had met een verlangen om haar te beschermen.

Hoofdstuk 24

Toen ik om negen uur de volgende ochtend wakker werd, over het bed uitgespreid alsof ze me daar van grote hoogte op hadden laten neervallen, zag ik dat Bobby een briefje op het nachtkastje had neergelegd. Hij stelde voor hem zo vroeg mogelijk in de lobby te ontmoeten. Ik nam een douche tot ik me in ieder geval weer een beetje mens voelde en ging op weg. Ik wankelde door de gangen als een slingeraap die gedwongen wordt om op zijn achterpoten te lopen. Een slingeraap die zijn beste tijd gehad had. Ik voelde me anders na een nacht goed slapen, zij het niet noodzakelijkerwijs beter. Mijn gedachten waren vaag en traag, alsof ze vol ijsgruis en een onbekende alcoholhoudende drank zaten.

De lobby was zo goed als leeg, afgezien van een stel dat bij de balie stond. Op de achtergrond klonk zachte muziek. Bobby zat pontificaal midden op een lange bank het plaatselijk dagblad te lezen.

'Yo,' prevelde ik, toen ik voor hem stond.

Hij keek op. 'Je ziet er beroerd uit, vriend.'

'En jij bent even irritant wakker als altijd. Hoe doe je dat? Klim jij iedere avond in een ei om er de volgende ochtend herboren weer uit te komen? Of heeft het iets te maken met fitnesstraining? Vertel op. Ik wil net zo worden als jij.'

Buiten was de hemel helder en wolkeloos, en ik kon me maar amper inhouden om niet te gaan janken. Achter Bobby aan en met mijn hand boven mijn ogen hinkte ik het parkeerterrein over.

'Staat je telefoon aan? Is je batterij opgeladen?'

'Ja,' zei ik. 'Hoewel ik de zin daar niet van inzie. Of Lazy Ed is niet thuis geweest, en in dat geval verdoen we onze tijd als we erheen gaan, of hij is wel thuisgekomen en wil niet praten.'

'Jai doet vel heel nekatiev, Vard,' merkte Bobby met een namaak-Duits accent op. 'Geef hier die sleutels. Ik rijd.'

'Ik voel me negatief,' zei ik. 'Gelukkig heb ik een vrolijke robot bij me. Maar als je ooit nog in zo'n Duits accent begint, steek ik je neer.' Ik gooide de sleutels naar hem over.

'Staan blijven.' Dit werd op heldere en ferme toon gezegd, en niet met Bobby's stem. We keken elkaar aan en draaiden ons om.

Achter ons stonden vier mensen. Twee agenten in uniform, plaatselijke agenten: een achter in de vijftig, slank en fit, de ander een jaar of dertig en met een aanzienlijke omvang. Een eindje verderop stond een man met een lange jas. Het dichtst bij ons, een meter of drie van ons vandaan, stond een slanke vrouw met een keurig pakje aan. Van die hele groep zag zij er veruit het intimiderendst uit.

'Handen op het dak van de auto,' zei ze.

Bobby glimlachte onheilspellend en liet zijn handen precies waar ze waren. 'Moet dit soms een grap verbeelden?'

'Handen op de auto, en snel een beetje,' zei de jongste politieman. Hij schoof zijn hand iets dichter naar de holster toe. Zo te zien kon hij haast niet wachten om zijn wapen te gebruiken. Of ten minste te trekken.

'Wie van jullie is Ward Hopkins?' vroeg de vrouw.

'Allebei,' zei ik. 'Een soort kloongebeuren.'

Plotseling kwam de jonge politieman naar ons toe. Ik stak mijn hand uit op borsthoogte, en hij liep er vol tegenaan.

'Rustig,' zei de vrouw.

De agent zei niets, maar kwam niet dichterbij en bleef me boos staan aankijken.

'Oké,' zei ik. Ik bleef met uitgestoken hand staan, maar zonder te duwen. 'Laten we even het hoofd koel houden. Plaatselijke politie, neem ik aan?'

'Inderdaad,' antwoordde de vrouw. Ze liet haar badge zien. 'En ik ben FBI. Dus laten we het inderdaad cool houden. Ik zou graag wat handen op die auto zien.'

'Volgens mij niet,' zei Bobby. Hij weigerde nog steeds om onder de indruk te raken. 'Driemaal raden? Ik ben CIA.'

De vrouw knipperde met haar ogen. 'CIA?' zei ze.

'Inderdaad, mevrouw,' zei hij met ironische hoffelijkheid en een boers accent. 'Als we nou nog een paar jongens van de marine erbij halen, kunnen we een parade houden.'

Even viel er een ongemakkelijke stilte. De jongere agent draaide zich om naar zijn oudere collega, die op zijn beurt een wenkbrauw optrok naar de vrouw. Geen van hen straalde nog even veel zelfvertrouwen uit als een seconde tevoren. Op de achtergrond schudde de man met de jas zijn hoofd.

Ik besloot mijn arm te laten zakken. 'Hij is CIA. Ik niet,' zei ik, voor de uitzondering eens een keertje behulpzaam. 'Ik ben gewoon iemand uit het grote publiek. Ik heet Ward Hopkins. Waarom bent u naar mij op zoek?'

'Wacht even,' zei Bobby. Hij knikte naar de jongste agent. 'Even een paar stapjes achteruit, maat.'

'Val dood,' zei de agent op milde toon.

De vrouw stond nog steeds naar me te kijken. 'Gisteravond is er een internetzoekactie gelogd,' zei ze. 'Iemand op zoek naar Homo erectus. En dat bleek jouw account te zijn, in dit hotel. We zijn op zoek naar iemand die zo heet.'

'Niet naar mij?'

'Tot gisteravond wist ik niet eens dat jij bestond.'

'Waarom zijn jullie dan op zoek naar die Homo erectus?'

'Dat gaat je niets aan,' zei de jongste agent. 'Mevrouw, wou u die twee klootzakken nou nog arresteren of niet? Anders heb ik echt geen zin om naar ze te luisteren.'

'Doe wat je niet laten kunt,' zei ik. 'Je kunt ons arresteren of je kunt een eind ophoepelen. Kies je voor de eerste mogelijkheid, dan moet je dat vooral proberen. Maar ik zou het niet adviseren.'

De oudste agent glimlachte. 'Is dat een dreigement, knaap?'

'Nee. Ik ben te vriendelijk voor deze wereld. Maar Bobby heeft absoluut geen sociale vaardigheden. Er zal heel wat bloed vloeien over dit parkeerterrein, maar niet óns bloed.'

Jasman deed voor het eerst zijn mond open.

'Fantastisch,' zei hij op vermoeide toon. 'Negenhonderd kilometer voor een gesprekje met een stel strontkoppen.'

De vrouw negeerde hem. 'Homo erectus heeft vier jonge vrouwen gedood, misschien meer. Momenteel heeft hij er een die misschien nog in leven is, en we hebben niet veel tijd meer om haar te vinden.'

Bobby staarde haar met iets geopende mond aan.

'Wat?' zei ze. 'Zegt dat je iets?'

'Hij gaat een lulverhaal ophangen, Nina,' zei jasman. 'Je weet hoe ze dat doen.'

Bobby kwam zover bij zijn positieven dat hij zijn mond weer dichtkreeg, maar niet zover dat hij klappen ging uitdelen. De vrouw keek me aan.

'Zeg op,' zei ze.

'Oké,' zei ik. 'Misschien is het nuttig om even te overleggen.'

De oudste agent schraapte zijn keel. 'Mevrouw Baynam, ik vroeg me af, hebt u mij en Clyde verder nog nodig?'

We kregen een tafeltje bij het raam in wat bij het hotel doorging voor een koffielounge. Het was een redelijk ruim vertrek dat er nieuw uitzag, maar het had niet meer sfeer dan een leeg koekblik. Bobby en ik zaten dicht bij het tafeltje, de vrouw tegenover ons. De man met de jas – die uiteindelijk was voorgesteld, zij het uitsluitend met de vermelding dat hij van de politie in L.A. was – zat iets verder weg, om duidelijk te maken dat hij in een ideale wereld niet eens hier aanwezig zou zijn. De plaatselijke ordehandhavers waren al weggezoefd in hun terreinwagen om pannenkoeken te gaan eten en verhalen uit te wisselen over hoe ze ons in elkaar geramd zouden hebben, hadden ze de kans gekregen.

Ik nam Bobby's stapel papieren en legde die voor de vrouw neer.

'Als jullie willen weten waarom wij op zoek zijn naar Homo erectus,' zei ik, 'dan heb je hier de reden. Eigenlijk waren we op zoek naar iets anders. Maar dit hebben we gevonden.'

Snel las ze de drie pagina's door. Toen ze aan het eind gekomen was, gaf ze de papieren aan de man.

'Waar zijn jullie dan naar op zoek?' vroeg ze.

'Een groep mensen die zich de Stromannen noemen,' zei ik. 'Bobby heeft een website gevonden die hierheen leidde. Zoeken naar die Homo erectus was de volgende logische stap. En meer weten wij ook niet.'

'Is dit een officieel onderzoek?'

'Nee,' zei ik. 'Het is persoonlijk.'

'Onder aan de laatste pagina stond een knop met het opschrift LINKS,' zei ze. 'Waar gingen die heen?'

'Wat voor knop?' vroeg ik.

'Die heb ik gevonden nadat jij in slaap gevallen was,' zei Bobby met een schaapachtige blik. 'Midden in een enorme lap gecrashte Java-code. Ik had 'm eerder moeten zien.'

'En waar ging die heen?'

'Seriemoordenaars,' zei hij. Bij dat woord keek de man met de jas op.

'Gewoon, sites met fanmail. Pagina's vol verhalen over jongens die moorden, ijverig neergetypt door sukkels zonder ambitie om zelf ooit een gevaar voor de samenleving te worden.'

'Mag ik die eerste pagina nog eens zien?' vroeg de vrouw.

Hij schudde zijn hoofd. 'Spoorloos. Daar ben ik weer gaan kijken toen ik klaar was met kijken naar vage plaatjes van een stel gekken. Het bestand stond niet meer op de server. Waarschijnlijk ergens anders heen gehaald.'

'En je had geen bladwijzer gemaakt voor de pagina's met links?'

Bobby haalde zijn schouders op. 'Dat leek me niet nodig. Het enige dat ik had gevonden, was een stel gozers met paranoïde waanvoorstellingen en een stijve als ze aan seriemoordenaars dachten.'

'Het is een lek,' zei de man met de jas, terwijl hij de papieren teruggaf aan de vrouw. 'Fanmail. Dat klopt, meer is het niet. Op de een of andere manier is de echte naam van de Pakketbezorger uitgelekt, en een of andere doorgedraaide gek heeft die shit opgezet met zijn naam. Een interactieve belevenis voor mensen die willen kwijlen bij moordstatistieken, compleet met een griezelig, mobiel internetadres. Het hele web staat er vol mee. Kannibalenclubs, verzonnen door sukkels voor wie een vijfsterrenbadge bij McDonald's nog te hoog gegrepen is.'

Ik staarde hem aan: 'De Pakketbezorger?'

'Zo werd de man naar wie wij op zoek zijn, in de pers genoemd.'

'Jezus!' zei ik. 'Zijn jullie nog steeds op zoek naar die vent?'

'En we blijven zoeken tot hij dood is. Nina, ik ga buiten een sigaret roken. En dan stel ik voor dat we teruggaan naar de bewoonde wereld.'

Hij stond op en liep de zaal uit.

'"Gearresteerd," bedoelt hij,' zei de vrouw zachtjes, toen hij weg was. '"Gearresteerd" bedoelde hij.'

'Dat zal wel,' zei Bobby. 'Als je het mij vraagt is dat iemand die je strak aan de lijn moet houden.'

'Wat is er met die Stromannen?' wilde ze weten.

'Vertel jij het maar, Bobby,' zei ik, terwijl ik opstond.

'Rustig aan, jij,' zei Bobby, en hij stak een vinger naar me uit. 'En onthoud wat ik net gezegd heb.'

Ik liet hen zitten en liep de lobby uit. Ik zag de man met de jas een paar meter van de hoofdingang af staan.

'Mag ik een peuk?'

Hij keek me even aan en stak toen zijn hand in zijn zak. Toen ik een sigaret had opgestoken, bleven we een tijdje zwijgend staan.

'Jij bent die agent, nietwaar?' vroeg ik uiteindelijk. Hij gaf geen antwoord. 'Toch?'

'Ik ben agent geweest, ja,' zei hij. 'Maar nu niet meer.'

'Misschien niet. Maar ik woonde toen in San Diego. Ik las de krant. Er was één agent in het bijzonder, iemand die goed moest zijn in het vangen van seriemoordenaars. Die kreeg hem niet te pakken en daarna verdween hij uit beeld. Dat moet jij geweest zijn.'

'Zo te horen weet je nog heel wat over de zaak,' zei hij. 'Weet je zeker dat je er niets mee te maken hebt? Misschien was je wel op zoek om te kijken hoeveel fans je hebt. Kijken of je nog steeds zo beroemd bent.'

'Als jij dacht dat ik de moordenaar was, stonden we hier niet. Doe dus niet zo idioot.'

Hij nam een laatste trek van zijn sigaret en smeet hem toen weg op het parkeerterrein. 'Waar ben je dan mee bezig?'

'Ik ben op zoek naar de mensen die mijn ouders hebben vermoord,' antwoordde ik.

Hij keek me aan. 'Die Stromannen waar je het over had?'

'Volgens mij wel. Maar ik heb geen idee of die iets te maken hebben met de man naar wie jullie op zoek zijn.'

'Nee,' zei hij, terwijl hij nors uitkeek over het terrein. 'Dit is één grote puinzooi en we zitten hier tijd te verspillen die we niet hebben.'

'Volgens mij dacht je vriendin er anders over. Eerlijk gezegd maakt het mij niet veel uit. Maar in dat hotel zitten twee mensen die te maken hebben met de lange arm der wet. Mensen die dingen voor elkaar krijgen. Daarentegen heb je jou en mij, die momenteel helemaal nergens mee te maken hebben. We kunnen buiten blijven staan en in mekaars tent pissen, of we kunnen kijken waar dit heen leidt en proberen elkaar niet al te zeer over de rooie te helpen.'

Hij dacht even na. 'Zit iets in.'

'Hoe heet jij?'

'John Zandt.'

'Ward Hopkins,' zei ik, en we schudden elkaar de hand. Daarna liepen we weer naar binnen.

Bij de deur van het restaurant begon mijn mobiele telefoon te rinkelen. Ik gebaarde Zandt verder en dook de lobby in.

Ik wachtte even voordat ik op de knop drukte, en probeerde de juiste toon te vinden voor een oude vent die bang was. Ik kwam er niet achter wat voor toon dat moest zijn. Ik kon alleen maar luisteren wat hij te zeggen had. En ik moest waarschijnlijk niet tegen hem schreeuwen.

Ik nam op en luisterde, maar het was iemand anders. Na een kort gesprek bedankte ik degene aan de andere kant. Ik stak mijn telefoon weg.

Toen ik het restaurant inliep, zaten ze alle drie rond het tafeltje. Zandt deed actiever mee. De vrouw keek naar me op, maar ik sprak tegen Bobby.

'Er heeft iemand gebeld,' zei ik.

'Lazy Ed?'

'Nee. Dat meisje uit het ziekenhuis.'

'Ja, en?'

'Die heeft de hele middag in het archief zitten spitten.'

'Je moet echt indruk op haar gemaakt hebben.' Ik gaf geen antwoord, dus hij vervolgde: 'Ga je nog vertellen wat ze gevonden heeft?'

'Ze heeft allebei mijn ouders teruggevonden en hun spoor gevolgd tot hun eigen geboorteplaats,' zei ik. 'En in beide gevallen waren dat andere plaatsen dan ze mij verteld hadden.'

Mijn stem klonk lichtelijk gebarsten. Zandt draaide zich naar me om.

'Zo ver was ik nog niet met mijn verhaal,' zei Bobby, 'maar Ward heeft een tweelingbroertje of -zusje waarover zijn ouders nooit iets gezegd hebben.'

'Volgens mij hebben ze überhaupt niet veel gezegd. Althans, niet veel dat waar was.' Ik was me bewust van de blik van de vrouw. En van het feit dat Hunter's Rock en alles wat ik gemeend had te kennen, me nu voorkwam als een favoriet sprookje dat me keer op keer was voorgelezen, maar waarvan ik me nu alleen de titel nog herinnerde.

'Wat is er?' vroeg de vrouw.

'Mijn moeder kon geen kinderen krijgen.'

'Na jou?' vroeg Bobby. 'Kon ze na jou geen kinderen meer krijgen?'

'Nee. Ze heeft nooit kinderen kunnen krijgen.'

Hoofdstuk 25

Ze gingen met ons mee naar de bar. Jonge Ed was niet overdreven vriendelijk toen hij ons begroette, en zei alleen dat hij de oude man niet gezien had en nog steeds geen idee had waar die kon zitten. Dat bleef hij volhouden, ook toen Zandt hem even apart genomen had. Ik kon niet verstaan wat de ex-agent zei, maar Eds lichaamstaal overtuigde me ervan dat Zandt een indringende stijl van converseren moest hebben.

'Je collega is er wel heel erg op gebrand om die moordenaar te pakken te krijgen,' merkte ik op tegen Nina.

Ze wendde haar blik af. 'Daar heb je geen idee van.'

Uiteindelijk liet Zandt de barkeeper gaan. Snel verschanste die zich weer achter zijn veilige bar.

'Hier komen we niet verder,' zei Zandt, toen we achter hem aan het parkeerterrein opliepen. 'Ik bedoel het niet beledigend, maar ik zie niet in hoe een bejaarde alcoholist Nina en mij kan helpen bij ons onderzoek. Misschien is het voor jullie belangrijk, maar wij komen er helemaal nergens mee, en met iedere minuut die we verspillen komt Sarahs dood dichterbij.'

'Wat wou jij dan, John?' vroeg de vrouw. 'Terug naar L.A. en daar op onze luie reet gaan zitten?'

'Ja,' antwoordde hij. 'Dat is precies wat ik in gedachten had. Ik zat niet zomaar wat te lummelen bij jou thuis. Volgens mij...' Hij schudde zijn hoofd.

Ze fronste haar voorhoofd. 'Wat?'

'Dat vertel ik je onderweg wel,' mompelde hij.

'Hé,' zei ik. 'Ik ga wel even een eindje verderop staan.'

Ik liep weg naar waar Bobby stond, in de buurt van onze auto. 'Volgens mij gaan onze wegen zich scheiden,' zei ik.

'En wat gaan wij doen?'

'Wij gaan rondlopen, in alle bars en eethuisjes en de bibliotheek kijken. Op alle plekken waar mensen kunnen zitten. Dat pakken we professioneel aan. Het is hier New York niet. Er zijn niet eindeloos veel plekken waar hij zich kan verbergen.'

'Jij hebt die vent ooit gekend. Heb je geen idee waar hij kan zitten?'

'Ik kende hem niet echt,' zei ik, terwijl ik me omdraaide om naar de bar te kijken. 'Als puber kwam ik hierheen om te drinken. We kletsten wat en hij serveerde me alcohol. Meer niet.'

Opnieuw dacht ik terug aan die avond dat mijn vader was meegekomen naar de bar, en hoe Ed me toen na afloop een biertje had gegeven. En ik voelde me niet loyaal. Ik besefte nu dat er misschien meer school in de gebeurtenissen van die avond, iets wat me toen niet was opgevallen. Zoals Ed dat glas bier naar me toe geschoven had, met een soort ruwe vriendelijkheid – misschien was dat zijn gewone manier van doen geweest, maar langzamerhand dacht ik van niet. Daar was Lazy Ed het type niet naar. Bedoelde hij niet feitelijk: 'Ja, ik weet hoe die vent kan doen?' In dat geval leek het nog aannemelijker dat Ed degene was geweest die tijdens die eerste helft van het middendeel van de video de camera had bediend. En dat hij degene was geweest die laveloos op de grond lag en als kaarsenstandaard werd gebruikt. En daardoor werd het nog vreemder dat mijn vader en hij geen enkel blijk hadden gegeven dat ze elkaar kenden, toen ze elkaar meer dan tien jaar later weer tegen het lijf liepen. Er moest in Hunter's Rock iets gebeurd zijn, iets dat een breuk veroorzaakte binnen een groep vrienden; maar op de een of andere manier waren drie van hen weer samengekomen, vijftienhonderd kilometer verderop. En ook daar hadden ze gedaan of ze elkaar niet kenden. Althans, niet van vroeger.

Zelfs tegenover mij hadden ze die schijn opgehouden, maar nu zag het ernaar uit dat dat volkomen logisch was. Als mijn moeder geen kinderen kon krijgen, wie was ik dan in godsnaam?

Achter de bar was de hemel ondoorschijnend, waardoor de bomen er stekelig en koud uitzagen. Daardoor, of misschien door de geur van de sparren in de koude lucht, zag ik die avond weer helder voor me. Dat heb je soms met geuren, nog meer dan met iets wat je ziet of hoort, alsof de oudste delen van ons brein, die delen die ons vastzetten in de tijd en onze herinneringen, nog steeds navigeren op basis van geursporen.

'Wacht eens even,' zei ik, want er was een zwak lichtje aangegaan in mijn achterhoofd. Ik kneep mijn ogen dicht en probeerde de gedachte te achterhalen. Iets waarover Lazy Ed in de loop van dat jaar had gesproken, het soort project dat klonk als de fantasie van iemand die, zoals alom bekend was, zijn eigen bar niet eens schoon kon houden.

Eindelijk had ik het. 'We kunnen nog één ding proberen.'

'Kom op,' zei Bobby.

Ik keek naar de twee anderen. Ik zag dat Zandt in gedachten al op het vliegveld stond. De vrouw leek minder zeker van haar zaak. Ik nam de beslissing voor hen. Het was een gewaagd idee, en ik had niet de tijd of het geduld om mijn inval aan anderen uit te leggen.

'Succes,' riep ik. Toen stapte ik in en reden Bobby en ik weg.

De Verloren vijver is uiteraard niet echt verloren. Hij ligt op zo'n anderhalve kilometer lopen in het bos ten noorden van Hunter's Rock; staatsbezit, slechts zelden gebruikt. Plaatselijke inwoners komen er weleens, en af en toe een wandelaar. Het soort plek waar je met schoolreisjes naartoe gaat om in het vrije veld te leren over kevers en zo: met de bus naar de bosrand, en dan over de dorre blaadjes tussen de bomen door lopen, blij dat je niet in de klas zit. De docenten probeerden ons eraan te herinneren wat we hier ook weer deden, maar niet al te nadrukkelijk. Aan de losse houding van hun schouders kon je zien dat zij ook blij waren om buiten te zijn. Ik herinner me dat een van die onderwijzers een keer een steentje opraapte toen hij dacht dat niemand het zag, en dat van een afstand naar een omgevallen boom gooide. Raak, en hij glimlachte even. Misschien was dat de eerste keer geweest dat ik besefte dat leraren, ondanks de schijn, ook mensen waren.

Wanneer je ouder wordt, ga je daar niet meer heen. De lessen gaan dan over dingen die je uit je hoofd moet leren, niet over dingen die je moet ervaren. Maar af en toe gingen er nog kinderen naartoe, gewoon voor de lol, en op zo'n moment bleek dan waarom die plek zo heette. Hoe vaak je daar ook in een lange rij met dertig ratelende leeftijdsgenootjes heen getrokken was, als je op eigen houtje of met een paar vriendjes dat water wilde vinden, leek het nooit te liggen waar je dacht. Je liep met rustig zelfvertrouwen naar de bomenrij, en binnen een paar honderd meter was het pad verdwenen. Een smal beekje liep schuin weg naar de lage heuvels, en tot zover konden de meeste mensen de weg nog vinden. Je volgde het water tot je bij de plek kwam waar het samenkwam met een groter beekje, en vanaf dat punt nam je de ene verkeerde beslissing na de andere. Al kende je de route nog zo goed, al wist je allemaal zeker dat het deze kant uit móést zijn: een paar uur later stond je weer op het parkeerterrein, uitgedroogd en hondsmoe en alleen maar blij dat je voor het donker het bos uit was en dat je geen beren was tegengekomen.

Behalve ik. Op een zomer, toen er weinig anders te doen was, had ik de moeite genomen om te ontdekken waar die vijver lag. Ik moet vijftien geweest zijn, denk ik, een jaar of twee voor die avond met mijn vader in de bar. Ik paste een wetenschappelijke methode toe, waarvan ik op dat moment bijzonder onder de indruk was. Methodisch werkte ik alle alternatieve routes af tot ik wist waar de vijver lag – en hoe ik daar moest komen. Een paar maal raakte ik ernstig verdwaald, maar het was geen nare manier om een paar vakantieweken door te brengen. Als je weet waar je bent, is het bos een fijne plek. Het voelt veilig aan en je voelt je er bijzonder. Het probleem was dat ik de zaak voor mezelf had verpest toen ik de reis misschien tien keer zonder problemen had gemaakt. Een verloren vijver die niet verloren is, heeft geen zin. Tegen die tijd kreeg ik meer belangstelling voor plekken waar je kon gaan vrijen, en je kreeg een meisje nooit zover dat ze in het donker het bos inging – en al helemaal niet op zoek naar een stuk water dat je misschien wel, misschien ook niet zult vinden. De meeste meisjes vinden daar niets aan. Of misschien vonden ze mij niet leuk. Dat kan natuurlijk ook.

Bobby en ik liepen achter elkaar langs een zijstroompje van de beek. Het was meer dan twintig jaar geleden en het hele bos was veranderd. De boomkruinen vertoonden openingen en koude lichtbundels wierpen schaduwen tussen de bomen door.

Al gauw kwamen we bij een tweede kruispunt in het netwerk van beekjes. Steile oevers waar het water de aarde diep uitgesleten had. Even onzeker van mijn zaak bleef ik boven aan een van die oevers staan. Het zag er niet bekend uit. Achter me klonk enig gemor.

'En dit doen we omdat die vent zei dat hij misschien een jachthutje ging bouwen, zo'n... nou, twintig jaar geleden?'

'Ga jij maar naar huis hoor, als je wilt.'

'Zonder de trouwe inboorling die mijn spoorzoeker is?'

Ik keek nog een keer langzaam om me heen en doorzag hoe de vegetatie was veranderd. Een van de bomen die ik als markeerpunt had gebruikt, was intussen omgevallen. Een tijdje geleden, zo te zien: de resten waren verrot en overgroeid met mos. Ik oriënteerde me weer en ging op weg door de ondiepe vallei.

De oevers waren steil en glad van het rottende blad, en we moesten voorzichtig omlaag zien te komen. Toen ik beneden aangekomen was, sloeg ik linksaf een lichte helling op.

'We zijn er bijna,' zei ik, en ik wees voor me uit. Een paar honderd meter verderop maakte de geul een scherpe bocht naar links. 'Volgens mij is het direct na die bocht.'

Bobby zei niets en ik nam aan dat hij, net als ik, opging in de ervaring. Bossen zijn van die dingen die je een tijdlang onberoerd laten, tot je zelf kinderen krijgt en bepaalde zaken weer gaat waarderen, opnieuw ziet maar dan door de ogen van een kind: roomijs bijvoorbeeld, en speelgoedautootjes en eekhoorns. Ik vroeg me een tijdje af of dat iets te maken had met mijn enthousiasme voor hotels. Die gangen zijn net paden tussen de bomen, en de bars en restaurants lijken op kleine open plekken waar je kunt samenkomen en eten. Nesten van verschillende grootte en prestige, allemaal binnen een en dezelfde structuur, een privébos.

Het manifest van Homo erectus had kennelijk meer indruk op me gemaakt dan ik beseft had.

'Er zit iemand naar ons te kijken,' zei Bobby.

'Waar dan?'

'Weet ik niet,' zei hij, en hij keek op naar de flanken van de geul boven ons. 'Maar hij zit daar ergens.'

'Ik zie niemand,' zei ik, terwijl ik voor me uit bleef kijken. 'Maar ik geloof je op je woord. Wat nu?'

'Doorlopen,' zei Bobby. 'Als het hem is, gaat hij ervandoor of blijft hij zitten en denkt hij na over de vraag of hij met ons zal praten. Als hij zijn kop ver genoeg boven de rand uitsteekt, ga ik achter hem aan.'

Zwijgend legden we de laatste honderd meter af, zonder toe te geven aan de verleiding om omhoog te kijken. Bij de bocht in de geul ging de bodem steil omhoog. We hesen ons een paar meter naar boven.

En daar, vlak voor ons, lag de Verloren vijver. Honderd bij zestig meter zo'n beetje, met voornamelijk steile oevers en maar een paar modderstrandjes. In het midden dobberden een paar eenden en er hingen bomen over een groot deel van het ondiepe water heen. Ik liep naar de rand en keek in het water. Alsof ik in een spiegel keek en mezelf op vijftienjarige leeftijd zag.

'Enig idee waar die hut lag?' vroeg Bobby.

'Ik weet alleen dat hij er een wilde bouwen. Hij heeft het er twee, drie keer over gehad. Niet om te jagen. Gewoon om te zitten. Ed was een enorme eenling.'

'En een pedofiel, misschien?'

'Nee.' Ik schudde mijn hoofd. 'Niemand komt hierheen om wat te foezelen. Het is hier 's nachts nogal griezelig.'

Hij keek om zich heen en nam het terrein in zich op. 'Als ik een hut wilde bouwen, zou ik dat daar doen.' Hij wees naar een stel bomen en dik struikgewas boven de helling aan de westkant van de vijver. 'Vanuit het oogpunt van uitzicht en schuilplaats.'

Ik ging hem voor om de vijver heen en tuurde naar de plek die Bobby had aangewezen. Misschien was het inbeelding, maar het zag eruit alsof er in het midden een plek was die dichter leek dan de rest, alsof daar spullen waren verzameld en opgehoopt.

Op dat moment klonk het eerste schot. Een scherpe knal, meteen volgend op iets dat zoefde en jankte.

Bobby rukte me achteruit, weg van de oever, en zette het op een rennen. Een tweede schot scheerde door het loof een meter boven ons hoofd. Toen we dekking hadden gevonden, draaide ik me om in een poging om te zien waar die schoten vandaan kwamen.

'Wat hééft die vent?'

'Wacht,' zei ik. 'Kijk daar eens.'

Ik wees naar het dichtere deel van het struikgewas. Daar stak nu een hoofd uit het bos, het hoofd van een oude man, een man die niet eens in de buurt was van de plek waar de schoten vandaan kwamen.

'Shit,' zei Bobby, nu met zijn eigen pistool in de hand. Twee mannen in gevechtstenue holden naar de vijver toe. Een vent in spijkerjack kwam van de andere kant aanlopen.

'Dat is die vent uit de bar, gisteravond,' zei ik. 'Die ons klem gezet had.'

De mannen in kaki hadden de overkant van de vijver bereikt. De grootste van de twee liet zich op zijn knieën zakken en begon rechtstreeks op de bomen te schieten: weloverwogen, ongehaaste schoten. De ander liep snel om naar de overkant van de vijver, hoog op de oever om de heuveltop over te steken. De man in spijkeroutfit was ook aan het schieten.

'Wie zijn dat in godsnaam?'

'Bobby, die ene is op weg naar Ed.'

'Ik heb 'm,' zei hij. 'Geef me dekking.' Hij sprintte ervandoor. Ik trok mijn pistool, stapte weg van achter de boom en begon te schieten.

De geknielde man rolde keurig opzij en zocht dekking achter de resten van een grote, omgevallen boom. Ik liep in een diagonale lijn tussen de bomen door. Ik schoot in het koude, schuin invallende zonlicht dat tussen de vergroeide stammen door over mijn gezicht flitste en probeerde niet over de wortels te struikelen zodat ik onderuit zou gaan. Nog geen tien seconden later klonk er een kreet en tolde de man in spijkergoed om zijn as voordat hij op zijn rug viel.

Bobby baande zich een weg door het struikgewas en schoot op de kerel die de heuvel afkwam. De man schonk Bobby en mij niet de minste aandacht, hoewel Bobby op hem schoot; hij concentreerde zich op de beschieting van Lazy Eds schuilhut.

Ik bleef staan, richtte en vuurde.

Mijn eerste kogel trof hem in de schouder. Een kogel van Bobby trof hem een halve seconde later, en de man werd achterwaarts tegen een boom gesmeten. Maar hij bleef vuren, en niet op ons.

Ik schoot nogmaals, tweemaal, en raakte hem vol in de borst. Bobby was ook blijven staan en er volgden nog drie schoten van hem. De man verdween uit het zicht.

Ik deed een stap naar voren, maar Bobby hield zijn hand op als teken dat ik moest blijven staan. Behoedzaam sloop hij verder.

'Ed?' riep ik. 'Gaat het?'

Plotseling kwam de man in het kaki weer in het zicht. Hij was een eindje de heuvel afgegleden, onzichtbaar onder het kreupelhout. Terwijl Bobby en ik verbouwereerd toekeken hees hij zich op zijn knieën, nog steeds met zijn machinepistool in de hand.

Voordat ik ook maar een vinger kon uitsteken, was de man weer aan het schieten. Hij was voor onze ogen aan het doodgaan, maar hij zag kans om misschien nog wel vijftien kogels het kreupelhout in te schieten. Hij dacht er niet aan om ons uit te schakelen. Het leek wel of we niet bestonden.

Toen viel hij voorover op zijn gezicht en was voor altijd stil.

Bobby draaide zich op zijn hak om en holde terug, terwijl hij een nieuwe patroon in zijn pistool stopte. Ik rende naar voren, rolde de dode man op zijn rug om te kijken of hij echt dood was en liep het struikgewas in.

Precies in het midden lagen de resten van een hut. Een losse verzameling dor hout, droge takken en kronkelige twijgen. Als je er niet speciaal naar op zoek was, zou je waarschijnlijk denken dat het een gewone hoop hout was, hoogstens iets van heel lang geleden, en niet de schuilplaats die iemand opzettelijk had opgebouwd omdat hij graag in het bos naar de vijver zat te kijken. In het midden lag Lazy Ed.

Ik knielde naast hem en zag dat hij het bos niet meer zou verlaten. De gaten waren niet te tellen. Zijn gezicht was nog het minst getroffen, hoewel een van zijn oren ontbrak en je het bot kon zien.

'Wat is er aan de hand, Ed?' vroeg ik. 'Wat is er in godsnaam aan de hand? Waarom is iemand jullie stuk voor stuk aan het afmaken?'

Ed verdraaide zijn hoofd een paar centimeter en keek naar me op. Ik herkende de man die ik ooit oppervlakkig gekend had amper, temidden van al die rimpels en gebarsten bloedvaatjes.

'Val dood,' kraste hij, duidelijk verstaanbaar. 'Jij en die kutfamilie van je.'

'Mijn familie is dood.'

'Mooi zo,' zei hij, en stierf.

In de hut was niets te vinden. Een paar lege blikjes, een voorraadje tabak, een halfvolle fles bijzonder goedkope tequila. Ik vroeg me af of ik Eds ogen moest sluiten, maar deed het niet. Ik draaide me om en liep het bosje uit.

Tegen de tijd dat ik bij de vijver en het lijk van de man met het spijkerjack was aangekomen, kwam Bobby al van een helling af naar me toe lopen.

'Ontsnapt,' mompelde hij.

'Hij zag eruit of hij wist wat hij deed. Gaat het?'

'Ja, alleen ben ik op de terugweg bijna verdwaald.'

'Het is een verloren vijver,' zei ik. Mijn handen trilden. 'Jezus!'

'Zij hadden alle troeven in handen,' zei hij. 'Dit was niet wat we verwachtten.'

'Weet ik,' zei ik, overdonderd door het bizarre gegeven dat ik weer in de omgeving van mijn vroege jeugd stond, maar nu met een pistool in handen. 'Maar wat maakt het uit? Er is altijd wel iemand die iemand anders neerknalt.'

Bobby hurkte naast het lijk van de spijkerjackman en tastte in zijn zakken tot hij een portefeuille vond. Hij maakte hem voor mijn ogen open. Geen rijbewijs, geen postzegels, geen kassabonnen, geen foto's; niets van die normale portefeuilletroep. Niets, behalve veertig dollar.

'Heb jij naar die andere dooie gekeken?'

'Even maar, om te zien of hij echt niet meer zou gaan schieten,' zei ik. 'Hij had een kogelvrij vest aan, maar dan nog. Hij bleef ontzettend lang schieten. Die vent had echt hart voor de zaak. En die zaak had niets te maken met ons. Ze hadden ons gemakkelijk kunnen uitschakelen. Maar ze zaten achter Lazy Ed aan. Wij liepen in de weg, meer niet.'

Bobby knikte. 'En hij had ook geen papieren bij zich,' zei ik. 'Helemaal niets. Ik heb de kraag van zijn trui omgeslagen en in zijn broekband gekeken. Geen labels. Eruit geknipt.'

'Het zijn de Stromannen,' zei hij. 'Ze zijn ze een voor een aan het vermoorden.'

'Maar waarom? En hoe zijn ze ons op het spoor gekomen?'

Hij haalde zijn schouders op. 'Dat was die FBI-meid ook gelukt. Misschien hebben zij het op dezelfde manier gedaan. Het komt door die webpagina van ze: ze krijgen meteen een melding als iemand daarheen gaat, het bericht hoeft niet door een hacker te worden onderschept. Of misschien waren zij allang voor ons met de zaak bezig, Ward. Het lijkt me duidelijk dat hier een of andere zuiveringsactie gaande is.'

Hij keek op. Zo te zien was hij moe en nijdig over onze mislukking. 'Hoe dan ook, ze hebben het voor elkaar. Er is hier voor ons niets meer te vinden dan ellende, en daarvan hebben we al genoeg.'

Zonder nog een woord te zeggen gingen we op pad.

Hoofdstuk 26

Nina had verwacht dat Zandt wel zou uitleggen waaraan hij liep te denken, maar zodra de twee anderen waren vertrokken klapte hij dicht. Toen hij in die taxi op het vliegveld van Los Angeles was gearriveerd, had hij niet bepaald vriendelijk gedaan maar was hij tenminste niet zo afwezig geweest. Zodra ze hadden geconstateerd dat de mannen in de Holiday Inn van Hunter's Rock – wat die ook van plan mochten zijn, en daar had ze nog steeds haar twijfels over – niets te maken hadden met Homo erectus, leek het wel of hij in zijn schulp teruggekropen was. Ze voelde zich stom omdat ze hem dat hele eind had laten reizen, maar een vergissing was altijd nog beter dan helemaal niets doen. Ze wist dat de tijd verstreek, dat voelde ze even scherp alsof iemand de huid van haar gezicht trok. Bij haar leidde dat tot een verlangen om te praten, om te proberen iets te doen of te zeggen, wat dan ook, bijna alsof ze door te praten een oplossing in het leven konden roepen. Op Zandt leek het besef van de verglijdende tijd het tegenovergestelde effect te hebben. Het duurde niet lang meer, dacht ze, voordat hij voorgoed stom zou worden.

Het vliegtuig was zo goed als leeg en toch was hij niet eens naast haar komen zitten. Hij zat aan de overkant van het gangpad een paar oude dossiers te bestuderen die hij van huis had meegenomen. Ze belde het kantoor in Brentwood en stelde vast dat daar niets veranderd was. Daarbij liet ze in het midden waar ze op dat moment was.

Daarna keek ze uit het raampje naar het land dat onder hen voorbijgleed terwijl ze terugvlogen naar L.A. Ze vroeg zich af of ze over het huis of de boshut van Homo erectus vlogen. De wetenschap dat dat misschien zo was, dat Sarah Becker zich ergens onder haar bevond, was onverdraaglijk. Ze rukte dus het gratis tijdschrift van de luchtvaartmaatschappij uit de buidel voor haar en probeerde uit alle macht om het te lezen.

Zandt was zich amper bewust van het feit dat hij in een vliegtuig zat, en hij dacht niet eens aan Sarah Becker. Hij dacht na over vier verdwijningen in een periode van drie jaar en verspreid over het hele land. Er was weinig verband te zien, afgezien van het feit dat er momenteel kopieën van de betreffende dossiers op zijn schoot lagen. Maar als er een soort tussenpersoon aan het werk was, golden de normale onderzoeksregels misschien niet meer. Als je een reeks verdwijningen of lijken binnen een strikt omschreven geografisch gebied had, kon je ervan uitgaan dat je de zoekacties naar bewijzen of met de zaak samenhangende gebeurtenissen kon beperken tot diezelfde regio. De meeste moordenaars hadden een eigen jachtgebied, een paar vierkante kilometer waarbinnen ze zich goed voelden. Sommigen beperkten hun actieradius tot een paar straten, of zelfs een paar huizenblokken. Vooral als ze het voorzien hadden op die delen van de gemeenschap die de gezaghebbende instanties niet direct inspireren tot actie. Zandt herinnerde zich dat hij ooit had zitten kijken naar een reportage over de sloop van het huis waarin Jeffrey Dahmer had gewoond, de plek waar jonge zwarte en Aziatische jongens aan stukken waren gesneden, waren aanbeden en opgegeten, dit alles in willekeurige volgorde. Families van de slachtoffers stonden erbij te kijken, de meesten zwijgend, anderen huilend; maar een paar eisten een verklaring van wie maar wilde luisteren, probeerden enige reden los te krijgen om te accepteren dat hun kinderen van hen waren afgenomen en vermoord zonder dat dat iemand echt kon schelen.

Verdwijningen in ver uit elkaar gelegen delen van het land werden zelden met elkaar in verband gebracht, zelfs niet als de FBI erbij gehaald was en vooral niet als ze hadden plaatsgevonden binnen een en dezelfde periode. Je kon niet op dinsdagavond iemand in San Francisco grijpen en in de kleine uurtjes van donderdagochtend iemand anders in Miami voor je rekening nemen.

Althans, niet als het een en dezelfde dader was. Zandt had gezocht naar verdwijningen met dezelfde kenmerken als de verdwijningen die te maken hadden met Homo erectus, die tevens hadden plaatsgevonden in dezelfde jaren. Hij verwachtte niet dat hij andere souvenirs zou vinden met de naam van een meisje erop geborduurd. Homo erectus was wel zo slim dat hij zou proberen de indruk te wekken dat de zaken uit L.A. niets te maken hadden met die in andere delen van het land.

Dit besef had aan hem geknaagd op het moment dat de taxi arriveerde om hem naar het vliegveld van Los Angeles te brengen: die truien waren zo opvallend. Misschien hadden ze weinig of niets te maken met de pathologie van de moordenaar, en was dit een manier om een klein stel zaken af te bakenen door het te doen voorkomen alsof die verdwijningen verder nergens iets mee te maken hadden. Misschien had Homo erectus gedacht dat de politie even gemakkelijk onder de indruk zou raken van zo'n detail als het publiek van films waarin vlinderpoppen werden achtergelaten in de keel van een lijk, of tv-series waarin iemand wekelijks een moordenaar ving die met zijn ziel onder de arm rondliep. Als je een trui krijgt met een naam erop, is het er een van ons. Krijg je die niet, dan niet en dan willen we er niets over horen ook. Onze man heeft pathologische trekjes. En daar zijn we naar op zoek. Een van de weinige handvatten die we hebben, dus daar houden we ons aan, en zie je trouwens niet hoe druk we het hebben?

Zandt was ervan overtuigd dat het meer dan mogelijk was dat Homo erectus helemaal geen pathologische trekjes vertoonde, dat hij niet in een profiel was onder te brengen. Misschien was hij er op ditzelfde moment wel mee bezig, was hij slachtoffers aan het maken die over het hele land waren uitgezocht. Misschien wel in de hele wereld. Gewoon, omdat hij daar zin in had.

De slachtoffers vormden geen duidelijk herkenbare groep. We begeren schoonheid omdat schoonheid mensen herkenbaar maakt en aanzien geeft. Zandt dacht ook niet dat het lange haar een indicatie was. Als die truien inderdaad een vals spoor waren, betekende de haarlengte simpelweg een middel om een bepaald doel te bereiken. Er waren maar twee distinctieve kenmerken. Ten eerste de leeftijd. Er verdwijnen veel jonge kinderen, en een aantal oude mannen en vrouwen wordt in hun eigen huis gemolesteerd. Beiden begeven zich onbewust op het terrein van de statistiek door middel van hun fysieke zwakte. En dan zijn er nog de vrouwen die verdwijnen. De meesten daarvan zijn zo rond de twintig: jong genoeg (en niet te oud) om zelfstandig te leven; vrouwen die je 's avonds laat naar huis ziet lopen, die misschien op zichzelf wonen, die voldoende jeugdig zelfvertrouwen hebben om een vriendelijke man met zijn arm in een mitella en zijn gezicht net in de schaduw laat op de avond te hulp te schieten in de hoek van een parkeerterrein. Er verdwijnen vrouwen van alle leeftijden, maar de grote piek in deze grafiek valt binnen dit bereik. De slachtoffers van Homo erectus echter, voor zover bekend en samen met de vermiste meisjes uit de dossiers op zijn schoot, waren rond de vijftien geweest. Oud genoeg om zich tegen een ontvoerder te verzetten, maar vaak te jong om in gevaarlijke omgevingen rond te lopen. Dat betekende niet dat Zandt gewoon ieder meisje in de leeftijdscategorie van veertien tot zestien op een hoop kon gooien en als mogelijk slachtoffer beschouwen. Er waren in het hele land meer dan genoeg plekken waar een meisje van die leeftijd 's avonds in haar eentje op straat loopt om klanten te werven. Als Homo erectus of zijn leverancier zich alleen om leeftijd bekommerden, had hij met een vrachtwagen naar de juiste wijk van de juiste stad kunnen rijden en de laadruimte stampvol stoppen. Maar hij maakte een keuze uit een groep die vanwege hun leeftijd minder kwetsbaar was dan het gemiddelde, en koos zijn slachtoffers bovendien uit een sociale achtergrond die een compensatie vormde voor gemakkelijke beschikbaarheid. De familie van Elyse LeBlanc was iets minder welgesteld dan de anderen, maar behoorde toch beslist tot de middenklasse. De rest kon je in feite rijk noemen. Homo erectus was niet alleen op zoek naar mensenvlees. Hij was op zoek naar wat hij beschouwde als kwaliteit.

Zandt staarde naar de gekopieerde foto's van de dode meisjes. Zijn brein leek steeds sneller te gaan ronddraaien en mixte de feiten die voor hem lagen met de feiten die hij twee jaar tevoren uit zijn hoofd had geleerd. De plekken, de namen, de gezichten. Hij probeerde het allemaal als één geheel te zien en liet alleen zijn eigen gezin en dochter weg. Hij was er intussen van overtuigd dat die alleen was gekozen om hem een lesje te leren. Zandt had wel eerder geprobeerd om Karen uit de vergelijking weg te denken, maar dat was hem nooit gelukt. Het besef van haar verdwijning had alles gekleurd dat hij had gedacht en gedaan sinds het moment dat hij en Jennifer dat briefje op de stoep hadden gevonden. Maar nu verving hij haar door de meisjes in de nieuwe dossiers en probeerde te verzinnen of er tussen hen een ander verband lag dan speculatieve redeneringen. Hij probeerde zich te verplaatsen vanuit de plek waarheen hij op weg was, waar hij het grootste deel van zijn leven had gewoond, die eigenaardige stad vol dromenmakers, vol armoede en proefopnamen en moord en geld; naar andere plekken, andere nachten, andere jachtgebieden. Naar andere steden, andere machines, wouden van gebouwen en rivieren van asfalt waar andere mannen en vrouwen de nachtelijke sterrenhemel misten en kleine plantjes op hun vensterbanken water gaven en miniatuurhondjes uitlieten door gangen in een eindeloze processie van dozen en kruispunten en lichten; waar ze ruimte huurden in andermans eigendom zodat ze ergens konden slapen waardoor ze konden opstaan en aan winst gebonden handelingen uitvoeren die ze niet begrepen en waar ze niets om gaven; uitsluitend en alleen om de ruilmiddelen te verkrijgen die ze nodig hadden om de ruimte te kunnen huren waarin ze sliepen en naar elkaar grauwden en televisie keken totdat eindelijk een van hen uit het raam glipte en huilend de donkere straten oprende, waarbij ze dan een verdoving afschudden die was overgeleverd vanuit een samenleving die zelf klem zat in breuken en verraad en wanhoop; de eenzame gek in een cultuur die langzaam in een kerstbal aan het veranderen was: een dun laagje kleurige schoonheid rond een leegte die steeds sneller en sneller om zich heen greep op parkeerterreinen en in winkelcentra en wachtkamers en virtuele chatrooms: non-plekken waar niemand ook maar iets meer wist over de anderen.

Plotseling hield het tollen in zijn hoofd op.

Hoofdstuk 27

Het begon donker te worden tegen de tijd dat we terug waren in onze hotelkamers. Er waren twee berichten voor Bobby. Terwijl hij terugbelde, zette ik de televisie aan met het geluid uit en keek naar de plaatselijke nieuwszender, vanuit een grimmige belangstelling om te zien hoe lang het duurde eer het bericht doorkwam. De kans bestond dat er wandelaars binnen gehoorsafstand waren geweest, en die zouden uiteindelijk de lijken vinden. Hoewel er niets was dat ons aan die gebeurtenis bond, wilde ik Hunter's Rock snel achter ons laten.

Ik liep gehaast de kamer door en pakte mijn paar spullen in.

'Jezus!' zei Bobby met schorre, vreemde stem. Ik draaide me om en zag dat hij nog aan de telefoon zat. 'Zet die televisie eens aan.'

'Hij stáát aan.'

'Niet die lokale troep. CNN of zo.'

Ik zapte door de zenders tot ik CNN had.

Het materiaal was afkomstig van een beverige handcamera. Een groot, grijs gebouw in een stad. Een school. Kennelijk eerder op de dag gefilmd, want het was nog licht.

'Hebbes,' zei Bobby in de telefoon. 'Ik bel je zo terug.'

Ik zette het geluid aan en we luisterden naar een commentaar waarin een slachtofferaantal van tweeëndertig werd genoemd, met een groot aantal vermisten en het halve gebouw nog niet doorzocht. Het was niet duidelijk of de twee leerlingen die door de politie waren neergeschoten de enige verantwoordelijken waren voor het bloedbad. Misschien was er een derde bij betrokken. Er waren geweren en een grote, zelf gemaakte brandbom gebruikt.

De camera dwaalde rond over de vernielingen en ving glimpen op van groepjes kinderen en leraren, de gezichten wit en geschokt in het felle lamplicht. Het omgevingsgeluid was bijna uitgeschakeld in de geluidsmix, maar op de achtergrond hoorde je sirenes en huilende mensen. Er wankelde een vrouw voorbij, aan weerszijden ondersteund door ambulancepersoneel, haar hele gezicht onder het bloed.

'Waar is dit?'

'Evanston, Maine.' Bobby sloot zijn ogen.

Het beeld ging over naar een liveweergave. Het zag er nu rustiger uit. Op een paar na werden alle omstanders op een afstand gehouden door middel van politielint. Een man met een bruine jas hield een microfoon vast. Hij werd flakkerend verlicht door blauwe zwaailichten. Er waren nog twee lijken gevonden. Jane Mathews en Frances Lack, beiden elf jaar oud.

Terug naar beelden van eerder op de dag. Brandweerwagens, ambulances. Gewonde mensen, zowel kinderen als volwassenen, op de grond, met verzorgers eromheen. Anderen op de grond zonder dat iemand hun hand vasthield. Mensen voor wie niemand nog iets kon doen.

'Holy fuck,' zei ik. Ik wees naar het scherm. De camera gleed langs de straat tegenover de school, filmde mensen die stonden te kijken naar de hellepoort die zojuist geopend was. Onder hen bevond zich een lange, blonde man met een grote blauwe schoudertas, met zijn rug naar de camera toe. Vreemd genoeg rekte hij zich niet uit om beter te kunnen zien, zoals alle anderen, maar stond hij er rustig en kalm bij. De cameraman merkte hem niet op en gleed verder langs de rij, een traag overzicht van verbijsterde schrik.

'Die vent ken ik,' zei ik.

Een blonde man met een blauwe schoudertas. Bij The Halls.

Bobby bracht een deel van de vlucht door aan de telefoon. Ik hoorde hem met drie verschillende mensen praten. Hij regelde koerierstransport voor een stel banden naar het vliegveld van Dyersburg. Daarna ging hij zwijgend in zijn gratis kopje koffie zitten staren.

Ik keek hem aan. 'Weten ze zeker dat het alleen die jongelui waren?'

'Hun huizen worden momenteel helemaal overhoopgehaald, maar tot nu toe is er niets boven water gekomen. Ditmaal is het geen algemene haattoestand. Dit was het werk van twee prima aangepaste Amerikaanse jongeren, voor zover tot nu toe bekend is. De algehele sfeer is niet al te best.'

Dat kon ik geloven. De stemming onder de andere passagiers was bedrukt, en zelfs het welkomstwoord van de gezagvoerder had bijzonder mat geklonken.

'Ik heb je aan niemand horen vertellen wat ons vandaag is overkomen.'

Hij lachte schel. 'Ja. "Hé, we hadden net een stel gozers in het bos vermoord en toen we terugkwamen in het hotel, zag die vriend van me een gozer op tv die hij meent te herkennen"? Zoiets valt niet goed, Ward, en je bent niet bepaald populair bij de CIA. Ze hebben daar nogal huisgehouden, maat. Ze zouden mij er met nog meer plezier uit knikkeren dan jou.'

'Mij hebben ze er niet uitgeknikkerd. Ik ben zelf opgestapt.'

'Ja, vlak voordat er een dagvaarding voor een leugendetectortest kwam.'

'Maakt niet uit,' snauwde ik. 'Bobby, het was 'm.'

'Je zei dat je hem daar nauwelijks gezien hebt. Je gaf toe dat je zijn gezicht niet gezien hebt.'

'Weet ik. Maar hij was het.'

'Ik geloof je,' zei hij, en plotseling keek hij serieus. 'Het rare is, ik dacht ook dat ik hem herkende.'

'Wat? Waarvan dan?'

'Geen idee. Jezus, tegen de tijd dat ik zag waar jij naar wees, was hij weg! Maar hij had iets bekends.'

Het was al donker toen we landden. De auto die ik op het parkeerterrein van de luchthaven had laten staan, was al weg, waarschijnlijk opgehaald door het verhuurbedrijf. Bobby ging naar de andere balie en huurde een nieuwe auto. Ze hadden alleen nog een bakbeest van een Ford. Ik ging hem ophalen en reed naar de hoofdingang om op Bobby te wachten.

Die kwam na verloop van tijd de terminal uit met een doos onder zijn arm.

'Cool,' zei hij kortaf, terwijl hij instapte. 'Ruimte voor de kinderen en boodschappen voor een hele week. Kom, op zoek naar een supermarkt.'

'Nou ja, als het moet, kunnen we erin slapen.'

'Daar wil ik niet eens over nadenken.'

'Je wordt slap, soldaat.'

'Inderdaad, ja, en dat betekent dat ik geen broccoli meer hoef te eten, om een gewaardeerde voormalige president maar eens te parafraseren.'

'Gewaardeerd door wie?'

'Door zijn moeder.'

Bobby had de sleutels nog van de kamer die hij in het Sacagawea had genomen. Eerst keken we of er niemand anders in zat, daarna ging hij onderhandelen met de hotelleiding.

Ik ging op jacht naar een stel blikjes ice-tea en ging terug naar de kamer, die nog meer dan het zwembad bij het motel buiten Hunter's Rock deed denken aan vakanties van lang geleden. Vijftig jaar mensen die heel even dezelfde ruimte bewonen, of meer nog. Een kampeerplek halverwege een reis. Misschien had op de stoel waarop ik nu zat, ooit iemand gezeten die voor het eerst naar een aflevering van *Gilligan's Island* keek, iemand voor wie de herkenningsmelodie geen kortsluiting naar het collectief geheugen vormde. En op een dag zou hier misschien iemand anders zitten, met een ruimtepak vol siliconen en met in zijn hand een maandrankje zonder suiker, zonder cafeïne en zonder smaak, en zou diegene hetzelfde denken over *Friends*: 'Hé, moet je al die graatmagere lui eens zien. En wat was er in godsnaam met dat háár?'

Bobby kwam terug met een gigantische videorecorder onder zijn arm.

'Die zot had niet eens gemerkt dat ik weg was,' zei hij. 'Hoewel hij snel genoeg was toen het ging over een borgsom voor dit stuk archeologie. Volgens mij moet je die nog met de hand opwinden.'

Toen het apparaat was aangesloten op de televisie in de kamer, ook al bijna een collector's item, ging Bobby op het voeteneind van het bed zitten en scheurde het pakje open dat hij op het vliegveld had opgehaald. Er zaten een paar videobanden in. Snel keek hij naar de etiketten en stak een van de banden in het apparaat.

'Dit is onbewerkt materiaal,' zei hij, terwijl hij op PLAY drukte. 'Niet geschikt voor jonge kijkers.'

De cameraman was heel kort na de eerste explosie gearriveerd bij de gebombardeerde school. In de meeste grote steden in Amerika bestaat een markt voor freelance nieuwsgaarders, ploegjes van twee mensen die als zwerfhonden door de stad dwalen. Ze scannen de officiële radiokanalen en zijn vaak nog vóór de politie ter plekke als er iemand van een dak is gesprongen of er een kettingbotsing heeft plaatsgevonden, op jacht naar gruwelijke details waarmee netwerken en kabelzenders hun steeds langere zendtijd kunnen vullen. Het camerawerk deed denken aan zo'n ietwat verdachte herkomst, maar ik kon me vergissen. Bij dit soort beelden zou ikzelf misschien ook geen vaste hand gehad hebben. Wanneer je zulke afgrijselijke beelden op tv ziet, kun je gemakkelijk vergeten dat dit soort nieuws, ondanks de schijn van pure waarheid, allang is gesteriliseerd voor ons aller veiligheid. We zien mensen bij een massagraf in Bosnië staan en door de slechte kwaliteit van het beeldmateriaal vergeten we dat we niet zien wat daarin ligt, of wat die korrelige fragmenten betekenen voor de mensen die daar werkelijk staan; want zelf zitten we veilig door een dik stuk glas heen te kijken in een woonkamer in een heel ander deel van de wereld. Zelfs de kamerbrede verslaggeving over de gruwel van het World Trade Center maakte een grote bocht om de beelden heen die de hulpdiensten zagen. We zijn er zo aan gewend dat er in beelden geknipt wordt, we zijn al zo besmet met de trucjes van de media, dat we ons eerder bewust zijn van wat er toegevoegd is dan van wat er weggelaten is. Het maakt niet uit hoeveel 'Making Of'-documentaires we bekijken: als we het in zijn context zien, schrikken we toch van het latexmonster. En wanneer we naar het nieuws kijken, vragen we ons niet af waarom het beeld op een bepaald moment ophoudt, wat er over de lens heen spatte zonder dat wij dat te zien kregen. Het is soft nieuws, het toont niet waar het echt om gaat. We mogen het gegil horen, maar op een acceptabel volume – terwijl we op de voorgrond een stem horen met een geruststellende, sombere woede. 'Dit is fout,' zegt die stem impliciet. 'Heel verkeerd. Maar het komt niet vaak voor en er wordt aan gewerkt. Dit gaat voorbij, en straks is alles weer in orde.'

Deze videoband bevatte geen commentaar. Er was niet in geknipt. Er werd niets gezegd. Er waren alleen maar beelden.

De eerste explosie had de voorgevel weggescheurd van een vierkant gebouw met een verdieping. Daarbij waren tonnen beton, glas en metaal vanuit een centraal punt met grote snelheid weggevlogen. Dit materiaal was deels ingeslagen in vergelijkbaar materiaal, maar deels ook in veel zachtere substanties. Een groot deel van het puin was pas buiten neer geregend. Toen de cameraman arriveerde – samen met een geluidstechnicus wiens uitroepen vol afgrijzen regelmatig te horen waren – had hij niets meer gedaan dan over het parkeerterrein voor de school wankelen. Hij had een boogvormig pad door de puinhopen beschreven. Af en toe had hij de camera op de dependance rechts van hem gericht, of op de overkant van het parkeerterrein, waar politie en ambulances aan kwamen rijden. Maar voor het merendeel had de camera simpelweg vastgelegd wat zich voor de lens bevond.

Een meisje, dat zich kennelijk niet bewust was van het feit dat ze een arm kwijt was, rende weg en schreeuwde iemands naam. Delen van lichamen, en hoofden. Een jongetje met een gezicht dat zo onder het bloed zat dat hij er pasgeboren uitzag; hij dwaalde met een jammerend geluid door de rook. Een lange rij stukken vlees, als een enorme berg bloederig braaksel met een paar herkenbare trekjes en lichaamsdelen. Het grootste deel van een wat oudere man, stuiptrekkend op de grond. Zijn hele gezicht was weggebrand en er was niets van over, behalve een roze massa met een gat vol sprakeloze doelloosheid. De helft van een aantrekkelijke jonge vrouw, haar ogen open en onder haar ribbenkast niets behalve een stompje ruggengraat en de motorkap van de auto waarop ze geland was.

Langzaam aan begon de geluidskwaliteit te veranderen, naarmate de dringendste kreten wegstierven en het gehuil en gegil harder werden. De camera begon iets ordelijker beelden weer te geven. De doelloze dwalingen maakten plaats voor gerichtere handelingen, nu de witte bloedcellen van de samenleving in actie kwamen en probeerden iets van structuur aan te brengen. Sommigen van deze mannen en vrouwen liepen doelgericht af en aan: ze wezen, ze schreeuwden, ze legden drukverbanden aan. Anderen hadden evengoed tot de slachtoffers kunnen behoren.

En toen zagen we hem.

De nieuwsploeg had intussen genoeg van het zware materiaal gezien en begaf zich naar de omtrek, waar het parkeerterrein uitliep in een afrit naar de straat. De geluidstechnicus had tweemaal overgegeven, de cameraman eenmaal. Het was nog zo kortgeleden gebeurd dat er nog geen mensenmassa's aan de overkant stonden, maar er werd alvast politielint gespannen, waardoor de gebeurtenis werd afgesloten voor onze werkelijkheid en werd verbannen naar het rijk van de uitzonderlijke omstandigheden.

De man stond er echter al, min of meer op dezelfde plek waar ik hem eerder had gezien. Lang, met kort blond haar, zijn voeten stevig op de grond. Uitkijkend over de puinhopen, opstarend naar de rookpluim van een brand die op dat moment nog volslagen onbeheersbaar was. Bobby drukte op PAUZE.

De man stond niet te glimlachen. Die indruk wil ik niet wekken. Het beeld schokte en beefde alle kanten uit, en je kon zijn gelaatsuitdrukking niet goed zien. Hij stond gewoon te kijken.

Geen van beiden zeiden we iets. Bobby pakte zijn ice-tea, probeerde een slok te nemen en besefte dat hij het blikje nog niet geopend had.

Hij trok het lipje weg en dronk het halve blikje leeg.

'Oké,' zei hij. 'De rest is een overzichtsopname.' Hij haalde de band uit de recorder, hem onwillekeurig behandelend alsof hij besmet kon zijn. Hij stak de tweede band in het apparaat en drukte op PLAY.

'Dit heb ik van een van de techneuten bij media-analyse,' zei hij. 'Voor intern gebruik, een herinnering voor de mensen in Washington. Een hulpmiddel voor marketing. Opnames van dingen die de laatste tien, vijftien jaar gebeurd zijn, met regelmatige updates.'

De eerste scène bevatte materiaal dat ik al snel herkende, omdat ik er een groot deel van de afgelopen week zelf mee te maken had gehad. Het was na de schietpartij in Engeland. Schel licht, vroeg in de ochtend. De camera stond rotsvast, waarschijnlijk het werk van een of andere door de wol geverfde BBC-cameraman. Groepjes mensen die elkaar omarmden. Medisch personeel rond een deur waaruit lichamen werden geborgen, sommigen onder lakens, anderen onder het bloed. Een stel andere onberispelijk uitziende nieuwsploegen. Een kring politiemensen rond het kruispunt van twee drukke straten. Weinig geschreeuw en gehuil. Het geluid was voornamelijk voorbijrazend verkeer: mensen haastig onderweg naar vergaderingen, op weg naar huis van de fitness, op pad om liters cola light af te leveren.

We hoefden niet lang te wachten, maar het beeld was vaag en onduidelijk. Er werd van binnenuit ingezoomd over de omheining heen, zodat de mensen die buiten waren samengedromd in beeld kwamen. Onder hen bevond zich een lange man, met blond haar. Bobby zette het beeld stil en spoelde het een paar keer heen en weer. Het gezicht was te klein, de opname te snel.

'Het is hem,' zei ik desalniettemin.

De daaropvolgende twee uur bekeken we de rest van het materiaal, een handwerk van de dood, geborduurd met lichtsteken. Na een tijd raakte ik de tel kwijt, maar er trokken minstens dertig episodes van massamoord aan ons voorbij, tot de verschillen tussen de afzonderlijke scènes – de plaatsen, de geluiden, het veranderende modebeeld over de loop van meer dan tien jaar – doorzichtig werden tegenover de overeenkomsten. Bij de meeste zagen we niets waarop we de vinger konden leggen, maar bij een paar zagen we iets dat er dicht genoeg bij zat om het toe te voegen aan de lijst die Bobby was begonnen op een velletje briefpapier van het hotel:

Een supermarkt in Panama City, Florida, 1996. Een hoofdstraat in

Noord-Frankrijk, 1989. Een klein winkelcentrum in Düsseldorf, 1994. Een school in New Mexico, vorig jaar. Een steegje in een achterbuurt in New Orleans, in 1987, toen naar verluidt een mislukte drugshandel had geleid tot een escalatie van geweld waarbij zestien doden en eenendertig gewonden waren gevallen.

'Hij is het,' zei ik keer op keer. 'Hij is het.'

Uiteindelijk hield de band plompverloren op. Waarschijnlijk konden maar weinig mensen hem van begin tot einde uitzien.

'We hebben meer banden nodig,' zei Bobby.

'Nee,' zei ik. 'Niet echt.'

'Jawel. Van de situaties waarin hij niet gefilmd is.'

'Waarschijnlijk was hij daar dan niet. Hij zal wel niet de enige zijn. Er moeten anderen zijn.' Ik ging naar de badkamer en dronk zowat driekwart liter water uit een heel klein glaasje.

'Vliegtuigongelukken,' zei Bobby toen ik terugkwam. 'Bommen in Noord-Ierland en Zuid-Afrika. Burgeroorlogen van de afgelopen tien jaar. Griepepidemieën. Iemand moet het begin maken. Misschien hebben we op de verkeerde plekken gezocht. Misschien zijn het geen fundamentalisten van de ene of de andere signatuur. Misschien zijn dit mensen die iederéén haten.'

Ik schudde mijn hoofd, maar niet vol overtuiging.

Bobby haalde de band uit het apparaat en draaide hem om in zijn handen. 'Maar wat had hij daar te zoeken? En wat is dat voor toeval dat hij zo vaak in beeld is?'

'Dat is geen toeval. Dat is een handtekening, die moet worden gelezen door mensen die op de hoogte zijn. Om te zeggen: "Dit is het werk van de Stromannen".'

'Maar nu hebben we hem.'

'O ja? Een blonde man, opnames die te kort en te veraf zijn om hem goed te herkennen en een reeks op zichzelf staande incidenten in de loop van tien jaar, verspreid over de halve Westerse wereld? Wou jij Langley bellen om te zien of ze belangstelling hebben? Of zullen we CNN proberen? Wij zijn een wel heel slechte imitatie van die Watergate-journalisten en dit klinkt als een soort complottheorie zolang we niets meer hebben dan vage glimpen. Je kunt de halve dag achter de computer zitten en dan heb je nog maar een halve naam bij die beelden die we gezien hebben.'

'En die webpagina dan? Het Manifest?'

'Dat is er niet meer, Bobby. Dat hadden we bij wijze van spreken zelf kunnen typen.'

'Nou, en? Moeten we het dan zomaar vergeten?'

'Nee,' zei ik. Ik ging op het voeteneind van het bed zitten en greep de hoteltelefoon. 'Er is misschien een iemand die ons kan helpen. Twee iemanden, zelfs. Die twee die op stel en sprong naar Hunter's Rock zijn gekomen.'

'Waarom? Die zitten achter een seriemoordenaar aan.'

'En wat is jouw definitie van een seriemoordenaar?'

'Dit is iets anders. Een heleboel mensen tegelijk vermoorden is niet hetzelfde.'

'Meestal niet,' zei ik. 'Maar niemand zegt dat je het een kunt doen en het ander nalaten. Deze vent is hun boegbeeld. Hij organiseert, zet aan, evangeliseert – de man die situaties voorbereidt, mensen uitkiest en opdrachten geeft. Terrorisme zonder doel. Moord om het moorden. En dan gaat hij kijken hoe de lichaamsdelen worden uitgezocht. Wou jij zeggen dat zo iemand niet aan seriemoorden kan doen? Volgens mij is dit de moordenaar. Volgens mij is dit Homo erectus.'

'Ward, op basis van dat argument kun je die vent nog geen parkeerbon geven.'

'Misschien niet. Maar iemand moet ons helpen. Nina is de enige die ik kan verzinnen. Die klootzakken hebben mijn ouders vermoord. Het maakt mij niet uit wat ik moet zeggen om haar aan mijn zijde te krijgen.'

Bobby keek me aan. Na een tijdje knikte hij. 'Bel haar maar.'

Hoofdstuk 28

Soms was het net of ze dood was. Soms leek het of ze iets anders was, misschien een vis of een boom of een wolk of een hond, een rothond. Honden zijn manisch, echte Manic Street Preachers, maar je kunt altijd nog beter een rothond dan dood zijn. Meestal was het net of ze niets was, een klein bundeltje pluis dat een rivier afdreef onder een hemel waarin geen vogels zongen.

Sarah was nu heel ziek. Heel soms wist ze nog wie en waar ze was. Ze had geen maagkrampen meer. Ze voelde niets meer. Ze meende dat haar maag nog steeds deel van haar uitmaakte, en dat ze ook haar armen en benen nog had. Soms kreeg ze daarvan het afschuwelijke bewijs, een vreselijke pijn die vanuit haar tenen door haar hele lichaam schoot. Alsof haar hele lichaam in slaap gevallen was, maar dan alsof er gloeiende naalden van wel dertig centimeter lang onder haar vel werden gestoken en met alle macht naar binnen werden geduwd en dat ze daar dan bleven zitten. De pijn trok weer weg, maar dat maakte Sarah niet meer mee. Tegen de tijd dat dat gebeurde, dreef zij alweer op de rivier, stroomafwaarts.

Soms werd er tegen haar gepraat als ze daar zo dobberde. Althans, ze hoorde stemmen. Haar vriendinnen, soms haar oma en haar zusje, maar meestal haar vader en moeder. Die hadden het dan over onbelangrijke dingen, alsof ze aan tafel in de woonkamer haar huiswerk zat te maken en zij in de keuken zaten te kletsen. Je hoorde niet alles wat gezegd werd, meestal niet. Halve zinnen, hier en daar een flard. 'Volgens Charles wordt die versie van Jeff een doorslaand succes.' 'Brunch, maar dit kon weleens iets worden.' 'Iets in de derde akte, niet echt belangrijk.' Haar moeder vertelde wat ze die dag gedaan had, waar ze geweest was en wie ze gezien had: 'Met je gezicht kun je doen wat je wilt, maar je handen verraden je altijd.' Maar dan zei haar vader iets wat zojuist bij hem opgekomen was en hoorde ze de hele zin, bijvoorbeeld: 'Weet je wat ik zou doen als ik beroemd was? Stalken. Dan zou ik een of andere sukkel zoeken en die aan de lopende band lastig vallen. Zo iemand geloven ze toch nooit? "Hé, agent, Cameron Diaz zit me steeds maar te bellen." Of... "Kijk eens, ik krijg allemaal brieven van Tom Cruise. Nee, écht waar. Hij molesteert me. Dit is zijn handschrift. Kíjk dan." Zo kun je iemand gek maken. En binnen de kortste keren.'

Sarah wist niet of ze hem die dingen ooit had horen zeggen in de tijden voordat haar leven zo was gaan zweven. Ze dacht van niet. Ze dacht dat hij het alleen voor haar zei, iets om haar gezelschap te houden tijdens het drijven. Hij zei altijd dingen voor haar, dingen die bij hem opkwamen. Mam had niet altijd door dat dat grapjes waren, en vaak vond ze ze niet grappig. Sarah meestal wel.

Na een tijd vielen de stemmen stil.

Andere keren hoorde ze voetstappen, en dan wist ze dat zij het waren, dat ze haar kwamen redden. Dan hoorde ze hoe ze steeds dichterbij kwamen, tot haar mond in beweging wilde komen, klaar om iets te zeggen als het luikje werd opgetild en haar vaders gezicht in beeld kwam. Ze bleven vlak boven haar staan, ze hoorde hun voeten schuifelen over de planken die haar lichaam overdekten. Maar ze vonden haar nooit. De voetstappen verdwenen, en dan dreef ze weer verder.

Af en toe kwam er iets boven in haar lichaam, meestal vlak nadat Nokkon was langsgekomen. Oprispingen die door haar maag sneden als een in ijs gedoopt mes, tot ze zeker wist dat ze doormidden zou breken. Ze kon niets opgeven, zelfs geen water, want dat nam haar lichaam zo snel mogelijk op. Haar lichaam deed intussen mee met het programma. Soms praatte het tegen haar om haar een standje te geven. Het deed zijn best om het vol te houden, maar het was beslist niet te spreken over de hele situatie. De stem van haar lichaam klonk net als Gillian Anderson. Een redelijke stem, die sprak in lange zinnen waarover merkbaar nagedacht was. Maar hij was beslist niet tevreden, die stem, en hij geloofde intussen niet meer dat er nog verbetering in zat. Sarah luisterde naar wat haar lichaam zei en probeerde enige belangstelling op te brengen, maar ze had niet het idee dat ze er iets aan kon doen.

Nokkon was haar enige echte vriend, en zelfs die kwam niet erg vaak meer. Sarah kreeg het gevoel dat ze hem teleurgesteld had. Hij praatte nog wel, en hij gaf haar water en vertelde haar van alles, maar ze voelde aan dat hij dat voornamelijk voor zichzelf deed. Hij deed alsof hij echt was, alsof hij in zijn jeugd mensen had ontmoet die van hooi waren gemaakt. Dat die hem gevonden hadden, of andersom. Dat hij van die hooimensen geleerd had en dat zij nu van hem leerden. Nokkon had die mensen soms bij zich. Dat zei hij althans, hoewel Sarah geen idee had waarom hij zo loog. Ze wist best wat dat voor mensen waren. Het waren zijn kabouters. Die deden wat hij zei en reisden stad en land af op zoek naar mensen die zo stom waren dat ze zich gelukkig voelden, net als Sarah ooit. Ze hielden de mensen met microfoons in de gaten, en met spionagevleermuizen die over alle huizen in de hele wereld vlogen. Sommige van die kabouters waren reusachtig groot en konden zo hard stampen dat de grond ging trillen en er aardbevingen en vulkaanuitbarstingen kwamen. Andere waren piepklein en vlogen door de lucht en kropen in de poriën van de mensen zodat ze de cellen overhoop konden halen waardoor er zwarte dingen gingen groeien in hun longen en hart en lever. Die grote kabouters hadden stemmen als de donder. De kleine klonken alsof ze uit Wales kwamen. Als Sarah moest hoesten, hield ze haar mond dicht, zodat ze niet naar binnen konden vliegen. Een paar kabouters hadden een normaal postuur. Maar dat waren er maar weinig. Die kreeg ze nooit te zien, maar ze wist dat ze er waren. Ze beukte met haar hoofd tegen het hout aan, in een poging om ze te verjagen.

En dan vervaagde iedereen weer en werd het weer donker en dreef ze weer een heel eind verder. Eerst had het, als ze zo voortdreef, geleken alsof ze met haar rug op het water lag en op de oppervlakte werd meegevoerd. Dat was eigenlijk wel prettig geweest. Maar nu leek het wel of ze steeds lager in het water kwam te liggen, alsof ze zonk. Haar oren waren al onder water, en binnenkort haar ogen ook.

Als haar neuspunt onder water verdween, kon ze niet meer drijven. Dat wist ze.

Hoofdstuk 29

Zandt stond voor een deur in Dale Lawns. Toen er geen reactie kwam nadat hij eenmaal op de zoemer had gedrukt, deed hij dat nogmaals. Hij leunde er met zijn hele gewicht tegenaan totdat hij iemand door het bobbelglas in het bovenluik van de deur, vanuit het witte licht daarachter zijn kant zag uitkomen.

Gloria Neiden was van top tot teen in merkkleding gehuld. En dat voor een avondje thuis op de bank. Uit haar eerste woorden bleek al dat ze dronken was. Niet aardig, vrolijk dronken, of aangeschoten, of zelfs niet dronken genoeg om om te vallen. Ondoorzichtig dronken. Dronken om de eenzaamheid te zoeken.

'Wie ben jij in godsnaam?'

'Mijn naam is John Zandt,' zei hij. 'We hebben elkaar twee jaar geleden gesproken.'

'Ik vrees dat ik dat niet meer weet. En ik weet heel zeker dat we niets afgesproken hebben om de kennismaking te hernieuwen.' Dit kwam er keurig uit, met maar eenmaal een dubbelslaande tong.

Ze wilde de deur dichtdoen. Zandt hield hem met zijn hand open.

'Ik was een van de politiemensen van het team na de verdwijning van Annette Mattison,' zei hij.

Mevrouw Neiden knipperde met haar ogen, en het leek wel of er met die beweging een grauwe stof door haar gezicht werd verspreid, iets waardoor het onvolledig gebalsemd leek te worden.

'Ja,' zei ze, terwijl ze haar armen over elkaar sloeg. 'Nu weet ik het weer. Mooi werk. Alles keurig opgelost, nietwaar?'

'Nee. En daarom sta ik hier nu.'

'Mijn dochter is uit, met vriendinnen. En al was ze dat niet, dan zou ik er nog op staan dat ze niet met u zou spreken. Het heeft een hele tijd geduurd voordat we min of meer hadden leren leven met wat er gebeurd is.'

'Dat wil ik wel geloven,' zei Zandt. 'En is het nu zover?'

Even ontnuchterd keek ze hem aan. 'Wat bedoelt u?'

'Wat ik bedóél,' zei hij, 'is dat mijn eigen dochter ook verdwenen is, en dat ik daar nooit mee zal leren leven. Ik verzoek u om een heel klein beetje van uw tijd, en tijdens die tijd kunt u me misschien helpen om uit te zoeken wie onze levens heeft verwoest.'

'Maar dan moet u toch zeker bij de Mattisons zijn, niet bij mij?'

'Ik heb één vraag voor u. Meer niet.'

Ze wendde zich af. Ditmaal duwde ze de deur krachtiger dicht.

Opnieuw hield Zandt de deur open. Hij sprak zonder zich de tijd te gunnen om na te denken. 'Een vraag die ervoor kan zorgen dat uw man niet begint of doorgaat met een buitenechtelijke relatie. Een vraag die kan voorkomen dat uw dochter zal zeggen dat ze maar beter geen vriendinnen meer mee naar huis kan brengen. Een vraag die inhoudt dat de kans kleiner wordt dat u op een dag uw auto tegen de muur te pletter rijdt omdat u een bocht verkeerd had ingeschat of gewoon, omdat dat een goed idee leek.'

Gloria Neiden staarde hem aan. Het duurde een paar seconden voordat ze weer bij stem was.

'Rot op,' zei ze, op zachte maar keiharde toon. 'U hebt het récht niet om zo tegen me te praten. U had hem moeten vinden. Mijn schuld is het niet. Niets van dit alles is mijn schuld.'

'Weet ik,' zei Zandt, en hij keek toe terwijl haar gezicht een tweede, vreselijke verandering doormaakte: hoe het veranderde van een dier in een bang kind in een vrouw, als een kleimasker dat wordt samengebald door een boosaardig kind. 'Niets van wat er gebeurd is, was uw schuld. Dat weet ik. Uw gezin weet dat. Iedereen weet het, behalve uzelf. U zegt het wel, maar u gelooft het niet echt. En dat wordt uw dood.'

Ze bleven een tijdje zo staan, elk aan een kant van de deur, allebei duwend. En daarna duwden ze geen van beiden meer, stonden ze alleen nog maar.

Hij belde Nina onderweg naar Santa Monica. Ze klonk verstrooid, maar stemde in met een ontmoeting in Bel Air. Het adres stond in het dossier.

Michael Becker opende de deur en was zonder uitleg bereid om mee te komen. Ze lieten Zoë op de drempel staan, met haar jongste dochter aan de hand. Ze deed niet moeilijk en eiste niet dat men haar vertelde wat er aan de hand was. Zandt besefte dat het niet uitgemaakt had als hij Zoë meegevraagd had en als het Michael was geweest die een steeds kleiner beeld wordend in de binnenspiegel van Beckers auto had gevormd. De Beckers vertrouwden erop dat de ander het fort zou bewaken, en de verantwoordelijkheden verschoven al naargelang de omstandigheden. Als er verder niets meer zin heeft, is je relatie met één persoon, en alleen die persoon, het enige waardoor je nog eventueel beschermd wordt tegen de buitenwereld. Hij betreurde het dat dit besef niet was doorgedrongen toen Jennifer en hij nog samen waren.

Toen de auto reed, informeerde Zandt bij Michael naar het adres. Zandt droeg hem op daarheen te rijden, en weigerde antwoord te geven op Michaels vragen. 'Je moet het zelf zien,' luidde zijn enige antwoord. 'Je moet erbij zijn.'

Gezien Beckers absolute onbegrip van de geometrie van Los Angeles duurde het bijna veertig minuten voordat ze aan de andere kant van de stad waren, maar toen klommen ze de heuvels in en reden ze langs huizen die na iedere bocht groter werden, tot ze zo groot waren dat je ze vanaf de weg niet eens meer kon zien.

Uiteindelijk liep de weg dood. Aan weerszijden van het pad stonden hoge, beveiligde poorten. De koplampen schenen op een tweede auto, die discreet iets verderop geparkeerd stond. Daartegenaan leunde Nina, haar armen stevig over elkaar geslagen en één wenkbrauw opgetrokken. Nina ten voeten uit.

'We zijn er,' zei Michael. 'Hier woont hij.' Hij was niet op zijn achterhoofd gevallen. Hij was al begonnen aan zijn reis, hoewel hij zich daar nog niet volledig van bewust was. 'Wat moet ik zeggen?'

Zandt stapte uit. Nina stond te popelen om enkele vragen te stellen, maar hij hief een hand op en ze zweeg.

'Als we maar binnen komen,' zei hij tegen Michael.

Becker ging naar de ingangspoort en drukte op een knop. Hij zei een paar woorden en even later zwaaide het hek open.

Zandt liep snel naar binnen. Michael en Nina moesten zich haasten om hem bij te houden.

Toen ze bij het huis aankwamen, stond de deur al open en was er een slanke man zichtbaar in het tegenlicht. Aan weerszijden strekte zich een enorm terrein uit. Zandt greep Michaels arm en schoof hem voor zich uit terwijl ze de laatste meters aflegden.

'Hé, Michael,' zei de man. 'Wie heb je daar bij je?'

Zandt stapte achter Becker vandaan en greep Charles Wang bij de keel. Met zijn andere hand sloeg hij hem tweemaal hard in het gezicht.

Nina staarde hem aan. 'John, waar ben je in godsnaam mee bezig?'

'Doe die deur dicht.' Zandt duwde Wang achterwaarts de reusachtige hal in. Hij stompte hem nogmaals en smeet hem ruggelings tegen de wit marmeren muur aan. Raapte hem op en ramde hem tegen een spiegel in Franse stijl, zodat de bovenste helft aan scherven ging.

Een heel jonge man met een wit jasje kwam aanhollen door de deur onder de trap die vanuit de hal omhoog boog naar de verdieping. Hij zag dat Zandt een pistool had en dat dat pistool op zijn gezicht gericht was.

'Naar binnen, Julio,' zei Wang. Zijn stem klonk vast.

'Inderdaad, Julio,' zei Zandt. 'Ga ergens anders heen en hou je heel erg gedeisd. Als je de telefoon pakt, ga ik zodra ik met deze lamlul klaar ben achter jou aan en ruk ik je kop eraf.'

De knaap verdween ijlings uit het zicht.

Zandt richtte zijn wapen weer op Wang, die half lag, half zat op de grond onder de spiegel, verfrommeld alsof zijn rug gebroken was.

'Wou jij er niet vandoor?' vroeg Zandt. Hij gaf hem een harde trap in zijn zij. 'Wou jij niet maken dat je wegkomt?'

'Hou op,' schreeuwde Nina. 'En zeg me wat hier aan de hand is.'

Plotseling was Wang overeind, een soepele beweging vanaf de vloer. Zandt sloeg de loop van zijn pistool in Wangs gezicht, zodat hij stokstijf stil bleef staan. Wang maakte even een klikkend geluid in zijn keel en viel toen weer op de grond.

Zandt dwong zijn hoofd omhoog. Wangs ogen staarden hem aan door het bloed heen dat uit een snee in zijn voorhoofd stroomde. In zijn blik zag Zandt niets dan zwakte en schuldbesef.

'We hebben het verpest,' zei Zandt. 'We hebben op het laagste niveau zitten zoeken. We hadden niet door dat er een tweede niveau was. Laat staan een derde.'

Wang glimlachte naar hem alsof hij zich afvroeg wat Zandts afkoopprijs zou zijn. Zandt liet zijn keel los en sloeg hem hard in het gezicht. 'Naar hém moet je kijken,' riep hij. 'Niet naar mij. Michael moet je aankijken. Vooruit!'

Even leek het of Wang weer op de vlucht wilde slaan, maar de loop van het pistool op zijn keel deed hem er anders over denken. Langzaam richtte hij zijn blik op Michael Becker.

'We hebben Homo erectus nooit te pakken gekregen,' zei Zandt, 'omdat we op zoek waren naar degene die de meisjes ontvoerde. En de reden waarom we die ontvoerder niet te pakken kregen, was dat er geen gemeenschappelijk verband was, omdat ze ontvoerd waren door verschillende mannen. Vandaag heb ik eens zitten kijken naar een paar andere meisjes, meisjes die op de anderen leken en rond dezelfde tijd verdwenen waren. Uiteindelijk hield ik twee meisjes in het bijzonder over. Twee meisjes uit New York, die onmogelijk te maken konden hebben met Homo erectus, omdat ze aan de andere kant van het land vermist raakten, op exact hetzelfde moment dat hij hier bezig was.'

Wang knipperde met zijn ogen en probeerde zijn blik van Beckers gezicht af te wenden. Zandt duwde het pistool dieper in zijn luchtpijp en de ogen zwenkten terug.

'De vader van een van die meisjes is iets hoogs in ontwikkeling voor Miramax aan de oostkust. De moeder van het andere meisje zit ergens halverwege een facilitair bedrijf dat voornamelijk zaken doet met particuliere banken in Zwitserland, maar ook – zoals ik vanmiddag heb vastgesteld – een zijlijn onderhoudt door de klantenlijst van die banken te gebruiken voor slapende partners bij lowbudget-filmproducties in Europa. Maar deze meisjes komen uit New York, nietwaar? En we zijn op zoek naar meisjes aan de westkust. Dus ben ik voordat ik hierheen kwam, bij Gloria Neiden langsgegaan. Ik heb haar verzocht om een lijst op te stellen van alle mensen met wie ze via haar werk te maken had gehad in het jaar voordat de dochter van haar beste vriendin de dood vond. Iedere partner, halve partner, vertegenwoordiger, directeur, financier, loser en sukkel. Dat duurde even, want mevrouw Neiden is tegenwoordig wat vaag en het is een hele klus. Maar uiteindelijk kwam er een naam boven.'

Michael Becker stond een paar meter achter Zandt en staarde in de ogen van een man met wie hij in zonnige kantoren had gezeten, met wie hij per e-mail grappen had uitgewisseld, die hij had omarmd na bijna-geslaagde klussen voor het televisiebedrijf. De man die wel honderd keer bij hem thuis was geweest, die bij familie-etentjes was geweest, die in de slaapkamer van zijn dochter had zitten kletsen over hoe leuk het in Engeland geweest was. Die had geweten dat praten over Engeland een manier kon zijn om haar aandacht zo lang vast te houden dat hij haar kon ontvoeren.

Wang zei niets.

'Charles vermoordt die meisjes niet,' zei Zandt. 'En hij ontvoert ze ook niet. Dat zou te riskant zijn. Charles houdt niet van echt gevaar. Hij wil macht, hij wil de kick, hij wil het gevoel dat zijn wegen ondoorgrondelijk zijn. Charles geeft informatie door. Charles kan aan heel bijzóndere meisjes komen, aan meisjes met kwaliteit. Charles werkt op commissiebasis, dat weet ik zeker, maar Charles werkt voornamelijk voor de lol.'

'Charles,' zei Michael. 'Zeg iets. Zeg dat dit niet waar is.'

'Ja. Zeg maar hoeveel je per meisje opstrijkt,' zei Zandt. 'En leg uit waarom het, terwijl die mensen de meisjes gewoon van straat zouden kunnen plukken, zo belangrijk is om rechtstreeks in de gezinnen in te grijpen. Om te stelen van mensen die geacht worden je vrienden te zijn. Leg eens uit wat daar zo spannend aan is, want dat willen we verdomd graag weten.'

Zonder waarschuwing deed hij een stap achteruit en stampte gemeen hard op Wangs borstkas. Meteen daarna schreeuwde hij hem in het gezicht: 'Wie neemt ze mee? Wie is de ontvoerder? Waar gaan ze heen?'

Zonder zijn blik van Michael Becker af te wenden likte Wang aan zijn lippen.

'Dacht jij dat ik die namen wist?'

Zandt: 'Een omschrijving, dan.'

'En als ik weiger?'

Zandt richtte het wapen een paar centimeter hoger en haalde de trekker over. De kogel sloeg in het marmer vlak achter Wangs hoofd en ketste gevaarlijk door de gang rond. Scherven marmer en glas gleden over zijn hoofd en gezicht. Het pistool werd weer op zijn nek gezet.

Wang begon haastig: 'Er zijn er drie, voor zover ik weet. Er waren er vier, maar eentje is er twee jaar geleden verdwenen. Ze zien er allemaal anders uit – wat moet ik in godsnaam zeggen? Dacht je soms dat we samen een biertje gingen pakken?'

'Beschrijf de vent die Michaels dochter heeft gegrepen. Daar moet je contact mee gehad hebben.'

'Dat ging allemaal per e-mail en telefonisch.'

'Gelul. E-mail is te loggen en een telefoon kan worden afgeluisterd. Maar twee kerels die elkaar ergens in L.A. in een hotelbar treffen, daar let niemand op.'

Wang likte opnieuw aan zijn lippen. Zandt zette de loop van het pistool midden op zijn voorhoofd. Wang keek hoe er steeds meer druk op de trekker kwam. Zijn lippen begonnen te bewegen, maar de agent hief een vinger op.

'Niet gewoon zeggen wat je denkt dat ik horen wil,' zei Zandt. 'Zodra ik begin te denken dat je liegt, schiet ik je dood.'

'Een lange vent,' zei hij. 'Blond. Stevig,' zei hij. 'Hij heet Paul.'

Zandt stond op en veegde het zweet van de man van zijn hand af. Hij deed een stap achteruit en ging naast Nina staan, zodat Michael in zijn eentje tegenover Wang stond.

'Is dat waar?' Beckers stem klonk amper hoorbaar. 'Hoe. Hoe kón je... Waarom? Waarom, Charles. Ik bedoel...' Volledig verbijsterd stond hij in een huis dat hijzelf nooit zou kunnen betalen, hoeveel hielen in studio's hij ook likte, en hij kon alleen nog denken aan iets triviaals, maar concreets. 'Het kan toch niet voor dat klotegéld zijn?'

'Jij bent een klein mannetje, met kleine ideeën,' zei Wang bitter. Met de rug van zijn hand veegde hij het bloed van zijn lip. 'Idiote meisjes die nog nooit geneukt waren. Het voorstellingsvermogen van een oude vrijster. Jij hebt nooit iets groots in handen gehad, en dat zal ook nooit gebeuren. En háár zul je al helemaal niet in handen krijgen, niet meer.' Hij knipoogde. 'Je weet niet wat je gemist hebt.'

Zandt was sneller. Hij greep Becker bij zijn schouders en smeet zich met zijn hele gewicht de andere kant op. Hij was iets zwaarder dan de ander, maar hij zag maar net kans om Becker bij Wang weg te houden.

'Het is niet gebeurd, Michael,' zei hij. 'Het is niet gebeurd.'

Even later leek de kracht uit Michael weg te vallen. Zandt bleef hem stevig vasthouden. Becker staarde over zijn schouder naar de man die hem vanaf de grond glimlachend aankeek.

'We maken hem niet dood. Begrepen?' Hij trok Beckers gezicht naar zich toe zodat hij hem vol kon aankijken. De ogen van de man stonden wijd open, niets ziend. 'Ik kan je niet beloven dat je je dochter terugkrijgt. Misschien is ze dood, en als dat zo is, is deze man medeverantwoordelijk. Maar we gaan hier weg. Dat is het enige waarvan ik zeker weet dat ik het je kan geven. Dat je hier niet als moordenaar vandaan komt.'

Langzaam keerde het begrip terug in Beckers blikken. Even werd hij slap, daarna stond hij als versteend. Maar hij deed een stap achteruit en liet zijn handen langs zijn zij hangen.

Zandt stopte zijn pistool weg. Het drietal keek naar de man die op de grond lag. 'Heel binnenkort krijg je bezoek,' zei Zandt. 'Politie, FBI.

Bezoek met huiszoekingsbevelen. Als ik jou was, zou ik de boel wat opruimen.'

En toen gingen ze weg, nagekeken door een bleke man.

Er werd geen woord gesproken tot ze bij de auto stonden. Michael Becker keek om naar het huis. 'Wat moet ik nu?'

Nina wilde iets zeggen, maar Zandt onderbrak haar.

'Niets. Je zegt niets tegen de politie. Je zegt niets tegen je vrouw. Ik weet dat je dat wilt. Maar voorlopig even niet. En wat je ook doet, kom hier vooral nooit meer terug. Wat gebeuren moet, zal gebeuren.'

'Wie doet dat dan?'

'Instappen, Michael.'

'Maar ik kan het niet aan jou overlaten.'

'Instappen.'

Uiteindelijk stapte Becker in zijn auto en reed weg. Langzaam hobbelde de auto de weg af, traag van links naar rechts slingerend.

Nina pakte haar telefoon en begon een nummer te kiezen. Zandt sloeg de telefoon uit haar hand en hij viel op de grond, waar hij twee meter over het wegdek rolde.

'Niet doen,' zei hij.

Ze keek hem boos aan, maar liet de telefoon liggen. 'En... heb je echt de politie gebeld?'

'Natuurlijk niet. Dat weet je best.'

Zandt stak een sigaret op en ze wachtten. Tien minuten later hoorden ze het geluid dat Zandt verwacht had, een gedempte knal. Was die niet gekomen, dan was Zandt weer naar binnen gegaan en had hij gedaan wat nodig was, of Nina hem nu zou proberen tegen te houden of niet.

En toch, zodra hij het schot hoorde, voelde hij zich doodmoe en niet in het minst triomfantelijk. Meer alsof hij door dichter bij de bron van de misdaden te komen, zichzelf verder bevuild had; alsof de geur van wat er onder het menselijk oppervlak rondwaarde, zo sterk geworden was dat hij de stank nooit meer van zich af zou kunnen wassen.

Ze draaide zich naar hem om. 'Hij is dus dood.'

'Het enige dat hij deed, was die meisjes doorgeven naar boven. We hadden hem dagenlang kunnen verhoren en dat had niets anders opgeleverd dan leugens.'

'Ik zeg niet dat je het bij het verkeerde eind hebt. Ik vraag je alleen wat je nu van plan bent.'

Zandt haalde zijn schouders op. 'Mooi,' zei ze, terwijl ze zich bukte om haar telefoon op te rapen. Er gingen lichten aan in de portieken aan de overkant van de straat. 'Want dadelijk is de politie hier. En voor die tijd wil ik hier weg zijn.'

Ze liep naar haar auto en riep hem over haar schouder toe: 'En ik heb een stel mensen die denken dat ze jou kunnen laten zien waar je een blonde man kunt vinden van het soort dat die vent zojuist beschreven heeft.'

Zandt staarde haar aan. 'Wát?'

'Hopkins en die andere vent. Die belde net voor jou. Ze hebben een videoband waarop een man te zien is bij de helft van de grote rampen van de afgelopen tien jaar, inclusief die school vanochtend in Maine. Een vent die Ward naar eigen zeggen heeft gezien bij dat huis in de bergen.'

'Als je dat wist, waarom heb je me dan niet tegengehouden met Wang?'

Ze keek hem over het dak van de auto heen aan. 'En hem sparen? Daar had ik niet meer zin in dan jijzelf.'

Hoofdstuk 30

Noch Zandt, noch Nina wisten dat Wang zichzelf weliswaar een kogel door het hoofd had gejaagd, maar dat hij voor die tijd nog kans gezien had om iemand te bellen.

Eerst had hij zichzelf moeizaam overeind gehesen. Zijn handen gleden uit in plassen van zijn eigen bloed. Hij kon niet helemaal rechtop staan. Hij was wel eerder in elkaar geslagen, hij had zich meerdere malen vrijwillig aangemeld voor zo'n behandeling, maar dit was anders. Die agent had geen moment gedacht aan Wangs genot en er waren dingen gebroken.

Hij bleef even staan. Hij keek in de resten van de spiegel waaronder hij zijn grootste geheim had prijsgegeven. Zijn gezicht zat vol schrammen en sneden. Wat erger was, het zag er oud uit. Het dure fineer van dieet en fitnesstraining, van zalven en obsessie met zichzelf, was gebarsten. Hij zag er zo oud uit als hij was, hij zag eruit zoals alleen iemand eruit kon zien die gedaan heeft wat Wang gedaan had en die zijn geheimen zo lang bewaard had.

Hij had nooit iemand gedood. Hij had zelfs zelden iemand pijn gedaan. Niet eigenhandig. Maar hij was erbij geweest wanneer jongemannen waren achtergelaten in poelen van hun eigen urine en andere afscheidingen, amper nog in leven. Wanneer andere mannen, geestverwanten, in hun dure auto's waren weggereden en boften dat ze niet werden betrapt op medeplichtigheid aan moord. Hij bezat een uitgebreide verzameling videobanden met beelden van zulke gelegenheden. Zo uitgebreid zelfs dat hij ze waarschijnlijk niet eens allemaal zou kunnen vinden, laat staan vernietigen, voordat de politie arriveerde.

Zijn vader zou het nooit begrijpen.

En de mannen en vrouwen met wie hij zijn legitieme zaken deed, ook niet, vermoedde Wang. Hoewel hij wist dat sommigen van hen hun eigen geheimen koesterden, dat het innerlijke vuur dat hen dreef tot roem en succes hen ook dreef tot duisterder daden, waarin ze probeerden om tegenover zichzelf te bewijzen dat zij anders en beter waren dan alle anderen. De aanbidding van derden is nooit genoeg. Vroeg of laat voelen we allemaal de behoefte om onszelf te aanbidden, anders wordt dat respect van anderen zinloos. Er moesten stoffen en materialen worden verkregen, er moesten huilende vrouwen worden afgekocht, soms door Wang zelf, omdat hij altijd bereid was geweest om vriendelijk te doen. De vertrouweling van diegenen die een verlangen kenden dat de geaccepteerde normen en waarden overschreed. De vertrouweling van mensen die sneller en harder en plezieriger wilden leven. Van mensen die begrepen dat seks met iemand die bang is, iets heel anders is.

Een van deze mensen, een man die redenen had om te weten hoe behulpzaam Wang soms was, had het contact tot stand gebracht met een stel collega's van hem. De vertegenwoordiger van die groep was een lange, blonde man geweest. Ene Paul. Die kennismaking had pas na jaren plaatsgevonden, en het duurde nog veel langer voordat Wang doorkreeg dat die man niet helemaal was zoals hij zich voordeed en dat hij en de mensen die hij vertegenwoordigde op iets anders uit waren dan een verzetje. Hij had nooit een uitnodiging gekregen voor een ontmoeting, wat hem nogal gekwetst had. Maar hij had toegezegd voor hun amusement te zullen zorgen, om de leveranciers te helpen bij het vinden van bepaalde luxeartikelen, en die politieman had gelijk gehad: geld speelde daarbij geen rol.

Elk gaat zijn eigen weg en wordt tweemaal geboren. Voor Wang was die tweede geboorte vijfendertig jaar geleden gekomen, toen hij op tienjarige leeftijd door het venster een glimp opving van een naakte bediende. Op een voorjaarsochtend in een ander land was hij stokstijf stil blijven staan bij de herinnering aan die aanblik, was hij verblind geraakt door het plotselinge besef van alle geheime dingen die de wereld te tonen heeft. Zijn vader had in zijn werkkamer gezeten, waaruit barokmuziek klonk, afgemeten en correct, helder en vreugdevol. Wang was even blijven stilstaan, opgegaan in een paar seconden zoetheid. De meeste mensen hadden die ervaring kunnen meemaken zonder dat hun leven erdoor veranderde, maar Charles was nooit meer de oude geworden. De kleinste beukennootjes kunnen uitgroeien tot enorme, donkere bomen.

Daarna was het weloverwogen spioneren gekomen, en toen de bladen, en videobanden, en uitstapjes in zijn eentje naar wijken van Hongkong en later Los Angeles die niet iedereen kende. Ook nu zou dat voor de meeste mensen genoeg, misschien zelfs al te veel geweest zijn. De zonde lag niet in het materiaal, of zelfs in het verlangen naar dat materiaal. De zonde lag in de behoefte, in de noodzaak nog voordat je wist dat die er was: zo'n levensgrote noodzaak dat je de vervulling ervan zelf in het leven had geroepen als die niet allang bestond. Wie de schuld geeft aan de pornografie is even verkeerd bezig als wie de schuld geeft aan het pistool. Geen van beide heeft zichzelf in het leven geroepen. Geen van beide is in staat zelf de trekker over te halen. Daar heb je een hand voor nodig. De menselijke geest is die zoekende hand, met vingers die rank genoeg zijn om kleine spleetjes te vinden en sterk genoeg om te voorschijn te peuteren wat daarin te vinden is. En de vergelijking gaat in zoverre op dat ook hier na verloop van tijd eelt kan ontstaan, een harde laag door het gebruik – en door die eeltlaag wordt de zinnenprikkeling minder scherp. Een eeltlaag op de ziel betekent dat er nu iets heters of scherpers nodig is om hetzelfde effect te bereiken: en dan komt er een tijd dat je zo diep in het bloed staat dat het niet meer uitmaakt waar je daarna instapt.

De afgelopen week had Wang maar eenmaal eventjes aan het lot van Michael Beckers dochter gedacht. Dat was toen hij bedacht dat hij hoopte dat Michael binnenkort weer aan het werk zou gaan, omdat het ernaar uitzag dat de studio werkelijk in zee wilde met *Dark Shift*. Becker was in vele opzichten natuurlijk een bespottelijke figuur, maar hij werkte hard en hij had ideeën. Ideeën, bovendien, die acceptabel waren voor de gemiddelde geest. Wang bezat een geheel eigen versie van *Dark Shift*, geschreven voor zijn eigen plezier. Die zou minder acceptabel zijn geweest.

Niets van dit alles zou acceptabel zijn geweest. Niets van wat hij ooit uit overtuiging of met plezier gedaan had, was acceptabel. En zonder die dingen was er weinig over om te begrijpen en niets om voor te leven. Zonder geld en zonder de nalatenschap van die voorjaarsochtend, van een toevallige glimp, door muziek en het geluid van klaterend water in een fontein omkaderd, had hij niets meer.

Tegen de tijd dat Zandt buiten zijn sigaret opstak, was Wang zijn studeerkamer in geschuifeld. De eerste schok begon af te nemen en zijn ribben deden vreselijk pijn. Hij belde een nummer en waarschuwde een vriend dat er iemand te dicht bij het spel was gekomen dat zij speelden, dat hij het misschien al volkomen doorzag.

Toen leunde hij achterover in zijn stoel. Julio was in geen velden of wegen te bekennen, hoewel intussen duidelijk moest zijn dat het bezoek vertrokken was. Heel even bedacht Wang dat het voor eenmaal prettig geweest kon zijn om contact te hebben met iemand die meer betekende dan pure beschikbaarheid. Ongetwijfeld was de jongen over het hek geklommen en was hij de weg afgerend naar een nieuw leven. Als een glimlach van gisteren was hij verdwenen.

Wang opende de middelste lade van zijn bureau en haalde er zijn pistool uit. Het had een speciaal vervaardigde kolf van kersenhout.

Het zag er schitterend uit. Dat was dan tenminste iets.

Hoofdstuk 31

Om kwart voor negen zaten we in de auto te wachten, net voorbij Auntie's Pantry. Het was koud en er viel al twee uur lang natte sneeuw, en de lucht hing vol donkere wolken. Ik had een pakje sigaretten en stak de ene na de andere op. Bobby leverde hierop geen commentaar. Hij zat met zijn pistool in zijn schoot recht voor zich uit door de voorruit te staren.

'Hoe laat komen ze aan?'

'Geen enkele garantie dat ze überhaupt komen,' zei ik.

Hij schudde zijn hoofd. 'Een smeris zonder badge en een meid. Verdomme. We zijn onoverwinnelijk. Zullen we meteen Irak maar binnenvallen?'

'We hebben verder niemand, Bobby.'

Een eind verderop kwam een onopvallende auto de straat inrijden. We keken ernaar toen hij langsreed, maar achter het stuur zat een vrouw van middelbare leeftijd die niet eens onze kant uit keek. We zaten te wachten tot er iemand bij een kantoor zou aankomen, en dat deden we al vanaf acht uur. We waren gespannen als een veer en we schrokken van onze eigen schaduw. Geen van beiden hadden we goed geslapen.

'Oké,' zei Bobby uiteindelijk, en hij wees naar de overkant van de straat. 'Sprietmagere vent, rood haar. Is dat ons mannetje?'

We wachtten tot Chip binnen was en stapten toen uit. Ik deed de portieren niet op slot. Er waren weinig mensen op straat. Het weer nodigde niet uit tot winkelen en het doorgaande verkeer liep via een andere route.

Ik zwaaide de deur van makelaardij Farling wijd open en liep regelrecht naar binnen, met Bobby in mijn kielzog. Chip was in een kantoortje achterin verdwenen. Het grote hoofdvertrek telde vier bureaus. Twee daarvan werden bezet door vrouwen met keurig verzorgde kapsels, ergens in de veertig, met gedistingeerde mantelpakjes aan: een rood, een groen. Beiden keken verwachtingsvol op, in staat en bereid om ons ons droomhuis te verkopen.

'Ik kom voor Chip,' zei ik.

Een van de vrouwen stond op. 'De heer Farling komt er zo aan,' kwetterde ze. 'Kan ik u intussen vast een kop koffie aanbieden?'

'De heer Hopkins blijft niet lang.'

Chip stond in de deuropening van het tweede kantoor. Op een van zijn wangen en op zijn voorhoofd had hij een grote blauwe plek. 'Volgens mij gaat hij zelfs al heel binnenkort weg.'

'Precies wat we van plan waren, Chip. Maar jij gaat mee. We gaan naar The Halls, en we hebben iemand nodig om ons daar binnen te loodsen. En aangezien jij sinds kort de enige makelaar voor The Halls bent, ben jij de aangewezen persoon. Je kunt uit eigen beweging met ons meekomen of we kunnen je bij je strot de straat op sleuren.'

'Dat lijkt me niet,' zei hij met een hinderlijk zelfvoldane uitdrukking op zijn gezicht.

Er klonk het geluid van een rinkelende bel toen de deur naar het kantoor achter ons openging. Ik draaide me om en zag twee agenten. Een lange, met zwart haar. De tweede was kleiner en blond. Die laatste deed het woord.

'Goedemorgen, meneer Hopkins,' zei hij.

'Ken ik u?'

'We hebben elkaar al telefonisch gesproken.'

'Daar herinner ik me niets van.'

'U hebt het bureau gebeld. We hebben over de dood van uw ouders gesproken.'

Achter me hoorde ik iets ritselen toen Bobby zijn hand in zijn jasje stak.

'Agent Spurling,' zei ik.

'Agent Spurling is hier op mijn verzoek,' zei Chip. 'Ik zag jou en je vriend buiten zitten. Ik heb al gemeld dat jij me aangevallen hebt.'

'Ik zag het zelf als een klein meningsverschil,' zei ik. 'En daarna begon jij heel vreemd te stuiptrekken.'

'Zo zag ik het niet. En de politie ook niet.'

'Dit is gelul, Ward,' zei Bobby.

Chip wendde zich tot de twee vrouwen, die het gesprek volgden als een stel belangstellende katten. 'Doreen? Julia? Ik vroeg me af of jullie even naar achteren kunnen gaan.'

‘We komen alleen voor jou, Chip,’ zei ik. ‘Niemand anders hoeft een vin te verroeren.’

‘Nú,’ zei Chip, met een strakke blik op de vrouwen. Ze kwamen overeind en dromden langs hem het andere vertrek in. Hij trok de deur achter hen dicht.

‘Het lijkt me echt beter dat u meekomt naar het bureau,’ zei Spurling. Zijn gedrag was kalm en bijzonder redelijk. ‘Ik weet niet of u al op de hoogte bent, maar er is aanzienlijke schade aangericht aan het huis van uw ouders en er is een hotelbrand geweest die daar ook zijdelings mee te maken lijkt te hebben. Mijn collega McGregor en ik willen graag van dienst zijn.’

‘Nou, ziet u,’ zei ik, ‘ik weet niet of ik dat echt geloof.’

‘Wat is er met die partner van je?’ vroeg Bobby aan Spurling. ‘Die zegt niet veel, geloof ik?’

De tweede smeris staarde terug, maar zei geen woord. Op dat moment begon ik me ongemakkelijk te voelen. Je moet wel oerstom of levensgevaarlijk of allebei zijn, wil je Bobby een tijdje aankijken met minder dan respect in je blik.

‘Werkverdeling,’ zei ik, in de hoop dat de op zichzelf niet al te gunstige situatie nog te redden viel. ‘Misschien is McGregor hier wel een held in het invullen van formulieren.’

‘Je bent een klootzak, Hopkins,’ zei Chip. ‘Kennelijk is dat iets erfelijks.’

Spurling negeerde hem. ‘Meneer Hopkins, gaat u met ons mee?’

‘Nee,’ antwoordde Bobby.

Chip glimlachte. McGregor trok zijn pistool.

‘Hé daar, rustig aan,’ zei ik, heel nerveus plotseling. Agent Spurling leek nog verbaasder dan ik, en staarde naar het wapen in de hand van zijn partner.

‘Eh, George...’ begon hij. Maar toen begon McGregor te schieten.

We kwamen in beweging op hetzelfde moment dat Chips gezicht zich plooide in zijn zelfvoldane grijnsje, maar we waren nog te traag. We konden nergens heen in dat kantoor. Vluchten was uitgesloten.

Bobby had zijn pistool in zijn hand en schoot op McGregor. De agent kreeg kogels in zijn dij en zijn borst. Maar de treffers klonken anders dan je zou verwachten en ik besefte dat hij een kogelvrij vest aan had. De klap was genoeg om hem over een stoel heen ruggelings op de grond te smijten, maar al gauw krabbelde hij weer overeind. Spurling stond er roerloos en met open mond bij te kijken.

Ik was McGregors kogel een paar decimeter voor, omdat ik me in een rolbeweging op de grond gegooid had. Achter Doreens bureau kwam ik weer boven en schoot terug. Ik trof hem in de schouder. Er floot iets vlak achter mijn hoofd langs, en ik zag dat ook Chip een pistooltje in zijn hand had. En daarna herinner ik me niet veel meer. Ik schoot mijn pistool leeg op wat ik maar zag. Als je in het open veld in een schietpartij belandt, heb je misschien nog tijd om bij ieder schot na te denken. Als je binnen vier muren door twee kerels onder vuur wordt genomen, heb je geen tijd om na te denken. Een gedachte die bovenkomt, kun je niet eens afmaken.

Tien seconden later hield het schieten op. Tegen die tijd zat ik klem achter Julia's bureau met een brandende pijn in mijn wang en voorhoofd, waar iets langs geschampt was. Geen kogel, dacht ik. Iets dat getroffen en uit elkaar geknald was. Ik was zeer verbaasd dat ik niet ernstiger gewond was. De inhoud van Chips hoofd was over de achterwand verspreid. McGregor was in geen velden of wegen te bekennen en de deur naar het kantoor hing open.

Spurling was in zijn been getroffen en over een bureau gevallen. Hij bewoog, maar niet heel snel. Zijn hoofd zat nog waar het hoorde. Ik liet het zo.

Bobby zat tegen de achterwand naast de deur geperst, zijn hand over zijn arm geklemd terwijl het bloed tussen zijn vingers door gutste. Ik rende naar hem toe en greep hem beet.

We vielen de stoep op, wankelden naar de overkant en ik opende zijn portier om hem naar binnen te duwen. Een echtpaar in fel oranje skikleren keek met open mond van ons naar de verbrijzelde ruiten van het makelaarskantoor en terug.

'Een film,' zei een van hen. 'Kan niet anders.'

'Het gaat wel,' prevelde Bobby terwijl ik achter het stuur klom en de motor startte. Ik sprong op het gaspedaal en met brullende motor spoten we ervandoor.

'Je bent neergeschoten, klootzak.'

'Stop.' Vlak voor ons stond een stopbord en er reed verkeer waarmee we rekening moesten houden. Ik liet het pedaal los en zag kans om door een kleine opening naar de baan aan de overkant te schieten. 'Waar ga je heen?'

'Naar het ziekenhuis, Bobby.'

'Dat kan niet,' zei hij. 'Niet na zo'n schietpartij.'

'Spurling kan ons verhaal bevestigen.'

'Hij weet alleen dat er plotseling geschoten werd. Ze zijn allebei getroffen en er is een burger dood.'

'Hij weet dat McGregor begonnen is. En ik kan de snelweg op en dan het dichtstbijzijnde ziekenhuis buiten de stad opzoeken.'

'Waar ze het alsnog moeten melden en waar we nog steeds een stel agenten hebben neergeschoten.'

'Bobby, je bent zelf ook getroffen. En dat leg ik je nou niet nog een keer uit.'

Ik reed verder in westelijke richting, passeerde de andere weggebruikers links en rechts terwijl Bobby voorzichtig zijn hand van zijn arm haalde. Ik keek opzij. Er bolde een vers klontje bloed naar buiten, maar minder dan ik verwacht had. Met een van pijn vertrokken gezicht trok hij de stof van zijn overhemd weg van het gat en keek wat daaronder zat.

'Er is een stuk weg,' gaf hij toe. 'Op zich niet ideaal. Maar ik overleef het wel. En we hebben wel een dringender behoefte dan medische zorg.'

'Wat dan?'

'Wapens,' zei hij, terwijl hij zich achterover liet zakken. 'Enorme monsters van wapens.'

Ik liet Bobby in de auto zitten terwijl ikzelf naar de overkant van de straat rende. Het regende nu hard, en de wolken werden nog steeds donkerder. Voordat ik de winkeldeur opentrok, vermande ik me even. Veel detailhandelaars wekken graag de indruk dat ze apparaten verkopen die slechts in theorie wapens zijn. Het is niet raadzaam om een wapenwinkel in te rennen met een blik in je ogen alsof je onmiddellijk met je aankoop aan de slag gaat.

Binnen trof ik een pijpenla aan. Een glazen toonbank met handwapens uitgestald als juwelen, en daarachter eindeloze rekken met geweren aan de wand. Geen klanten, geen kogelwerend glas. Niets meer dan een dikke man met wit haar en een donkerblauw overhemd, die stond te wachten op klandizie.

'Kan ik u helpen?' De man legde twee grote handen op de toonbank. Aan de muur achter hem hingen twee posters met de gezichten van bekende terroristen uit het Midden-Oosten. OPSPORING VERZOCHT, luidde het onderschrift, met daaronder DOOD OF LEVEND. De twee laatste woorden waren doorgestreept.

'Ik wou een paar wapens kopen,' zei ik.

'Ik heb hier alleen ijsco's. Ik had dat bord natuurlijk moeten weghalen.'

Ik lachte hartelijk. Hij lachte zelf ook. Het was allemaal heel cool. We konden het prima vinden.

'Nou. Had u iets speciaals in gedachten?'

'Twee geweren met achthonderd rondes, veertig clips van zachte 45 en het maakt mij niet uit wat voor merk, wat maar het betaalbaarst is. Twee dure vesten, een large en een medium.'

'Zóóó,' zei hij, nog steeds opgewekt. 'Wou u een oorlogje beginnen?'

'Nee. Maar oh, wat hebben we een last van ratten.' Zijn glimlach vervaagde, en plotseling merkte ik dat hij naar mijn wang stond te kijken. Ik stak mijn hand uit en veegde ermee langs mijn gezicht. Er kwam een bloedveegje op. 'U ziet, het loopt volledig uit de hand.'

Ditmaal lachte hij niet. 'Ik weet niet of ik u dat soort spul kan verkopen.'

Ik haalde mijn American Express Gold Card te voorschijn en binnen de kortste keren brak er weer een glimlach door. Hij telde de prijs van de artikelen met de hand op en gaf me korting op de munitie. Als je in het groot inslaat en achthonderd dodelijke projectielen tegelijk koopt, is moord in feite heel schappelijk geprijsd.

Hij noemde het totaalbedrag en ik wuifde met mijn hand om te gebaren dat het snel moest. Ik keek door het raam naar Bobby. Die had zijn jasje uitgetrokken en zat zijn wond te verbinden. Onderweg had ik bij een winkel in diergeneeskundige benodigdheden verband gekocht, samen met veiligheidsspelden en verbandgaas. Aan zijn gezicht te zien had hij veel pijn. Ik draaide me net op tijd om.

'Niet doen,' zei ik, terwijl ik mijn pistool trok en op de borst van de wapenhandelaar richtte.

Hij verstarde, zijn blik nog op mij gericht, zijn hand een paar centimeter van de telefoon. 'Ik wil het niet weten. Een paar dagen geleden was hier een agent die zei dat u niets mocht verkopen aan ene Ward Hopkins.'

'Inderdaad.'

'Maar u gaat me toch iets verkopen, nietwaar?'

'Nee, meneer. Dat was ik niet van plan.'

Ik deed een stap in zijn richting en hief het pistool zodat het op zijn hoofd was gericht. Ik was uitgeput en bang. Hij schudde zijn hoofd en stak zijn hand weer uit naar de telefoon. 'Ik verkoop u helemaal niets.'

De telefoon was een ouderwets model en maakte een heel ongebruikelijk geluid toen de kogel erin sloeg. De man sprong achteruit, hevig geschrokken.

'O, jawel,' legde ik uit. 'Anders schiet ik u gewoon neer en pak wat ik nodig heb en u kunt niet eens gaan janken, want het pistool in mijn hand is in deze zelfde winkel gekocht. En wat dacht je? Dit is exact het soort situatie waarvoor een wapen wordt gebruikt.'

De man bleef even staan nadenken wat hij nu moest. Ik hoopte echt, vurig en oprecht, dat hij zou doen wat ik gezegd had, want ik was niet van plan om hem dood te schieten en waarschijnlijk wist hij dat.

Toen flitste zijn blik even opzij. Ik draaide me om en zag een jongeman op weg naar de winkel. Hij had een zak broodjes in zijn hand en droeg hetzelfde soort overhemd als de dikke man.

Ik vloekte, dook naar voren en greep zoveel dozen als ik dragen kon.

'Ik kan niet zeggen dat ik onder de indruk ben van uw behulpzaamheid,' snauwde ik, en ik rende de deur uit, waarbij ik tegen de jongere man opbotste zodat hij languit in een regenplas viel.

Ik sprong in de auto en smeet de dozen met kogels op Bobby's schoot. 'Dat ging niet best.'

'Ik zie het, ja,' zei Bobby. Hij keek naar de dikke man die met een gigantisch geweer in zijn handen de deur uit kwam.

Ik trapte op het gaspedaal en reed in mijn achteruit weg van het gebouw, terwijl de eerste kogel over het autodak heen floot. De jongere man was intussen overeind gekrabbeld, duwde de andere vent opzij en rende de winkel in. Ik trapte op de rem en maakte al slippend rechtsomkeert. Daarna reed ik plankgas de weg op, terwijl een van mijn achterramen door een kogel versplinterd werd.

'Die vent in de winkel had een lijst, en daarop stond mijn naam.' Ik maakte een scherpe bocht naar rechts. Niet dat ik een bepaald doel voor ogen had. Ik wilde gewoon het centrum uit. 'Maar één vraag is dan tenminste beantwoord. Hoe de Stromannen zo snel bij mijn huis konden zijn nadat ik Chip vorige keer had afgetuigd. Die hoefden helemaal niet te komen. Ze hadden McGregor al hier ter plekke.'

'Zit iets in.'

'En nog iets: McGregor en Spurling waren er als eersten bij toen mijn ouders verongelukt waren. Maar misschien was McGregor ietsjes eerder gearriveerd.'

'En nu zit hij op het bureau van Dyersburg bloed op de grond te lekken en onze namen te noemen. We zitten in de stront, Ward; diep in de stront. Wat nu?'

Er was maar één persoon in de hele stad die me misschien zou willen helpen. Ik noemde een naam.

'Goed idee,' knikte Bobby. Zijn gezicht vertrok toen hij achteruit in zijn stoel ging zitten. 'Zoals het nu gaat, kunnen we wel een advocaat gebruiken.'

Volgens het kaartje dat hij me na de begrafenis had gegeven, lag het huis van Harold Davids precies aan de andere kant van de stad. De wijk waar mijn ouders hadden gewoond zat vol heuveltjes en zigzaggende straten, maar hier waren de huizen opgesteld in een regelmatig rasterpatroon. Maar dan wel een raster met enorme vierkanten waar bijzonder fraaie huizen op stonden.

Toen we de oprit opreden, zagen we dat het buitenlicht aan was en dat er binnenshuis ook licht brandde. Een eindje verderop langs de straat stond een auto die leek op de wagen waarin ik Davids had gezien. We bleven even zitten om te kijken of we niet gevolgd waren, en toen stapten we uit.

Ik belde aan. Geen reactie. Uiteraard.

'Shit,' zei ik. 'Wat nu?'

'Bel hem,' zei Bobby, die over straat stond uit te kijken. Ik pakte mijn mobiele telefoon en draaide Davids' kantoornummer. Daarna probeerde ik het bij hem thuis, voor het geval hij 's avonds niet meer opendeed als er aangebeld werd, of verdiept was in een of ander tv-programma en geen bel gehoord had. We hoorden minstens twee toestellen rinkelen op verschillende verdiepingen, maar nadat de telefoon acht maal was overgegaan, kregen we een antwoordapparaat. Een bericht met zijn nummer op het werk, maar geen mobiel nummer.

'We kunnen hier niet zomaar blijven staan,' zei ik. 'In dit soort buurten kun je er donder op zeggen dat iemand de politie belt.'

Bobby probeerde de deurknop. De deur zat op slot. Hij stak zijn hand in zijn zak en pakte een klein stuk gereedschap. Ik wilde net gaan protesteren, maar hield me in. We konden nergens anders heen. Net had hij het gereedschap in het slot gestoken of plotseling klonk het geluid van een deur die van binnenuit ontgrendeld wordt. We schrokken ons beroerd.

De deur ging op een kier open, en daarachter was nog juist het gezicht van Harold Davids te zien.

'Harold,' zei ik.

'Ward? Ben jij dat?' Hij opende de deur iets wijder. Hij zag er bloednerveus uit. 'Grote goedheid,' zei hij. 'Wat is er met hem gebeurd?'

'Ze hebben op hem geschoten,' zei ik.

'Geschoten,' zei hij behoedzaam. 'Wie dan?'

'Slechteriken,' zei ik. 'Luister, ik weet dat je waarschijnlijk iets heel anders bedoelde toen je zei dat ik maar moest langskomen. Maar we zitten in de problemen. En ik weet verder niemand meer.'

'Ward. Ik...'

'Alsjeblieft,' zei ik. 'Als je het niet voor mij doet, doe het dan voor mijn vader.'

Hij keek me lang en strak aan en deed een stap opzij om ons binnen te laten.

Zijn huis was aanzienlijk kleiner dan dat van mijn ouders, maar de gang alleen al leek zowat driemaal zo vol te staan. Prenten, snuisterijen, boeken op een eiken kastje dat eruitzag alsof het daar speciaal voor gemaakt was. Op de achtergrond het afgemeten geluid van klassieke muziek voor piano solo.

'Rechtdoor,' zei hij. 'En voorzichtig met dat tapijt. Jullie lekken bloed. Allebei.'

De wanden van de woonkamer waren overdekt met reproducties van schilderijen waarvan ik er niet een herkende. Het was er schemerig, niet meer dan een paar hoge, staande lampen die schaduwen wierpen. Geen televisie, maar wel een kleine en duur ogende cd-speler waar de muziek uit klonk. Een oud uitziende piano met een stel foto's erop, sommige ingelijst, andere gewoon ergens tegenaan gezet. Voor de bank lag een tapijt met een druk patroon, de randen iets gerafeld.

'Ik haal een handdoek,' zei Davids. Hij aarzelde even in de deuropening en verdween toen.

Terwijl hij weg was, bleef Bobby midden in de kamer staan. Hij hield zijn arm vast en zorgde dat alles wat daaruit kwam, op de vloerplanken viel. Ik keek om me heen. De spullen van andere mensen zijn zo onverklaarbaar. Vooral van oudere mensen. Ik wist nog dat ik ooit, in een opwelling, als kerstcadeau een oude rekenmachine had gekocht voor mijn vader. Ik zag hem in een antiekwinkel liggen en vond hem wel cool. Ik dacht dat hij er blij mee zou zijn. Toen hij hem had uitgepakt, keek hij me aan en bedankte me op een eigenaardige toon. Ik zei dat ik niet de indruk kreeg dat hij er nou echt dolblij mee was. Zonder een woord te zeggen nam hij me mee naar zijn studeerkamer en trok een la open. Daar, onder vele jaren van verzamelde pennen en paperclips, lag een oude rekenmachine. Hetzelfde model, zelfs. In Davids' verzameling zag ik het leven van mijn vader weerspiegeld. Je bent van de mensen om wie je het meest geeft gescheiden door tientallen jaren duurzame tijd, net als glas dat schoon lijkt maar decimeters dik is en onmogelijk te breken valt. Je denkt dat je in dezelfde tijd en ruimte zit, maar als je je hand uitsteekt, kun je hen niet aanraken.

Davids kwam terug met een doek, die Bobby aanpakte en om zijn arm bond. Daarna ging Davids in een van de fauteuils zitten en keek naar de vloer. Hij zag er moe en bleek uit, en veel ouder dan de eerste keer dat ik hem gezien had. Een van de lampen stond net naast zijn stoel en etste lijnen in zijn voorhoofd en accentueerde de vlakken van zijn gezicht.

'Je zult me moeten vertellen wat er gebeurd is, Ward. En ik kan je niet garanderen dat ik veel doen kan om je te helpen. Ik ben thuis in contracten, niet in... wapengeweld.'

Hij haalde beide handen door zijn haar en keek naar me op, en op dat moment ging er een heel klein lichtje branden in mijn achterhoofd.

Ik draaide me om, keek naar de bovenkant van de piano en wendde me weer tot Davids.

'Je zit te staren, Ward.'

Ik opende mijn mond om iets te zeggen, maar kon geen woorden vinden. Ik klapte hem weer dicht.

'Wat is er? Wat is je overkomen?'

Zijn woordkeus, die uiteraard toevallig was, overtuigde me op de een of andere manier. Zijn formulering deed wel heel sterk denken aan 'wat is er van je geworden'.

Uiteindelijk wist ik iets uit te brengen.

'Wanneer heb jij mijn ouders precies ontmoet?'

'In 1995,' zei hij prompt. 'Toen ze hier kwamen wonen.'

'Maar voor die tijd?'

'Nee. Hoe kon dat nou?'

'Misschien dat je hen toevallig tegen het lijf gelopen was. Op de een of andere manier. Dat gebeurt soms. Bijna alsof er iets gaande is dat ze zelf niet doorhebben.'

Hij keek omlaag, naar de grond. 'Je doet wel vreemd, Ward.'

'Hoe lang woon jij al in Dyersburg?'

'Mijn hele leven, zoals je volgens mij best weet.'

'Dus de naam Lazy Ed zegt jou niets?'

'Nee.' Hij keek niet op, maar er klonk geen aarzeling, geen schrik door in zijn stem. 'Rare naam, als je het mij vraagt.'

Bobby zat me nu aan te staren.

'En het vreselijke is,' zei ik, 'dat ik zijn achternaam niet eens gekend heb. Ik kende hem gewoon als Lazy. Geen mooi grafschrift, hoewel het er waarschijnlijk niet meer toe doet nu hij dood is.'

'Het spijt me om te horen dat er een vriend van je dood is, Ward, maar ik zie niet helemaal waar je naartoe wilt.'

Ik pakte de foto van de piano. Geen groepsfoto. Daar waren er maar een paar van, zwart-witfoto's, vervalende memento's van mensen die allang dood waren, gefixeerd door middel van een stuk technologie dat ze niet echt vertrouwden. De foto die ik in mijn hand had, was een informeel portretje in kleur, lang geleden door een vriend gemaakt, met die verschoten pasteltinten waardoor het rood zijn vurigheid behoudt en blauw een diepe tint blijft, terwijl alle andere kleuren in een ander tijdsgewricht lijken te liggen, alsof het licht dat van die oppervlakken weerkaatste aan het vervagen was, niet sterk genoeg meer was om tot in het heden te reiken; alsof dat tijdperk zelf ongedaan gemaakt werd naarmate er steeds minder mensen in leven waren die zich konden herinneren hoe het voelde om in die tijden de zon op je gezicht te voelen. Het was een jongeman, in een bos.

'Speel dat van die sodomie nog eens,' zei ik, met voor mijn ogen een Harold van lang geleden. *'Put in on Don, big Man the Don, put it on, Don, put it on.'*

'Hou op, Ward.' Ditmaal trilde er iets in zijn stem.

Bobby pakte de foto uit mijn hand.

'Deze moet van een paar jaar eerder zijn,' zei ik. 'Harold is jonger en magerder dan op de video. En hij had nog geen lang haar.'

Ik keek naar Davids. 'Jij moet zowat, eens kijken... vijf, zes jaar ouder geweest zijn dan Ed en zij, zowat dezelfde leeftijd als Mary. En nu ben jij de enige overlevende. En daarom deed je niet open toen we aanbelden, en daarom neem je de telefoon niet aan.'

Davids staarde me aan. Hij leek wel honderd jaar oud, en heel erg bang.

'O, verdomme,' zei hij, en de woorden kwamen naar buiten als een huiverende ademtocht.

Ik had hem het liefst vastgepakt, heen en weer geschud tot hij praatte, tot hij me duidelijk maakte wat er aan de hand geweest was, tot hij me een manier gaf om mijn eigen leven te begrijpen. Maar zoals hij de afgelopen dertig jaar ruim dertig kilo was verloren, zo had zijn gezicht de afgelopen twintig seconden alles verloren wat ik eerder in hem gezien had: die blik die je krijgt wanneer je je leven lang mensen vertelt waar ze staan ten opzichte van de geschreven wetten. Hij zag er mager en breekbaar uit, en nog banger dan ik was.

'Vertel,' zei ik, en meer niet.

Uiteindelijk ging het heel snel en duurde het niet lang.

Er waren eens, vertelde hij me, héél lang geleden, vijf vrienden.

Hoofdstuk 32

Harold en Mary en Ed waren geboren in Hunter's Rock en samen opgegroeid. Ze hadden provinciestad-levens geleid, en er zijn ergere dingen. Op een dag hadden ze twee jonge nieuwkomers ontmoet in een bar, en daarna waren ze altijd samen opgetrokken.

Mijn ouders waren al getrouwd, maar al gauw bleek dat ze geen kinderen konden krijgen. Geleidelijk aan drong het besef door dat dit niet het eind van de wereld was. Ze hadden elkaar, ze genoten van het leven als vrienden en minnaars. Er was veel te doen en te vinden: de jaren zouden niet langzaam voorbijgaan, en ook zouden ze niet altijd ongelukkig blijven alleen omdat ze, als 's avonds de deur dichtging, slechts met z'n tweeën in hun grot zaten. Ze gingen verder met hun leven en probeerden hun lot te accepteren. Een paar jaren verstreken met werken en slapen en vrijdagavonden, lange potjes biljart die niemand verloor.

En toen werd de wereld op zijn kop gezet en kwamen ze tot het inzicht dat het doorgeven van genetisch materiaal niet de enige manier is om je stempel op het universum te drukken. Plotseling begon er een tijdperk dat ik waarschijnlijk nooit echt begrepen heb. In een effen culturele vlakte ontstonden er plotseling bergen en dalen, en verschenen er spleten in de grond waarop mensen stonden. Demonstraties op straat. Sit-ins op de universiteitscampus, waarbij studenten en universiteitsmedewerkers voor het eerst één lijn trokken. Gevechten in restaurants die geen zwarten aan dezelfde lunchtafeltjes wilden toestaan. Politie die op burgers schoot, kinderen die zich tegen hun ouders keerden. Protestmarsen. Kreten als nikkervriend, fascist, homo, vuile communist. Ideeën die werden omgesmeed tot wapens. Lange avonden bij mensen thuis, waarbij je stoned werd, praatte over wat er moest gebeuren, praatte over nieuwe manieren van leven, praatte over praten over praten.

Ze waren ouder dan de meeste activisten. Ze hadden tijd en energie te over, en meer perspectief dan de tieners of de boze onderdrukten. Beth Hopkins raakte betrokken bij de vorming van een vakbond voor zwarte huishoudsters. Harold gaf gratis juridisch advies aan mensen die het niet betalen konden, of aan diegenen wier ras altijd had betekend dat zij juridisch aan het kortste eindje trokken. Don Hopkins begon een campagne om te voorkomen dat complete stadswijken werden gesloopt om plaats te maken voor de enorme ringwegen die de eerste stappen vormden op weg naar de postmoderne Amerikaanse stad, waar ongewenste individuen van het centrum worden afgesneden door een zesbaans rivier van voorbijrazend staal en ongelijkheid wordt ingeëtst in het landschap. Mary en Ed waren meelopers, meer niet, maar ze hielpen wanneer ze maar konden en wanneer Ed nuchter was. Mary hield van Harold en Ed wilde gewoon een stel mensen om mee om te gaan. Ze gingen heel normaal naar hun werk en zetten zich in hun vrije tijd in, deze strijders op leeftijd, mensen die in dit stadium de gevreesde leeftijd van dertig jaar gepasseerd zijn en dus kans zien hun enthousiasme te matigen door een gevoel voor prioriteit: concentratie op activiteiten waar mensen daadwerkelijk iets aan hebben, niet zomaar een warm gevoel vanbinnen tentoonspreiden, in de hoop op een snelle wip met een mede-opgetogene vol adrenaline van de protestmars.

Twee jaar lang zwaaiden ze met vlaggen en vuisten, en doneerden ze hun tijd en hun geld en hun hart. Enkele zaken veranderden. De meeste niet. De status-quo heeft veel uithoudingsvermogen. Met luide gitaarmuziek en vrije liefde kom je niet overal. Geleidelijk aan verzuurde de smaak van die tijden, maar de krachten van weleer sudderden nog een jaar samen door. Harold was de eerste die door kreeg wat er aan de hand was. Hij besefte dat de mensen die bij hem kwamen voor juridisch advies, veteranen van hete namiddagen vol geblaf tegen de politie, er steeds erger aan toe waren wanneer ze bij hem aanklopten. Naarmate de maanden verstreken, leverde het vreedzame verzet meer wonden op, en de kneuzingen en littekens die hij te zien kreeg, waren niet alleen het werk van de politie. Er waren verschillende facties ontstaan onder de flowerpower-aanhang, en die splijtzwam werd veelzeggender en gewelddadiger dan de kloof tussen henzelf en het gezag. Er waren groepen met een doelstelling die simpeler en achterlijker was dan vooruitgang, en met een agenda die geen actiepunten bevatte, maar slechts duisternis.

Aanvankelijk bestreden de anderen zijn mening. Het was gewoon een kwestie van een vervlogen droom, een trend die Don al veel eerder voorspeld had. De natuurlijke verdeling kwam weer bovendrijven, dat was alles: dat vuurtje werd aangewakkerd door het gefrustreerde besef dat de Volksrepubliek Amerika geen stap dichterbij gekomen was. Maar toen gingen er doden vallen. De demonstraties waarbij zowel agenten als studenten op de grond werden aangetroffen, met glasscherven in hun gezicht. De straatgevechten die schijnbaar uit het niets opborrelden. De popconcerten waarbij een duwpartij kon uitbreken waarna er lijken en een pistool werden aangetroffen als de menigte zich verspreidde. De explosies die levens van onschuldige omstanders eisten zonder dat er enig zinnig doel ook maar een meter dichterbij kwam. Sommige van die gebeurtenissen waren het werk van mensen die dachten dat ze in hun recht stonden, dat de gewapende strijd de enige weg voorwaarts was. Maar de ergste incidenten werden veroorzaakt door mensen die een heel ander soort plan volgden. De mensen met geweren en dynamiet waren beter georganiseerd dan de vrijheidsstrijders, en beschouwden die laatste en hun doelstellingen als gemakkelijke prooi. Er zat een koekoeksjong in het gebatikte nest, dat met zijn vleugels klapperde om uit te vliegen.

In dat stadium trok een groot aantal mensen zich terug. De zomer van de liefde was al aan het uitlopen in het najaar van de verschoten apathie en de drugs hadden velen in het mortuarium doen belanden. Ed wilde eruit, en Mary ook. Ze hadden het tenslotte alleen voor het spannende gedaan, om met hun vrienden mee te doen. Politiek als sociaal leven, slogans als modeaccessoire. Zelfs Harold begon te weifelen. Hij was jurist. Zijn ziel snakte naar orde.

‘Maar Beth en Don,’ zei Harold met droge en kalme stem, ‘die konden het niet laten.’

Ze stelden vragen, trokken conflictlijnen na. Ze traceerden de printers waarop bepaalde haatpamfletten waren gedrukt, ze gingen na wie de auteurs waren en merkten dat de belabberde zinsbouw en een hint van waanzin vaak nep waren. Ze gingen op zoek naar de vriend van een vriend van een vriend, degene van wie werd aangenomen dat hij waarschijnlijk het pistool had meegenomen naar de demonstratie, of die de eerste fles gebroken had, of die je kon voorstellen aan de mensen die écht iets deden, die niet alleen een grote mond hadden. Ze zochten, en ze begonnen resultaat te boeken.

Uiteindelijk begonnen de dreigementen. Twee vrienden van hen werden hevig mishandeld aangetroffen, voor dood achtergelaten in de kofferbak van een auto. Een derde verdween op een middag en werd nooit teruggevonden. Harold zat plotseling zonder baan, het eerste teken dat die mensen heel wat hogere connecties hadden dan de studenten en hippies op wier protestacties ze waren meegelift.

En uiteindelijk werd mijn moeder op een avond achtervolgd en ontvoerd, en in de auto een eind weggebracht. Met het mes op haar keel vertelde iemand wiens gezicht ze niet zien kon, dat ze moest ophouden met dat spitwerk, omdat ze anders binnenkort voorgoed in een diep gat zou belanden in een bos waar nooit iemand ging wandelen. Mijn moeder werd door vier mannen verkracht voordat ze aan de rand van de stad uit de auto gegooid werd, naakt en met kaalgeschoren hoofd.

Daarna veranderde mijn vader. Hij ging op jacht. Vier maanden lang stapten hij en mijn moeder uit de wereld, uit hun vriendenkring, en doken ze steeds dieper de duisternis in tot ze de kaars vonden die in het midden stond te branden. De anderen hebben nooit gehoord wat zich in die tijd precies afgespeeld had, en merkten alleen dat mijn ouders veranderd waren. Ze zagen het echtpaar Hopkins nog steeds, maar nu Beth en Don niet langer voor de goede zaak streden, was er niet veel meer dat de groep bijeenhield. Don begon over eigenaardige dingen te praten, over een enorme, half georganiseerde samenzwering van mensen die probeerden de samenleving van binnenuit te ondermijnen. De drie anderen weigerden te luisteren, aanvankelijk althans. Dons verhalen klonken als de wartaal van iemand die geen echte greep op de werkelijkheid meer heeft.

En toen, op een avond, waren ze met hun tweeën naar de bar gekomen waar ze elkaar gewoonlijk troffen. Mary was dronken geweest nadat ze ruzie had gekregen met Davids, en sprak niet eens meer tegen hem. Mijn vader had Harold apart genomen en indringend op hem ingepraat. Eerst had Harold niet gewild, maar uiteindelijk waren ze met hun drieën vertrokken en hadden ze Mary in de bar achtergelaten met Lazy Ed. Die twee deden wat voor de hand lag, dronken zich een stuk in de kraag, gingen het bos in en sliepen met elkaar. In de buurt van de Verloren vijver. Kort daarna waren Mary en Harold uit elkaar gegaan.

De drie anderen hadden een rit van vier uur gemaakt naar een plek in de heuvels van Oregon. Ze hadden wapens bij zich en waren stilletjes naar het huis toe geslopen. Mijn vader en moeder zagen de zaken intussen niet meer zo scherp, hoewel ze misschien meenden dat ze dat juist wel deden – dat ze een harde les geleerd hadden: bij de strijd tussen diegenen die in het leven geloven en diegenen die in de dood geloven, moet je de middelen van die laatste groep gebruiken.

Het kamp lag op een open plek een paar honderd meter van de weg af, diep in het bos. Een kring met de hand gebouwde hutten, net als in vroeger tijden. Mijn moeder had alle mannen bekeken en bevestigd dat zij betrokken waren geweest bij het voorval, en daarna hadden de drie snel gehandeld en alle aanwezigen neergeschoten.

Er viel een stilte in Harolds woonkamer.

'Alle aanwezigen neergeschoten? Mijn ouders hebben op mensen geschoten?'

'Niet de vrouwen en kinderen,' zei Davids. 'En we schoten ze ook niet dood. Maar op de mannen hebben we inderdaad geschoten. Op alle mannen. In het been. Of de schouder. Of de ballen. Dat hing ervan af.'

'Je kunt het ze niet kwalijk nemen,' zei ik. Ik wist niet of ik dat echt meende. Waarschijnlijk wel. 'Als dit hele verhaal waar is, kun je ze niet kwalijk nemen wat ze gedaan hebben.'

'O, het is wel degelijk waar,' zei hij. 'Ik ben er zelf bij geweest. De laatste man die we vonden was degene die het mes op je moeders keel had gezet. We beseften het op dat moment niet, maar dit was niet zomaar een op zichzelf staande groep nazi's. Ze vochten ergens voor. Ze zijn er altijd geweest. Je ouders troffen die man in zijn eentje in zijn hut aan. En je vader, de keurige Don Hopkins, aspirant-makelaar, zette een pistool tegen zijn gezicht en schoot hem dood.'

Ik probeerde die nacht voor me te zien, mijn vader in die houding te zien, en ik besefte dat ik hem nooit echt gekend had. Ik kreeg een gevoel alsof de vloer onder me wegzakte.

'Toen hoorden ze iets in de andere kamer van de hut, en Beth ging kijken. De vrouw van die man had hem verlaten, of misschien had hij haar vermoord. Hoe dan ook, ze had de kinderen achtergelaten. Een tweeling, amper een halfjaar oud, samen in een wiegje. Wezen. Twee kleine kinderen, Beths allerliefste wens en het enige dat ze niet krijgen kon.' Davids schudde zijn hoofd. 'Althans, zo vertelden ze het. Daar ben ik zelf niet bij geweest. Misschien zagen ze de kinderen eerst. Misschien had Beth de kleintjes gevonden en meende je vader dat dit een manier was om goed te maken wat haar aangedaan was. Misschien vonden ze dat ze het recht hadden om één man dood te schieten.'

'Mijn ouders logen niet,' zei ik.

'Dus jij wist dit allemaal al?'

'Ze logen niet,' herhaalde ik, nutteloos. 'En van dit hele verhaal klopt niets.'

'Wat is er met de kinderen gebeurd?' vroeg Bobby.

'We hebben ze meegenomen naar Hunter's Rock. Don en Beth hebben ze een tijdje opgevoed. Maar uiteindelijk werd besloten dat ze uit elkaar moesten. Beth was doodongelukkig over de beslissing, en je vader ook, maar de rest van ons vond dat het simpelweg niet veilig was. De baby's waren niet het enige dat ze uit de hut van die man hadden meegenomen. We hadden ook een boel papieren en boeken gevonden. Sommige al heel oud. Het bewijs dat je ouders gelijk gehad hadden. Er was inderdaad een samenzwering. De mensen in het bos maakten daar deel van uit. Beth en Don dachten dat ze jou konden veranderen, dat opvoeding belangrijker was dan aangeboren eigenschappen. Dat was in die tijd de populaire opvatting. Tegenwoordig niet meer, natuurlijk, met al die toestanden over menselijk DNA en zo. Nu vindt iedereen dat chemicaliën alles verklaren.'

'De baby's werden gescheiden,' zei Bobby.

'Ze hielden er een, de ander werd een heel eind verderop gebracht. De achterliggende gedachte was dat ze een betere kans hadden als ze elkaar niet konden beïnvloeden. Of misschien was het gewoon een experiment, Ward, op instigatie van je vader. Opvoeding tegenover erfelijkheid. Ik heb het nooit goed begrepen.'

'Tegenover wát voor erfelijkheid, Harold? Als dit allemaal waar is en als dit echt gebeurd is, waarom waren ze dan zo bang voor die erfelijke belasting van de baby's?'

'Tja,' zei hij. 'Vanwege je genen, natuurlijk. Omdat je zo non-viraal was. Zo puur.'

'Jezus christus!' schreeuwde ik. 'Die onzin geloof je toch zeker niet? Je dacht toch niet echt...' Ik zweeg, plotseling verblind. 'Wacht eens even. Heeft dit te maken met dat idee van een sociaal virus?'

'Natuurlijk. Maar wat weet jij daarvan?'

'We hebben de website van de Stromannen gevonden.'

‘Maar hoe wist je daar überhaupt van?’

‘Pap had een videoband achtergelaten,’ zei ik. ‘Die had ik net gevonden toen jij die ene keer binnenkwam. Jullie stonden er allemaal op, hoewel ik dat op dat moment niet besefte. Hij had ook een briefje achtergelaten. Met het bericht dat ze niet dood waren.’

David schudde zijn hoofd en glimlachte even. ‘Die Don toch,’ zei hij. ‘Altijd vooruitdenken.’ Er sprak een gevoel van genegenheid in zijn glimlach, maar dat niet alleen.

‘Maar als dat allemaal gebeurd is in Hunter’s Rock,’ zei Bobby, ‘hoe komt het dan dat jullie hier terecht zijn gekomen?’

‘We zijn nog een paar jaar bij elkaar gebleven. We hadden nog een paar leuke avonden, maar het was niet meer zoals vroeger. Na een tijdje stapte ik op. Ik kwam naar Dyersburg. Om een nieuwe start te maken. Een jaar later kwam Mary. Het werkte niet. Maar ze bleef hier wonen. Een hele tijd lang hadden we geen contact met de anderen. Gedeeltelijk omdat dat ons het beste leek. En... tja, we hadden natuurlijk wel héél erge dingen gedaan. Die nacht had dat de juiste beslissing geleken. We hadden ons laten meeslepen, denk ik. Frustratie dat er niets in de wereld veranderd was, ondanks al onze moeite, en dat we nog steeds waren overgeleverd aan dit soort mensen. Maar achteraf was het niet iets waar een van ons echt aan wilde terugdenken. Voor Mary en Ed was het niet zo erg. Die waren er niet persoonlijk bij geweest. Maar ze waren onze vrienden, en een deel van de schuld straalde dus op hen af. Ze wisten ervan en ze bewaarden het geheim, samen met ons.’

‘Mijn vader en Ed zijn elkaar ooit tegen het lijf gelopen,’ zei ik. ‘Een hele tijd geleden. Ik was erbij. Ze deden net of ze elkaar niet kenden.’

‘Verbaast me niets,’ zei Davids. ‘Waarschijnlijk vertrouwde je vader er niet echt op dat Ed zijn mond zou houden. Hoewel hij dat dus uiteindelijk wel gedaan heeft.’

‘Wist jij dat hij dood was?’

‘Nee, dat heb ik van jou gehoord,’ zei hij. ‘Van Mary wist ik het. Ik dacht niet dat ze terug zouden komen voor hem. Hij was er niet eens bij.’

Buiten passeerde een auto, en Davids’ hoofd draaide mee alsof het aan een touwtje zat. Hij zweeg tot het geluid weg was. Ik had nog nooit iemand gezien die er meer uitzag alsof hij verwachtte dat er ieder moment iets gevaarlijks op de stoep kon staan.

'Als jullie elkaar niet meer wilden zien, waarom zijn mijn ouders dan hierheen verhuisd?'

'Nadat er meer dan twintig jaar niets gebeurd was, niemand achter ons aan gekomen was, begon Don waarschijnlijk te denken dat het voorbij was. Soms moest hij hier in de buurt zijn voor zijn werk, en hij is een paar keer bij me langsgekomen. Dan gingen we biljarten en over vroeger praten. Over de tijd voor die ene, afschuwelijke nacht. Hoe we gelachen hadden. Hoe we tijdenlang gedacht hadden dat we de wereld gingen verbeteren. Eerst voelde het vreemd aan, daarna leek het wel of de tussenliggende decennia nooit gebeurd waren. Hij nam je moeder mee voor een weekend, en uiteindelijk besloten ze hierheen te verhuizen. De oude ploeg weer bijeen. Weer jong zijn.'

'Hoe komt het dan dat ze nooit verteld hebben dat jullie elkaar allang kenden?'

'Omdat...' Davids zuchtte. 'Omdat de bouw van The Halls begon, vlak voordat je ouders hierheen kwamen. Je vader kreeg er lucht van. Hij nam contact op en bood zijn diensten aan. Hij wilde die appartementen verkopen. Hij kreeg het contract. En na een tijdje kreeg hij het idee dat daar iets vreemds gaande was. Daarna besloot hij dat we de handschoen weer op moesten pakken. Hij was niet echt volwassen geworden, Don. Niet zoals de rest van ons. Je moeder ook niet, denk ik. Voor de meesten van ons komt er een moment dat je de zaken op hun beloop laat. Voor Don niet. Als je hem met een geheim confronteerde, moest en zou hij uitzoeken wat dat was. Hij moest het per se weten.'

Ik knikte. Dat was zo. 'En toen?'

'Hij begon rond te neuzen. Om uit te vissen wie er achter dat project zat, wat ze van plan waren. Hij raakte ervan overtuigd dat dit dezelfde mensen waren die hij jaren geleden was tegengekomen in Oregon. Althans, niet dezelfde personen, maar een stel met betere connecties, uit dezelfde groep. Hij meende dat zij deel uitmaakten van een soort wereldomvattende beweging. Een of andere geheime groep, achter de schermen opererend.' Hij schudde zijn hoofd.

'En jij dacht van niet?'

'Ik weet niet wat ik dacht. Ik wilde gewoon dat hij de zaak liet rusten. Sommige mensen zetten een te hoge prijs op de waarheid, Ward. Soms is de waarheid iets wat je helemaal niet wilt weten. Soms kun je de waarheid maar het beste laten voor wat ze is.'

'En ze kwamen erachter.'

'Ze merkten dat er iemand aan het rondspitten was. Ze konden niet bewijzen dat hij het was, maar het kon maar een heel beperkt stel mensen zijn. Don begon het moeilijker te krijgen. Kleine dingetjes. Volgens mij moesten ze hier iemand hebben zitten.'

'Dat is zo,' zei ik. 'De man die Bobby heeft neergeschoten. Een politieman.'

'O, jezus,' zei Davids. 'En is hij dood?'

'Wat is er met mijn ouders gebeurd, Harold? Wat is er die avond gebeurd?'

'Don vond dat ze weg moesten. Het was niet het soort verhaal waarmee hij ergens kon aankomen. Als ze het al geloofd hadden, had hij moeten bekennen dat hij iemand vermoord had. Maar volgens mij had hij ook besloten dat hij voorgoed met ze wilde afrekenen. Ik weet niet hoe hij dat in godsnaam wilde aanpakken. Met ons vieren waren we zowat tweehonderdvijftig jaar oud. Maar goed... we zouden doen alsof zij dood waren, alsof ze niet meer in beeld waren. Dan zouden de Stromannen denken dat het voorbij was. Het was allemaal doorgestoken kaart.'

Mijn hart sloeg een slag over bij de herinnering aan dat briefje in de stoel van mijn vader, en ik besefte dat hij UnRealty misschien had gesloten om de Stromannen het idee te geven dat het voorbij was, voordat hij op de een of andere manier met ze kwam afrekenen. Hij had het gedaan om mij te beschermen. Niet omdat hij me niet vertrouwde, en het betekende niet dat ze...

Davids zag mijn gezicht en schudde zijn hoofd.

'Maar ze waren hem voor,' zei hij. 'Twee dagen voordat we het zouden doen. Ze zouden die zondag naar Lake Ely rijden om te gaan roeien. En dan zouden ze verongelukken. De lijken nooit gevonden. Maar die vrijdag daarvoor... tja, je weet wat er gebeurd is. Ze zijn dood, Ward. Het spijt me. Het was niet de bedoeling. Maar ze zijn echt dood. En binnenkort ben ik dat ook. Waarschijnlijk vanavond al. En dan is het allemaal voorbij.'

'Helemaal niet,' zei Bobby. 'Geen sprake van.' Hij haalde de handdoek van zijn arm. Die zat onder het bloed, maar er kwam niets meer uit het gat in zijn overhemd. 'Ik ben weer als nieuw. Kom, dan gaan we op pad om die mensen het vuur aan de schenen te leggen.'

Davids schudde zijn hoofd. Hij zag er nerveus uit. 'We kunnen beter hier blijven.'

'Meneer Davids, met alle respect: dat ben ik niet met u eens,' zei Bobby. 'De afgelopen paar dagen heeft er een grote uitroeiingscampagne onder uw oude ploeg plaatsgevonden. Als ze op de hoogte waren van Lazy Ed, dan weten ze zeker van uw bestaan.'

Ik was me amper bewust van mijn aanwezigheid. Ik probeerde te verwerken wat ik gehoord had, probeerde alles wat ik gemeend had te weten over mijn familie en over mezelf op een rij te zetten. Davids keek me aan.

'Het is woord voor woord waar,' zei hij. 'En ik kan het bewijzen. Geef me een minuutje, dan kan ik het bewijzen.' Hij stond op en liep de kamer uit.

'Wat een raar verhaal,' zei Bobby toen Davids buiten gehoorsafstand was. 'Geloof jij er iets van?'

'Waarom niet?' zei ik, hoewel ik niet wist wat ik ervan denken moest. 'Het klopt wel, min of meer. En waarom zou hij liegen? Hij staat zonder enige twijfel op die videoband, dus hij moet hen indertijd gekend hebben. We weten intussen dat ik niet in Hunter's Rock geboren ben. En ik zie hem er niet voor aan, dat hij zoiets ter plekke uit zijn duim zuigt.'

Buiten hoorde ik een tweede auto voorbijrijden, maar verder gebeurde er niets. Ik staarde naar de muur totdat die begon te wankelen voor mijn ogen.

'Mijn moeder heeft me nog gebeld, zowat een week voor het ongeluk.'

'En maakte ze een toespeling op die hele toestand?'

'Ik heb haar niet gesproken. Ze had een bericht ingesproken. Ik had haar nog niet teruggebeld. Maar ze belde niet vaak. Als er al iemand belde, was dat mijn vader. Meestal wachtten ze gewoon tot ik contact opnam.'

'Dus jij denkt...'

'Ik weet niet wat ik denken moet, Bobby, en het is te laat om daarachter te komen.'

'Wat doen we nu?'

'Geen idee.'

Bobby stond op. 'Ik ga eens kijken of ik ergens koffie kan opduikelen. Die arm begint verschrikkelijk pijn te doen.'

Ik luisterde naar zijn verdwijnende voetstappen in de gang. Ergens diep binnen in me had ik, ongevraagd en tegen alle bewijzen in, kennelijk toch nog gehoopt dat dit allemaal een vergissing geweest was. Alles wat er na dat telefoontje van Mary, toen ik op dat terras in Santa Barbara had gezeten, gebeurd was. Dat ik het bij het verkeerde eind gehad had. Dat deel van me had de droom bij het zwembad in het leven geroepen, had geprobeerd me ervan te overtuigen dat het de moeite waard was om haast te maken, dat er nog mensen te redden waren. Nu wist ik dat dat niet zo was, dat een laatste inspanning geen enkele zin had. Mijn vader had uiteraard een plan gehad. Hij had altijd wel een plan. Maar dat briefje dat ik gevonden had, was daarvan het enige dat over was.

Mijn telefoon ging. Ik schrok me wezenloos. Het nummer op het scherm kwam me niet bekend voor.

'Wie is daar?'

'Nina Baynam. Gaat het wel? Je klinkt raar.'

'Min of meer. Wat wil je?' Ik voelde me verdoofd, niet in de stemming voor een gesprek over seriemoordenaars of wat dan ook.

'We zitten in Dyersburg. Waar zit jij?'

'North Batten Drive nummer 34,' zei ik.

Het bleef even stil voordat ze antwoordde. 'Kun je dat herhalen?' Nu klonk háár stem raar. 'Het leek wel of je North Batten Drive nummer 34 zei.'

'Dat zei ik ook.'

'Dat is het adres van ene Harold Davids,' zei ze.

Mijn hart sloeg keihard over. 'Hoe weet jij dat in godsnaam?'

'Blijf zitten,' zei ze. 'Doe voorzichtig. We komen eraan.'

De verbinding werd verbroken. Ik keek naar de deur toen ik Bobby hoorde aankomen, maar bij de blik op zijn gezicht verstarde ik.

'Davids is er niet meer,' zei hij. 'Verdwenen.'

'Waarheen?'

'Gewoon, verdwenen. Er zit daarachter een deur.'

Ik rende naar het voorraam en trok het gordijn opzij. Waar voorheen die grote, zwarte auto had gestaan was nu een lege ruimte.

We zetten Harolds huis op zijn kop. Er was niets te vinden. Althans, niets dat ons iets vertelde. Een keurig, oud huis vol keurige, oude spullen.

Na tien minuten werd er op de voordeur gebonsd.

Hoofdstuk 33

Nina stond nog op de deur te beuken toen ik hem al opentrok. Zandt beende me zonder meer voorbij en liep het huis in. Hij liep van de ene naar de andere kamer op de begane grond. Ik draaide me om om hem na te kijken, mijn bewegingen traag en onzeker. Ik had het gevoel dat ik sliep, alsof de ene droom naadloos was overgegaan in de andere.

'Wat moet hij?'

Ze negeerde me. 'Waar is Davids?'

'Weg,' zei ik. Haar ogen stonden wijd open, met donkere kringen eronder. Ze zag eruit of ze in geen dagen geslapen had.

'Weg?' schreeuwde ze. 'Waarom heb je hem in godsnaam laten ontsnappen?' Het ontbrak er nog maar aan dat ze begon te stampvoeten. Bobby kwam te voorschijn vanuit de keuken.

'We hebben hem niet laten ontsnappen,' zei hij. 'Hij is er gewoon vandoor gegaan. En wat maakt dat jou uit? Hoe weet jij eigenlijk van zijn bestaan?'

Ze trok een notitieblokje uit haar tas, sloeg het open en schoof het in zijn gezicht.

'De projectontwikkelaars van The Halls zitten verscholen achter een miljoen frontorganisaties,' zei ze. 'Maar onderweg in het vliegtuig heb ik die getraceerd. We zitten er dicht genoeg bij. Zo te zien is de toezichthoudende maatschappij ene Antiviral Global Inc., ingeschreven op de Kaaiman-eilanden. De heer Harold Davids, woonachtig alhier, is de aangewezen juridische vertegenwoordiger in Montana.'

'Fuck,' zei Bobby, en hij trok bleek weg. Hij draaide zich om en liep met grote, boze passen terug naar de keuken.

Ik staarde Nina aan. 'Dat kan niet. Ik heb net met hem zitten praten. Met Davids. Hij zei... nou, hij vertelde van alles. Hij weet van The Halls, dat wel. Beslist. Maar van buitenaf. Hij hoort er niet bij. Hij heeft juist geprobeerd om mijn ouders wég te houden bij die mensen.'

'Ik weet niet wat hij jou op de mouw gespeld heeft,' zei Nina. Ze keek op toen Zandt uit de achterkamer kwam aanlopen. Hij schudde zijn hoofd tegen haar en rende de trap op. 'Maar volgens mij is de heer Davids anders dan hij zich voordoet.'

'Waar is Zandt naar op zoek?'

'Naar iemand,' zei ze simpelweg. 'Hopelijk naar iemand die nog leeft.' Haar stem klonk iets te vlak, en ik besefte dat ze onder dat kille masker bijna stond te gonzen van de spanning. Die poging tot luchthartigheid was allerminst overtuigend.

'Hier is ze niet. Harold is niet jullie moordenaar,' zei ik. 'Harold is een oude man. Hij is...'

'Nina, heb jij een nummer van The Halls?' Bobby stond op de drempel van de keuken, met de huistelefoon in zijn hand.

Ze keek in haar notitieboekje en sloeg een bladzijde om. 'We hebben hier 406-555-1689, maar dan krijg je alleen een bandje en een eindeloos menusysteem. Hoezo?'

Bobby glimlachte. Althans, daar leek het op. Zijn gezichtsuitdrukking veranderde even, laat ik het daarbij houden. 'Dat nummer heeft Harold gebeld. Het staat in zijn nummerherhaling, van twintig minuten geleden. Terwijl wij hier waren.'

'Maar...' zei ik. Even kwam er geen geluid uit mijn mond, hoewel mijn lippen bewogen, terwijl ik probeerde mijn tegenwerpingen te formuleren. 'Hij zag er doodsbang uit. Je hebt hem gezien. Hij zat daar maar te wachten, hij wist dat ze achter hem aan kwamen. Net als ze achter Mary en Ed aan gegaan waren. Je hebt hem toch gezien, godverdomme? Je hebt die blik toch gezien?'

'Natuurlijk zag hij er bang uit, Ward. Bang voor óns. Voor óns. Hij dacht dat we het wisten. Hij dacht dat wíj hem om zeep gingen helpen.'

Zandt kwam naar beneden. 'Hier is ze niet.'

Davids had me gezien met een mes. Hij wist dat we vuurwapens hadden. Maar toch snapte ik het niet. 'Waarom vertelde hij dat hele verhaal dan, als hij aan hun kant stond?'

'Jij had ontdekt dat hij deel uitmaakte van dat groepje in Hunter's Rock. Je had het over een video, over een briefje. Je had hem herkend. Hij had geen idee wat je verder nog allemaal wist. Misschien stond je te bluffen. Het eenvoudigste was om jou het grootste deel van de waarheid te vertellen en dan op het einde over te stappen op een ander verhaal.' Hij vloekte kort maar krachtig en leek het bedrog persoonlijk op te vatten.

Nina's gezicht was nu een en al vraagteken. 'Wie is dat, de groep uit Hunter's Rock?'

'Straks,' zei ik. 'Eerst moeten we Davids vinden.'

Er rinkelde een mobiele telefoon. We reageerden allemaal tegelijk, als een stel hypernerveuze pistoolbandieten. Maar het was voor Zandt.

'Ja?' zei hij.

'Hallo, agent,' zei een stem, zo luid dat we het allemaal konden horen.

Zandt keek Nina aan en zei in de telefoon: 'Met wie spreek ik?'

'Een vriend,' zei de stem. 'Hoewel ik moet bekennen dat we elkaar nog niet ontmoet hebben. Niet mijn schuld. Je bent niet zo goed geweest om te zorgen dat we kennis konden maken.'

Zandt zei een hele tijd niets. 'Met wie spreek ik.'

Aan de andere kant werd gegrinnikt. 'Ik dacht dat je dat wel zou weten. Met Homo erectus, John.'

Nina's mond viel open.

'Gelul.'

'Niks gelul. Slim van je om Wang te vinden. En om hem aan te zetten tot de enige juiste daad. We zijn je iets schuldig. Hij had knap lastig kunnen worden.'

Zandts mond was droog en maakte een klikkend geluid toen hij antwoordde: 'Als jij bent wie je zegt, bewijs dat dan maar.'

Bobby en ik staarden hem aan.

'Ik hoef niets te bewijzen,' zei de stem. 'Maar ik zal je iets vertellen waar je je voordeel mee kunt doen. Als je niet binnen twee minuten dat huis uit bent, ben je er geweest. Jullie allemaal.'

De verbinding werd verbroken.

'Het huis uit,' zei Zandt. 'Nú.'

Tegen de tijd dat we op straat stonden, hoorden we sirenes aankomen. Een boel sirenes. Ik opende de portieren en sprong achter het stuur.

Nina weigerde te vertrekken. 'Ik ben van de FBI. Wij hoeven helemaal nergens heen.'

'Dat zal best,' zei Bobby. 'Wij hebben zojuist een stel agenten neergeschoten. Niet dood, maar we hebben wel op ze geschoten. Als jij midden op de weg met je badge wilt staan zwaaien, mij best. Dit is geen politieserie, prinses. Ze schieten je kop van je romp.'

De politie had nagelaten om het huis van twee kanten te benaderen, dus we bereikten zonder verdere incidenten de hoofdweg. Ik sloeg rechtsaf en trapte het gaspedaal tot de bodem in.

Binnen twintig minuten waren we de stad uit en volgden we de weg die langzaam de heuvels in zigzagde. Niemand vroeg waarheen ik op weg was. Iedereen wist het.

Nina had uitgelegd wat er in L.A. gebeurd was. Ik had verteld wat Davids ons verteld had. Zandt had verteld, niet gedetailleerd maar afdoend, wat zijn achtergrond met Homo erectus was.

'Shit,' zei ik.

Bobby fronste zijn wenkbrauwen. 'Maar hoe is hij dan aan jouw mobiele nummer gekomen?'

'Als hij inderdaad is gelieerd aan de Stromannen, is dat maar een peulenschil. Ze hebben een aanvoerlijn van serieslachtoffers. Ze blazen links, rechts en in het midden dingen op. Zo'n nummer opsporen is kinderspel.'

'Oké – waarom belt hij dan? Waarom moest jij daar weg voordat de politie arriveerde?'

'Je kunt onmogelijk voorspellen waarom hij iets doet. Maar hij dacht niet alleen aan mij. Hij wist dat ik niet alleen was.'

'Davids heeft verteld wie er in huis waren,' zei ik. 'Hij heeft ons verraden.' Ik was zo vreselijk kwaad en verbitterd dat ik amper spreken kon. 'Grappig trouwens, vinden jullie ook niet, dat die Stromannen mijn ouders net twee dagen voordat ze zouden verdwijnen, inhaalden? Ze hadden alles gepland, ze hadden alles in stelling gebracht, en vlak voordat ze buiten de gevarenzone verdwijnen, staat daar plotseling McGregor om het ongeluk voor te bereiden waarbij ze zijn omgekomen.'

'Zou Davids hen getipt hebben? Waarom?'

'Hij wist van begin af aan wat de bedoeling van The Halls was. En dan komt pap erachter, hij denkt dat dit een gouden kans is, maar hij ontdekt dat het iets heel anders is dan hij dacht. Daarmee brengt hij Davids in een moeilijk parket. Stel dat dit dezelfde mensen zijn, of hetzelfde soort mensen, waar ze dertig jaar geleden mee te maken kregen. Volgens Davids was alleen de leider vermoord. De rest heeft de aanslag waarschijnlijk overleefd, en die mensen hadden dus iemand kunnen vertellen wat er gebeurd was. Het stel dat The Halls oprichtte, kon erachter gekomen zijn dat Davids bij dat overvalteam gehoord had; misschien hadden ze hem daarom zelfs als jurist aangenomen.'

'Maar als ze zulke goede connecties hadden, wat moesten ze dan met Davids? Dan hadden ze iedereen kunnen aannemen.'

'Natuurlijk. Maar belangrijke juristen hebben ook hun connecties. Sommigen van hen lijden zelfs aan een soort eerlijkheidswaan. De Stromannen kunnen Davids van een rots smijten wanneer ze maar willen, en dat weet hij. "Je werkt voor ons en anders maken we bekend wat jij op een nacht in een bos hebt gedaan. Of we maken je dood." Wat moet hij? Hij is oud, hij is bang, en hij heeft alles te verliezen. Én hij is goed. Hij is perfect geschikt voor de Stromannen.'

'Dan komt je vader te dichtbij en weet Davids dat hij grote problemen krijgt als hij dat niet aan de Stromannen vertelt. Dus vertelt hij dat het echtpaar Hopkins ervandoor wil.'

Even bleef het stil in de auto.

'Hij heeft ze laten vermoorden,' zei Nina zachtjes. 'De enige die ze volledig konden vertrouwen, dachten ze.'

'Die vent heeft niet lang meer te leven,' zei ik. 'Dat kan ik jullie wel verzekeren.'

Tegen de tijd dat we de bergen hadden bereikt, was het gaan regenen. Kille zilveren strepen, afgetekend tegen de duisternis voor de voorruit. De rivier naast de weg was een razende stroom. Er was verder geen verkeer op de weg.

'We zijn maar met ons vieren,' zei Nina.

Ik keek haar aan. 'Dan bel je toch om assistentie?'

'Ze stappen echt niet in de helikopter als ik dat vraag. Hoogstens kunnen we over twee uur een stel verveelde collega's verwachten, die maar één verlangen hebben: bewijzen dat ik het verpest heb.' Ze keek uit het raampje. 'Heeft iemand hier een sigaret? Ik dacht dat ik maar eens moest gaan roken.'

Ik stak mijn hand in mijn zak, haalde het gedeukte pakje te voorschijn en legde het op het dashboard.

'Ik kan het je niet aanraden,' zei ik. Ze glimlachte bleekjes terug, maar liet de sigaretten liggen.

Vijftig minuten nadat we bij Davids' huis waren weggereden, maakten we een lange, flauwe bocht. Ik had intussen vaart geminderd en Bobby zat rechtop, zodat hij naar de heuvels kon kijken die aan weerszijden van de weg omhoogliepen.

'We zijn er bijna,' zei ik.

Ik zag Nina kijken hoe Bobby en Zandt hun wapens laadden. Daarna controleerde ze onwillig haar eigen pistool. Haar vingers beefden. Geen van beiden leken ze er even erg aan toe te zijn als zij, maar ik had haar kunnen zeggen dat je onmogelijk kon weten wat er in een jongenskoppie omgaat. Iedereen van onze generatie kent het citaat uit *Dirty Harry*, wanneer hij beweert dat hij in alle opwinding zelf ook de tel is kwijtgeraakt. We hebben allemaal het gevoel dat we in staat zouden moeten zijn om, als het vandaag meezit, een eigen versie van Clint te zijn. En we geloven allemaal dat iemand ergens in ons teleurgesteld zal zijn als we die norm niet halen.

Op een gegeven moment keek Zandt even naar haar op. Hij knipoogde, en ik zag dat ze het begreep. Misschien zeggen ze in de film hoe je je moet gedragen, maar het gevoel zat dieper, stamde uit de tijden dat niemand ooit kleren droeg en iedereen zijn eigen rol speelde en sommigen het vuur opstookten terwijl anderen achter de prooi aan gingen. Het enige verschil is de omvang van de groep waarvan we naar ons gevoel deel uitmaken, de afstand van onze relaties tot de mensen die we tot de dood toe zouden verdedigen. Zandt was even zenuwachtig als zij. En ik ook.

Ik zette de auto in de berm neer. 'Dat is het,' zei ik. Een meter of vijftig verderop lag het poortje.

'Niemand te zien,' zei Bobby. 'Zeg nog eens hoe we er komen.'

'Je gaat die poort door en dan rijd je een stukje over gras. Een bocht naar links en daarna een onzichtbare weg, verborgen achter de bomen. Die leidt naar de hoger gelegen vlakte.

'Er kan dus iemand in die bomen zitten, of ergens op de oprit.'

'Goed mogelijk, ja.'

'Dan moeten we snel zijn.'

Ik knikte. 'Iedereen zover?'

'Voor zover mogelijk,' zei Zandt. Ik trapte op het gaspedaal.

De auto sprong naar voren, met slippende banden op de natte weg. Ik racete het laatste stukje tot aan het hek en reed daar recht op af.

'Bukken,' zei Bobby. Nina en Zandt bukten. Bobby zette zich schrap tegen de achterkant van de bank en het portier, zijn pistool in de hand. Een seconde later scheurde de auto door het hek. Latten en balken spatten omhoog vanaf de voorruit en maakten een spinnenweb aan Nina's kant. De Ford ploegde zich het lange gras in en begon te slippen. Ik vocht om de beheersing over het stuur terug te krijgen en bracht de auto terug naar het pad.

Ik liet het gaspedaal met rust tot de wielen weer greep op de weg hadden en zette koers naar de bomenrij, terwijl ik meer vaart maakte. Bij een grote hobbel in de weg zag ik Nina even de lucht in vliegen. Ze was amper neergekomen toen ze opnieuw omhooggesmeten werd. Vanaf de achterbank klonk gegrom toen Zandt hetzelfde lot trof. Bobby leek aan zijn plek vastgekleefd te zitten.

Na een lager, harder obstakel op het pad hadden we plotseling vlakke grond onder de wielen.

Met vertrokken gezicht racete ik langs de bomen. 'Zien jullie iemand?'

'Nee,' zei Bobby. 'Maar blijf zo hard rijden.'

Na zo'n honderd meter maakte de weg een scherpe bocht naar rechts en toen reden we de helling op. Bobby keek van links naar rechts terwijl ik de ene na de andere bocht nam, maar er klonken geen schoten. Maar toen hij Zandts hoofd langzaam omhoog zag komen, stak hij zijn hand uit om het weer omlaag te duwen. Ik zag een grimas van pijn, maar zijn schouder leek hem niet al te veel problemen te bezorgen. Voorlopig.

'Waar zitten ze?' vroeg ik.

'Waarschijnlijk helemaal bovenaan, op een rijtje.'

'Je bent het zonnetje in huis. Maar ik ben blij dat je er bent.'

'Ja, dat zal wel iets met vriendschap zijn of zo,' zei Bobby. 'Maar als dit verkeerd afloopt, kan ik je verzekeren dat ik bij je kom spoken.'

'Dat doe je al,' zei ik. 'Ik probeer al jaren van je af te komen.'

We kwamen de laatste bocht om, en toen doemde de enorme poort van The Halls op boven het gebouw op de heuvel.

'Nog steeds niemand,' zei ik, terwijl ik gas terugnam.

'Wat nu?'

'Aan de andere kant van de poort loopt de weg naar links. Een stel grote gebouwen. Entreetoestanden en zo te zien een opslagruimte. Een hoog hek om het hele terrein heen. De huizen staan aan de overkant.'

De twee anderen staken voorzichtig hun hoofd omhoog. 'Dus?'

'Voorste poort,' zei Bobby. 'Die schutting komen we nooit over.'

'Maar bij de ingang wachten ze ons op.'

'We hebben geen keuze.'

De auto zwenkte onder de stenen boog van de poort door en we daalden af naar het groepje houten gebouwen. Een grote schijnwerper op een van de gebouwen kleurde het parkeerterrein maanachtig, ziekelijk wit. Zodra dit alles te zien was, haalde ik mijn voet weer van het gaspedaal. De auto gleed naar het midden van het parkeerterrein en bleef staan. Het hele terrein was leeg. Ik zette de motor uit en liet het sleuteltje in het contactslot zitten.

'Wat is er?' vroeg Nina.

'Geen auto's. De vorige keer dat ik hier was, stond het vol.'

Zandt opende zijn portier en stapte uit zonder op instructies te wachten. Bobby vloekte en sprong aan de andere kant naar buiten, zijn pistool in de aanslag. In het witte licht vormden ze een makkelijk doelwit, maar was ook te zien dat er niemand op het dak stond. Niemand die ons opwachtte. Niets dan twee grote, houten gebouwen met een hek ertussen.

Nina en ik stapten behoedzaam uit. Nina's pistool zag er groot en onhandelbaar uit in haar hand.

'Dat is de ingang,' zei ik, en ik knikte naar het gebouw rechts.

Ze liepen achter me aan en kwamen aan weerszijden van de glazen deuren staan. Bobby stak zijn hoofd uit en keek naar binnen. 'Niemand bij de receptie,' zei hij.

'Gaan we naar binnen?'

'Vooruit dan maar. Na jou.'

'Nou, je wordt bedankt.' Ik leunde voorover en duwde voorzichtig tegen een van de deuren. Er klonk geen alarm. Er werd niet op me geschoten. Ik opende de deur en stapte behoedzaam naar binnen, met de anderen op mijn hielen.

Het was doodstil in de lobby. Er klonk geen achtergrondmuziek en er brandde geen vuur in de grote open haard. Het enorme schilderij dat boven de receptiebalie had gehangen, was weg. Het hele vertrek deed aan alsof het in de mottenballen was gelegd.

'Verdomme,' zei ik. 'Ze zijn ervandoor.'

'Dat kan niet,' zei Bobby. 'Het is nog maar een uur geleden. Ze hadden onmogelijk al weg kunnen zijn.'

'Nou, ze hadden wel iets langer de tijd,' bekende Zandt. 'Toen wij bij Wang weggingen, duurde het een minuut of vijf, tien, voor hij zichzelf door het hoofd schoot. Misschien heeft hij in die tussentijd gebeld.'

'Maar dat is nog niet lang genoeg. Niet om alles in te pakken.'

'Misschien waren ze al bezig,' zei Nina. 'Je hebt hun makelaar in elkaar geslagen. Misschien was dat duidelijk genoeg. En dan hadden ze dus een paar dagen de tijd. Doet er niet toe. We gaan toch kijken wat daar is.'

Ze ging op weg naar de deur achterin, de deur die uitkwam op het binnengedeelte van The Halls. Ze leek vervuld van een soort verdrietige woede, een angst vol afgrijzen dat ze misschien te laat waren, dat het fantoom dat ze achterna gejaagd had tot het het enige licht aan het eind van haar tunnel was, misschien opnieuw buiten haar bereik gezweefd was.

We bleven stilstaan. Kennelijk maakte het haar niet uit of wij meekwamen. Ze móést erheen. Ze moest het zien.

Ze hoorde het schot niet.

Tegen de tijd dat het geluid in onze oren klonk, viel ze al, onbeholpen opzij tuimelend op een van de lage tafeltjes. Haar mond ging open voor een kreet, maar er kwam geen geluid uit. Zandt rende naar haar toe.

Ik wervelde om mijn as en zag iemand in de deuropening staan. McGregor. Maar Bobby zag een vrouw achter de balie staan, en een gespierde jongeman die uit een verborgen deur achter haar opdook, een deur die was gecamoufleerd en onzichtbaar in de houten lambrisering zat.

Alle drie waren ze gewapend. En alle drie stonden ze te schieten.

De jongeman stierf als eerste. Hij stond er precies zo bij als op televisie: zijn pistool zijdelings gehouden, als een bendelid. Bobby velde hem met één schot.

Ik glipte achter een van de pilaren en dook meteen weer te voorschijn. Ik trof McGregor eerst in zijn dij, daarna in zijn borst. Bijna kreeg ik zelf een kogel in mijn gezicht, ik voelde hem gonzend langs mijn hoofd vliegen. Ik liet me op één knie vallen en dook weg achter een hoek van de balie, biddend dat de vrouw me niet gezien had. Ik stopte een nieuwe patroon in het magazijn en liet de helft van de kogels vallen.

Zandt knielde naast Nina, die tot een bal opgerold lag, haar hand fladderend naar het gat in haar borst. Het zat hoog, vlak onder haar rechtersleutelbeen. 'O, Nina,' zei hij, zonder te letten op het fluiten en zoemen in de lucht boven zijn hoofd. Ze kuchte, haar gezicht aarzelend tussen verbazing en ontkenning.

'Au,' zei ze.

McGregor bleef onaangedaan staan vuren. De vrouw achter de balie zag bijna kans Bobby dood te schieten voordat ik diep ademhaalde, opstond en mijn halve pistool in haar leegschoot. Pas toen ze achterover over de gespierde man heen viel, zag ik dat het de vrouw was die de zogenaamde toelatingseisen met me doorgenomen had. Nog steeds wist ik niet hoe ze heette.

Bobby stond over McGregor heen gebogen, met zijn voet op de pols van de agent. Een paar meter verderop lag het pistool op de grond.

'Waar zijn ze heen?' vroeg hij. 'En wanneer zijn ze vertrokken? Ik wil alles weten wat jij weet, en anders valt het doek.'

'Bekijk het maar,' zei de agent.

'Ook goed,' zei Bobby schouder ophalend, en schoot hem dood.

Terwijl Bobby de andere lijken fouilleerde om zeker te weten dat er niemand wakker zou worden om weer te gaan schieten, holde ik naar Nina. Zandt had haar hand stevig over de wond in haar borst heen gedrukt.

'We gaan hier weg,' zei ik.

'Nee,' zei Nina. Haar stem klonk verrassend sterk. Ze probeerde zich overeind te hijsen.

'Nina, je bent lek. Je moet naar het ziekenhuis.'

Met een hand greep ze een tafelpoot. Met de andere pakte ze zijn pols. 'Doe het snel. Maar ga in godsnaam even kijken.'

Ik aarzelde. Probeerde Zandts blik te peilen, maar Nina bleef me aankijken.

Bobby kwam aanlopen. 'O, shit, Nina.'

'Ik blijf hier liggen en jullie gaan daarheen,' zei ze, haar blik alleen op Zandt gericht. Zo te zien had ze erge pijn, maar zou ze niet flauwvallen. 'Alsjeblieft, John. Zeg dat ze moeten gaan kijken. Jullie allemaal. Ga alsjeblieft kijken of ze daar is. Je móét gaan kijken. Dan gaan we daarna naar het ziekenhuis. Eerlijk waar.'

Zandt wachtte nog één hartslag, bukte zich toen en kuste haar snel op het voorhoofd. Hij stond op. 'Ik doe het.'

Ik begon mijn pistool te laden. 'Bobby, jij blijft hier.' Hij wilde protesteren, maar ik gaf hem niet de kans. 'Probeer het bloeden te stelpen en schiet iedereen dood die je ziet, behalve ons. Je kunt meer voor haar doen dan voor een van ons.'

Bobby hurkte naast de vrouw. 'Voorzichtig, man.'

Zandt en ik liepen snel naar de uitgang. 'Wat er ook gebeurt,' zei ik, 'we blijven samen. Duidelijk?'

Zandt knikte en opende de deur. Buiten lag een pad. Een meter of vijftig daarvan werd schel verlicht door de witte schijnwerper achter ons, en dat was genoeg om de enorme contouren van de huizen een eind verderop te zien. Nergens brandde licht.

We zetten het op een rennen.

Hoofdstuk 34

'We hadden een zaklamp moeten meenemen.'

'Er is wel meer dat we hadden moeten meenemen,' zei ik. 'Grotere geweren, meer mensen, enig idee wat we hier aan het doen zijn.'

We stonden op de eerste splitsing van het pad. Het zag eruit als de hoofdstraat van een dorpje waar niemand een auto had. Het gras aan weerszijden was keurig gemaaid. Het terrein, omringd door bergwanden, besloeg misschien twee hectare en was zo aangelegd dat ieder huis beschikte over privacy en uitzicht over een vriendelijk glooiend landschap. Het zag er niet naar uit dat er voldoende ruimte was voor een golfbaan, en dat betekende dat zelfs hun favoriete makelaar, wijlen Chip, nooit verder dan de entree had mogen komen. Aan weerszijden van het pad, maar een heel eind daarvandaan, lagen twee huizen. Het pad liep door naar de duisternis daarachter en leidde via nieuwe splitsingen naar andere huizen, die hiervandaan niet te zien waren.

'Jij neemt het linkerpad.'

'Heb je niet gehoord wat ik zei? We blijven bij elkaar.'

'Ward? Hoeveel huizen staan hier wel niet? En we kunnen Nina niet te lang alleen laten.'

'Als wij vermoord worden, heeft zij daar niets aan. Als je binnen wilt gaan kijken, doen we dat samen. Waar beginnen we?'

Zandt liep snel het rechterpad op. Toen we het huis naderden, vinkte ik in mijn hoofd de kenmerken af die ik op de plattegronden had gezien. Het huis zag eruit alsof het thuishoorde in Oak Park, Chicago, de buitenwijk waar een groot deel van de gebouwen uit Wrights vroege en middelvroege periode stond. Het was een schitterend huis, en ik haatte de mannen die achter deze hele toestand zaten omdat ze Wrights gedachtegoed zo misbruikt hadden. Zijn visie was gegaan over leven en gemeenschap, niet over losgeslagen individuen en dood.

Zandt was minder onder de indruk van het ontwerp. 'Waar zit goddomme de deur?'

Ik ging hem voor over het lager gelegen deel van het terrein, naar de plek waar een tuinpad links om de hoek van het gebouw onder een balkon uitkwam. Een paar treden brachten ons de hoek om, naar een enorme, houten deur die op een kier stond.

'Hoofdingang?'

Ik knikte. Haalde adem en duwde de deur zachtjes open met mijn voet. Er gebeurde niets.

Ik knikte nog eens naar Zandt. Hij ging als eerste naar binnen.

Een korte gang, wat vaag licht dat door een gebrandschilderd raam in het plafond naar binnen filterde en een kil, groen licht naar binnen wierp. Aan het einde van die gang een tweede inpandige glazen pui die de afscheiding vormde met het aangrenzende vertrek.

Voorzichtig liepen we verder. We kwamen uit in een langgerekte kamer met een laag plafond. Nog meer gebrandschilderd glas en daklichten, hoog onder het plafond. Links een open haard. Boekenplanken en een zithoek. Er stonden geen boeken op de planken. De meubels stonden op hun plek, maar er lag geen tapijt op de grond.

We slopen het vertrek door. Het was doodstil in het huis. Ik hief een hand op en wees; Zandt keek, en zag de ingang naar een volgend vertrek, half verborgen achter een houten scherm. Hij knikte, en kwam achter me lopen. Samen liepen we eropaf. Zandt bleef regelmatig over zijn schouder kijken.

De deur gaf toegang naar een keuken. Hier was het donkerder, zonder die daklichten. Er was een vide, met een eethoek aan het einde. Op tafel stond één mok, precies in het midden. Hij was droog vanbinnen, en het oor was afgebroken. Ik trok een kast open, en daarna een lade. Allebei leeg.

'Dit huis is volledig ontruimd.'

Zandt knikte. 'Dat kan, ja. Maar we gaan toch kijken.'

We doorzochten de rest van het huis.

'Er is daar iemand,' zei Nina intussen.

Bobby zat op zijn hurken naast de grote leren stoel waarin hij haar had neergelegd. Het was donker in de lobby. Hij had getwijfeld of hij het licht aan moest laten of uit moest doen. Hij redeneerde dat het aan geweest was, en dat ze hun aanwezigheid konden verraden door het uit te doen, mocht er zich nog iemand anders op het terrein schuilhouden. Het viel echter niet aan te nemen dat zo iemand een minuut lang zwaar pistoolvuur niet opgemerkt zou hebben, en uiteindelijk had hij dus achter de balie rondgekeken en alle lichten een voor een uitgedaan. Dat voelde veiliger aan, zij het niet absoluut veilig. In de achterwand zaten maar enkele ramen en hij dacht niet dat Nina en hij te zien waren, maar toch voelde hij zich een gemakkelijk doelwit. De lobby was groot en donker, en bevatte drie dode mensen.

'Ik hoorde wel iets, daarnet,' bekende hij. 'Ik hoopte dat Ward en Zandt alweer terugkwamen.'

Nina schudde haar hoofd. 'John zal in alle huizen willen kijken. Dat duurt wel even, ook als daar niets te vinden is. Dan júíst. En het kwam van de voorkant, niet van achteren.'

Hij knikte. 'Ward maakt me af als hij erachter komt dat ik jou alleen heb gelaten, maar ik moet toch echt even gaan kijken.'

'Als jij niets zegt, hou ik ook mijn mond. Maar kom wel gauw terug.'

Bobby keek of haar pistool geladen was en drukte zich daarna plat tegen de muur. Zo diep mogelijk gebukt schoof hij langs de wand. Toen hij bij de hoofdingang kwam, stak hij voorzichtig zijn hoofd om de hoek. Er stond nog steeds geen andere auto op het parkeerterrein, en er was taal noch teken van iemand anders. Hij vroeg zich af of hij zou blijven waar hij zat.

Maar even later hoorde hij weer iets. Geen hard geluid, maar overduidelijk niet iets wat door de elementen werd veroorzaakt. Geen regen. Een kort, mechanisch *plop*. Het klonk alsof het van de overkant van het parkeerterrein kwam, waar het tweede gebouw stond.

'Wat is het?' Nu Bobby niet meer naar haar zat te kijken, liet Nina meer pijn in haar brein toe. Haar hoofd voelde dan ook behoorlijk wazig en haar stem klonk gebarsten.

'Geen idee,' zei hij. Hij draaide zich naar haar om en zag dat Nina goed verborgen in de diepte van de enorme stoel lag. Beter kon hij het niet regelen. 'Hou je hand op die wond.'

Nog steeds gebukt duwde hij de deur open. Een ijskoude luchtvlaag baande zich een weg naar binnen, samen met het geluid van regen.

De rest van het huis was leeg. Vier slaapkamers, een studeerkamer, een bibliotheek en een muziekkamer. Volkomen leeg. Ontdaan van iedere kans op identificatie, hoewel duidelijk zichtbaar was dat hier tot voor kort mensen gewoond hadden. Geen stof. Zandt en ik liepen de centrale trap weer af, ditmaal met iets meer geluid, en liepen terug naar de achterzijde van de begane grond. Daar lag een tweede woonvertrek, ook erg groot maar iets minder chic dan de voorkamer. Vanuit een horizontale ramenrij was een paar duizend vierkante meter landschapstuin te zien. Ik zette de veiligheidspal van mijn pistool terug.

'Volgende huis?' Het was duidelijk dat dit huis niets interessants bevatte. Ik vond het welletjes. Ik wilde Zandt best helpen met zoeken naar het meisje, als hij dat wilde, maar zelf had ik meer behoefte aan een of twee levende Stromannen. Die kon ik dan eens even rustig aan de tand voelen over een paar zaken. Verder kon ik nergens aan denken. Ik kreeg toch al het gevoel dat we te laat waren gekomen.

Hij opende de deur in het midden van de glazen pui en verdween de regen in. Ik stapte achter hem aan naar buiten, maar bleef bij de muur staan. Intussen raakte ik er steeds meer van overtuigd dat Nina gelijk had gehad: misschien had die Wang ervoor gezorgd dat men hier sneller had gehandeld, maar de evacuatie moest begonnen zijn zodra ik Chip in elkaar geslagen had. Met andere woorden, ik had de boel verknald. Ik had ze een waarschuwing gegeven en tijd om weg te komen. Deze reactie had ik echter niet verwacht. Ze zaten hier als in een bunker. Ze waren rijk en machtig, en dit was hún land. Waarom zouden ze dan op de vlucht slaan? Maar toch, het was mijn schuld dat de zaak verkeken was. We hadden het er niet over gehad, maar ik had het gevoel dat Zandt dat ook vond. Hij begon steeds verwilderder uit zijn ogen te kijken.

Terwijl ik luisterde hoe hij in het donker rond rommelde, zag ik een lange kabel langs de onderkant van de muur lopen. Hij kwam rond een hoek en leek begraven te zijn in de perken langs de muur. Tv-kabel, misschien, of de hooggeprezen ADSL-internetkabel. Net wilde ik eens beter gaan kijken, toen Zandt plotseling kuchte.

Ik holde de tuin in. Hij stond midden op het terrein, stijf rechtop. 'Wat is er?'

Hij zei niets. Hij wees alleen maar.

Eerst zag ik niet wat hij bedoelde, maar even later merkte ik op dat een stukje grond net rechts van hem iets hoger leek te liggen.

Ik liep erheen en keek erop neer. Likte aan mijn lippen. 'Dat zal toch wel een huisdier zijn of zo, denk je ook niet?'

Zandt schudde zijn hoofd, en ik besefte dat hij zijn arm nog niet had laten zakken. Hij wees naar een andere plek. Een ander heuveltje.

'O, jezus,' zei ik. Mijn stem bleef in mijn keel stokken. 'Kijk hier eens.'

Nu ik ernaar op zoek was, zag ik nog meer van die bultjes. Drie korte lijnen. Twaalf in totaal.

Zandt liet zich op één knie zakken en trok aan de aarde die op het dichtstbijzijnde heuveltje lag. Het gras viel uit zijn vingers, maar hij kreeg een pluk los. Daaronder lag natte, zware aarde.

Ik liet me vallen om hem te helpen en we rukten en trokken aan de aarde. Het was zwaar werk, en het duurde een paar minuten voordat we plotseling iets anders dan aarde in onze handen hadden en er een verschrikkelijke stank oprees. Ik deinsde achteruit, maar Zandt trok nog twee handen vol aarde weg voordat hij plotseling ophield.

'We hebben een schep nodig,' zei ik.

Zandt schudde zijn hoofd. 'Wat er in die gaten zit, is dood. Misschien is Sarah nog ergens in leven.'

'Kom op, man. Zij moet in een van die graven liggen.'

Zandt beende al terug naar het huis. Ik ging achter hem aan. Ik probeerde de heuveltjes te vermijden, maar ik moet er op minstens één getrapt hebben.

Toen Zandt weer binnen was, liep hij meteen de eerste kamer in. 'We zullen opnieuw moeten zoeken,' zei hij. 'We hebben iets over het hoofd gezien.'

'Ik zou niet weten waar,' zei ik.

'Dan beginnen we hier.'

We namen allebei een kant van de kamer. We haalden de boekenplanken van hun plek, we trokken de meubels opzij. Al gauw was ik ervan overtuigd dat hier niets te vinden viel, maar Zandt was er niet van af te brengen: hij stond erop om iedere vierkante centimeter te doorzoeken.

'Dit gaat uren duren,' zei ik. 'Ik zie niet...'

Ik hield mijn mond. Zandt keek op. 'Wat?'

Ik keek niet naar iets in de kamer maar staarde recht door de ramen in de voorgevel van het huis. Zandt kwam naast me staan.

'Zie je dat?'

Ik wees naar de splitsing in het pad, een meter of twintig verderop. Daar, waar het pad zich opdeelde in routes naar de verschillende huizen, lag iets op de grond. Niet groot, en op deze afstand viel onmogelijk te zeggen wat het was. Een hoopje takken, misschien.

'Ik zie het,' zei Zandt.

'Dat lag er niet toen wij hier kwamen.'

Ik schoof de veiligheidspal weer weg en we gingen door de voordeur naar buiten. Langzaam liep ik over het pad; Zandt bleef achter bij de deur om de andere huizen in het oog te houden.

Het zag er inderdaad uit als een hoopje stokken. Korte, kromme stokken, spierwit. Heel schoon. Maar op een paar meter afstand vermoedde ik al wat het waren. Ik hurkte ernaast en pakte er een op. Draaide me om om Zandt dichterbij te wenken.

Toen hij naar me toe kwam lopen, ging ik op de uitkijk staan, klaar om te schieten als er iemand kwam opdraven. Want er moest hier iemand zitten, zoveel was duidelijk. En het was iemand die wist dat wij hier waren.

Na een korte inspectie zei Zandt: 'Dat zijn ribben.'

'Dat dacht ik al. Van een mens?'

'Ja.'

'Wie heeft die hier neergelegd?'

'Ward, kijk eens.' Een meter of vijf verderop lag nog een stok.

Ik liep erheen en bukte me om hem op te rapen. 'Jongen of meisje?'

Zandt nam het dijbeen van me aan. Net als de ribben was ook dit bot schoon en wit, alsof er kortgeleden iets was gedaan om het in museumconditie te brengen. 'Moeilijk te zeggen. Maar het is een bot van iemand die nog niet oud is. Een tiener.'

We bleven even naar het gras aan weerszijden van het pad staan kijken.

'Iemand wil ons ergens heen brengen,' zei ik.

'De vraag is alleen of wij het spoor willen volgen.'

'Ik geloof niet dat we enige keuze hebben.'

'Maar we hebben het huis met de lijken al gevonden.'

'Niet hét huis, "een" huis. Het eerste waarin we gezocht hebben. Ofwel dat is zuiver toeval, ofwel er zijn meer huizen met lijken.'

Bij de volgende splitsing lag weer een bot, net links van het pad alsof het naar het huis aan die kant moest wijzen. Snel doorzochten we dat huis. Ditmaal waren de graven verspreid aan de zijkant van het huis en beter, of met meer trots, verhuld. Pas toen Zandt door kreeg dat de kleine vierkantjes steen in het gras geen nuttig pad vormden, merkten we dat het grafmarkeringen waren.

Opzij van het huis vonden we nog een bot, dat dieper The Halls in wees. Dit was een half bekken van iemand.

Geen van beiden hadden we voldoende kennis van zaken om te zien of dit een man of een vrouw was geweest, hoewel Nina waarschijnlijk aan de conditie van het bot en de breedte van het zitbeen had kunnen zien dat dit het halve bekken was van een jonge vrouw, ongeveer van Sarah Beckers leeftijd.

Bobby was bijna tien minuten in de schaduw van de Ford blijven staan wachten. Sinds hij de lobby had verlaten, waren er geen geluiden meer geweest, en geen spoor van beweging. Het maakte niet uit. Iemand had die eerdere geluiden gemaakt, en het zag er niet naar uit dat het probleem vanzelf was opgelost. Hij bleef alleen zitten waar hij zat om te zien of de bron van het geluid zich zou laten zien, om het een kans te geven om zich te vertonen zonder dat hij ernaar op zoek moest. Misschien was het een of ander dier geweest. Een hert, misschien. Die kans was gering, maar reëel.

Na nog een paar minuten kwam hij in beweging. Nina zou zich zorgen maken als hij hier te lang bleef zitten, en intussen was hij heel erg natgeregend en had hij het heel erg koud gekregen. Zijn schouder deed verschrikkelijk pijn. Het had geen zin om weer naar binnen te gaan. Hij moest in het andere gebouw gaan kijken.

Hij liep langs de rij lage paaltjes die in het asfalt waren geslagen om de parkeerplaatsen af te bakenen. Onderweg baadde hij in het licht, maar er was geen andere route om het gebouw te bereiken. Het zag eruit als een groot opslagmagazijn, zonder de constructiedetaillering die aan de andere kant van het parkeerterrein te zien was, en er zaten voor zover hij kon zien geen ramen in. Hij liep helemaal om naar de voorkant in de linkergevel en vond ten slotte een deur.

Daar zat een groot hangslot op, maar dat hing open. Hij vroeg zich af of hij Ward zou roepen om te kijken of die daar zat, maar hij wist dat dat niet kon. Ward zou teruggekomen zijn via de lobby. Dit moest iemand anders zijn. Hij gaf de deur een zetje en stapte naar binnen.

Hij bevond zich in een korte gang, met muren die amper een meter boven zijn hoofd uitstaken. Daarboven was lege ruimte. Het leek wel een stal. Er hing een bepaald soort geur, maar geen geur die hem aan paarden deed denken. Ergens in het gebouw scheen een vaag licht, aan de andere kant. Drie meter verderop werd de gang doorkruist door een tweede gang.

Voor dat kruispunt lagen twee deuren, en die opende hij een voor een. Achter de eerste deur lag een ruimte met voorraden zoals je zou verwachten voor een woongemeenschap, samen met een lange wand vol dossiers. Het tweede, kleinere vertrek leek een wijnkelder te zijn. De rekken waren leeg. Dit zag er niet veelbelovend uit. Als ze tijd genoeg hadden gehad om de Château Lafite op te pakken, dan waren ze allang weg. Vreemd, in dat geval, dat ze wel die dossiers hadden laten staan. Hij liep terug en ging nog eens in het eerste vertrek kijken. Trok een willekeurige ordner omlaag. Er zaten geen documenten in, alleen een paar zip-schijven, allebei met het opschrift SCOTTSDALE. Hij stak ze in zijn zak en zette de ordner terug.

Hij liep de gang weer in en sloop verder tot hij bij het kruispunt kwam. Daar bleef hij even roerloos staan voordat hij het kruispunt opstapte, en al luisterend liet hij zijn mond openvallen. Zo kun je beter horen, omdat je dan de allerzachtste geluiden opvangt; hij wist dat het iets te maken had met de buizen van Eustachius. Hij hoorde niets, maar hij zag over de vloer aan zijn voeten een kabel lopen. Als dat de elektrakabel voor het licht was, moest hij hem doorsnijden. Het zag er echter niet uit als een onderdeel van de oorspronkelijke structuur, maar als iets van later datum. Hij stak zijn hoofd naar voren en zag dat de kabel over het midden van de linkergang liep. Hij stapte de hoek uit en ging kijken waarheen het snoer leidde. Nog geen twee passen later werd zijn aandacht gevangen door iets heel anders.

Dit deel van het gebouw was inderdaad ingericht als stallen. Kleine, afgesloten ruimtes aan weerszijden van de gang, verdeeld in hokken van twee bij twee meter. In het eerste hok lag iets op de grond. Een mens, zo te zien. Een klein mens.

Bobby liet zich voor de tralies op een knie zakken. Het was een jongetje, vijf jaar oud, hoogstens zes. Hij was naakt. Zijn handen en voeten waren met isolatieband gekneveld. Zo te zien was zijn mond afgeplakt geweest met hetzelfde materiaal, maar dat was moeilijk te zien omdat er maar heel weinig over was van zijn hoofd. Het bloed op het stro van de box was nog nat. Aan de tralies vastgemaakt was een foto van een aardig ogend jochie, ergens genomen waar het warm was. Hij had niet in de camera gekeken, leek zich er niet eens van bewust dat er een foto werd gemaakt. Het was een foto, besefte Bobby, van dit jongetje in zijn vorige leven. Hij had Keanu geheten.

Bobby wendde zich af van de aanblik. Sleepte zich aan zijn handen langs de tralies aan de voorkant van de box naar de volgende. Nog een jongetje, iets ouder ditmaal, maar precies even dood. Ook hier een etiket op de box. Hier was op de foto een jongen te zien die ietwat onzeker naar iemands camera glimlachte. Alsof iemand hem op weg van school naar huis op een hoek had aangehouden om te vragen of hij het erg vond, waarop hij nee had gezegd, terwijl hij het eigenlijk wel een beetje raar vond.

Er klonk een zacht geritsel, en Bobby kreeg bijna een hartstilstand. Hij verstarde, tot hij besefte dat het van de overkant van de gang kwam, een paar meter verderop.

In deze box lag een meisje, een jaar of acht oud. Ook zij was voorzien van een etiket met foto. Ze had Ginny Wilkins geheten. Ze was nog niet helemaal dood, hoewel ze door een oog was geschoten. Het andere oog was droog en mat, maar er zat nog een heel klein beetje beweging in haar onderlichaam. Een deel van het zenuwstelsel werkte nog en zou dat nog even blijven doen.

Bobby wist dat er nog meer boxen waren. Nog minstens twee. En hij wist dat dit gebouw niet per ongeluk opengelaten was. Dat het, ook toen The Halls nog volledig operationeel was, streng beveiligd moest zijn geweest en dat er maar een heel beperkt aantal mensen naar binnen mocht. Maar hij bleef naar dat meisje staren, in haar kooi, op die plek waar ze heen gebracht en bewaard was, klaar voor degene in The Halls die haar had besteld.

Hij voelde zich stom, en klein, en misselijk. Hij voelde zich onwetend en naïef. Hij had gedacht dat hij wist wat de wereld aan slechts herbergde, dat hij meer dan genoeg van de duistere zijde gezien had. Het had geholpen om een vriend als Ward te hebben. Hij had het gevoel dat Ward naar hem opkeek, zijn onconventionele ervaring en kennis respecteerde, en dat had Bobby geholpen om te accepteren dat hij ouder werd, afstand had genomen van de duistere zijde van het leven. Toen hij daar die kooi in stond te staren, niet in staat zijn blikken los te rukken van een stuk nauwelijks levend vlees dat zijn laatste stuiptrekkingen volbracht, besefte Bobby dat hij amper aan het oppervlak van mogelijkheden had gekrabbeld. Dat de oorlogen en moorden waarover we op het nieuws horen, weinig meer zijn dan sportberichten, dan een vertoning van de dood. Dat zelfs de meeste terroristen die hij had verhoord, maar wat rond poedelden in het ondiepe water van de duisternis. Terroristen wilden de mensheid tenminste laten weten wat ze gedaan hadden. Die deden het voor een of andere god, voor een ideologie, voor gevallen kameraden of vanwege een lang gekoesterde grief.

Ze deden het niet voor zichzelf. Bobby besefte dat dit verschil uitmaakte, en hij besefte ook dat er, als we inderdaad allemaal tot hetzelfde ras behoorden, weinig hoop voor ons bestond; dat niets dat we ooit bij daglicht deden, kon doen verbleken waartoe sommigen van ons 's nachts in staat waren. Sommige aspecten van het menselijk gedrag waren onvermijdelijk, maar dit beslist niet. Wie dat geloofde, accepteerde dat er geen ondergrens was. Het feit dat we in staat zijn tot kunst, betekende niet dat wat hier voor hem lag kon worden afgedaan als een afwijking, dat we konden pakken wat we bewonderden en daar dan het stempel van menselijkheid op drukken, terwijl we de rest als monsterlijk afdeden. Beide soorten daden werden verricht door hetzelfde soort handen. Het brein was geen compensatie voor de ongetemde kanten van de mens. Het brein maakte de mens hier beter in. Als soort zijn we verantwoordelijk voor alle soorten daden van de mensheid, en we dragen onze duistere kant in ons mee.

Toen hoorde hij een ander geluid, achter zich. Hij keek niet meteen op. Aan Ginny had hij genoeg. Hij probeerde al te bedenken of hij haar moest doodschieten om haar uit haar lijden te verlossen – of misschien uit zijn eigen lijden – dan wel of ze de tocht terug naar de beschaving zou overleven. En wat er nog te redden zou zijn als ze die paar meter al haalde. Hij dacht niet dat hij nog zo'n beslissing aankon.

Hij bleef er te lang over nadenken. Het was niet nog een kind, dat hij achter zich had gehoord. Het was Harold Davids, en die schoot Bobby in het achterhoofd.

Ginny Wilkins' benen bewogen nog, langzaam trekkend en krampend, vijftienhonderd kilometer van haar huis en degenen die haar misten, en dat ging nog een paar minuten door nadat Robert Nygard de dood gevonden had.

Zandt lette nu absoluut niet meer op de regen en was door het laatste huis heen gehold zonder in een van de kamers te kijken. Hij volgde nu het spoor van botten, en hij had al in geen vijf minuten meer iets tegen me gezegd.

Ik rende achter hem aan. Het spoor was allang geen spelletje meer, toonde ons niet vol trots waar we midden in stonden, maar leidde ons zonder verdere omhaal naar het midden van het pad. Een vierkantje van handbotjes, met een knieschijf in het midden. Een lange slang van rugwervels met tussenafstanden van ruim een halve meter. Voor zover ik zien kon, in de juiste volgorde. Homo erectus moest het grootste deel van zijn spoor ruim van tevoren hebben neergelegd, zodra hij wist dat wij hier waren en deze kant uit zouden komen. De rest had tijd gevergd en was met zorg uitgevoerd. De moordenaar had ons niet voor ons eigen bestwil uit Davids' huis weggehaald, maar voor dat van hemzelf: hij had al een ontmoeting voorbereid en hij wilde zijn werk niet voor niets gedaan hebben. Hij had, hoe dan ook, ons gedrag al veel langer gestuurd.

Tot slot een stel sleutelbeenderen in een omgekeerde v, samen met het tweede dijbeen om er een pijl van te maken die naar de laatste splitsing van het pad wees, naar een huis een meter of dertig verder.

Ik haalde Zandt in en greep hem bij zijn schouder.

'Wij gaan daar niet naar binnen,' zei ik.

Hij negeerde me, schudde mijn hand af en liep met grote passen het pad op naar de treden van de veranda voor het huis.

Ik greep zijn arm. 'Hij zit daar op ons te wachten, John – dat weet je. Hij heeft dat meisje allang vermoord en hij vermoordt ons, en daarna gaat hij op zoek naar de anderen om die ook nog eens te vermoorden. Ik weet dat je om dit meisje gaf, maar ik zal niet toelaten dat je...'

Zandt draaide zich met een ruk om en stompte me in mijn gezicht.

Met een klap viel ik achterover op het natte pad, eerder van de schrik dan van de pijn, en even vroeg ik me af of ik iets over het hoofd gezien had. Het leek wel of Zandt me niet eens gezien had, of hij geen idee had wie ik was.

Al glibberend krabbelde ik overeind en even later rende ik weer achter hem aan.

Met zware tred klom Zandt de treden op. In tegenstelling tot de andere huizen had dit een deur precies in het midden van een uitbouw in de voorgevel. De treden van het terras liepen daar recht heen, alsof hij een lange, donkere trechter in gegoten werd. Zijn kaak leek zich te willen terugtrekken in zijn nek, alsof hij alleen door het krampachtige trekken van zijn gezicht en huid op zijn plek gehouden werd.

Op de bovenste tree lag iets.

Ditmaal probeerde ik hem niet vast te grijpen maar liep ik naast hem, samen met hem. Ik stond maar een stap van hem vandaan toen Zandt het laatste segment van het spoor bereikte.

Een meisjestrui, doorweekt intussen. Maar keurig opgevouwen en met een naam op de voorkant geborduurd. Een perzikkleurige trui. De naam was Karen Zandt.

Hoofdstuk 35

Nina voelde instinctief dat ze moest blijven zwijgen. Dat ze geen geluid moest maken toen ze de deur van de lobby zachtjes hoorde opengaan. Haar borst deed pijn, en de pijn was zich aan het verspreiden door haar lichaam, boorde en klauwde zich een baan door haar maag, langs haar rechterarm tot in haar hand met het pistool. Ze wilde er niet aan denken hoe het geweest zou zijn als de kogel haar lager getroffen had.

De deur klapte dicht. Een paar voetstappen, en nog steeds sprak niemand haar naam uit. Toen wist ze dat Bobby dood was. Ze kon dat deel van het vertrek niet zien zonder zichzelf omhoog te duwen en haar hoofd om te draaien, maar die beweging zou niet alleen bijzonder pijnlijk maar ook levensgevaarlijk geweest zijn, want dan had de nieuwkomer haar gezien. Ze probeerde weg te zinken in de grote, zachte stoel. De voetstappen gingen verder, samen met een ander geluid. Het geluid van iets rollends. Toen werd er iets op de grond gezet. Het bleef even stil.

'Ik weet dat je er bent,' zei iemand.

Nina's maag draaide zich om, en bijna had ze iets gezegd. Bijna had ze bekend. Bijna had ze toegegeven dat ze hier inderdaad zat, ja, zoals ze als kind een tijdlang had moeten doen. Maar dat was heel lang geleden, en nu klemde ze haar lippen opeen en greep het pistool zo stevig mogelijk beet. Haar hand voelde aan alsof hij minder goed werkte dan hij zou moeten.

'Ze hadden Bobby hier nooit zomaar achtergelaten,' zei de stem. 'Er moet hier iemand zijn op wie hij moest passen.'

Voetstappen. Verkennend. Hij wist niet waar ze zat. Maar ze moest hier zijn, en hij zou doen wat hem was opgedragen. Dat had hij meestal gedaan. Hoewel hij er voor de buitenwereld sterk en capabel uitzag, een leider, was hij in werkelijkheid altijd een meeloper geweest. Hij had zich zo lang schuldig en klem gezet gevoeld, dat er maar weinig anders was dat zin leek te hebben. Dat kwam door Hopkins' vader. Die had een rustig, redelijk leven genomen en er een puinhoop van gemaakt. Vroeger moest je wel op Don gesteld zijn. Je werd meegetrokken in zijn kielzog. Je ging bij hem langs, je dronk zijn bier, en uiteindelijk zaten zijn ideeën in jouw hoofd. En dan zat je uiteindelijk met een leven dat je niet herkende, en was je te oud om daar nog veel aan te doen. Haatte je uiteindelijk dat volgzame in jezelf, en wist je wie daar schuldig aan was.

'Misschien ben je al dood,' zei hij, 'maar volgens mij niet. Hoe dan ook, ik moet het zeker weten.'

Nina probeerde zich lager te laten zakken, maar dat deed pijn. En iedere beweging die groot genoeg was om iets uit te maken, zou geluid maken tegen het leer.

'Bobby is dood,' zei de man. Zijn stem klonk oud, maar vol vertrouwen. Ze twijfelde geen moment aan wat hij zei. 'En de anderen dadelijk ook. We zouden jou kunnen achterlaten. Maar losse eindjes moeten stevig worden vastgebonden, en dat is mijn taak.'

De voetstappen hielden nu op en er klonk een glijdend geluid, alsof de man zich voorzichtig een paar centimeter tegelijk verplaatste en in het ongewisse liet welke richting hij koos. Nina was zo bang dat ze ervan moest huilen, een onbewuste reactie van diep binnenin en heel lang geleden, een reactie waarvan ze zich niet eens bewust was.

Langzaam duwde ze haar linkerarm achter zich om zich schrap te zetten tegen de armleuning van de fauteuil. Ze trok haar voeten millimeter voor millimeter naar binnen. Haar hand trilde en de zenuwen in haar arm voelden aan alsof ze in brand stonden.

'Een mooie nacht om te sterven,' zei de man zachtjes. Zijn stem klonk nu iets dichterbij. 'Dit is niet het einde. O, nee. Dit is een nieuw begin. Een schone, nieuwe wereld die begint met een knal.' Hij lachte even. 'Dat is een goeie, al zeg ik het zelf.'

Het glijdende geluid hield op.

Nina duwde met al haar kracht. Haar lichaam viel naar voren, de stoel uit. Onhandig, verkrampt van de pijn tuimelde ze voorover. Met een daverende klap belandde ze op de glazen tafel voor haar. Ze wist dat ze het verpest had, maar nu zag ze de schaduw rechts van zich.

Davids knikte. 'Aha. Daar ben je dus.'

Ze hees haar hand naar boven en haalde de trekker over. Eenmaal, tweemaal, driemaal.

Er kwam maar één schot terug, en dat miste haar.

Ze wachtte even, een moment dat eeuwig leek te duren, op het tweede schot. Dat kwam niet. Ze trok een knie op, duwde zich omhoog en draaide zich om.

Op de grond, twee meter van haar vandaan, lag iemand. Nu ze eenmaal in beweging was, leek het vooruitzicht van verdere beweging bijna geloofwaardig, al baadde ze dan in een oogverblindend wit licht van pijn.

Ze zette haar voeten op de grond en wankelde naar voren.

Op de grond lag een oude man met grijs haar. Hij was nog niet dood. Ze stond over hem heen gebogen, dubbel geklapt vanuit haar taille. Harold Davids keek naar haar op.

'Jij maakt geen verschil,' zei hij, en daarna zweeg hij.

Nina luisterde niet. Ze keek naar iets dat naast de balie stond. Ze kon niet goed zien wat het was, dus ze deed een paar stappen in die richting.

Een kleine haspel. Met kabel erop. Kabel die was verbonden aan een stel aansluitingspunten die in de balie waren ingebouwd en daarna de deur uit liep.

Het begin van een nieuwe wereld.

Ze leunde over de balie heen en keek, maar er viel niets te zien dat als ontsteking dienst kon doen. De explosieven moesten dus ergens anders geactiveerd worden.

Ze haalde het parkeerterrein voordat een van haar benen het begaf en haar met een klap op het asfalt liet belanden.

De nieuwe pijn, samen met de spetters ijskoude regen die in haar gezicht spatten, was genoeg om door haar verwarring heen te snijden. Ze begon naar de auto te kruipen.

Ik trok Zandt terug voordat hij de voordeur van het huis inliep. Hij was intussen bijna niet meer te beïnvloeden, maar ik wist dat we niet door de voordeur moesten. Ik had hem al tegengehouden toen hij terug wilde om een paar botten op te rapen; ik had zijn voorhoofd tegen het mijne moeten trekken en Sarah Beckers naam moeten schreeuwen, om hem eraan te herinneren dat er misschien nog iemand was die we wél levend konden vinden. Het maakte intussen niet meer echt uit of ze dood was. We moesten haar vinden, punt uit. Wat dat betreft was ik van gedachten veranderd. We gingen het huis in. Wat er ook gebeurde. Als de man er was, zoveel te beter, maar waar het nu om ging was dat we het hele traject moesten afmaken.

Ik duwde Zandt om het huis heen, en daar vonden we een tweede deur. Die zat op slot. Was Bobby er maar, dacht ik. Die had die deur onhoorbaar opengekregen. Dat kon ik niet, dus ik waarschuwde Zandt met een handgebaar en trapte hem toen zonder meer open.

We renden naar binnen. Er was niemand om ons te verwelkomen. We holden een paar treden op naar de voorkant van het huis, naar de plek waar iemand ons achter de voordeur had moeten staan opwachten. Het hele vertrek was leeg, afgezien van een enorme, oude stoel die met zijn rug naar de deur stond en een rijk bewerkt bureau in een eigenaardige, vlekkerige houtsoort. We renden verder door een indeling die langzamerhand vertrouwd aandeed en gaven elkaar dekking. We aarzelden in de achterkamer. Het was er donker, stil en koud. Maar niet helemaal doodstil.

Boven ons hoofd hoorden we iets. Een gedempt dreunen in de verte.

We liepen via de keuken terug naar het trappenhuis. Boven waren er vier slaapkamers, met tapijt op de vloer. Verder niets. Badkamers. Niets. Studeerkamer. Niets. En toch klonk, ergens vandaan, dat geluid.

Terug naar de eerste slaapkamer. Hier klonk het geluid harder. Maar nu leek het wel van beneden te komen. Terug naar de tweede slaapkamer: hier klonk het zachter, maar nog steeds alsof het van beneden kwam. Ik draaide me op mijn hak om en bestreek een complete cirkel met mijn pistool, in de wetenschap dat er ieder moment iemand vanuit het donker te voorschijn kon komen, dat niemand zo'n val zou zetten zonder te gaan zitten kijken hoe de prooi erin liep.

Zandt rende terug naar de eerste slaapkamer en liet zich op zijn knieën op de grond vallen. 'Het komt hieronder vandaan.'

'We zitten op de eerste verdieping,' siste ik, maar toen hoorde ik het geluid opnieuw en wist ik dat hij gelijk had.

We trokken het kleed opzij. Vloerplanken. Met een klein luikje er ingebouwd. Het zat zo strak dat Zandts vingers bloedden toen hij het eindelijk losgewerkt had.

Daaronder het gezicht van een meisje. Bleek, graatmager. Haar voorhoofd felpaars van het bonzen tegen de vloer boven haar hoofd, god weet hoe lang. Ze leefde.

Sarah knipperde met haar ogen. Diep in haar achterhoofd voelde het alsof iemand haar hoofd had opgetild, net zo hoog dat het water niet langer haar neus inliep. Haar lippen bewogen.

Zandt stak zijn hand uit en streelde haar gezicht. Hij sprak opnieuw haar naam uit en ze knikte, amper in staat haar hoofd te bewegen. Haar ogen waren rood en gezwollen. Zandt boog zich naar haar over. Ze probeerde weer iets te zeggen en heel vaag hoorde ik een schor gefluister.

'Wat zegt ze?'

'Dat we moeten uitkijken voor iets als nokkenmoet.' Zandt bukte zich en drukte zijn voorhoofd tegen het hare, alsof hij probeerde warmte in haar over te schenken. Het meisje begon te huilen.

Ik ramde mijn handen onder de rand van de planken bij haar hals en gaf een ruk. Eerst was er geen beweging in te krijgen. 'Hij heeft ze vastgespijkerd,' zei ik. 'God zal me kraken. Help eens, Zandt.'

Ze kwamen los, maar heel langzaam, een voor een. Het meisje probeerde te duwen, te helpen, maar ze was veel te zwak en als ze in haar positie iets had kunnen doen, had ze dat allang gedaan.

Toen de laatste twee planken splinterend wegbraken, stak Zandt zijn armen uit, legde voorzichtig zijn handen onder haar rug en tilde haar op. Hij drapeerde haar over zijn schouder, en toen zag ze mijn gezicht en zette het op een gillen.

Nina moest opstaan. Ze wist dat ze moest opstaan. Hiervandaan kon ze niet bij het portierhendel, laat staan dat ze het portier kon openen, en het was al helemáál uitgesloten dat ze de auto in kon klimmen. Ze had al gezien, vanuit haar heel lage positie, dat de kabel die Davids aan het uitrollen was geweest, helemaal over het parkeerterrein liep, het andere gebouw in. Het gebouw waarin Bobby waarschijnlijk lag. En ze wist dat die kabel doorliep naar de rest van het complex, dat dit de ultieme verdediging was – misschien meer dan dat.

Ze legde haar hoofd weer even op het asfalt. Haar rechterarm, de arm die haar al die jaren zulke goede diensten had bewezen, die alles had gedaan wat ze van hem gevraagd had, was nu in staking. Hij maakte deel uit van iemand anders, iemand die tégen haar was en niet luisterde wat zij zei. Hij voelde afwisselend aan als een washand vol drilpudding en een klauw van houtskool. Dit was waarschijnlijk geen goed teken.

Nina slikte tweemaal en hief haar hoofd op. De grond onder de auto zag er droger uit, althans droger dan de omgeving. Misschien kon ze onder de auto kruipen en daar een tijdje liggen uitrusten. Dat is een goed idee, zei haar lichaam, dat is nou eens echt een heel goed idee. Zelfs haar rechterarm leek tot leven te komen bij het vooruitzicht.

Dus liet ze zich op haar rechterelleboog rollen en deed ze met haar linkerarm een greep. De pijnflits maakte haar brein even helder, en plotseling stond ze overeind. Met haar linkerhand tastte ze naar het portier, maar ze kreeg het niet open. Ze probeerde het met haar rechterhand en merkte tot haar verbazing dat die zomaar gehoorzaamde. Het portier ging open.

Ze liet zich voorover vallen en probeerde zich achter het stuur te hijsen. Lukte niet. Duwde zich weer naar achteren tot ze stond, greep het stuur en stapte omhoog. Ze viel weer, maar ditmaal dan tenminste op de stoelzitting.

Ze hees zich min of meer overeind en trok het portier dicht. Tastte naar de sleutels.

Die waren weg.

'John, luister naar me,' zei ik. 'Ze is ziek. Ze weet niet wat ze zegt.'

Zandt liep achterwaarts de trap af, weg van mij en met zijn pistool recht op mij gericht. Sarah school achter hem, haar armen strak om zijn middel geslagen, zowel voor de veiligheid als om zichzelf overeind te houden. Ze struikelde en viel bijna. Zandt moest zich omdraaien om haar op te vangen. Hij sloeg een arm om haar schouders en klemde haar tegen zich aan. Ze gilde nu niet meer, maar alleen omdat haar stem was opgedroogd tot een gerasp. In haar eigen hoofd duurde het lawaai voort.

Langzaam liep ik de trap af, naar hen toe. Ik hield mijn handen in de lucht en sprak op zachte, rustige toon.

'Ik heb haar niet ontvoerd,' zei ik. 'Ik was op dat moment niet eens in Santa Monica. Ik zat in Santa Barbara. Dat kan ik bewijzen. Ik heb hotelbonnetjes.'

'Dat is maar een halfuur rijden.'

'Weet ik, John, weet ik. Maar als ik al stond te liegen, waarom zou ik op dat punt dan de waarheid vertellen? Dan had ik evengoed kunnen zeggen dat ik verdomme in Florida zat. John, wat gebeurt er in godsnaam in jouw hoofd? Dacht je nou echt dat ik met jou hierheen kwam, dat ik achter die mensen aan ging, als ik er zelf bij hoorde?'

Zandt was onder aan de trap aangekomen. Nog steeds ondersteunde hij Sarah, die nog steeds probeerde zich achter zijn rug te verstoppen. Zonder mij zijn rug toe te keren liep hij de brede gang door, naar de voorkamer. Ditmaal gingen ze via de voordeur naar buiten.

'Je weet nooit wat mensen zullen doen,' zei Zandt. 'En dat geldt ook voor mij. Eén verkeerde beweging en ik knal je kop eraf.'

'Ik heb het niet gedaan.'

'Volgens haar wel. Volgens Sarah was jij in Santa Monica.'

Ik bleef staan. 'Oké,' zei ik. 'Oké. We spreken het volgende af. Ik blijf hier. Jij gaat weg. Je haalt haar hier weg en dan kom je terug. En dan praten we.'

'Ik kom zeker terug,' zei Zandt. 'Maar dan wordt er niet gepraat.'

Sarah voelde dat ze ging vallen, maar de goede man hield haar weer overeind. Nokkon Wud verdween nu in de verte. Hij bleef onder aan de trap staan. Het was een truc van hem, wist ze. Hij gaf de indruk dat ze weg konden komen, en dan kwam hij achter hen aan. Hij hoefde niet te lopen. Hij kon door het dak heen de lucht in springen. Hij kon over de huizen van de mensen heen vliegen en hen van bovenaf doodmaken. Hij was niet normaal. Hij was anders dan de andere mensen.

Ze probeerde dit tegen de goede man te zeggen, maar het was te moeilijk. Ze probeerde hem te zeggen dat hij Nokkon nú moest doodschieten, maar ze kon niet en hij deed het niet. Hij droeg haar verder, de kamer voor in het huis in. Sarah kon niet kiezen waar ze heen ging. Haar benen deden het niet. Ze moest mee naar waar ze haar brachten.

Nina geloofde niet dat hij er nog zou liggen. Tijdens haar hele tocht over het parkeerterrein, toen ze de deur van de lobby openduwde, toen ze tussen de gestrande massa's van de enorme fauteuils en sofa's door navigeerde, had Nina half geloofd dat Davids verdwenen zou zijn, dat ze alleen een lege plek op de vloer zou aantreffen. Niet dat het iets uitmaakte. Ze kon de auto niet starten zonder sleuteltjes. En die moest Bobby meegenomen hebben, of Davids had ze ingepikt. Ze wist niet waar Bobby was. Dus moest ze op zoek naar Davids, en ze moest beginnen op de plek waar hij gevallen was.

En daar lag hij nog. Nina kon haar ogen bijna niet geloven. Ze stak haar hand uit om in zijn zakken te voelen. Dat zou gemakkelijker gaan als ze knielde, maar ze was bang dat ze dan nooit meer overeind zou komen. Ze had kans gezien om het parkeerterrein over te strompelen en ze was het gebouw weer ingekomen, maar ze wist niet hoe lang ze het nog volhield. Ze stak haar hand in zijn jasje.

Als een zweepslag stak hij zijn hand uit en greep de hare. Zijn mond ging open.

'Mary,' zei hij.

Ze schrok zich dood. Ze staarde naar zijn gezicht. Hij trok haar omlaag, en ze viel.

Haar knie kwam midden in zijn gezicht terecht. Er knapte iets in zijn nek, maar daarvan was ze zich amper bewust, want ze sloeg zelf met haar hoofd tegen de grond.

Ze krabbelde over de gladde vloer, kreeg geen houvast en besefte toen pas dat er niet aan haar getrokken werd. Ze draaide zich om. Stak haar hand weer in zijn jasje. Hij bewoog niet.

Maar nog steeds moest ze die sleutels zien te vinden. Al was het het laatste dat ze ooit deed.

Ze vond ze in de rechterbroekzak. Drie sleutelringen. Pakte ze alle drie. Kroop over de vloer, met een zo groot mogelijke bocht om hem heen tot ze bij een fauteuil aankwam. Misschien de fauteuil waarin ze eerder had gelegen, dacht ze, hoewel ze dat niet zeker wist. Dat leek wel erg lang geleden.

Met de buit triomfantelijk in haar hand geklemd stond ze al binnen dertig seconden op haar voeten. Terug door de lobby, over het lijk van de dode politieman heen, de deur door en terug naar het parkeerterrein. De pas hervonden energie was aan het wegebben, en dat wist ze. Niet doordat ze meer pijn had, maar doordat de pijn zich begon terug te trekken. Bloedverlies en shock. Haar lichaam was een ophaalbrug die zichzelf aan het ophijsen was. Het had zijn energie hard nodig, en zij was die aan het verspillen.

Ze kwam bij de auto aan, dankbaar dat ze het portier niet had dichtgeslagen. Hees zich op een zitting die intussen doorweekt was van de regen.

Een van de sleutels uit de tweede bos paste in het contactslot. Pas toen trok ze het portier dicht, in de wetenschap dat ze niet op zoek hoefde naar Bobby.

De motor sloeg meteen aan, en ze zegende de firma Ford en hun slimme automakers. Dit was wel even iets anders dan toen zij jong was. Toen moest je een auto overreden om in actie te komen, en als gevolg daarvan hield je van je auto en gaf je hem een naam. Maar wat er ook gebeurde, tegenwoordig startten die dingen altijd. Je hoefde ze geen naam meer te geven om ze aan de praat te krijgen. Je hoefde alleen maar te weten waar je heen wilde.

Even legde ze haar hoofd op het stuur. Ze voelde haar bewustzijn wegsijpelen. Met een ruk ging ze rechtop zitten, zette de auto in zijn achteruit en maakte een achterwaartse kangoeroesprong van tien meter.

Daarna zette ze hem in Drive, plantte haar voet op het pedaal en reed recht op de omheining af.

Ik hield woord, hoewel ik bang en verward was en niet alleen in dat huis achtergelaten wilde worden. Ik bleef onder aan de trap staan staren naar een dikke kabel die daar omhoogliep, tot ik Zandts stem uit de voorkamer hoorde komen.

'O, jezus christus,' zei hij, en het meisje gilde weer. Er klonk een rammelend geluid. Ik rende.

In de voorkamer was nu één lamp aan, die naast het raam een vale lichtkring tekende. Het meisje lag op een hoop in de hoek en maakte miauwende geluidjes. Zandt lag op zijn rug op de grond, zijn pistool meters verderop. De politieman had een uiterst bizarre uitdrukking op zijn gezicht.

Naast hem stond een man met een pistool. Het pistool was recht op Zandts hoofd gericht.

'Maak dat je wegkomt,' schreeuwde ik, mijn eigen pistool in beide gestrekte armen. 'Maak verdomme dat je wegkomt.'

'En anders?' zei de man, zonder ook maar op te kijken. 'Anders wat?'

'Anders knal ik die rotkop van je eraf.'

'O, ja?' Eindelijk draaide de man zich naar me om. 'Hallo, Ward,' zei hij. 'Dat is lang geleden.'

Ik zag mijn eigen gezicht. De wereld kantelde en draaide weg.

Zijn haar was langer en had een iets andere kleur, feller blond geverfd. Zijn trekken waren iets anders dan de mijne, maar dat kwam alleen doordat er achter zijn gezicht een ander brein woonde. Als je mijn gezicht op sommige dagen, in sommige situaties had gezien, moest het er hetzelfde uitgezien hebben. Dat was het enige verschil. Hij had zelfs exact dezelfde lichaamsbouw als ik. Ik knipperde met mijn ogen.

'Juist.' Homo erectus knikte minzaam. 'En – denk je nou nog dat je het kunt? De enige bloedverwant doodschieten die je ooit gehad hebt?'

Zijn vinger verstrakte op de trekker van zijn pistool. 'Dat zou ik heel graag willen weten, en het feit dat je daarmee ook John vermoordt, mag geen enkele invloed hebben op je beslissing.'

Hij richtte zijn aandacht weer op Zandt. 'Ik zei toch dat ik haar vroeg of laat terug zou geven.' Hij haalde uit en schopte Zandt in het gezicht.

Door de kracht van zijn trap klapte Zandts hoofd zo hard achterover dat ik even dacht dat zijn nek zou breken. Ik probeerde de trekker over te halen. Maar ik kon het niet.

'Je hebt een van mijn medewerkers vermoord, eikel,' zei Homo erectus. 'Je hebt mensen vermoord aan wie jij niet tippen kon. En voor jouw informatie: ik heb echt geprobeerd om Karen te veranderen. Een hele tijd lang. Maar het lukte niet. Dus heb ik haar gekookt. Maar nu krijg je haar terug. Was dat "pakketje" buiten naar je zin?'

Zandt rolde met zijn nek en snoof van de pijn. 'Het maakt mij niet uit wat voor naam je zelf kiest,' zei hij. Zijn stem klonk mat. 'Dat heeft me nooit iets uitgemaakt. Schiet die *fucker* dood, Ward.'

Mijn mond hing open en de hele binnenkant voelde droog aan. Mijn armen trilden niet maar zaten vast als steen. Ik kon mijn vingers onmogelijk bewegen. Ik had het gevoel dat de achterste helft van mijn hoofd ontbrak, alsof ik alleen in mijn ogen leefde.

Homo erectus zag me staren en grijnsde. 'Raar, hè? We hebben heel wat om over te praten,' zei hij. 'Maar ik weet dat je een beetje gespannen moet zijn, en eerlijk gezegd moeten we hier ook weg. Als gebaar van goede wil tegenover jou laat ik een van deze twee stukken stront in leven. Jij mag kiezen wie, en de ander mag je om zeep helpen. Jij hebt nog lang niet genoeg gedood, vriend. Je hebt het een en ander in te halen.'

'De FBI komt eraan,' zei ik. Mijn stem klonk vaag en zacht en hol, zelfs in mijn eigen oren.

'Dat lijkt me niet,' zei Homo erectus vol vertrouwen. 'Als die eraan kwamen, dan waren ze er allang.'

'Waarom heb je het gedaan? Waarom heb je mijn ouders vermoord?'

'Dat waren jouw ouders niet, lamlul. Dat weet je best. Zij hadden onze vader vermoord en onze levens verpest. We hadden meteen vanaf het begin samen moeten zijn. Bedenk eens wat we dan niet allemaal hadden kunnen doen. De Stromannen hebben het geld, maar wij hebben het bloed. Wij zijn zuiver. Wij zijn het hart van alles. Wij zijn écht.'

Sarah lag met haar handen over haar oren en haar ogen stijf dichtgeknepen in de hoek. Ze hoorde de stem van de man nog steeds. Die afschuwelijke, afschuwelijke stem, de stem die ze eindeloos door had horen gaan, die het ene na het andere zei tot ze had gedacht dat ze uiteindelijk niet zou doodgaan van de honger maar van die stem; dat hij vroeg of laat iets zou zeggen en dat haar hoofd dan zonder meer zou barsten, liever dan ooit nog iets horen.

'Ik adviseer je om John hier te doden,' zei Nokkon. 'Die heeft sowieso niets meer om voor te leven. En dan kun je het meisje houden. Ze is een beetje verkreukeld, maar wat maakt het uit? We kunnen er nog zat lol mee hebben.'

Sarah opende haar ogen.

'Schiet hem dood, Ward,' zei de man op de vloer. 'Schiet op, schiet hem dood.'

'Nou begin ik toch echt pissig te worden, John,' zei Nokkon, en hij gaf hem nog een schop. 'En van jou begin ik ook te balen, Ward. We moeten verder. Mijn werk op de berg is volbracht. We moeten vliegen.'

Sarah snapte het niet meer. De man van wie ze had gedacht dat het haar vader was, was haar vader niet en lag op de grond. Die andere man... ze had geen idee wie dat was. Een spiegelman.

Nokkon praatte tegen de spiegelman, die roerloos bleef staan. 'Kom op nou, man, doe het nou. Schiet die lamlul dood. Je weet dat je er zin in hebt. Dit wordt niet je eerste moord. En dat is echt geen toeval.'

Nokkon richtte zijn pistool op het hoofd van de man. Hij ging hem doodschieten en dan wilde hij wegvliegen. Dat had hij zelf gezegd. En als de man op de grond niet haar vader was, dan zat haar vader misschien thuis met haar moeder en haar zusje. Maar hun huis had een dak. En als het huis een dak had, dan kon Nokkon daardoorheen vliegen, en als hij dit al allemaal met haar gedaan had, kon je nooit weten wat hij met hen zou doen.

Sarah haalde haar handen voor haar oren weg. Het maakte toch geen verschil, want ze had alles kunnen horen.

'Het zit in je bloed,' zei Nokkon. 'Ik weet dat je het Manifest hebt gelezen. Je hebt het gelezen en je weet dat het waar is.'

'Het is allemaal gelul,' zei de man die John heette. Meteen haalde Nokkon weer uit met zijn voet en stampte keihard op zijn hand.

'Ward, mijn aanbod vervalt,' zei de duivel. Voor het eerst klonk zijn stem minder dan vast. 'Als je nog iemand wilt doden, zal zij het moeten zijn. Deze vent is al een hele tijd voor mij.'

Hij richtte het pistool recht op Zandts gezicht.

Maar toen rechtte hij met een ruk zijn hoofd. Alsof hij buiten iets hoorde.

Sarah dacht niet eens na. Ze sprong de hoek uit.

Ik zag hoe het meisje uit het niets te voorschijn schoot. Haar lichaam kon haar gedachten niet bijhouden en de sprong naar voren was al mislukt voordat ze goed en wel op haar voeten stond. Maar door de impuls werd ze over Zandts voeten heen gesmeten, regelrecht tegen de benen van Homo erectus aan. Hij viel achterover op de grond, terwijl hij naar het uitgemergelde hoofd van het meisje sloeg, en naar de tanden die zich in zijn gezicht wilden vastbijten.

Na een rake klap over haar ogen viel ze op haar rug, maar mijn betovering was verbroken.

Ik schoot, miste, en toen lag Zandt boven op hem en kon ik niet nogmaals schieten.

De twee mannen rolden schoppend en slaand over de vloer. Ik stond met mijn pistool in de aanslag te wachten op een gelegenheid om te schieten. Ik was er nu van overtuigd dat ik het kon, ik wist dat ik het moest doen. En toen hoorde ik het geluid op straat, het geluid van een gemartelde automotor, van een claxon die keer op keer werd ingedrukt. Bobby. Goddank.

Ik zag het meisje roerloos op de grond liggen. Er stroomde bloed uit haar neus. Ik rende naar haar toe, in de wetenschap dat dit Zandts eerste keuze geweest zou zijn. Ik trok haar overeind met een arm om haar buik geslagen, en strompelde naar de voordeur.

Rukte hem open en stond plotseling in een zee van licht. Ik snapte er niets van, maar besefte even later dat het de koplampen waren van de auto die ik de vorige dag op het vliegveld had gehuurd.

Ik trok het meisje naast me de paar treden af en vroeg me af waar Bobby in jezusnaam mee bezig was, maar voelde me oprecht dankbaar. Toen zag ik dat er maar één iemand in de auto zat, en dat het niet Bobby was, maar de FBI-agent en dat ze er meer dood dan levend uitzag.

Ik rende om de auto heen naar haar raampje. 'Waar is Bobby?'

'Instappen,' zei ze. 'Is dat het meisje?'

'Ja. Waar is Bobby?'

'Waar is Zandt?'

'Binnen. En nou wil ik goddomme weten waar Bobby is.'

'Bobby is dóód,' gilde ze. 'Davids heeft hem vermoord. Het spijt me, Ward, maar ga in godsnaam John halen. Alsjeblieft. We moeten hier weg. Het hele complex gaat dadelijk de lucht in en we moeten hier weg.'

Kabels. Overal kabels.

Ik rukte het achterportier open en duwde het meisje zo voorzichtig mogelijk naar binnen. Liet het portier openstaan en sprintte terug naar de voorgevel, terwijl ik Zandts naam schreeuwde.

En dacht: Bobby is dood.

Er was niemand in de voorkamer. Zandts pistool lag niet meer op de grond. Ik rende nog steeds schreeuwend door het huis, mijn pistool voor me uit, er was nog voldoende van mijn brein aanwezig in de wereld van twee minuten geleden om het heet te krijgen van schaamte. Ik had het niet gedaan, ik had mijn broer niet doodgeschoten. Maar nu kon ik het. Ik wist dat ik het kon. Nu wel.

Ik hoorde achter me, een eind opzij, iemand rennen. Ik sprong de kamer weer in. Zandt kwam de kamer in gekatapulteerd. Op het laatste moment besefte ik wat hij zag en schreeuwde: 'Ik ben het, John, niet hij, ík ben het.'

Zandts gezicht zat onder het bloed. Hij bleef staan, het pistool een paar centimeter van mijn hoofd en de trekker al half overgehaald.

'Kijk naar de kleren, John, kijk verdomme naar mijn kleren.'

Een hartslag, en toen schoof Zandt me opzij en probeerde me voorbij te lopen. Ik greep hem bij zijn nek.

'Nina staat buiten, John. Bobby is dood. We moeten weg.'

Zandt gaf me een elleboogstoot in mijn maag, zodat ik achteruitdeinsde. Ik greep hem weer beet, rukte zijn hoofd naar me toe en gilde: 'Er liggen hier overal kabels. Als we niet maken dat we wegkomen, heeft hij ons allemaal te pakken. En Sarah!'

Even verslapte Zandt, en ik sleepte hem de voorkamer in. Trok hem op zijn rug met me mee naar de voordeur, het licht weer in.

Buiten stond Nina met loeiende motor, maar nog steeds wilde Zandt zich verzetten. Hij vocht als een beer tegen de arm om zijn nek. Even dacht ik dat ik een schaduw door een van de deuren in het huis zag flitsen, maar die was meteen verdwenen.

Toen we buiten stonden, leek Zandt tot het besef te komen dat er nog meer mensen op de wereld waren. Even leek hij een venster te zien met daarachter iets anders dan de man die hij moest doden. Ik schoof hem naar de auto, en bukte me halverwege om iets van de grond op te rapen.

Onwillig stapte Zandt in. Hij schreeuwde en vloekte en beukte met zijn vuisten op de rugleuning van de voorstoel. Nina was opzij gezakt en hing half over de rechterstoel heen. Ik stapte achter het stuur, duwde haar opzij en maakte haar riem vast.

Ik vond het gaspedaal en trapte het zo hard in dat het wel leek alsof ik erop wilde staan. Slingerend schoot de auto naar achteren over het natte gras, en ik maakte rechtsomkeert. Nina werd tegen het portier geslagen en begon ritmisch maar zachtjes te kreunen.

'Hou Sarah vast,' gilde ik over mijn schouder naar Zandt. Ik trok mijn riem vast, en toen vlogen we omlaag over het terrein van The Halls, met een noodvaart langs al die stille huizen met hun schatten.

Heel even dacht ik dat ik botten hoorde kraken onder de banden, maar dat moet inbeelding geweest zijn en ik hoopte dat Zandt het niet ook hoorde. En ik hoopte dat ik niet echt zag wat ik heel even meende te zien: de silhouetten van een groepje mensen op de top van de heuvels rond het terrein, die op ons neer stonden te kijken.

We hadden te veel snelheid. Ik kon die mensen niet echt gezien hebben. Toen ik omkeek, waren ze verdwenen.

Ik mikte op het gat dat Nina op de heenweg gemaakt had en haalde het bijna. De planken vlogen over de voorruit. Er klonk een vreselijk, krakend geluid toen het chassis een van de palen aan de andere kant raakte, maar de auto bleef rijden. Ik sloeg bijna over de kop toen ik met een scherpe bocht naar links het parkeerterrein afreed en dacht even dat alles tevergeefs geweest was, maar ik kreeg de wielen weer op de weg en daverde de oprit af, onder de poort door en de weg op, de bergen uit. Meteen na de bocht reed ik de auto nogmaals bijna total loss toen ik Harold Davids' onzichtbaar geparkeerde auto op een haar na miste, maar ik zag kans er al slippend omheen te manoeuvreren.

Steeds harder nam ik een stel haarspeldbochten tot aan een laatste, lang recht stuk omlaag in de richting van de bomen die de weg aan het zicht onttrokken. Ik probeerde niet eens de bocht te halen, ik wist van tevoren al dat dat niet zou lukken en stuurde tussen de bomen door. Ik probeerde openingen te vinden die zo groot waren dat de auto ertussendoor paste en zag kans ons al hotsend en botsend aan de overkant van het bosje op het gras te krijgen. Ergens tussen het grasland en de weg kreeg ik een klapband doordat ik met een achterwiel over een stuk vuursteen reed, en ik had moeite om ervoor te zorgen dat de auto niet over de kop sloeg toen we de laatste helling afreden en met een gil van scheurend metaal door de lage barricade vlogen.

De auto slipte over het bevroren wegdek en schoot aan de overkant de Gallatin in, die ondiep en snel en koud naast de weg stroomde. Even was het stil. Gedurende dat ogenblik beseften we dat we nog leefden, en meteen daarna leek de hele wereld tot ontploffing te komen.

Ik hing slap en in een verwrongen houding over het stuur, en het enige dat ik zag was een nieuwe zon, die stralend als een dageraad vanuit de bergen te voorschijn barstte.

Houma, Louisiana

Dit is een klein motel en er is geen roomservice. Ik heb een klein kamertje, helemaal aan het einde van een vleugel vol even kleine kamertjes die zich uitstrekt vanuit een stoffig kantoor. Een klein kantoortje. Er staat een oude rottelevisie. Er zit water in het zwembad, maar niemand zwemt daarin. Ik al helemaal niet.

Morgenochtend vroeg ga ik verder. Ik weet de naam nog van het dorp waar Bobby's moeder woont, en ik heb een paar vage herinneringen aan zijn beschrijving van de straat waar hij was opgegroeid. Volgens mij moet ik het kunnen vinden. Ik zou haar graag vertellen over haar zoon. Wat voor iemand het was, hoe goed hij was en hoe hij is gestorven. Misschien kan ik zelfs het kerkhof vinden waar zijn vader begraven is en kan ik het hem ook vertellen. Het enige gedenkteken dat mijn vriend ooit zal hebben.

Tien dagen geleden zat ik in een auto in Santa Monica te kijken hoe John en Nina een meisje naar een voordeur brachten. Allebei hielden ze Sarah bij een arm; Nina links, aangezien haar rechterhand in een mitella zat. Sarah was nog heel bleek en zwak, maar zag er een stuk beter uit dan toen we haar en Nina naar het ziekenhuis in Utah hadden gebracht. De dienstdoende arts had de politie willen bellen. Voor zover hij kon zien, had Sarah niets te eten gekregen dan water met een oplossing van lood en een stel andere chemicaliën, waaronder een aantal biologisch actieve stoffen die te maken hadden met gentherapie. Wat hiervan de bedoeling was geweest, afgezien van acute vergiftiging, daar wilde hij niet eens over speculeren. Maar John wist het, net als hij nu begreep – als ze de bewijzen op de juiste manier hadden geïnterpreteerd – dat de lijken van de andere slachtoffers van Homo erectus soortgelijke pogingen hadden verraden om iemand te maken die op hem was gaan lijken dankzij hoofdwonden en seksueel geweld.

Dankzij haar FBI-badge wist Nina te voorkomen dat het nieuws door het hele land werd verbreid. De artsen boekten Sarah en Nina voor een hele week, maar de volgende ochtend hadden John en ik hen uit het ziekenhuis ontvoerd. Inderdaad, ze hadden nog steeds medische zorg nodig. Maar het was te riskant om op één plek te blijven. Zandt belde Michael Becker om te zeggen dat hij eraan kwam, en toen stapten we in de auto en gingen we ervandoor.

We reden door heel Utah, Nevada en Californië, door L.A. heen naar Santa Monica. Zandt en ik wisselden elkaar af aan het stuur. Hoewel Sarah het grootste deel van de reis lag te slapen, leerde ik haar een beetje kennen. Ze was aardig en zei dat ik heel anders was, wat een beetje hielp. Ik denk dat het uiteindelijk wel goed komt met haar, en ik wil er persoonlijk om wedden dat ze, wanneer ze de volgende keer uit eten gaat (zo rond het jaar 2045, als haar vader daar iets over te zeggen zal hebben), waarschijnlijk geen salade zal nemen maar een hamburger, zoals ze altijd al het liefst had.

Toen ze voor de voordeur van de Beckers stonden, liet Nina Sarahs hand los en belde ze aan. Heel even leken ze wel een schilderij, en toen ging de deur open en ontstond er een draaikolk van liefde waarvan ik mijn blik moest afwenden. Ik staarde een tijdje recht door de voorruit en dacht terug aan de laatste woorden die Sarah tegen me had gezegd.

Toen ik weer keek, was Nina met gebogen hoofd op weg naar de auto. Zandt stond nog bij de Beckers. Eindelijk liet Sarah zijn hand los en ging ze naar haar ouders. Michael Becker greep Zandts hand en er sprong iets over van de een naar de ander, hoewel ik niet weet wat dat was.

John deed een stap achteruit en liet het gezin naar binnen gaan. De deur ging dicht, maar hij bleef nog een tijdje staan. En toen liep hij het pad weer af en stapte in de auto, en reden we weg. Momenteel zit hij in Florida, op bezoek bij zijn ex-vrouw.

Toen ik zijn reactie op de trui zag, wenste ik dat ik in plaats van die trui een paar botten had meegenomen. Ik had niet helder nagedacht; het was een reflex geweest, een besef dat hij misschien iets wilde meenemen uit die bergen. Misschien was een bot bij nader inzien toch beter geweest, iets dat ooit echt deel van haar had uitgemaakt. Maar volgens mij kan hij met die trui de zaak ook wel afsluiten. We spraken af dat we elkaar over een tijdje zouden treffen. We hebben elkaars mobiele nummers. Hij lijkt geen wrok te koesteren over het feit dat ik daar in The Halls geen kans zag om mijn pistool te gebruiken.

Maar zo'n hereniging kan pas over een tijd plaatsvinden, denk ik. Ik hoop dat hij zal beginnen contact te zoeken met Nina, als zij haar spullen uit L.A. heeft weggehaald. Toen ik die twee daar op die stoep zag staan, merkte ik iets op dat zij na verloop van tijd hopelijk ook zullen inzien. Namelijk dat ze al samen zijn.

Tijdens het rijden merk ik dat ik tijdenlang recht voor me uit staar. Zonder te zien wat er aan de andere kant van het glas ligt, laat ik de beelden als een filmstrook door mijn hoofd flitsen. Soms denk ik aan de Stromannen en probeer ik te achterhalen wat waar is en wat niet. Ik wil geloven dat er onder dit alles iets ligt dat ongrijpbaarder is dan het Menselijk manifest; dat de gedachten daarin niet meer zijn dan de verklaring van een psychoot voor de onderverdelingen waaraan we verslaafd lijken te zijn. Maar dan komt de gedachte weer boven dat het boek waarvan velen beweren dat het de eerste moderne roman was, Daniel Defoe's *Dagboek van de pestjaren*, werd geschreven na een ziekte die heel Europa overspoelde en die mogelijkerwijs was veroorzaakt door onze manier van samenleven, zowat op elkaars lip; en dat ons belangrijkste amusement, film en televisie, pas goed tot bloei kwam na de wereldoorlogen. Ik begin me af te vragen of de fictieve landschappen en de ambitieuze plannen belangrijk werden zodra we gingen samenklonteren in dorpen en steden, en of dat een verklaring is voor de georganiseerde religie zoals die ongeveer tegelijkertijd opkwam. Hoe dichter we op elkaar leven, hoe meer we van elkaar afhankelijk worden, des te belangrijker worden onze dromen – bijna alsof dit allemaal gebeurt om ons te binden, om ons te helpen om te verlangen naar iets dat ontbreekt, en om ons op die manier te dwingen tot een menselijkheid die meer dan amper menselijk is. En intussen omvat het internet de hele wereld en worden we allemaal nog sterker verbonden, en ik vraag me af of het toeval kan zijn dat dit gebeurt op het moment dat we onze genetische code hebben weten te noteren en daarmee beginnen te rotzooien. Hoe dichter we bij elkaar gebracht worden, des te meer lijken we te moeten begrijpen wat we eigenlijk zijn. Ik hoop oprecht dat we weten wat we aan het doen zijn met ons genetisch materiaal, en dat we, wanneer we ongewenste stukken en imperfecties gaan verwijderen, niet meteen ook die delen weghalen die ons tot een leefbaar iets maken. En ik hoop dat ik nu, nu ik besef dat er iets in mijn leven ontbreekt, zal doorgaan met mijn zoektocht; al weet ik dat het misschien niet meer is dan een belofte, niet iets dat werkelijk te vinden is. Anders worden we mannen van stro, vrouwen van schaduw, achtergelaten op lege akkers waar niet eens vogels komen; wachtend op een eindeloze zomer terwijl het intussen allang winter is. Gezien onze manier van leven, zo ver verwijderd van wat ooit waar was, is het verbijsterend dat we het überhaupt nog zo aardig redden. We dromen onze dromen om onze geestelijke gezondheid te waarborgen, en om ons in leven te houden. Zoals mijn vader ooit zei: het is geen zaak van winnen, maar van geloven dat er iets te winnen is.

Ik moet vaak aan hem denken, en aan mijn moeder. Twee mensen die er niet meer zijn. Hun dood is, als iedere dood, niet iets dat beter gemaakt kan worden. Je kunt de dood niet vangen en hem een lesje leren, net zomin als je ongeluk of teleurstelling kunt vangen, en net zomin als we Homo erectus hebben kunnen pakken, of de groep die hij leidde. Misschien gebeurt dat op een dag. Misschien ook niet. Misschien zal er altijd iemand als hij bestaan. Dat is momenteel onmogelijk te zeggen, net zomin als ik weet of de geplande vernietiging van The Halls gewoon een geslaagde poging was om alle bewijzen weg te vagen, dan wel of die explosie de enorme plas vloeibare lava had moeten vrijlaten die onder Yellowstone zijn krachten aan het verzamelen is – zodat onze hele beschaving van de aardbodem verwijderd zou zijn, en daarmee de boerenbedrijven van de westerse wereld. En daarmee zouden we dan dus teruggekeerd zijn naar de levenswijze die door de Stromannen zo hartstochtelijk beleden wordt. Waarmee we zouden terugkeren, of doorstromen, naar de puinhopen.

Dat denkt Nina, en dat maakt ze op uit iets dat ze Davids hoorde zeggen: zij gelooft dat de Stromannen zichzelf aangepraat hebben dat zij de beste jagers-verzamelaars zijn, dat hun rijkdom het logische gevolg is van een zekere innerlijke 'zuiverheid'. Het is dus geen kwestie van geluk dat zij zouden kunnen overleven onder willekeurige omstandigheden. Ik weet het niet. Het is geen onderwerp dat ik momenteel met wie dan ook kan bespreken.

Het bericht werd bezorgd bij het hotel waar ik in Los Angeles verbleef, de dag nadat Sarah Becker thuis was afgeleverd. Een bericht van mijn broer. Ik heb geen idee hoe hij erachter was gekomen waar ik zat. Een uur later vertrok ik en sindsdien heb ik geen moment stilgezeten.

Het bericht had de vorm van een videoband. Het eerste deel was opgenomen nadat ik hem had ontmoet. Hij was verschrikkelijk boos, dat was duidelijk, maar hij had kennelijk nog niet alle hoop op een verzoening opgegeven. Hij vertelde me over een deel van de tijd dat we gescheiden geweest waren. Hoe hij gevonden was in de straten van San Francisco, een peuterjongetje zonder enige identificatie, afgezien van een naam die in zijn truitje was genaaid. Gezinsvervangende tehuizen, een eerste moord. Een periode waarover hij vaag deed. Zijn uiteindelijke werk als leverancier voor rijke sociopaten, zijn ontdekking dat er een verband was tussen zijn huidige opdrachtgevers en zijn verleden, het feit dat hij werd opgenomen in een geheime groep en zijn eerste triomf in een McDonald's in een provinciestadje in Pennsylvania, in 1991. De overstap naar zijn eigen experimenten op het gebied van versnelde evolutie door middel van geweld en mishandeling, het plan om een pure bruid te creëren met wie hij een non-virale stam kon gaan kweken. Een plan waarover hij sprak met een emotie die de onaangenaam aandoende klank van liefde in zich droeg.

De rest van de band is moeilijker te beschrijven. Die beelden hebben iets bijzonder verontrustends, en niet alleen vanwege het onderwerp of de onuitgesproken gevolgtrekkingen. Wanneer ik iets zie dat op mezelf lijkt, in die houdingen en bezig met die dingen, lijkt het of ik een duistere droomwereld betreed, een wereld waarin het beeld dat ik van mezelf heb, wordt ontkend en waar ik iemand word die ik niet wil zijn. Het enige dat Bobby en ik ooit gezien hadden, waren vage opnames van grote afstand. Homo erectus, of Paul, zoals ik hem waarschijnlijk moet noemen, had ervoor gezorgd dat er loepzuivere opnames waren van hemzelf bij elk van die gebeurtenissen. Door hemzelf opgenomen. Hoe hij met een glimlach op zijn lippen op brandende parkeerterreinen stond, hoe hij kabels legde en bommen plaatste, hoe hij in donkere kamers zat met zondebokken in Amerika, Engeland en Europa, waar hij hen voorzag van wapens en instructies. Hoe hij naakt hurkte bij de uiteen gereten lijken van jonge mensen van wie ik wist dat ze vermist waren. Hoe hij dingen opat.

En dus, hoe ikzelf die dingen deed. Hoe ik boven aan een torenhoge piramide van schuldbesef zat. Een halfuur bewijsmateriaal.

Zelfs die band die hij me toestuurde, is van geen enkel nut. Ik kan er nergens mee heen, en niet alleen omdat de politie van Dyersburg en waarschijnlijk intussen van heel Montana op de lijst staan van mensen die ik beter niet kan ontmoeten. Het enige dat die band doet, is bewijzen dat ik erbij betrokken was. Nergens staat dat ik een tweelingbroer heb. Nergens staat dat ikzelf besta, behalve op die band en in mijn hoofd.

Voordat Sarah Becker in Santa Monica uit de auto stapte, leunde ze naar me over en zei ze op gedempte toon iets tegen me.

'Je moet het doen,' zei ze. 'Alleen jij kunt Nokkon Wud doden.'

Ze heeft gelijk. Ik kan alleen maar doen wat hij wil. Ik kan maar één ding doen, en dat is naar hem op zoek gaan.

Intussen, terwijl ik kilometers vreet en in beweging blijf, luister ik naar stemmen uit mijn verleden en denk ik aan dingen die ooit voor me gedaan zijn, aan de liefde die ik gekregen heb. Ik weet nog steeds niet wat het antwoord is op de vraag wat er van me geworden is, en misschien zal ik dat wel nooit weten; maar ik weet dat het erger had kunnen zijn. Het briefje dat mijn vader voor me had achtergelaten, dat ze niet dood waren, is waar op een manier die hij zich nooit had kunnen voorstellen. Mijn ouders zullen nooit dood zijn zolang ik leef. Ik wou dat ik ze beter had gekend, maar zoals bij al zulke verlangens is de essentie niet alleen dat het verlangen te laat komt, maar dat het nooit vroeg genoeg geweest zou zijn.

Het beeld van hen dat me het scherpst voor ogen staat, heb ik nooit in het echt gezien, alleen op een televisiescherm. Een jong stel, allebei met een biljartkeu in de hand, hun rug naar de camera toe en met hun armen om elkaar heen. En toen ze zich omdraaiden, hoe mijn vader al grijnzend zijn middelvinger opstak naar de camera, en hoe mijn moeder haar tong uitstak.

En later, hoe ze danste.

Dankwoord

Mijn dank aan Doug Winter, die ooit een zinsnede gebruikte die me aan het denken zette; aan Susan Allison, Chris Smith en Jim Rickards die ervoor zorgden dat ik doordacht; en aan Linda Shaughnessy, Bob Bookman, Jonny Geller en David en Margaret Smith voor hun commentaar; aan Nicholas Royle, Howard Ely, Conrad Williams, Stephen Jones en Adam Simon voor hun steun tijdens dit proces en andere processen.

En, als altijd, dank aan mijn gezin, en speciale dank aan Paula, die me hielp inzien dat er barsten zaten in de muur waar ik met mijn hoofd tegenaan bonkte, en die er was toen ik ophield.

Lees ook het vervolg op *De Stromannen*

Het oudste offer

Verschijnt in april 2005

We hadden afgesproken op de parkeerplaats van het winkelcentrum in Yakima. Yakima is een stadje midden in de staat Washington, maar eigenlijk noemen alleen de bewoners zelf het een stad. In het overdekte winkelcentrum kun je winkelen zonder dat je naar buiten hoeft te kijken. In drie uur tijd waren er maar twee mensen naar binnen gegaan – allebei tieners in voetbalshirts. Zo te zien hadden ze geen van beiden geld om de kassa's te spekken. Niet veel later kwamen ze met lege handen weer naar buiten. Op de derde verdieping hingen enorme canvas reclameposters waarop tegen spotprijzen winkelruimte te huur werd aangeboden. De grote winkelruimte op de hoek van de begane grond stond leeg, en dat is nooit een goed teken.

Ik zat in de auto en dronk een beker koffie die ik bij Seattle's Best aan de overkant had gekocht. De koffiebar was de enige zaak langs de weg die nog in zichzelf leek te geloven. De rest zag eruit alsof ze het bordje TE HUUR nog van de vorige keer hadden bewaard zodat ze wat geld zouden besparen voor wanneer het onvermijdelijke zou gebeuren. Ik zag in gedachten de burgemeester al in zijn kantoor zitten, met zijn vingers trommelend op zijn grote, glanzende bureau terwijl hij langzaam gek werd van de stad die om hem heen lag te slapen. Ze zouden het wel overleven – zelfs in deze uithoek had je een bandencentrum en een Burger King nodig – maar echt rijk zou niemand hier worden. Wie dat wilde ging naar Seattle of Portland. Ik had geen idee wat je in Yakima moest doen.

John Zandt arriveerde in een grote rode GMC pick-up, een vies en niet al te nieuw vehikel. De passagierskant zag eruit alsof er een kudde koeien tegen aan was gebotst. Hij zette zijn auto naast mijn onberispelijke Ford. We draaiden allebei onze ramen naar beneden. Het was koud buiten.

'Hé, Ward. Heb je speciaal om dat ding gevraagd?' vroeg hij. 'Je had moeten vragen of ze meteen "vreemdeling" op de motorkap hadden willen spuiten.'

'Je bent ontzettend laat,' zei ik. 'Dus fuck *you.* Ze hadden bij het verhuurbedrijf geen wrakken. Jij had blijkbaar geluk.'

'Gestolen van de parkeerplaats bij het vliegveld,' gaf hij toe. 'Kom, we gaan.'

Ik stapte uit en liet de sleutels in het contact zitten. Wat mij betreft konden ze het verlies wel lijden bij Hertz. Het zou niet de eerste keer zijn. Ik was toch niet traceerbaar via mijn legitimatie. Toen ik in de pick-up stapte zag ik twee pistolen op de vloer liggen. Ik pakte er een op, bekeek het ding en stak het in mijn zak.

'Hoe ver is het?'

'Een uur ongeveer,' zei Zandt. 'En dan moeten we lopen.'

We reden de parkeerplaats af en de straat op, langs het nieuwe grijze winkelcentrum dat had bijgedragen aan het verval van het oude. Zelf zag het er ook niet echt welvarend uit. Zandt stuurde rechtsaf Highway 82 op. We reden eerst door een woongebied dat overging in Union Gap, vervolgens in gebouwen langs de weg, en toen in alleen nog maar een weg. Bij Toppenish namen we Highway 97, die abrupt richting het zuidwesten draaide. Nu waren er geen dorpen meer tot aan een gehucht met de naam Goldendale, tachtig kilometer verderop. Nog dertig kilometer daarachter lag een van de minst aantrekkelijke delen van de rivier de Columbia, stroomopwaarts vanaf de Dalles-dam. Ik had de avond ervoor een tijdje zitten drinken bij een praatgrage barman in Rooney's Lounge, een slap aftreksel van een bar in het grootste hotel van Yakima. Daardoor wist ik dat we nu in het Yakima-reservaat waren, en dat er over een afstand van honderddertig kilometer aan weerskanten van de weg niets was. De indianenstam die hier woonde had zich teruggetrokken in een paar kleine, vervallen nederzettingen in het noorden. Ik wist dat Union Gap ooit Yakima had geheten, totdat de spoorwegmaatschappij de indianen had gedwongen hun hoofdstad een paar kilometer naar het noorden te verplaatsen. Hun tegenzin was overwonnen met gratis land en afkoopsommen, waardoor de stam was verdeeld als nooit tevoren. Ik wist ook dat er vlak boven de Dalles-dam ooit een waterval was geweest: de woeste, heilige Celilo-waterval, waar de mensen tienduizend jaar lang zalm hadden gevangen. Het was er nu stil; de waterval was begraven onder het gezwollen water van de dam. Er was betaald, dat wel, maar de Yakima-indianen wachtten nog steeds op een betekenisvollere erkenning van hun verlies. Het leek erop dat ze nog wel even zouden moeten wachten, waarschijnlijk tot het einde der tijden.

Net als de meeste mensen wist ik niet wat ik met die informatie moest. De barman was een indiaan, maar hij had korte blonde stekels als een popster uit de jaren tachtig en droeg make-up. Wat ik daarvan moest denken, wist ik evenmin.

Zandt had een kaart op het dashboard geplakt. De randen waren gescheurd en er zaten olievlekken op. Die kaart had zo te zien veel tijd doorgebracht in iemands achterzak en was regelmatig door vieze handen aangeraakt. In het midden van een groot, leeg gebied stond een kruisje, vlak bij een kronkelige blauwe lijn met de naam Dry Creek.

'Waar komt dit vandaan?'

'Een belletje op een van de kliklijnen. We hadden de melding al in de vuilnisbak gegooid – die vent was dronken en zijn verhaal onsamenhangend – maar Nina heeft die eruit gevist.'

'Waarom?'

'Omdat het zo ongelooflijk klonk, en omdat dat niet automatisch betekent dat iets niet waar is.'

'En hoe heb je hem gevonden?'

'Die gratis nummers zijn lang niet zo anoniem als de FBI je wil doen geloven. Nina kon het gesprek traceren naar een bar in South Dakota. Ik ben erheen gegaan en heb gewacht tot de juiste persoon kwam opdagen. Dat duurde niet zo lang.'

'En?'

'De informant heet Joseph. Hij komt uit Harrah, een gehucht een paar kilometer ten westen van Yakima. Wist je dat dit een reservaat was?'

'Het is te kaal om iets anders te zijn. Als je ziet hoe gul we die mensen hebben bedeeld, snap je niet dat ze niet stapelgek op ons zijn.'

'Hier woonden ze, Ward. Wij kunnen er niets aan doen dat het eruitziet als een maanlandschap. Joseph was op familiebezoek en ging hier een week geleden een flink eind wandelen. Hij was een paar nachten weg. Ik moet er wel bij zeggen dat Joseph eruitziet alsof hij regelmatig zeer veel drinkt. En zijn onderarmen zien er ook niet best uit. Maar hij wist precies waar hij geweest was.'

'Waarom is hij niet gewoon naar de politie gegaan?'

'Ik geloof dat hij geen dikke maatjes is met de plaatselijke politie. Daarom was hij in South Dakota.'

'Maar hij zag jouw hippe nieuwe geitensik en besloot om je ter plekke in vertrouwen te nemen?'

Zandt keek naar buiten. 'Ik hoopte dat je hem niet zou opmerken.'

'Nou, dus wel. En ik ben nog niet eens begonnen met je het leven zuur te maken.'

'Nina vindt 'm mooi.'

'Ze houdt vast ook van leren tassen, maar die zet je toch ook niet op je kop? En waar is die Joseph nu?'

'Weg. Ik heb hem tweehonderd dollar gegeven, en ik denk niet dat hij zal praten. Hij was al bang genoeg. Hij dacht dat hij een geest had gezien.' Zandt schudde zijn hoofd, alsof het idee te belachelijk voor woorden was.

Ik keek uit mijn raam voor hij mijn gezicht kon zien.

Een halfuur voorbij Toppenish leek het inderdaad wel alsof we op een andere planeet waren. Misschien hadden mensen ooit een reden gehad om hierheen te komen. Nu niet meer. Er waren geen bomen, alleen spitse heuvels en ondiepe ravijnen en bosjes. Er stak verdord gras omhoog door de sneeuw van vorige week. De rotsen waren grijs en vaalbruin en het landschap leek net een waterverfschilderij. Voor op de gang bij een ander. De lucht was diepgrijs en de wolken lagen als wit mos over de heuvels en dalen. Er was niets anders te zien dan de weg.

Zandt hield zijn ogen op de kilometerteller gericht. Na vijftien kilometer ging hij langzamer rijden terwijl hij de zijkanten van de weg afspeurde. Uiteindelijk vond hij wat hij zocht en liet het gas los.

'Veel verder komen we niet.'

Hij stuurde de truck de weg af en een pad op dat ik niet eens had gezien. We hobbelden over een heuvel en omhoog langs een rotspunt. Hier was vast al heel lang niemand meer geweest. Een kilometer verderop werd het aan alle kanten steiler en moest ik me met beide handen aan mijn stoel vasthouden.

Toen Zandt zeker wist dat we vanaf de weg niet meer te zien waren, zette hij de truck stil. We stapten uit. Het was er stil.

Ik keek om me heen. 'Is dit het?'

'Nee, maar de rest moeten we lopen.'

'Ik ben niet zo'n wandelaar.'

'Wat een verrassing.' Hij haalde iets uit zijn jas tevoorschijn. Het was net een agenda met een dikke slak erbovenop.

'GPS?'

Hij knikte. 'Ik wil de weg terug kunnen vinden.'

Hij programmeerde de positie van de auto in het toestel en wees naar een helling. Het uitzicht was hetzelfde als we de hele middag al hadden gehad, maar nu was de weg niet meer te zien. 'Die kant op.'

We volgden wat er van het pad was overgebleven totdat het stopte achter de heuvel, en liepen toen het niets in. De heuvel daarachter liep uit in een ondiepe canyon. Terwijl de mist om ons heen samentrok klommen we heuvel op en heuvel af, tot we op een stuk terrein kwamen dat vrij vlak was. Er waren geen bomen. De grond was hard, rotsig en kaal, op een paar bosjes gelig gras en vale, blauwgroenige struikjes na. Het geluid van onze schoenen op de uitgedroogde bodem klonk alsof iemand met zijn mond dicht chips zat te eten.

Zandt schopte tegen een plant. 'Wat is dat voor spul?'

'Salie neem ik aan. Maar om eerlijk te zijn heb ik de ballen verstand van wat er groeit en bloeit op hoogvlaktes.'

'Het is klote om doorheen te lopen.'

'Wat je zegt.'

We liepen door. De mist werd almaar dichter, tot het zicht niet meer dan dertig meter was. John keek af en toe op zijn satellietapparaatje, maar ik vroeg me af of een oord als dit wel een locatie had. Het was droog en koud. Niet bitterkoud, maar zo'n aanhoudende kou waardoor je niet meer weet hoe het voelde toen de zon nog scheen. Ik kon me niet voorstellen dat hier ooit mensen hadden gewoond. Dat moest langgeleden zijn geweest. Het landschap gaf je het gevoel dat het niet meer door mensen lastiggevallen wilde worden.

Na lange tijd keek ik op mijn horloge. Het was al na vieren en het licht werd zwakker. De wind stak op. De zon scheen door de mist als een dof glanzende zilveren munt.

'Ik weet het,' zei John voordat ik een woord had gezegd. 'De markering op de kaart is alles wat ik heb. We zijn er, ongeveer.'

'We zijn nergens,' zei ik. 'Ik ben nog nooit zo nergens geweest als nu.'

Toch liepen we door. De mist leek wel een grijze deken, maar af en toe opende zich een verborgen pad naar de hemel, waardoor de zon de nevel deed gloeien als in een visioen. We zagen dat we over een lage heuvelrug langs de rand van een canyon liepen. Links van ons rees een grijsgroene duin op.

Naar mijn idee boekten we niet veel vooruitgang, maar ik hield mijn mond. Ik had toch niets anders te doen.

Uiteindelijk bleef John stilstaan.

'Dit slaat nergens op,' zei hij. Hij was kwaad. Ik kon het hem niet kwalijk nemen. Hij zag er nerveus en rusteloos uit. Aan de donkere kringen onder zijn ogen was te zien dat hij al een tijd niet goed had geslapen. Ik hoopte dat zijn contactpersoon zo slim was om een tijdje weg te blijven uit die bar in South Dakota.

'Heeft dat ding verlichting?'

'Natuurlijk.'

'Dan hebben we nog tijd zat.' Ik liep door.

Hij bleef staan. 'Ward, ik denk niet dat het de moeite is. Zelfs als we een rechte lijn volgen is het nog veertig minuten lopen naar de weg, misschien wel langer. We zijn het hele gebied rondom de markering al door geweest.'

Ik draaide me om. 'En waar was hij toen hij dat kruis zette?'

'In de bar.' Het stemgeluid van John leek zich door de mist te moeten worstelen, zelfs vanaf een paar meter.

'Precies. Een week nadat hij hier was, en een paar honderd kilometer hiervandaan, dus. En hoe dronken was hij?'

'Hij zei dat hij het zeker wist.'

'Hij weet vast ook zeker dat hij goed tegen drank kan. Toen je nog bij de politie zat geloofde je ooggetuigen zeker ook altijd.'

'Natuurlijk niet,' bitste hij. Hij haalde zijn mobiele telefoon tevoorschijn. 'Geen bereik. We zijn een heel eind van de bewoonde wereld, Ward.'

'Op alle mogelijke manieren. Maar...' Ik slikte de rest van mijn woorden in. 'Wat is dát in godsnaam?'

Hij liep naar me toe en kwam naast me staan. Toen zag hij het ook. 'Jezusmina.'

Er liep een man een eindje voor ons, zijn contouren vervaagd door de mist. Hij droeg een grijs kostuum en zwarte nette schoenen die niet geschikt waren voor dit terrein. Zijn jas flapperde in de wind. Hij liep met doelgerichte tred, alsof hij ergens heen ging. Toch bewoog hij niet.

Ik zette een stap naar voren. Ik wilde mijn pistool pakken, aarzelde, en haalde het vervolgens toch tevoorschijn.

We gingen uit elkaar en benaderden de wandelende man. Hij was zo te zien achter in de vijftig. Zijn haar was grijs en pasgeleden bij een goede kapper geknipt. Nu plakte het tegen zijn hoofd. Zijn handen en gezicht zagen er niet fris uit. Ze waren ooit blank geweest, maar hadden nu een verscheidenheid aan blauwe en roze vlekken en hier en daar een paarsbruine kleur die ik niet kon benoemen. Over zijn hals liep een onregelmatige snee tot aan zijn linkeroor; een deel van de huid was weggesneden waardoor hij er vreemd asymmetrisch uitzag. Zijn bovenlip was ook weg. Hij stonk, maar niet ondraaglijk. Het was heel koud en droog geweest.

Nu we dichterbij stonden was het een wat acceptabeler tafereel. Hij was niet langer een geest, maar slechts een lijk. Niemand kijkt graag naar lijken, maar het is beter dan geesten. Lijken maakten dat je ging twijfelen over de wereld en de mensen die er wonen. Als je geesten ziet ga je twijfelen aan alles; vooral aan jezelf omdat je geen woorden hebt om je vragen te beantwoorden, omdat je de geruststellende beloften die je jezelf doet niet meer gelooft.

Zandt liep om het lijk heen. Hij hield zijn PDA bij het gezicht van de man en nam een paar foto's. 'Kijk,' zei hij.

Ik liep om terwijl ik onbewust afstand hield, alsof ik bang was dat het lichaam weer zou gaan lopen. Er was een metalen paal van ongeveer anderhalve meter lang en vijf centimeter dik in de grond achter de man geslagen. Hij was aan de paal gebonden zodat hij overeind zou blijven staan en het leek alsof hij liep. Uiteindelijk zou het lijk van de paal vallen, de kleren zouden verbleken en de paal wegroesten.

'Jezus,' zei ik. Zandt knikte, blijkbaar omdat hij er niets aan toe te voegen had. Hij voelde in de zakken van de man, maar vond niets.

Ik deed een stap achteruit. Als je een tijdje wachtte en de mist verschoof, dan kon je zien dat het lichaam heel precies was gepositioneerd. Het werd door de heuvel aan het zicht onttrokken. De man was alleen vanuit deze positie zichtbaar, en er was geen enkele reden voor iemand om hier te staan.

Zandt tuurde zover hij kon over het terrein. 'Hij zei dat er twee waren.'

'Mooi. Dan hebben we iets om naar uit te kijken.'

'Hij zei niet waar.'

Ik knikte naar de wandelende man. 'Ik neem aan dat hij ergens naar op weg is.'

We liepen in de richting waarin de man keek. Na een meter of vijftig voelden we dat we de rand van een volgende canyon naderden, ook al werd die door de mist aan het oog onttrokken. Toen zagen we haar.

Ze zat op de rand van de canyon. Ze was ongeveer even oud als de wandelende man, maar door de toestand van haar huid was haar leeftijd niet precies te bepalen. Ze had haar ellebogen op haar knieën en ondersteunde haar hoofd met haar handen. Het was een natuurlijke houding, en waarschijnlijk was ze zo neergezet voordat haar lijk stijf was geworden. Het enige wat er vreemd uitzag, was haar haar. Het zat wild en stond in grijze klitten op haar hoofd. Waarschijnlijk hadden de kraaien haar gevonden. Ze hadden door het haar gewoeld maar waren opgehouden, misschien omdat ook zij hun grenzen hebben. Nu zat ze daar voor zich uit te staren met diepliggende, lege ogen.

Het leek op... Ik weet niet waar het op leek. Ik kon het eigenlijk nergens mee vergelijken. Ik keerde haar mijn rug toe voordat ze zich zou omdraaien en me zou zien. Als ze dat deed, kon ik hier niet meer weg.

Zandt nam slechts twee foto's en programmeerde toen de positie van de lijken in zijn GPS. 'Oké,' zei hij zachtjes. 'Wegwezen hier.'

Ik volgde hem toen hij van de vrouw wegliep. Ik wist niet wat ik voelde, wist niet wat jij ervan zou denken.

Ik bleef staan en keek achterom. Iets aan de manier waarop ze was neergezet zat me dwars.

'Ward, kom op, het wordt zo donker.'

Ik negeerde hem en liep terug naar de vrouw. Ik hurkte zo dicht mogelijk bij haar als ik durfde, en keek de kant op waarheen zij ook keek. Haar hoofd was een beetje voorovergebogen alsof ze naar beneden keek, de canyon in.

Ik wilde ook graag terug naar de auto, net als Zandt. Rooney's Lounge klonk me nu prima in de oren. Zelfs het winkelcentrum in

Yakima was beter dan dit. Maar iets dwong me hier te blijven.

Het was niet gemakkelijk om de canyon in te komen. Ik probeerde eerst gewoon rechtop naar beneden te lopen, maar draaide me al snel om, zodat ik mijn handen kon gebruiken. Ik hoorde Zandt boven me vloeken, maar hij kwam achter me aan. Gelukkig was hij zo verstandig om niet recht boven mijn hoofd af te dalen, zodat de vallende stenen op ruime afstand langs me heen stuiterden.

Toen ik de bodem bereikte kon ik eerst weinig onderscheiden. Het was hetzelfde als boven, met meer stenen en begroeiing en zelfs een paar boompjes. De mist begon weg te drijven en de lucht kleurde donkerblauw.

Toen zag ik een doorgang, veroorzaakt door een stroompje dat hier had gelopen. Ik liep een stukje naar binnen, en zag dat hij overging in een groter dal. Ik stond nog aan het begin ervan toen Zandt arriveerde. We keken naar een logge vorm onder een rotspunt.

We konden eerst niet goed zien wat het was.

Het bleek de hoek van een gebouwtje te zijn dat tegen de zijkant van het ravijn stond.

We liepen naar het gebouw toe, ongeveer een meter van elkaar. Het was een oude hut met één kamer, waarschijnlijk een oude pioniershut. Hij was gemaakt van grote houtblokken die de tand des tijds goed hadden doorstaan. Hier en daar waren er zelfs nog bruine delen te zien tussen het grijs. Er waren niet zo heel langgeleden ruwe planken tegen de binnenkanten van de ramen gespijkerd. De deur was dicht en er hing een hangslot aan dat er helemaal niet oud uitzag. Iemand had met een bijl of een schep op de deur ingehakt, maar dat was niet kortgeleden gebeurd. Er waren een soort letters te zien tussen de krassen, in ieder geval leek één ervan op een grote R.

Zandt hield zijn pistool in de hand en maakte met de andere hand wat foto's van de ramen, de muren en de deur.

Toen stak hij het toestel in zijn zak en keek me aan. Ik knikte.

Ik liep recht vooruit, trapte de deur in en sprong als de sodemieter aan de kant. Zandt stond achter me, zijn pistool recht voor zich uit.

Ik stapte naar binnen en naar rechts, achter de deur. Vanwege de dichtgespijkerde ramen was het er donker, maar door de deur kwam meer dan genoeg licht binnen. Ik kreeg kippenvel.

De hut lag vol met lijken.

Er zaten er drie naast elkaar op een bankje tegen de achterwand. Een ervan was weinig meer dan een skelet, de andere zagen er donker en walgelijk uit. Een van de lijken had geen armen, en bij een ander was de buik opengebarsten. Er lagen nog meer lijken op een hoop aan de andere kant, en nog minstens twee langs de voorste wand. Zo te zien lagen die er al langer. Bij een paar lijken hing nog wat huid in rafelige repen aan de botten. In een van de schedels zat een gat waaruit het bovenste deel van een plastic pop stak. Het poppenhaar was grijs van het stof.

Toen mijn ogen aan het schemerlicht gewend waren, zag ik steeds meer verdroogde lichaamsdelen; op een net stapeltje tegen de linkerwand. Ik schoof er een aantal weg met mijn voet en zag dat er een laag botten onder lag. Een dikke laag botten, waarvan sommige bijna tot stof waren vergaan.

Zandt liet zijn pistool zakken. Niemand hier kon ons iets doen. Hij schraapte zijn keel. 'Hebben zij dit gedaan?'

'De stromannen? Misschien. Maar sommige van die lijken liggen hier al heel erg lang.'

Zandt wilde de hut doorzoeken, maar ik zag meteen dat er niets te vinden zou zijn. Als je hier iemand vermoordde, kon je rustig de tijd nemen. Bovendien wilde ik hier weg. En gauw. Hoe langer ik hier stond, hoe meer ik het gevoel had dat de hut ademde; een rustige, voelbare ademtocht van ranzige lucht. Ik wilde naar buiten.

Ik liep achteruit over de drempel terwijl ik mijn ogen op de hut gericht hield. Nu vond ik het niet meer zo vreemd dat het hout hier en daar nog bruin was. De akelige dingen die in de wanden waren getrokken hadden die vochtig en in leven gehouden. Wat zich hier had afgespeeld, had heel lang geduurd. Het moest het werk zijn geweest van meer dan één persoon, misschien zelfs van meer dan één generatie. Was het alleen maar een plek om lijken te dumpen, of had hun stille aanwezigheid, hun positie, een diepere bedoeling? Ik dacht aan alle grote, lege plekken in het land en vroeg me af of dit de enige hut in zijn soort was.

Zandt kwam ook naar buiten, maar plotseling stond hij stil en staarde naar iets achter mij.

Ik draaide me om en zag waar hij naar keek. Hij lag een meter of zes verderop, aan de andere kant van het ravijn, zodat je hem zou zien als je de hut uit kwam.

Ik liep naar het lijk toe. Dit lichaam was van recenter datum. Hij was niet neergezet zoals het stel op de vlakte, maar was op de grond gesmeten, zijn armen gespreid en één been gebogen. Er was iets bruins op zijn borst gespijkerd, precies in het midden, zodat je het niet kon missen. Ik had nog nooit zoiets gezien, maar ik wist wat het was toen ik de vreemde leegte in de mond van de man zag.

Ik onderdrukte mijn neiging om te kokhalzen en vroeg: 'Is dat hem? Is dat Joseph?'

Zandt hoefde geen antwoord te geven.

Het was een eind lopen, terug naar de auto. We reden in stilte langs de Columbia naar Portland.

Op het vliegveld namen we allebei een vlucht maar in verschillende richtingen. We zagen elkaar een maand niet, en tegen die tijd was alles veranderd.